LES CORNES D'IVOIRE

Afirik

L'auteur

Lorris Murail est né le 9 juin 1951 au Havre. Il habite Paris. Critique, traducteur d'anglais et journaliste spécialisé en gastronomie, il écrit depuis l'âge de seize ans. Il a publié aussi bien des textes pour la jeunesse que pour les adultes. Il est l'auteur chez Pocket Jeunesse de la saga *Golem* qu'il a créée avec ses sœurs Marie-Aude et Elvire.

Du même auteur, chez Pocket Jeunesse

Ma chambre, mon lit, ma mère et moi...
La guerre de Troie
Le voyage d'Ulysse

Avec Elvire et Marie-Aude Murail

Golem

À paraître

Les Cornes d'Ivoire. Septentrion (parution 2012)

Lorris Murail

LES CORNES D'IVOIRE

Afirik

POCKET JEUNESSE

Loi n° 49 956 du 16 juillet 1949 sur les publications
destinées à la jeunesse : avril 2011.

ISBN : 978-2-266-20138-4

PROLOGUE

Ce n'était qu'un point brillant, infiniment lointain, tout au fond du ciel nocturne.

— Celle-là ?

— Oui, ma chérie.

— Et comment tu sais que c'est celle-là ?

— Je le sais, c'est tout.

La petite fille contempla longuement l'astre qui, malgré la distance, semblait posé sur l'ongle de son père.

— Tu mens ! décida-t-elle.

— Moi, je te mens ?

— Si c'était l'étoile du Nord, on ne pourrait pas la voir.

— Mais si. Écoute ! Je crois bien qu'elle nous appelle.

L'enfant tendit l'oreille mais aucune voix ne lui parvint.

— L'étoile du Nord est restée là-bas, papa. Avec tout le reste.

— Nous y retournerons, un jour. Nous tous. C'est notre terre. Le Nord, c'est chez nous. Et l'étoile nous guidera.

La petite fille fronça le nez.

— Ça m'étonnerait. Vous êtes trop pauvres et trop fatigués. Vous n'êtes que des esclaves.

L'homme sentit son cœur se figer. Ses épaules s'affaissèrent.

Son bras tomba. Son index se replia. Au fond du ciel, l'étoile s'était éteinte. Le silence se fit aussi long que la nuit.

— Mais moi, j'irai, dit la fillette.

— Oui, ma chérie.

— J'irai !

L'homme se tourna vers sa fille et rencontra ses yeux d'un bleu à faire fondre toutes les glaces du Nord. Il frémit devant ce qu'il y lisait. Tant de force, tant de détermination. Une telle certitude.

— Oui, ma chérie, répéta-t-il.

— J'irai, papa ! J'irai !

— Je sais, dit l'homme. Je le sais depuis toujours. Tu n'es pas comme nous. Toi, tu iras.

Tout bas, il ajouta :

— Et tu nous abandonneras.

PREMIÈRE PARTIE

KER SAMBA

1
LA CHUTE D'UN GÉANT

Mari s'arrêta à l'orée de l'immense terrain raviné par les pluies de la nuit. La terre rougeâtre était nue. Depuis des semaines, sous les ordres de Fuli Fak, le régisseur en chef de Ker Samba, les esclaves du domaine la défrichaient et la retournaient. À présent, la première étape de leur labeur semblait achevée. Presque. Car il demeurait un obstacle de taille. Au centre du champ boueux se dressait un arbre haut de quarante mètres. Un fromager. Un « bentenier », comme on l'appelait ici, dans le riche pays de Kassamansa. Fatiguée par une longue marche, Mari posa le panier à ses pieds. Malgré l'heure tardive, le moment de la pause n'était pas encore venu.

Elle chercha son père des yeux, parmi les silhouettes qui s'agitaient autour du géant. Ils étaient une trentaine à manier pioches et pelles pour creuser des tranchées et sectionner les racines. Autrefois, en Kassamansa, le bentenier était un arbre sacré où les gens accrochaient des fétiches. Mais les temps avaient changé. Rares étaient ceux qui croyaient encore que les forces de la Nature s'incarnaient dans les plantes, les animaux, les fleuves ou les montagnes.

La chaleur de ce début d'après-midi donnait aux hommes d'étranges compagnons sous la forme de colonnes troubles qui suivaient leurs mouvements. De loin, Mari avait l'impression que chacun des esclaves possédait un double modelé dans la vapeur qui montait du sol. Hélas, ces travailleurs impalpables n'allégeaient pas leurs efforts. Elle entendait les cris, ces « han ! » et ces « ha ! » qui montaient vers le ciel blanchi par la lumière d'un soleil trop ardent. Pourtant, aucune voix ne pouvait rivaliser avec les rugissements qui sortaient de la large poitrine de Fuli Fak.

— Allez, Faces de Craie ! Un peu d'énergie !

Puis il faisait claquer la longue lanière de son fouet près de ses bottes en peau de léopard.

« Il suffit que je te voie et je reprends courage », lui disait son père. Toma le lui disait depuis qu'elle était toute petite. Mari attrapa l'anse de son panier d'osier et avança, dans l'espoir que l'homme en tunique verte qu'elle voyait s'échiner à la tâche lève les yeux vers elle. Mais bientôt elle cessa d'observer Toma et ses frères de servitude. L'arbre colossal la fascinait. Sous les dernières branches, à l'écorce lisse, tout le bas du tronc semblait ceint de tentures sculptées dans le bois. De plus près, le bentenier offrait un spectacle plus extraordinaire encore. On eût dit qu'un esprit l'habitait et qu'il s'apprêtait à fuir les coups de la hache. Au lieu de s'enfoncer dans la terre, les longues lames qui descendaient de son tronc poursuivaient leur chemin sur le sol et formaient des jambes interminables, des jambes de vieillard, noueuses et usées jusqu'à devenir presque blêmes. Mari ne put s'empêcher de songer qu'à l'approche de la mort, le vénérable bentenier avait libéré comme un spectre tentaculaire.

— Allez-vous creuser, Têtes de Lune ? Vous ne mangerez pas tant que cette foutue brindille ne sera pas par terre !

Mari recula de quelques pas, expulsée par le regard du régisseur de Maître Sare Samba. C'était lui, Fuli Fak, qui avait imposé l'extravagante méthode. Au lieu de scier l'arbre et d'en extirper ensuite la souche, il avait décidé qu'on l'arracherait d'un bloc, avec ses racines, comme une mauvaise herbe dans un parterre de fleurs.

Les esclaves affamés avaient redoublé d'ardeur. Une fosse emplie d'eau entourait maintenant le grand arbre. Des vérins furent placés d'un côté, glissés sous les puissantes racines dénudées. Grâce à un système de cliquets et d'engrenages, on allait soulever le titan. De l'autre côté, une dizaine d'hommes avaient ligoté le tronc et entouré leur taille avec l'extrémité des fortes cordes de chanvre. Ils se tenaient loin, afin de ne pas être écrasés par la chute du bentenier.

Mari se détourna avec un sentiment de tristesse. Entre les bosquets de kinkéliba qui bordaient le terrain, elle aperçut trois ou quatre femmes, venues comme elle avec un panier garni de provisions. Rares étaient celles qui pouvaient quitter leur propre besogne, à la plantation ou ailleurs, pour se soucier de nourrir le mari, le fils ou le frère. Admise à Ker Samba auprès de ses Maîtres, Mari était une privilégiée et elle le savait. Sare Samba et son épouse Adila l'avaient remarquée puis accueillie dans leur somptueuse demeure afin qu'elle y aide aux tâches domestiques. Depuis peu, elle passait le plus clair de son temps avec la dernière-née de la famille, honneur qui lui valait son lot de chagrins et d'humiliations.

« Qu'est-ce que ce sera ? » se demandait-elle en contemplant l'étendue rougeâtre. Ni une route ni un nouveau champ. Pourquoi bâtirait-on ici une maison ? Une maison ! Il y avait même la place pour un village. Non, décidément, elle ne le devinait pas. Mais, pour réclamer tant d'efforts, le projet devait être d'importance. On avait fait revenir exprès des hommes qui travaillaient de l'autre côté du fleuve Kawungha, dans les mines de phosphate.

Jamais en manque d'épithètes blessantes, Fuli Fak braillait :

— A-t-on jamais vu plus fainéant que cette blanchaille ?

Ils avaient beau s'activer, le bentenier s'agrippait à la terre où il poussait depuis des décennies. Une douzaine de vérins étaient maintenant en place, soulevant des racines aussi sinueuses que le redoutable mamba noir.

— Tirez donc, Culs de Babouin ! Et poussez, vous, les autres !

Tous les esclaves du domaine connaissaient Fuli Fak. Même de bonne humeur, il avait toujours l'insulte à la bouche. Mais, quand sa voix grimpait vers les aigus, on savait qu'il n'allait pas tarder à joindre le geste à la parole. Le fouet claqua et claqua encore, chaque fois plus près des pieds de l'un ou l'autre des travailleurs. Le prochain, à l'évidence, se ferait cingler les mollets.

Mari, inquiète, nota que, malgré les menaces, l'ardeur

des hommes faiblissait sous le soleil écrasant. Ils avaient faim et soif. Tuniques et pantalons de toile verte leur collaient à la peau. Ils ruisselaient sous la paille grossière des larges chapeaux. La jeune fille suivait avec appréhension les efforts de son père, courbé sur l'un des puissants vérins de métal brillant. Comme s'il attendait ce signal, Toma lâcha l'instrument et se redressa. Puis il gonfla la poitrine, comme Mari l'avait vu faire cent fois depuis sa plus tendre enfance. Alors, d'une voix de ténor à ébranler tous les arbres de la savane, il entonna l'un des chants de son répertoire :

Buvons bien, là buvons donc
À ce flacon faisons la guerre.
Buvons bien, là buvons donc
Amis, trinquons, gaiement chantons.
En mangeant d'un gras jambon,
À ce flacon faisons la guerre !

Ce qui, en réalité, donnait à l'oreille quelque chose comme :

Beuvonben, labeuvoudon
Osfacon fasson laguère

Toma connaissait une vingtaine de ces chansons, qu'il avait apprises de son propre père, de même qu'Ani, sa femme, pouvait en chanter quelques-unes, de plus douces. Il y en avait de rapides et de tranquilles, d'entraînantes, de joyeuses, de mélancoliques. Toma, bien sûr, avait choisi un refrain susceptible de fortifier le courage de ses compagnons. Bientôt, tous reprirent à l'unisson :

Buvons bien, buvons mes amis,
Trinquons, buvons, vidons nos verres.
Buvons bien, buvons mes amis,
Trinquons, buvons, gaiement chantons.
En mangeant d'un gras jambon,
À ce flacon faisons la guerre !

Ils chantaient à tue-tête, ils chantaient pour se donner du cœur à l'ouvrage. Mais pas un ne comprenait ce qu'il disait. Ces mots venus d'un autre continent, d'une autre époque, appartenaient à une langue morte depuis longtemps. En Kassamansa, au Pays des eaux, les enfants blancs apprenaient la langue des Maîtres. Ils chantaient, oui, mais en déformant les mots de façon horrible. « *Beuvonben* », « *labeuvoudon* », cela n'avait pour eux pas plus de signification que les cris du petit singe vert ou de la sterne. Et, si l'un de leurs ancêtres avait assisté à cette scène, il aurait eu l'impression de voir une poignée de barbares hurlant des syllabes dépourvues de sens. Fuli Fak eut un haut-le-cœur. Lâchant son fouet, il se colla la paume des mains aux oreilles.

— Qu'est-ce que c'est que ces braillements d'hyènes en rut ? Ravalez-moi cette haleine puante ! Déjà que je sens d'ici l'odeur de charogne de votre sueur. Par le Grand Esprit, vous voulez m'empoisonner !

Le régisseur se garda bien pourtant de reprendre son fouet. Ses yeux lançaient des éclairs de fureur mais, malgré la distance, Mari devinait sur sa figure un air de contentement. Les hautes branches de l'arbre frémissaient à présent, et ce n'était pas le vent. Les racines ployaient et s'arrachaient à la glaise collante, la vieille écorce gémissait, le tronc bientôt allait s'incliner.

— Chantez ! Chantez, mes amis ! J'en crèverai mais on va l'avoir, ce bentenier de malheur !

Fuli Fak dansait presque sur place, comme s'il marquait les temps de la chanson scandée par trente poitrines. Même ainsi, grimaçant comme un chimpanzé, même éructant, jamais il ne perdait de sa prestance. Grand, solide comme un roc, le régisseur en chef de Maître Samba prêtait une attention maniaque à son apparence. Il pouvait bien patauger avec les esclaves du domaine dans la boue rougeâtre d'un champ lessivé par les pluies nocturnes, son souci restait identique. Pour diriger la difficile manœuvre de ce jour, Fuli Fak avait choisi dans sa riche garde-robe un court boubou crème sans manches, fermé sur l'épaule par un lacet et orné sur les flancs de broderies d'argent, un pantalon de chanvre gris et, nouée sur les reins à la façon d'une ceinture, une large écharpe blanche. Mari, qui le détestait, ne pouvait s'empêcher d'admirer la beauté de ce personnage à la peau noire et aux reflets bleutés.

— Allez ! Encore un couplet et la victoire est à nous !

Les hommes encordés s'arc-boutaient, pieds nus dans la terre. Les autres tiraient des pièces métalliques de leurs instruments des gémissements déchirants. On n'entendait plus que cela, le gémissement des engrenages. Leurs voix s'étaient tues, étouffées par la violence de l'effort. Là où les racines avaient été sciées, la partie qui tenait à l'arbre commença à se séparer de celle qui demeurerait dans le sol. Le noble bentenier ne reposait plus que sur un pivot enfoncé dans les profondeurs du terrain et sur quelques courtes pattes. Il n'en continuait pas moins de paraître inébranlable, sous la protection d'une carapace aux plis si longs que, dans un seul, on pouvait tailler une pirogue.

— Ça vient !

Le bentenier donnait de la gîte, tel le mât d'un navire qui s'incline dans la tempête. Le poids des branches aiderait maintenant les hommes. Comme l'avait prévu Fuli Fak, l'arbre de quarante mètres allait tomber du côté où se situaient les plus massives.

Mari s'accroupit, enfouissant la tête dans ses bras croisés. D'où elle était, les esclaves qui tiraient sur les cordes paraissaient beaucoup trop près du bentenier. Elle ne pouvait s'ôter de l'idée qu'en s'abattant, le sommet du géant les écraserait.

— Écartez-vous !

Le fracas monstrueux que redoutait Mari ne se produisit pas. Il n'y eut qu'une longue plainte suivie d'une cascade de sinistres craquements tandis que la vaste couronne du feuillage amortissait la chute du colosse. Sur toute une moitié, l'arbre se referma à la façon d'un parasol retourné par la bourrasque.

Quand elle osa regarder, Mari poussa un cri de stupeur. La vision que lui révélaient ses yeux était si étrange qu'elle se crut un instant transportée dans un autre monde. Un monde de légende, dont les vieux évoquaient parfois le souvenir, le soir, près des feux qui brûlaient sur la place du village. Dans ces terres du Nord, pays où les Maîtres cruels allaient naguère chercher les Cornes d'Ivoire, le froid était si vif, disait-on, que certains jours la pluie devenait blanche et tombait en flocons glacés, plus légers que le coton. Or, voilà qu'il neigeait soudain dans le ciel aride de la Kassamansa.

Les esclaves, là-bas, riaient sous l'averse immaculée. Ils tendaient les mains pour recueillir la matière fine comme le duvet d'un oisillon qui se déversait sur eux. Mari rit à son tour, comprenant que les graines innombrables qui pendaient aux branches avaient éclaté, jetant en l'air les poils soyeux qui les enveloppaient. C'était avec ce kapok qu'on rembourrait les coussins et les oreillers, dans la chambre des maisons confortables.

Toma n'avait pas chanté son dernier mot. Pour célébrer le triomphe des travailleurs, il entonna la fin du refrain venu d'ailleurs :

Le bon vin nous a rendus gais, chantons,
Oublions nos peines, chantons.

S'il en avait saisi le sens, il aurait su à quel point ces paroles-là étaient judicieuses. Mari déjà était auprès de lui, se hâtant de vider son panier. Elle lui tendit pour commencer les épis de maïs qu'elle avait fait bouillir dans les cuisines de Ker Samba.

— Ils sont froids, déplora-t-elle.

Souriant, elle ouvrit un grand torchon et ajouta :

— Je t'ai apporté un baobab entier.

Le fruit du baobab, qu'on appelait « pain de singe », servait à tout. On en mangeait les graines grillées, on se rafraîchissait avec une boisson préparée grâce à sa pulpe, broyée, séchée puis dissoute dans l'eau, on utilisait sa coque vide comme récipient (Mari avait empli celle-là de bouillie).

— C'est pour toi, insista-t-elle, alarmée par les regards que Toma jetait autour de lui.

Son père, bien sûr, avait vu que certains de ses compagnons ne recevraient pour ce déjeuner tardif que le contenu de leurs poches.

— Je ne pourrai jamais tout manger, dit-il en s'asseyant sur le sol couvert de kapok.

— J'ai aussi quelques jeunes pousses de baobab. Tu adores ça.

Toma gratta de l'ongle ses incisives puis cracha quelques fragments jaunes, avant de recommencer à ronger son épi de maïs. Adila Samba, l'épouse du Maître, répétait souvent à Mari que les Blancs n'étaient guère que des animaux doués de parole. Observant les manières de Toma, elle n'aurait certes pas changé d'avis.

— Tu sais, dit-elle, j'ai bien cru que l'arbre allait vous tomber dessus.

Toma grogna.

— J'ai eu peur aussi, avoua-t-il. Tout était bien calculé mais… Non, ce n'est pas ça.

— Quoi, alors ?

— Il y a des choses qui ne se font pas. Les Maîtres ne respectent plus les traditions. Ça ne me plaît pas. Le bentenier abrite l'esprit des anciens, le sais-tu ? On ne l'abat pas ainsi, sans cérémonie et sans offrandes. Jusqu'au dernier moment, j'ai craint qu'un malheur ne se produise. D'ailleurs…

— Oui ?

— Rien.

— Un malheur peut encore arriver, murmura Mari. C'est ce que tu penses ?

Elle leva les yeux vers le soleil. Il avait bien avancé déjà. La jeune fille avait obtenu la permission de s'absenter pour ravitailler son père au chantier, mais voilà qu'elle avait tardé. Elle avait encore des choses à demander, cependant.

— Que va-t-on mettre, ici ? On pourrait y construire dix maisons ou planter de quoi nourrir une tribu.

— Fuli Fak dit que ça ne nous regarde pas. Quand il en parle, il roule des yeux comme si le seul fait d'évoquer ce secret pouvait nous foudroyer. Bah ! À mon avis, il ignore tout lui-même. Tu es la mieux placée pour apprendre quelque chose. Tu n'as qu'à tendre l'oreille.

Mari haussa les épaules.

— Je n'ai entendu parler de rien à Ker Samba. Crois-tu qu'on peut ramasser un peu de kapok ?

— Prends plutôt une ou deux coques. J'aromatiserai mon tabac avec. Et moi...

Un sourire éclaira le visage de Toma, effaçant les rides creusées par l'épuisement.

— Je reviendrai avec ma scie, dit-il.

— Qu'est-ce que tu veux ? Du bois à brûler ?

— Bien mieux que ça. Je vais choisir un beau pli. J'ai déjà repéré celui qu'il me faut. Une porte, Mari ! Nous aurons bientôt une porte pour la case. L'arbre est à nous, maintenant. On nous l'a promis. Chacun pourra en emporter sa part.

Mari hocha la tête, sans parvenir à trouver la perspective réjouissante. Ne risquait-on pas d'attirer la malédiction sur la famille, en l'enfermant ainsi derrière un morceau de ce bentenier arraché sans le moindre respect des ancêtres ?

— Il faudra y clouer un joli grigri, décida-t-elle. Un chapelet de cauris avec des lanières de cuir. Les Maîtres se moqueront de nous, tant pis.

Chez les Samba, même si l'on pratiquait encore certains rites, et feignait de suivre quelques traditions, il était de coutume d'afficher le plus grand mépris pour les vieilles superstitions.

— C'est drôle, quand même, remarqua Toma. Ce ne sont pas nos ancêtres... Pourquoi devrions-nous nous en préoccuper ? Mais les nôtres, Mari...

— Où sont-ils, papa, les nôtres ?

— Dispersés par le vent, Mari, dispersés par le vent...

Toma croqua une dernière pousse de baobab.

— Tiens ! Le voilà qui se lève. File avant qu'il ne t'emporte.

Mari ne sentit guère la brise que lui annonçait son père. Mais elle suivit son conseil.

Ayant repris la route de Ker Samba, Mari continuait de s'interroger. Le fleuve coulait non loin de là. Elle devinait parfois sa présence par une trouée entre deux buissons. Avait-on choisi l'emplacement du grand terrain défriché en raison de la proximité du Kawungha ? Elle crut en découvrir la preuve lorsqu'elle aperçut du sommet d'une petite butte qu'elle venait d'escalader une dizaine de ses frères blancs au travail. Ils avaient dégagé la rive sur une longueur d'au moins vingt mètres, taillant dans la mangrove et extirpant les ra[illegible] des palétuviers. Mari n'eut pas besoin de réfle[illegible] temps pour comprendre ce qu'ils construisaient m[illegible]tenant avec des rondins, des pieux et des planches : un petit embarcadère.

Elle poursuivit son chemin, satisfaite, comme si elle venait de percer un grand mystère. Pourtant, elle n'était guère plus avancée. Sans doute allait-on se servir de cet appontement sommaire pour décharger là des pirogues ou de petits bateaux. Mais, tant qu'elle ne saurait pas quel genre de colis serait livré sur cette berge inhospitalière, rien ne lui dirait dans quel but son pauvre père venait de donner à la terre rouge un litre de sa sueur.

Certains soirs, travaillant à l'office ou distrayant Lisha, leur dernière fille, elle entendait les violentes disputes qui opposaient Maître Sare Samba à son épouse Adila. Au plus fort de sa colère, Adila criait son intention de quitter Ker Samba et de s'en aller vivre dans un lieu où personne ne la persécuterait. Était-ce donc cela ? Maîtresse Samba voulait-elle finalement abandonner le domicile conjugal et faire bâtir sa nouvelle demeure dans l'immense clairière ? Mari ne la regretterait guère.

Lors de ces affrontements verbaux, Mari n'entendait que les cris d'Adila. Maître Samba ne perdait jamais son calme ni n'élevait la voix. Une fois, cependant, tandis qu'il fuyait son épouse et passait devant la porte de la petite Lisha, Mari perçut distinctement les mots qu'il prononçait pour lui-même : « Cette femme est folle. Elle doit être envoûtée. Par le Grand Esprit, je finirai par faire venir le féticheur ! »

Mari n'avait pas pris la menace au sérieux. À sa connaissance, Maître Samba rejetait les croyances des anciens. Il respectait certes les puissants esprits de la Nature, celui qui portait le vent, celui qui attisait le feu, celui qui faisait gronder l'orage ou gonflait les flots de la mer, mais il doutait de l'utilité des grigris protecteurs et du pouvoir des sorciers de la forêt.

Mari s'était éloignée du fleuve. Elle foulait à présent une herbe jaunie par le soleil, où les pluies de la nuit passée avaient ouvert mille fleurs en forme de pompons. Çà et là poussaient de grands rôniers, portant des grappes de fruits verts sous l'éventail de leurs palmes.

Tournant la tête vers un imposant rocher dont le sommet érodé formait comme une plate-forme, elle étouffa une exclamation. Stupéfaite, choquée, elle venait de distinguer, allongés là-haut, trois enfants couchés sur la pierre. Trois enfants blancs, entièrement nus. Elle hésita, ne sachant si elle devait intervenir. Il se faisait tard et elle n'avait déjà que trop traîné. Sans s'arrêter, elle lança :

— Descendez, voyons, et rhabillez-vous ! Vous allez cuire comme des langoustes !

Dix pas plus loin, elle ajouta :

— Gare à vous si on vous prend !

Comme tous les esclaves venus du pays froid, Mari protégeait avec soin sa peau fragile contre les rayons blessants du soleil de Kassamansa. Si elle avait pris le temps de s'admirer dans la mare qu'il lui fallut soudain enjamber, l'eau accumulée dans ce creux ombragé de son chemin lui aurait montré une jeune fille vêtue d'une tunique à manches longues, dont l'ourlet descendait bas sur le mollet, d'un chapeau de paille et d'une paire de sabots en bois de filao.

Des moustiques lui tournaient autour des chevilles. C'était le seul endroit de sa personne, avec le visage et les doigts, que rien ne couvrait. Comme prise de remords, elle se retourna et hurla :

— Et vous allez vous faire dévorer par les insectes !

Progressant sur le fil de terre ocre qui serpentait parmi les taillis, Mari dominait à présent les mornes étendues des grandes plantations. Là, dans ces champs qui se succédaient jusqu'à l'horizon, on cultivait le mil, le maïs, le riz, le fonio, le coton, l'arachide, le sorgho... ainsi que des fruits et des légumes. Les petites taches vertes, guère plus grosses que des fourmis, que Mari distinguait çà et là étaient des femmes assujetties au domaine de Ker Samba. L'une d'elles était Ani, sa mère. Ce matin, partant peu après le lever du jour, Ani lui avait annoncé d'une voix lasse qu'elle allait récolter le coton. Comme hier et comme demain. Une fois de plus, la jeune fille se réjouit de la bonne fortune qu'elle avait eue d'être appelée auprès de ses Maîtres. Et elle pressa le pas, sachant quel destin lui était promis si elle prenait le risque de les mécontenter. Ramasser le coton, repiquer le riz, couper le maïs, quand on pouvait profiter du luxe d'une des plus belles demeures du pays... quelle horrible perspective !

Elle en avait fini de grimper et de descendre des buttes, de se tordre le pied sur les cailloux, d'enjamber des flaques d'eau et d'écarter des buissons épineux. La route, maintenant, était droite. Il lui suffisait de suivre ce ruban gris et lisse, où parfois passait une charrette à vapeur tirant sur sa remorque des bottes de paille ou des tonneaux de vin de palme.

Alors qu'il lui restait encore plus d'un kilomètre à parcourir, Mari voyait déjà Ker Samba se découper sur le ciel bleu, derrière les flamboyants du parc. Née dans une case du village blanc, la jeune fille n'avait jamais quitté la propriété. Pour elle, Ker Samba était la première et ultime merveille de ce monde, le palais d'un conte où les fées se faisaient cruellement désirer. Pendant ses années d'enfance, elle avait admiré la demeure comme un lieu inaccessible où elle ne pouvait pénétrer qu'en rêve, au bras d'un beau chevalier noir. Puis, un jour, deux ans plus tôt, on l'y avait envoyée porter un plateau de mangues, de papayes et de bananes. Lisha, la dernière fille de la maison, alors âgée de cinq ans, l'avait aperçue. Elle avait exigé que Mari vienne jouer avec elle, trépignant jusqu'à ce que Dene, la gouvernante, cède à son caprice. Soumise, patiente, subtile, Mari avait séduit ses Maîtres. Ils avaient bientôt remarqué qu'en sa présence Lisha, enfant au caractère difficile, s'adoucissait et se calmait. Pour apprivoiser la petite panthère, Mari n'usait pourtant que de stratagèmes bien simples : elle se pliait à toutes ses volontés et endurait sans broncher les humiliations. Son calcul n'était pas plus compliqué. En comparaison des avantages que lui procurait sa nouvelle position, le prix à payer semblait fort léger.

Planté devant la façade principale de flamboyants aux sublimes fleurs rouges ou jaunes, de bougainvilliers aux inflorescences multicolores et de parterres d'hibiscus, le parc entourait Ker Samba de son cercle parfait. Quoique de construction moderne, la demeure des Maîtres rappelait par de nombreux aspects les habitations traditionnelles du pays. Ainsi, sous la toiture de bois précieux, les deux étages de pierre avaient été couverts de briques en torchis latéritique creusé de motifs décoratifs. À droite, une véranda était close par une colonnade aux piliers de terre ornés de cercles jaunes ou noirs. Puis, de l'autre côté, pareille à une tour, la vaste maison était flanquée d'une haute structure évoquant une case, sous son toit de chaume. C'était là, sous ce chapiteau de paille, que Sare Samba avait installé ses appartements privés, où nul ne pénétrait sans autorisation.

Mari poussa les hautes portes en bois de rônier. L'entrée était sombre et fraîche. Maître Samba, un jour qu'il était en veine d'amabilité, avait expliqué à la jeune fille que le décor chamarré des sols s'inspirait des pagnes que portaient autrefois les tribus primitives de la région et que celui des poutres imitait les anciens bâtons de circoncision. Le marbre et le fer forgé de l'imposant escalier, en revanche, venaient de contrées lointaines. Un navire les avait rapportés du pays blanc. Ils avaient appartenu, d'après Sare Samba, à une bâtisse délabrée qui, sans doute, avait connu son heure de gloire… en cette époque énigmatique qui hantait parfois le sommeil de Mari, quand ses frères blancs ne vivaient pas encore à la façon de hordes sauvages. Oui, avant que les bateaux revenant du Nord ne commencent à déverser sur la côte ceux et celles qu'on appelait alors des « Cornes d'Ivoire ».

Lisha la dévisageait, poings serrés et mine revêche. Dans sa chambre en perpétuel désordre, l'enfant régnait déjà comme une implacable petite Maîtresse. Lisha approchait de son septième anniversaire. Mari, pour sa part, célébrerait bientôt le quinzième. Mais c'était elle qui, tête baissée, attendait les ordres.

2

LISHA LA MYSTÉRIEUSE

Sare et Adila Samba avaient eu six enfants et chacun portait un nom ayant une signification bien précise. Celui de Gakere, l'aîné, était synonyme de « fort ». Bwerani, né le troisième, était le « bienvenu ». Ekevu, le plus jeune des garçons, était placé sous le signe de la ruse et de l'intelligence. À ces trois fils s'ajoutaient Shade, à qui était promise une voix mélodieuse, et Lisha, venue longtemps après les autres, Lisha ou la « mystérieuse ». Enfin, il y avait eu Pili, dont le nom disait simplement qu'elle était le second enfant de la famille, Pili, née entre Gakere et Bwerani. Hélas, la jeune fille avait connu une fin tragique, mordue par un cobra cracheur alors qu'elle se promenait près d'un point d'eau. Lisha n'avait alors que trois ans. Mais tous les familiers de Ker Samba s'accordaient à penser qu'à la suite de ce drame l'enfant n'avait plus jamais été la même. La douce, la rêveuse petite Lisha était devenue instable et vindicative. Après avoir usé la patience sa mère, elle avait découragé une succession de nounous par la violence de ses colères et sa méchanceté.

— Ça fait des heures que je t'attends !

— Excuse-moi, Lisha. Il fallait que j'aille porter son déjeuner à mon père.

Avec sa peau lumineuse, ses traits d'une extrême finesse, ses cheveux tressés où coulaient des rangs de perles irisées, et son regard furieux, Lisha était d'une beauté à couper le souffle.

— Il n'a qu'à se débrouiller tout seul. Je te ferai chasser si tu ne t'occupes pas bien de moi.

La menace n'alarma pas Mari. Pas une journée ne s'écoulait sans que Lisha lui annonce son intention de l'envoyer récolter le grain auprès de ses semblables.

— Veux-tu faire une partie d'awélé ? proposa-t-elle.

Le plateau de bois, creusé de deux rangées de six trous, traînait au pied du lit, sur une peau de léopard, parmi les coussins à demi sortis de leurs housses taillées dans le tissu de pagnes traditionnels. Ornée de tentures, d'étagères chargées de bibelots, semée de pleins paniers de jouets en bois, d'animaux articulés et de poupées, la chambre de Lisha était aussi gaie que le caractère de la petite fille était sombre.

— Tu es trop nulle, répliqua Lisha en renversant d'un coup de pied le pot où l'on rangeait les quarante-huit grosses fèves séchées servant de pions au jeu. Ça ne m'amuse plus de toujours te battre.

Mari, pourtant, se serait bien gardée de gagner, ne serait-ce qu'une fois… Pourtant, remporter une partie ne lui aurait guère été difficile. L'awélé exigeait une grande vivacité d'esprit et, de ce point de vue, elle ne craignait personne.

— Va me chercher le vapeur-brousse.

L'énorme reproduction de métal appartenait à son frère

Ekevu qui, malgré ses treize ans, s'amusait toujours autant à la faire fumer sur le plancher de sa chambre.

— Il refuse de te le prêter, tu le sais très bien.

— Oui, mais toi, tu dois m'obéir.

— Je dois obéir aussi à Ekevu. Et Maîtresse Adila me gronderait, parce que tu risques de te brûler.

Lisha ramassa le plateau d'awélé, qui se refermait comme une boîte grâce à des charnières, et le jeta sur le somptueux parquet de marqueterie bicolore. Puis, d'une voix soudain suave, elle décida :

— On va jouer aux poupées.

Il y en avait toute une rangée alignée contre un mur, sous la haute fenêtre. Lisha en choisit une et la tendit à Mari.

— Tiens, c'est toi.

Aucun doute, en effet. Celle-là, seule de son espèce, était une poupée au teint de craie et aux habits verts. On avait donné à la molle petite chose la couleur de peau et de costume des esclaves. Filles ou garçons, les autres poupées étaient noires. Lisha empoigna une sorte de pantin de bois, à la physionomie quelque peu effrayante. Une effigie de sexe mâle, présentant de grosses lèvres rouges, des yeux luisants et une tignasse hirsute. Un Maître.

— Explique-moi ce retard. Comment oses-tu me faire attendre ? gronda Lisha de sa voix la plus basse.

Mari répliqua d'un ton craintif, pépiant comme un oiseau.

— J'ai apporté à mon pauvre père une bonne bouillie pour le réconforter, très loin, près du fleuve.

— Tu as désobéi à mes ordres. Je me moque pas mal de ton père.

— Mais, Maître...

— Tais-toi. Ton père n'est qu'un esclave. Et toi aussi, tu n'es qu'une esclave.

— Je vous demande pardon, dit la poupée de chiffon en s'inclinant jusqu'au sol.

— Tu mérites le fouet ! Viens ici !

La poupée blanche trottina en gémissant, pour aller s'agenouiller devant le Maître aux yeux de braise.

— Pitié ! Pitié !

De pitié, il n'y eut pas.

— Chlak ! Chlak ! cria le pantin en abattant le bras sur le dos de l'esclave indocile.

Mari hurla de douleur, comme si, vraiment, les coups cinglaient sa propre chair. Elle avait assisté tant de fois à ce spectacle, au village blanc ou dans les plantations, elle s'était réveillée si souvent au cœur de la nuit, sauvée par le brusque sursaut d'un cauchemar où la cravache lui meurtrissait le dos, où la lanière de cuir lui zébrait les fesses.

— Assez ! Assez ! Je ne recommencerai plus.

— Je te chasse ! Va dans la forêt avec les bêtes. Tu es pareille qu'elles. Tu es pareille qu'un singe.

— Oui, Maître.

Mari interrogea Lisha du regard, afin de savoir si ce jeu stupide devait se poursuivre.

— Reste là, dit Lisha. Tu vas rencontrer les bêtes. Attends.

Lisha rampa sur son lit pour attraper quelques grands

animaux de bois ou de tissu bourré de kapok. Le lion fut le premier à entrer en scène.

— J'ai faim, moi, dit-il entre deux bonds sur le matelas. Je mangerais bien un homme. Tiens, tiens, je crois que j'en vois un.

Fataliste, Mari s'apprêta au pire, se contentant de geindre :

— Mon Maître est bien cruel de m'avoir abandonnée dans cette terrible forêt. Pourvu que je ne rencontre pas le lion.

— Roarr !

— Ah !

Le fauve s'était élancé. Il atterrit devant la frêle créature de chiffon, plus blême que jamais entre les mains tremblantes de Mari.

— Pitié, puissant lion, toi le plus fort des ani..

— Silence !

Deux fois haut comme la poupée, le lion recula brusquement, comme s'il se trouvait sur le chemin d'un troupeau d'éléphants.

— Mais qu'est-ce que c'est que cette horreur ? On dirait un singe trempé dans la farine. Pouah ! Je préfère mourir de faim que de manger cette chair plus blanche que la lune.

Lisha se retourna et s'empara du léopard.

— Quelle chance ! s'exclama le léopard. Un homme, et le lion ne l'a même pas vu. Rooar !

Cette fois, la poupée ne chercha pas à échapper à son destin. Plus vite elle serait mangée, estima Mari, plus vite le jeu serait terminé.

Mais le léopard avait cessé son approche. Il reniflait.

— Quelle odeur affreuse. Et quelle drôle de couleur. On dirait un homme mais il est tout blanc. Il doit être malade. C'est mieux de ne pas le manger. Il pue comme un vieux poisson.

Le singe velu, qui succéda au léopard, crut avoir affaire à une noix de coco. Il goûta mais recracha bien vite, s'exclamant :

— On dirait un fantôme pourri. En plus, il pue comme un vieux poisson.

Lisha détestait le poisson. Rien ne lui faisait horreur comme le tieb, ce plat de riz au poisson qu'on servait souvent à la table des Maîtres.

Lasse d'essuyer des insultes derrière le rempart de plus en plus incertain de la poupée blanche, Mari cria sans réfléchir :

— Attention, singe ! Derrière toi. Un serpent ! Tssss !

Le joli visage de Lisha se figea. La fillette prit deux ou trois inspirations puis, brusquement, poussa un hurlement à faire fuir tous les esprits de la forêt. Mari se précipita sur elle et l'entoura de ses bras.

— Excuse-moi, je ne voulais pas te faire peur. Je n'ai pas réfléchi. Lisha, tais-toi, je t'en prie.

La terreur que les reptiles inspiraient à Lisha était connue de tous, et chacun en savait l'origine.

— Je te demande pardon, tais-toi, arrête de crier, Lisha, arrête...

Mais la petite ne criait plus. Les traits décomposés, les yeux pleins de larmes, elle repoussa Mari d'un geste brutal.

— Ne me touche pas. Tu me dégoûtes.

Mari s'éloigna, meurtrie. Elle se lavait matin et soir, frictionnait et coiffait ses cheveux deux fois par semaine, mais ne pouvait rien contre la pâleur maladive de son teint de Corne d'Ivoire, contre la laideur de sa figure de Blanche, contre l'odeur de sa sueur.

— Je ne voulais pas te faire peur, répéta-t-elle. Je suis vraiment désolée, Lisha.

— Je n'ai pas peur de toi. Je n'y ai même pas cru, à ton serpent.

Pourtant, Lisha claquait encore des dents et ses mains voletaient comme des papillons affolés.

— Tu m'as fait penser à quelque chose, c'est tout.

Pili, empoisonnée par le venin du cobra cracheur et morte après deux heures d'une agonie atroce. Pili, dont le souvenir hantait Ker Samba. Lisha n'était pas la seule à porter les stigmates du drame. Ne murmurait-on pas qu'Adila avait laissé dans ce deuil une partie de sa raison ?

— Je sais, dit Mari.

— Tu ne sais rien du tout. Je ne t'en ai jamais parlé.

— De quoi ?

— De l'initiation.

— Oh ! Si, Lisha, je suis au courant. Mais tu n'as rien à craindre. Cela signifie simplement que tu vas avoir tes sept ans et que tu es maintenant une grande fille.

— Les Blancs ne passent pas l'initiation. Tu n'y connais rien.

— Il s'agit juste d'une grande fête, Lisha. Tout ira bien. Et tu recevras plein de cadeaux.

La petite fille tapa du pied.

— Je te dis que tu n'y connais rien ! On va me perdre dans la forêt avec toutes les bêtes sauvages. Elles vont me mordre. Je ne veux pas ! Je ne veux pas !

Lisha sanglotait, tirant sur ses tresses, griffant ses joues.

— Mais non, voyons...

— Tais-toi !

Mari haussa les épaules. Tel qu'il se pratiquait dans la Kassamansa moderne, le rite d'initiation ne ressemblait en rien à celui auquel on soumettait les enfants d'autrefois. D'ailleurs, autrefois, les filles en étaient exclues. Mais elle s'efforcerait en vain d'en convaincre Lisha. Mari jeta un regard vers les arbres du parc, qu'elle voyait à travers les carreaux prendre une teinte plus sombre.

— Il faut que je m'en aille, Lisha. Veux-tu que je fasse venir Dene ?

— Non. Je veux rester toute seule.

Mari ramassa son chapeau de paille et son panier vide.

— Lisha ?

— Quoi ?

— Est-ce que tu le penses vraiment ? Est-ce que tu me trouves si horrible que ça ? Et que je pue ?

La réponse mit un long moment à venir. Lisha l'agita dans sa tête, le regard fixe, mâchonnant une perle qui avait glissé au bout d'une tresse

— C'est normal, dit-elle. Tu n'es qu'une esclave.

Le soir, sauf quand elle y était retenue pour une tâche particulière, Mari quittait Ker Samba et rejoignait le village. Marchant vers la case familiale, une parmi les dizaines où se regroupaient pour la nuit les deux cents esclaves de Sare et Adila, elle songea aux trois enfants nus allongés en plein soleil sur le rocher. La petite Lisha, sans doute, aurait été horrifiée de les voir ainsi exposés. Tous les esclaves du domaine portaient des vêtements longs et couvrants, même au plus fort de la chaleur. On disait qu'il leur fallait se protéger la peau contre les rayons de l'astre qui écrasait si souvent le ciel de Kassamansa. Nue, elle avait tôt fait de rougir avant de souffrir de pénibles brûlures. Mais Mari soupçonnait que cette règle avait d'autres causes. Blanche ou rouge, la peau des esclaves répugnait aux Maîtres. Tous ici, comme Lisha, préféraient n'en voir paraître que le strict minimum.

La nuit, au moins, tous les hommes étaient gris. Elle était tombée comme un coup de hache, alors que Mari n'avait pas encore atteint la lisière du village, tout au bout du long chemin de terre.

3
LE VILLAGE

La saison des pluies commençait à peine. Pendant plusieurs mois, de violents orages allaient s'abattre sur la Kassamansa. Ils apporteraient un peu de fraîcheur et beaucoup de souffrances. Après la soudaine et magnifique explosion de la nature les tâches se multiplieraient. Dans les plantations, dans les rizières, les femmes redoubleraient d'ardeur. Après le semis du mil et de l'arachide, venait le repiquage du riz. Pendant ce temps, les hommes se battaient contre la forêt qui, à chaque nouvel hivernage, repartait à l'assaut des routes, des chemins et des lieux de pâture. Les vrilles, les lianes et les racines ne se lassaient jamais. Partout où l'homme vivait, elles persistaient à lui contester ses droits sur le sol. De la mangrove pendue sur les eaux du fleuve, des mares et des flaques, s'élèveraient des millions de moustiques.

Alors, la piste rouge, qui traçait entre les cases ce que les Blancs nommaient la « rue », se transformerait certaines nuits en un ruisseau de boue.

Mari la remontait sans hâte, profitant de la relative douceur d'une soirée encore sèche. Posées çà et là, comme au hasard, les cases étaient rondes pour la plupart. Bâties de briques en torchis, elles s'abritaient sous un large toit de chaume qui, au soleil, jetait autour de l'habitation un cercle d'ombre bienvenu. D'autres, dans la vieille tradition du pays, ressemblaient à de véritables maisons, avec leurs murs de terre élevés sur un socle, leur forme rectangulaire et leur grenier à grains soutenu par une charpente en bois de rônier. Certaines, enfin, n'étaient que des masures de paille et de tiges de palmier. On y cuisait à la saison sèche, on y pourrissait quand venait celle des pluies.

Mari s'arrêta devant la case familiale. Circulaire et solide, elle semblait naguère bien exiguë. Mais, depuis qu'on avait envoyé Jan et Luc, ses frères, travailler en d'autres lieux, la promiscuité y était moins pénible. La jeune fille demeurait là en compagnie de ses parents, partageant avec eux de bien trop brèves heures de sommeil.

Ani préparait déjà la bouillie de mil au lait caillé et les galettes. Pour Mari, chaque soir, le retour était difficile. Ayant quitté le luxe et le confort de Ker Samba, il lui fallait s'habituer de nouveau au décor misérable, aux gamelles percées, aux paillasses rêches. Mais le plus dur, sans doute, était de trouver sa mère un peu plus éreintée que la veille, son visage plus marqué, ses cheveux plus gris. Toma, lui, avait encore le dos bien droit. Toute la fatigue accumulée au fil des jours paraissait s'être concentrée chez lui dans le regard. Pourtant, dès que Mari pénétrait dans la case, un vent léger y entrait avec elle, par cette ouverture qu'obturerait bientôt une vraie porte, taillée dans un pli du bentenier abattu. Ani et Toma étaient si fiers de leur fille. Comme elle, plus qu'elle peut-être, ils l'imaginaient en princesse promise à un noble destin. N'était-elle pas admise, presque en égale, chez les Maîtres ? Ker Samba n'était-il pas devenu son second foyer ? Jamais Mari n'avait évoqué devant ses parents les vexations qu'elle y subissait.

Un pas, deux pas sous le toit de chaume, et elle étouffait. Un coup d'œil vers le mur de terre où pendaient des nœuds de cuir, des chapelets de coquillages, des sachets emplis de poudre magique, des poils de queue de bœuf torsadés, divers grigris, et Mari sentait les assauts de l'humiliation, plus encore que face aux insultes dont l'abreuvait Lisha. Ces superstitions, dont la plupart des Maîtres s'étaient depuis longtemps débarrassés, collaient encore à la peau des Blancs. Pour ceux du village, pour Mari elle-même, elles représentaient bien souvent l'ultime refuge.

Dans le grand coffre, sous le linge élimé et quelques habits pliés, sa mère conservait aussi une grosse croix de bois. Elle symbolisait le dieu qui veillait autrefois sur leurs ancêtres à tous, le dieu qui les avait abandonnés.

— Le ciel est clair. Il ne va pas pleuvoir, dit Mari.

Ani hocha la tête en souriant. Puis elle se dépêcha de servir le dîner, comprenant que sa fille désirait quitter la case au plus vite, afin de rejoindre la place du village. Elle ne l'y accompagnerait pas. À bientôt quarante-cinq ans, elle se sentait trop usée par l'âge pour participer encore à ces fêtes nocturnes.

— Qu'elles en profitent tant qu'elles peuvent, dit-elle, sans préciser davantage sa pensée.

Ani songeait à ces femmes assez jeunes et robustes pour perdre quelques heures de sommeil, à rire, chanter et boire, avant de reprendre dès l'aube suivante le chemin des plantations. Les hommes, quand il s'agissait de s'amuser, trouvaient toujours en eux d'inépuisables réserves d'énergie.

— Tes frères aimaient bien y aller, dit Ani.

Il ne se passait pas de soirée sans qu'elle évoque ses deux fils. Jan, vingt-trois ans. Luc, dix-neuf. Elle parlait d'eux comme d'enfants encore collés à ses jupes, le regard rivé au coin où les garçons dormaient naguère.

— Voilà bientôt quinze mois qu'on n'a pas reçu de nouvelles.

— On n'en a jamais reçu, répliqua Toma. Pas une fois.

Grands et forts, les deux jeunes gens avaient dû prendre un jour le chemin des chantiers. Ni Mari ni ses parents ne se faisaient la moindre illusion. On les avait expédiés fort loin, probablement pour travailler dans les mines du Sud. Dans ses rêves, Mari les avait imaginés parfois puisant à pleins seaux l'or et le diamant. Mais il était à parier qu'ils finissaient leurs journées noircis des pieds à la tête, et non couverts de paillettes. Ici, à Ker Samba, on ne se rendait pas bien compte. Dans les plantations, on vivait encore à l'ancienne. Il fallait, disait-on, aller à la découverte des grandes villes, comme Ziguinchor, pour comprendre ce que signifiait le mot « progrès ». Or progrès était synonyme de charbon. Les machines modernes en brûlaient des tonnes et les hommes qu'on arrachait à leurs familles avaient le plus souvent pour tâche d'extraire le sombre combustible des entrailles de la terre.

— On ne saurait plus où les mettre, remarqua Ani. Ils étaient tellement grands, Luc, surtout.

— Quand ils étaient allongés, on ne pouvait plus bouger sans leur marcher sur les pieds, dit Mari.

Sentant venir les larmes de sa mère, elle se leva et sortit.

La place n'était qu'un espace un peu large, en forme de goutte d'eau, qui s'était constitué à la suite de l'effondrement d'une ou deux cabanes vétustes. Au lieu d'y rebâtir des cases, on l'avait déblayée, aplanie et aménagée. Des rondins et des billes d'un bois trop médiocre pour être équarri servaient de bancs, d'anciens bidons d'huile de jardinières où l'on faisait fleurir des hibiscus, des cactus et du gingembre. C'était peu mais cela suffisait à transformer cette poche ouverte près d'une extrémité du village en un lieu où les Blancs aimaient à se réunir. Le repas avalé, quand le temps le permettait, ils entassaient des branches sèches au milieu de la place et se regroupaient autour d'un grand feu sans craindre les insectes ni les serpents. Parfois ils étaient une vingtaine, parfois jusqu'à cinquante.

Mari vit que l'assemblée, ce soir, ne serait guère nombreuse, et qu'elle en serait presque la seule femme. Cela signifiait que la journée avait été rude dans les plantations. Une fois de plus, elle se réjouit des privilèges qui lui faisaient paraître plus douce sa condition d'esclave.

À peine se fut-elle assise sur son siège d'écorce qu'un jeune homme vint s'installer près d'elle, le plus près qu'il lui fût possible sans la gêner. Paolo. Paolo qui, lui, ne la trouvait ni repoussante ni stupide, qui aimait son odeur et la pâleur de son teint. Ne lui avait-il pas dit, un jour, qu'elle était à ses yeux la plus belle fille des deux mondes ? Celui des Noirs et celui des Blancs, celui du Sud et celui du Nord. Paolo, pour sa part, s'enorgueillissait de ses origines. Ses ancêtres, prétendait-il, venaient d'un pays où le soleil brillait presque aussi fort que celui de Kassamansa. Il leur devait sa peau brune, ses cheveux et ses yeux noirs. Par malheur pour lui, cela ne l'avantageait en rien au regard de ses Maîtres. Même si l'on n'éprouvait pour lui que dégoût, on préférait ici que l'esclave ait l'apparence d'un esclave. Au marché de Ziguinchor, la grande ville située en aval sur le fleuve Kawungha, les Cornes d'Ivoire blanches comme le lait atteignaient les prix les plus élevés.

— Tiens !

Paolo lui tendit une outre en peau de chèvre. Mari n'adorait pas le vin de palme mais elle accepta. Aux assemblées, tous en buvaient. Le soir, au village, un peu de gaieté ne se refusait pas. Mari grimaça, avalant quelques gorgées de sève fermentée, qui laissèrent sur sa langue un sillage pétillant. Ce breuvage, décidément, n'était pas fameux.

Tout monta en même temps, les flammes, les étincelles et les craquements du tas de branches, la chaleur du creux du ventre, et bientôt les chansons. Mari n'avait pas vu son père quitter la case. Mais il était là et, comme toujours, conduisait le chœur de sa voix formidable.

Aux marches du palais
Aux marches du palais
Y a une tant belle fille, lonla,
Y a une tant belle fille.

Lui, Toma, savait bien que Mari était quelque part dans l'ombre, de l'autre côté du brasier. Il n'avait pas choisi par hasard cette chanson – sa préférée. La jeune fille n'en comprenait pas les paroles mais elle devinait qu'il y était question d'amour.

Elle a tant d'amoureux
Elle a tant d'amoureux
Qu'elle ne sait lequel prendre, lonla,
Qu'elle ne sait lequel prendre.

À la fin de la chanson, Toma en entonna une autre, sans reprendre son souffle.

Mon amant me délaisse
Ô gai ! Vive la rose !
Je ne sais pas pourquoi
Vive la rose et le lilas !
Je ne sais pas pourquoi
Vive la rose et le lilas.

Longtemps, la nuit retentit du son des voix mêlées, de ce tumulte qui faisait dire à Fuli Fak que le cri de l'hyène était plus mélodieux. Quant aux rythmes frappés par la paume des mains ou des baguettes de bois sur des bûches, des planches, des bidons vides, le régisseur les comparait au pas léger de l'éléphant piétinant un sous-bois.

Paolo remuait vaguement les lèvres mais il ne chantait pas. Il se laissait en revanche emporter par le mouvement de la musique. Chaque fois qu'elle marquait un accent, son épaule le soulignait, penchant toujours du même côté, là où elle rencontrait celle de Mari. La jeune fille se prêtait à ce jeu. Dans l'ambiance chaleureuse des veillées, la vie lui paraissait moins cruelle. En même temps, les rêves et les espoirs fous qu'elle nourrissait dans ses moments de solitude s'évaporaient comme la rosée sous le soleil matinal de Kassamansa. Parmi les siens, elle voyait les choses telles qu'elles étaient. Elle appartenait à cette communauté. C'était là, au village, que se déroulerait l'essentiel de son existence. Auprès de Paolo, pourquoi pas ? Paolo était gentil et travailleur. Et Paolo la trouvait jolie.

Un homme nommé Ben s'était levé. On se transmettait dans sa famille de vieilles histoires du pays blanc, que dans ses récits il appelait « Europe ». Il en connaissait des dizaines, plus horribles les unes que les autres. Fables ou histoires vraies, personne ne le savait. Mais nombre d'entre elles concernaient la terrible maladie qui avait ravagé la terre de leurs ancêtres. La Peste. Et cela, assurément, c'était la réalité. On ignorait d'où était sorti ce fléau, ce qui avait mérité au peuple blanc une telle malédiction, mais nul ne doutait de son existence, pas même les Maîtres. Aujourd'hui, cependant, Ben ne leur parlerait pas des feux gavés de soufre qui éloignaient les miasmes ni de ces forçats qu'on obligeait à transporter sur des charrettes des corps presque réduits à l'état liquide, ni de la belle légende des quatre voleurs qui avaient échappé à l'épidémie grâce à un vinaigre purificateur de leur invention... Non, aujourd'hui, il allait poursuivre le récit qui les tenait tous en haleine depuis le commencement de l'hivernage. Celui de la Bête dont personne ne connaissait le nom. Il y avait dans les forêts de Kassamansa de nombreux animaux redoutables mais aucun n'égalait la Bête en taille et en férocité.

— Est-ce que tu vas enfin nous conter comment on tua la Bête ? lança une voix égayée par la boisson.

— Pas encore ! C'est une longue, longue histoire. Pour tout vous dire, mes amis, j'en connais des tas de bouts, mais je sais pas trop dans quel ordre faut les ranger.

Il y eut quelques ricanements puis le silence revint. D'où elle se trouvait, Mari ne voyait que le dos du vieux Ben, que les années de servitude avaient cassé en deux. Le petit bonhomme avait laissé ses cheveux et ses forces sur les chantiers de Sare Samba. Pourtant, quand il commençait à parler, on eût dit que même la lune qui flottait au-dessus du village se rapprochait pour l'écouter.

— Ah ! vous vous souvenez, commença-t-il, comment que la Bête a terrifié tout le pays. Vous vous souvenez qu'elle aime surtout les femmes et les enfants... Ah ! oui, les tendres jeunes filles et les enfants, c'est sa nourriture préférée. Mais elle mange aussi les bœufs, les moutons, et même les vieux bavards comme moi. Elle mange tout, la Bête, et elle est partout, si bien qu'on croirait qu'y en a cent. Je vous ai raconté que le Roi a promis une belle récompense à celui qui rapportera sa peau et sa tête coupée. Il vient des courageux et des hardis de tous les coins. Parfois, ils sont plus de mille à la traquer. Mais elle s'échappe à chaque fois, sans jamais oublier d'emporter un bras ou une cuisse. Oui, ça, je vous l'ai déjà raconté. Mais l'histoire du courageux garçon de douze ans, celle-là, non, vous la connaissez pas.

Ben se râcla la gorge et tendit la main pour qu'on lui passe une gourde. Certains, au village, prétendaient qu'il puisait directement ses récits extraordinaires dans le vin de palme.

— Je sais pas son nom.

— Comme d'habitude ! lança quelqu'un.

— C'est vrai, mon père avait pas la mémoire des noms, ou alors le père de mon père, ou alors son père à lui, ou... En tout cas, ils se sont perdus. Les anciens m'ont transmis de nombreux récits, des récits authentiques du pays blanc, mais un esprit malin nous a volé le nom des gens. Je vous jure pourtant qu'ils ont tous existé. Ce courageux petit gars dont je vous parle, que je me transforme en scorpion s'il a pas existé. Et pareil pour ses jeunes camarades.

Mari écarquilla les yeux, comme si elle s'attendait en effet à voir le conteur se muer en une vilaine bestiole noire. Profitant qu'elle était distraite, Paolo se serrait contre elle. Il avait maintenant la tête dans le creux de son épaule et une main sur son genou.

— La Bête... Vous vous souvenez ce que je vous ai dit, pas vrai ? La Bête, on sait pas ce que c'est. Pas un loup, pas un lion, pas une panthère, non. Elle est beaucoup plus grosse et beaucoup plus vorace que ça. Eh bien, ils y vont quand même, nos petits amis, dans la montagne, parce que c'est là qu'ils doivent aller, pour garder le troupeau. Pas fous, malgré tout. Ils ont des bâtons et, au bout des bâtons, ils ont attaché des couteaux grands comme ça.

Une ombre immense s'allongea entre les mains du vieux Ben. Ce n'était pas un couteau qu'il montrait, songea Mari, plutôt une sagaie !

— Les pauvres ! Des bâtons et des couteaux ! Mais malheureux ! Mille hommes avec des fusils qu'ont essayé ! Et la Bête, ils l'ont pas attrapée. Et la Bête, elle est quand même partie avec sa cuisse fraîche et son bras dodu. Bon. Écoutez-moi. Y a une petite, pas plus haute que ça.

Ben s'était baissé, sa main touchait presque le sol. La petite, s'amusa Mari, n'avait probablement pas de jambes.

— Ah ! Aaaah !

Le cri, terrifiant, fit frissonner l'assistance.

— Toute menue, toute tremblante. C'est la première qui voit la Bête. Aaaah ! Elle est là, à dix pas, ou quinze, si vous me croyez pas. Les yeux rouges, la gueule pleine d'écume. Je vous ai pas dit combien qu'ils étaient, les petits, parce que je m'en souviens plus. Peut-être bien six. On dirait qu'il y en a plus qu'un, de toute façon, tant qu'ils sont serrés les uns contre les autres. Ils font la croix, comme ça, comme on faisait encore au pays quand le dieu de la croix veillait sur nous.

Ben traça le signe dans la nuit. À droite, à gauche,

puis en haut. Une épaule, l'autre épaule et le front. Il y eut un murmure autour du brasier. Ils étaient si nombreux à cacher dans la case une croix de bois. Les Maîtres ne le leur interdisaient pas. Mais ils se moquaient des superstitions des Blancs. Parfois, même, ils disaient des choses horribles. Fuli Fak, le régisseur, prétendait ainsi que les tribus sauvages du Nord avaient fini par dévorer vivant leur propre dieu. Ensuite, il s'exclamait en riant : « Et vous vous étonnez qu'il vous ait abandonnés ! »

— Ils sont braves, ces petits, vous imaginez même pas. Ils se défendent avec leurs bâtons et leurs couteaux grands comme ça. Mais la Bête, c'est la Bête, vous comprenez. Elle finit par en attraper un. Là, au cou. Et elle l'emporte ! Réfléchissez un peu. Les autres, ils sont tranquilles. Quand la Bête dévore un enfant, ça l'occupe. Ils pourraient fuir, les autres petits. Qu'est-ce qu'il fait, à votre avis, notre petit gars courageux de douze ans ?

Le conteur attendit, immobile, qu'on lui souffle la réponse. Mari profita de cet instant de silence pour repousser la tête de Paolo, qui pesait sur sa poitrine. Le jeune homme s'était endormi.

— Il ne fuit pas, dit enfin une voix.

— Non. Non ! Il se lance à la poursuite de la Bête, il la rattrape et… il lui plante son couteau dans le ventre ! La Bête lâche sa proie. Enfin… presque. Elle s'éloigne un peu, avec la joue qu'elle vient d'arracher. Une joue, c'est bien peu pour son appétit. Alors…

Tel fut le dernier mot que prononça Ben ce soir-là. À cet instant, en effet, une pieuvre aux longs tentacules de lumière surgit du ciel. Tous se levèrent d'un bond comme le fracas du tonnerre leur perçait les tympans.

Pris par l'histoire du vieux conteur, aucun d'eux n'avait vu disparaître la lune et les étoiles. En une poignée de secondes, l'assemblée se dispersa. Rares furent cependant ceux qui parvinrent à l'abri de leur case avant de recevoir les premières gifles de la pluie. Mari ne put déguerpir aussi vite que les autres, car il lui fallut d'abord se défaire du poids mort de Paolo affalé contre elle. Les pensées rafraîchies par les trombes d'eau qui s'abattaient soudain sur lui, le jeune homme l'enlaça. Un nouvel éclair fracassa la nuit et Mari tint pendant une longue seconde entre ses bras un corps à l'éclat surnaturel. L'averse avait englouti la flambée. L'enchantement ne survécut pas au retour de l'obscurité. Paolo ne serait jamais que ce garçon vêtu de la tunique verte des esclaves.

— Je n'ai peur de rien quand je suis avec toi, dit-il. Je pourrais rester sous l'orage pendant des heures.

Rester. Ce mot hérissa Mari. Elle ne voulait pas rester. Elle voulait partir. Mais ceux qui portaient le costume vert ne partaient jamais. Savaient-ils seulement où ils se trouvaient ? Non. Ils ne savaient rien. Ni d'où ils venaient ni où ils étaient. Ils n'avaient plus de langue, plus de souvenirs, plus de culture. Quelques légendes absurdes qu'ils écoutaient comme s'il s'agissait de la vérité vraie, quelques chansons dont ils articulaient les syllabes sans saisir ce qu'elles signifiaient... rien de plus.

— Où vont-ils, ceux qui s'évadent ? demanda-t-elle.

— On les rattrape, on les fouette, ou même pire, répondit Paolo. Souvent, ils sont déjà morts quand on les trouve. Les forêts sont pleines de danger et ceux qui tentent de s'échapper se réfugient toujours dans la forêt.

— Même Ben ne goberait pas une fable pareille, répliqua Mari. On ne les retrouve pas morts. On les tue.

Sauf que parfois, songea-t-elle, on n'entendait plus jamais parler d'eux. Peut-être que certains, après tout, parvenaient à gagner ce pays où, disait-on, les Blancs étaient libres. Au sud, tout au sud du continent.

— Toi, dit Paolo, tu réussiras, Petit Babouin.

— Ne m'appelle pas comme ça.

— Tu réussiras, répéta Paolo.

— Moi ?

— Tu as déjà fait la moitié du chemin, il me semble.

Mari jugea détestable la façon dont le jeune homme la regardait. Dans les palpitations de l'orage, son visage ruisselant lui adressait d'étranges grimaces où se mêlaient l'amertume et le soupçon.

— Je ne comprends pas ce que tu veux dire.

— Tu es belle, souffla Paolo.

— Et alors ?

— Une jolie fille finit toujours par obtenir ce qu'elle désire, si elle sait y faire.

Mari chassa son compagnon d'un rire méprisant.

— Oui, c'est vrai, je suis reçue à Ker Samba ! cria-t-elle. Et je connais les Maîtres mieux que toi. Ils nous considèrent comme des animaux répugnants. Même Lisha dit que je pue.

Paolo s'éloigna dans le torrent de boue qui charriait des gourdes vides et cent autres petites choses.

— On raconte pourtant que certains Maîtres ne dédaignent pas la chair blanche, lança-t-il avant de disparaître dans la nuit.

Mari partit en courant et se réfugia sous le toit de chaume de la case familiale, trempée, tremblante. Elle se déshabilla et se coucha sur sa paillasse mais le sommeil tarda à la visiter. Elle ne comprenait que trop bien les allusions de Paolo. Presque chaque jour, elle croisait dans les couloirs de Ker Samba la pauvre Clara. Une ombre aux cheveux gris. La petite femme marchait le long des murs, les épaules voûtées, les mains nouées l'une à l'autre. Il était difficile de se la représenter dans la splendeur de sa jeunesse, boucles blondes, yeux améthyste, teint de lait. Chacun savait que, selon les mots de Paolo, Sare Samba ne l'avait pas toujours dédaignée. On prétendait même qu'un enfant était né de cette union. Si Clara continuait de hanter la demeure des Maîtres, c'était par la volonté d'Adila. Maîtresse Samba se repaissait du spectacle de sa déchéance et de sa soumission.

Voilà tout ce que Paolo avait jugé bon de lui rappeler. Au lieu de dire ce qu'elle attendait : « Oui, fuyons ! Je partirai avec toi ! »

Tandis que Mari s'assoupissait enfin, les oreilles pleines du vacarme de la tempête, d'affreuses images défilèrent sous ses paupières. Elle n'y rencontra ni la Bête ni les enfants déchiquetés dans la montagne par les crocs acérés du monstre aux prunelles rouges. Car, presque chaque soir en s'endormant, Mari se sentait happée par le même cauchemar aux mille visages. Il portait un nom : Peste. Il avait une couleur : le noir. Et il lui jouait une lugubre musique, celle des cloches qui sonnaient, sonnaient, sonnaient...

La Peste, c'était le grouillement immonde des rats, le désespoir des pauvres gens qui se jetaient par la fenêtre, les charrettes où on entassait les corps pêle-mêle, les forçats qu'on obligeait à creuser des fosses, les feux de bois allumés au bord des chemins, dans les maisons, partout, pour purifier l'air... La Peste, c'était *le mal que le ciel inventa pour punir les crimes de la terre.*

Depuis qu'elle était toute petite, cette question tourmentait Mari. Quel crime abominable avaient donc commis les hommes blancs pour mériter un tel sort ? Pourquoi le dieu de bois les avait-il abandonnés ? Était-il vrai que, dans leur folie, ses ancêtres des lointaines terres du Nord l'avaient mangé ? La maladie, la mort, des milliers et des milliers de morts, « mille fois mille morts » disait parfois son père. Et, pour les rescapés, l'esclavage.

Comme toujours, sa dernière pensée avant de sombrer dans le sommeil fut : « Pas moi ! Moi, je m'en sortirai. Un jour, je serai libre ! Et j'irai, là-bas, j'irai. »

Mais, au réveil, elle reprenait le chemin de Ker Samba.

4

LE JOUEUR D'AWÉLÉ

Lisha était de bonne humeur. Sans que Mari ait eu à le lui suggérer, elle avait pris le grand livre sur une étagère. Elle l'ouvrit et commença à en tourner les pages. Sur chacune, il y avait un dessin, un animal, une plante, un objet. Et, sous ce dessin, figurait une inscription.

— Pot, dit Mari.

— Vase, rectifia Lisha. Il faut lire, pas deviner.

— Pirogue !

— Très bien. Regarde les lettres. Il faut les apprendre.

— Est-ce que tu les connais toutes, toi, Lisha ?

— Bien sûr.

Elles étaient assises au milieu de la chambre, proches à se toucher. Lisha, aujourd'hui, ne semblait dérangée ni par l'aspect de Mari, ni par son odeur.

— J'aimerais bien savoir aussi, dit Mari.

Lisha partit à la renverse, frappant ses pieds nus l'un contre l'autre, comme pour applaudir.

— Une Face de Craie qui lit !

L'idée semblait l'amuser follement.

— Je me demande si les gens lisaient des livres, autrefois, dans mon pays.

— Il faut d'abord les écrire, que tu es bête. Et les Blancs ne savent pas écrire.

Mari soupira.

— De toute façon, ils ont dû les brûler. Ils faisaient des feux partout, à cause de la maladie.

Pour se redonner un peu d'espoir, elle ajouta :

— Ils avaient leur écriture à eux. Ce n'est sans doute pas la même.

— L'écriture, c'est l'écriture, décréta Lisha. Il n'y en a pas cent ! Et les Blancs ne la connaissent pas, parce qu'ils sont stupides et paresseux.

— Je ne sais pas… Regarde.

Mari posa le doigt sur les petits signes noirs, sous la belle image d'une girafe.

— Ce mot-là, dans mon pays, il ne servirait à rien. Il n'y a pas de girafe, à cause du froid. Ça prouve bien que les mots doivent être différents.

Lisha haussa les épaules, ne trouvant rien à répliquer. Et la leçon s'interrompit là, car la porte venait de s'ouvrir. Mari se hâta de se lever, comme il convenait de faire devant les Maîtres.

— Qu'est-ce que vous faites avec ce livre, toutes les deux ?

Mari demeura tête baissée, sans répondre. Face à Adila Samba, elle ne se sentait jamais à l'aise. Malgré sa taille modeste, malgré sa maigreur, la femme qui régnait sur Ker Samba en imposait. Ses colères terrifiaient tous les domestiques de la maison. Or, elles survenaient sans crier gare, suscitées souvent par d'infimes détails. Adila, qui mangeait peu et à qui on ne connaissait aucune passion véritable, semblait en vérité se nourrir de ces accès de rage auxquels nul n'échappait, pas même son époux.

— J'apprends à lire à Mari, dit tranquillement Lisha.

Si quelqu'un se montrait à l'épreuve du tempérament instable et des fureurs d'Adila, c'était elle, la dernière-née. Sare, son père, observait parfois avec appréhension le comportement de l'enfant, redoutant de déceler en elle le germe d'une folie comparable à celle qui animait Adila.

Mari guetta d'un œil inquiet la réaction de sa Maîtresse. Mais Adila prit le parti de rire.

— Voilà qui est utile ! s'exclama-t-elle. Si tu avais un singe, sans doute lui donnerais-tu des leçons de couture. Viens, toi, j'ai besoin de tes services.

Situés au premier étage de Ker Samba, les appartements d'Adila dominaient les plus beaux parterres fleuris du parc. Par les hautes fenêtres, entre les tentures noires, on admirait un spectacle sans cesse renouvelé que cinq jardiniers, chaque matin avant l'aube, mettaient en scène pour la journée. Jamais une feuille jaunie ne le déparait, non plus qu'un pétale tombé. Pourtant, Adila passait l'essentiel de son temps dans le boudoir jouxtant sa chambre, derrière la double épaisseur de soie des rideaux qui filtraient la lumière. Elle vivait dans cette quasi-pénombre, entre le sofa et la coiffeuse, à remâcher ses rancunes et à méditer ses vengeances. Mari nota cependant que l'odeur entêtante de son *thiouraye* flottait dans l'air. Il provenait d'un pot de terre cuite où brûlaient sur des charbons ardents de petits morceaux de bois, des graines de diguidja et des cristaux de gomme. Sans doute même y ajoutait-elle quelques gouttes de son parfum personnel. « Ainsi, songea la jeune fille, Adila n'a pas renoncé à reconquérir Maître Samba. » À un thiouraye bien composé, disait-on, nul homme ne résistait.

— Il y avait un vent à décorner les buffles, dit Adila en s'asseyant face au miroir de la coiffeuse en ébène.

Le meuble était posé sur quatre pieds d'ivoire, sciés dans de belles défenses.

— Remets-moi de l'ordre dans cette tignasse. J'ai l'air d'une sorcière.

Adila fit voler les mèches et les tresses de sa chevelure, qu'une sortie dans la bourrasque avait bousculée. En principe, coiffer la Maîtresse ne faisait pas partie des attributions de Mari. Adila avait, pour soigner tous les aspects de sa personne, plusieurs domestiques à son service. Mais elle ne cessait de se plaindre d'elles.

— Ce sont toutes des brutes.

Dès que Mari eut posé les mains sur le sommet de son crâne, Adila se détendit.

— Tu as les doigts plus légers que l'aile d'une bergeronnette. Aïe ! Tu le fais exprès ? Tu n'es pas habituée aux compliments, ça te trouble.

— Pardon, Maîtresse. Il y a des nœuds.

— Voilà que le vent sait faire des nœuds. Et toi, tu vas bientôt savoir lire. Tu n'es pas obligée de te plier à tous les caprices de Lisha, Mari.

— Ça ne me dérange pas.

— Il lui passe de drôles d'idées par la tête, certains jours. Au moins, quand son temps sera venu, elle saura commander.

Mari faillit approuver mais se contenta de sourire à son reflet, dans le miroir de la coiffeuse. Elle renoua le ruban rouge, sur le côté droit, juste au-dessus des trois torsades où se mêlaient cheveux et perles.

— Elle est bizarre, en ce moment. Je la sens inquiète, nerveuse... Tu n'as pas remarqué ? Non, bien sûr, avec toi, Lisha est toujours sage. Elle te réclame sans arrêt. Elle tient à toi, ta petite Maîtresse.

Mari réfléchit longuement avant de donner sa réponse. Adila se montrait rarement aussi bavarde. Il lui arrivait de ne pas prononcer un mot pendant des heures. Souvent, elle se contentait de donner ses ordres d'un geste.

— Je crois... je crois que c'est à cause de l'initiation.

— Ah oui ?

— Elle pense qu'on va la laisser seule dans la forêt. Elle a peur de... enfin...

— Plus haut. Cette épingle n'est pas à sa place. Peur de quoi ?

— Je... de... des bêtes... des...

— Ça va, j'ai compris. Qu'es-tu allée lui raconter, petite idiote ?

— Rien, mais rien.

Les yeux d'Adila lançaient des éclairs plus vifs que ceux de l'orage de la nuit précédente. Les yeux d'Adila. Noirs, immenses, ils s'étaient tournés vers le portrait accroché au mur. Pili, la regrettée. Comme l'avait appris un jour Mari, il ne s'agissait pas de l'œuvre d'un artiste mais d'une authentique reproduction de ses traits, par une méthode mystérieuse. À ce qu'on prétendait, le visage de la jeune fille avait été dessiné par la lumière sur une plaque d'argent enduite de goudron.

— Je lui parlerai. Je t'interdis d'aborder de nouveau la question avec elle.

Maîtresse Samba s'était apaisée aussi vite que sa colère avait surgi. Un prodige que connaissaient tous les familiers de la maison.

— C'est ma faute, dit-elle, plongeant Mari dans la perplexité. J'aurais dû prévoir. Je sais qu'elle fait des cauchemars presque toutes les nuits. Dene essaie de me le cacher mais je le sais. Ce doit être Gakere.

— Gakere ?

Mari n'aimait guère le fils aîné des Samba, un garçon violent, arrogant, méprisant, qu'on disait porté sur les drogues et les alcools forts. Mais elle ne saisissait pas la nature des soupçons d'Adila.

— Il adore terrifier sa sœur. Il est capable de lui avoir raconté des sottises. La manière dont se déroulait l'initiation autrefois, par exemple. Sans lui préciser qu'il s'agit aujourd'hui d'une cérémonie symbolique.

— J'ai terminé, Maîtresse. Est-ce que cela vous convient ?

Adila ne s'admira qu'un instant. Ce n'était pas elle, en réalité, qu'elle contemplait dans le miroir.

— Baisse-toi un peu, Mari. Approche. Encore.

— Mais…

— Comme ça, oui. Mets ta tête contre la mienne.

Embarrassée, Mari obéit, s'efforçant cependant de ne pas toucher Adila. Son menton effleurait presque le creux de l'épaule nue, dépression si profonde qu'il aurait pu s'y loger en entier.

— Regarde, dit Adila en inclinant légèrement le miroir ovale. Regarde-la, cette petite Face de Craie. Ouvre bien les yeux.

Mari explora son reflet avec curiosité, sans comprendre ce qui fascinait tant Adila.

— Tu sens le chat sauvage, ma fille.

— Je… oh !

La jeune fille rougit, se rappelant soudain un détail humiliant.

— Pardon, Maîtresse. J'ai été prise sous l'averse, hier soir et je me suis couchée comme ça, sans me sécher, sans…

Sans me laver.

— Ça va ! Ai-je dit que je détestais l'odeur des chats sauvages ?

Adila se leva brusquement, bousculant Mari.

— Que demanderais-tu en échange ?

Maîtresse Samba fit alors une chose extravagante. Elle prit à deux mains la tête de Mari, et attira son esclave à elle, comme si elle voulait l'embrasser sur la bouche. Son regard sombre plongea jusqu'au plus profond des yeux de Mari.

— Ils sont magnifiques, dit-elle. Ce bleu, cette clarté. Tu as les plus beaux yeux de la terre, Mari.

— Maîtresse…

— Tout ce que tu veux, murmura Adila. De quoi rêves-tu, mon enfant ? De liberté ? Oui, bien sûr, vous tous, vous ne rêvez que de ça.

Au coin de chaque œil, Mari voyait se profiler une

ombre menaçante. Adila portait à chaque index un ongle pointu, deux fois plus long que celui des autres doigts de sa main.

— Tu serais libre et moi j'aurais tes yeux. Qu'en dis-tu ?

Les ongles s'étaient enfoncés. Adila les lui entrait à la commissure des paupières.

— Comme ça. Ça viendrait tout seul, comme deux graines dans une cosse. Et ils seraient à moi. Tu veux bien ?

Mari ne voulait pas. Mais jamais, de sa vie, elle n'avait répondu « non » à Adila ou à Sare Samba.

— Je vous en prie…

La douleur se fit plus lancinante, plus angoissante. Adila était folle, on se le répétait, à voix basse, d'un bout à l'autre du domaine. Folle, capable de tout. De lui arracher les yeux, de se les approprier, pourquoi pas ?

Adila éclata de rire.

— Va-t'en. Dépêche-toi ! Sinon, je vais le faire. Et prends-en bien soin. Comme s'ils étaient à moi.

Avant de filer prestement, Mari capta une dernière fois son image dans le miroir de la coiffeuse. Une goutte de sang rouge perlait au coin de chaque œil bleu.

Dans le couloir, elle croisa Clara. Comme à son habitude, la malheureuse marchait en rasant un mur, un vieux mégot de cigare entre les dents. Le cheveu gris, le teint couleur de cendre. Clara leva vaguement une main vers Mari, comme si elle voulait lui adresser la parole. La jeune fille s'empressa de s'éloigner. Personne n'avait le droit de parler à Clara. Clara ne servait à rien. Clara n'existait pas. Clara était juste le reproche qu'Adila avait décidé d'adresser éternellement à son mari. L'ombre d'une vieille trahison.

Il était trop tard pour retourner auprès de Lisha. La petite devait être entre les mains de Dene, la gouvernante, qui lui donnerait son bain puis la ferait dîner. Mari descendit par le grand escalier de marbre. Un ornement nouveau avait été ajouté dans l'entrée de la maison. Une sorte de statue, un grand personnage de bois qui exerça sur elle une immédiate fascination. Mari connaissait la passion de Sare Samba pour la sculpture, mais jamais elle n'avait rien vu de tel. Le personnage était coiffé d'un turban blanc et vêtu d'une longue robe bleue semée d'étoiles dorées. Il y avait, ouvert devant lui, un plateau d'awélé. Le jeu était complet, avec les quarante-huit fèves dans les douze cases, comme au début d'une partie.

Mari fut secouée par un hoquet de stupeur. Comme réagissant à son approche, le joueur avait légèrement levé la tête et ses paupières avaient battu. Mue par un curieux sentiment de complicité, Mari eut envie de lui parler, de lui faire des confidences.

— C'est la première fois, souffla-t-elle.

Se souvenant que le joueur d'awélé ignorait tout de sa vie, elle précisa :

— Paolo me dit souvent que je suis belle mais les Maîtres ne me font jamais de compliments. Maîtresse Adila encore moins. Elle trouve mes yeux magnifiques. Sans doute parce qu'ils sont bleus. J'ai bien cru qu'elle allait me les arracher.

D'un geste machinal, elle ramassa quatre fèves, dans l'un des six trous placés devant elle, et les répartit une à une dans les creux suivants. Aussitôt, le joueur s'anima. Sa bouche aux lèvres rouges s'ouvrit et une voix à la fois rauque et juvénile s'exclama :

— À moi !

Mari fut tentée de prendre la fuite. Quel esprit malin logeait donc dans ce corps de bois ? Elle regarda le bras droit qui se pliait, la main qui descendait. Le pantin répliquait ! Ses doigts articulés prirent quatre graines et les firent tomber. Les mouvements étaient lents mais précis.

— Ce n'est pas possible, souffla la jeune fille. Tu ne peux pas exister.

Mais, passé le moment de saisissement, Mari s'esclaffa.

— Bravo ! Oh ! Très bien. Attends, tu vas voir.

Au commencement, il n'était pas nécessaire de réfléchir beaucoup. Mari vida l'une des cases de son territoire et sema. La riposte du joueur de bois fut en revanche plus longue à venir. Trois ou quatre coups plus tard, la jeune fille jugea que le pantin mécanique n'était pas seulement lent. L'esprit qui l'habitait n'était en vérité pas si malin que ça. Elle constata avec satisfaction qu'elle allait pouvoir commencer d'engranger. Lorsque la dernière graine d'un semis tombait dans un trou adverse où il n'en restait plus qu'une ou deux, on le vidait et on prenait le tout. Au bout de cinq minutes, Mari avait déposé dans la coupelle située à droite du plateau une dizaine de fèves brunes. Chaque fois qu'elle jouait, le joueur de bois lançait « À moi ! », ou alors « Bien joué ! » ou encore « Joli coup ! »

C'était follement drôle. Mais, à la fin, l'étonnant pantin ne dit plus rien. Ses gestes étaient devenus hésitants, saccadés. Il claquait à présent ses graines de façon bruyante, comme gagné par la mauvaise humeur.

— Eh bien ! On dirait que tu as trouvé un adversaire à ta mesure !

Mari sursauta. Foudroyée par la terreur, elle mit une éternité à se retourner. Elle n'avait pas entendu approcher Sare Samba. Comme à son habitude, l'épaisse silhouette du Maître était enveloppée dans une longue robe en batik imprimée de scènes colorées. Aujourd'hui, lions, zèbres et gazelles se disputaient son imposante personne.

— Pardon, Maître, je ne voulais pas…

— Le joueur est là pour jouer. Tant pis pour lui s'il ne se montre pas à la hauteur.

Sare Samba émit du bout de la langue quelques petits bruits désapprobateurs.

— Tu me déçois. Je te croyais plus fort que ça.

Le Maître donna une tape sur la joue de bois. Soudain, il contourna le grand pantin et sembla vouloir plonger les mains dans les entrailles du mécanisme. Un cri aigu retentit. Stupéfaite, Mari vit surgir hors de la robe semée d'étoiles une tête noire au cheveu ras. Sare Samba balança sans ménagement sur le carrelage le corps d'Ekevu le prétendument rusé. Le gamin s'éloigna en rampant, des mots de colère plein la gorge.

— Vous êtes deux imbéciles ! s'écria Maître Samba. Toi, d'être assez crédule pour croire qu'un automate connaît les règles de l'awélé. Et lui d'être assez sot pour se faire battre par une petite Blême. Mon propre fils !

Sare Samba se plaça au côté du joueur d'awélé.

— Regarde ça, cervelle de babouin, et essaie de retenir la leçon.

Le Maître ramassa une poignée de graines et les sema, surveillant Mari du coin de l'œil. La jeune fille ne savait comment interpréter la lueur amusée qui brillait dans les prunelles noires de Sare. Elle attendit, immobile. Jouer à son tour, contrarier les plans du Maître, lui eût semblé de la dernière insolence.

— Eh bien, tu dors ?

Mari toucha le bord du plateau du bout des doigts, hésita encore un instant puis se décida. Sare Samba approuva d'un mouvement de sa grosse tête ronde, avant de répliquer sans paraître devoir réfléchir, dans un bruissement de sa manche de soie.

— À toi.

Cette fois, Mari ne tergiversa qu'une dizaine de secondes.

— Excellent. Tu ne t'en sors pas mal, pas mal du tout.

Concentrée sur le jeu, Mari ne songea même pas à remercier le Maître de ces si rares félicitations. Elle ne tarda pas, en fait, à oublier qui elle affrontait. Sa réflexion et ses gestes avaient maintenant retrouvé leur vivacité coutumière. Mais, contrairement à ce qui se passait quand elle jouait avec Lisha, elle calculait ses coups pour gagner. En moins de cinq minutes, sa coupelle s'emplit à déborder. Sare Samba, qui à présent prenait son temps, n'avait engrangé qu'une petite dizaine de graines. Mari comprit soudain avec consternation que le Maître n'avait plus aucune chance de reprendre le dessus. Elle possédait déjà plus de la moitié des quarante-huit fèves et ne pouvait plus perdre.

Sare Samba s'en rendit compte à son tour. D'un geste de dépit, il balaya le plateau du revers de la main. Mari se jeta à quatre pattes pour s'empresser de ramasser les graines.

— Tu es observatrice, dit au-dessus d'elle la voix de Sare. Tu me fais penser aux perroquets du pays rouge.

Mari redressa la tête.

— Qu'est-ce que c'est ? demanda-t-elle d'un ton craintif.

— Un animal dans ton genre. Un oiseau qui ressemble au youyou et qui répète tout ce qu'on lui dit. Toi, ce ne sont pas les mots que tu répètes, ce sont les gestes. Désormais, je t'appellerai cervelle de perroquet.

Un instant plus tard, il ajouta :

— Si tu réfléchissais, tu jouerais moins vite.

Sare Samba s'éloigna en frappant le sol d'un pas lourd de colère. Avant de quitter la maison, il se retourna et éclata de rire.

— Pour un tel affront, mon père t'aurait tranché le cou ! Et, par le Grand Esprit, c'est ce que je ferai si jamais tu as l'impudence de te vanter à qui que ce soit de ton exploit !

Dès que le Maître eut disparu, Mari suivit ses traces, traversa l'entrée, bouscula sur le perron deux jeunes domestiques qui apportaient des légumes et des fleurs fraîches. Elle courut dans le parc. Quand elle fut loin de tous, elle cria :

— Je ne suis pas un perroquet ! Je ne suis pas un singe !

Sur le flanc nord de Ker Samba, Maître Sare avait créé un jardin à son image. On n'y admirait plus des parterres fleuris, des flamboyants et des frangipaniers, mais de vieux arbres noueux, des buissons taillés qui, dans la nuit, prenaient l'allure de fantômes ou de démons, d'étranges entassements de pierres plates, ainsi que des statues. Parmi ces dernières, la plus spectaculaire occupait le centre du jardin, entourée d'une haie de vétiver. Faite de marbre blanc, elle représentait un personnage nu, aux muscles saillants, la jambe droite fléchie, la gauche étirée presque complètement. Ses bras à demi levés étaient entravés par de lourdes chaînes. De dos, le sujet semblait tout à fait humain. Mais l'artiste avait donné à son visage des traits quasi simiesques et à son regard une absence d'expression qui faisait frissonner.

La sculpture portait simplement pour titre : *L'Esclave blanc*.

5
LES LANIÈRES DU SOLEIL

Fuli Fak, le régisseur en chef du domaine, s'aventurait rarement au village. Personne, d'ailleurs, n'aimait l'y voir, car il ne venait jamais pour annoncer de bonnes nouvelles. Lorsqu'il se déplaçait, c'était en général qu'on cherchait des hommes jeunes et solides pour ces lieux redoutés qu'on désignait sous le nom pudique de « chantiers » (mais chacun comprenait qu'il s'agissait des mines où le plus robuste des esclaves avait vite fait d'user ses forces). En d'autres occasions, une visite de Fuli Fak signifiait qu'on avait décidé d'allonger les heures dans les plantations, sur les chemins ou dans les forêts. Cela se produisait en certaines périodes de l'année, quand l'abondance des tâches l'exigeait. Le régisseur, enfin, se montrait au village quand un événement d'une gravité exceptionnelle s'était produit. Et notamment lorsqu'un des esclaves de Ker Samba était soupçonné d'avoir pris la fuite.

Un attroupement inhabituel s'était formé sur la place. Il était bien trop tôt pour qu'une assemblée en fût la cause, trop tôt pour les chants et les contes. Mari s'approcha donc avec un sentiment d'appréhension et son inquiétude ne fit que croître quand elle aperçut la silhouette massive du régisseur.

Il y avait là plus de cent de ses frères blancs, qui à cette heure auraient dû regagner leurs cases, après une journée harassante dans les champs ou dans les bois. Ils composaient un large cercle. Mari se faufila entre les rangs, intriguée plus que tout par le silence qui régnait. Elle réprima un cri de stupeur en découvrant auprès du régisseur trois enfants quasi nus. Elle les reconnut sans peine. La dernière fois qu'elle les avait vus, ils ne portaient pas même, comme à présent, une culotte et des sabots. Ils étaient étalés, les idiots, sur un rocher plat, en plein soleil.

Avançant d'un ou deux pas encore, Mari les distingua mieux. Horrifiée, elle conclut que les trois petits avaient été battus de façon sauvage. Sur leurs épaules et sur leurs bras, la peau partait en lambeaux. Jamais elle n'avait contemplé de tels dégâts sur une chair aussi tendre.

Soudain, avec une grimace de dégoût, Fuli Fak approcha la main du dos d'un des enfants. Puis il tira et leur présenta à tous le fragment de peau qu'il venait d'arracher.

— Même mon fouet ne travaille pas aussi bien ! s'écria-t-il. Rien ne vaut les lanières du soleil pour découper la blanchaille. Si je continue à t'éplucher, il ne restera plus de toi que les os.

Figé par la peur jusqu'alors, le gamin, six ans à peine, poussa un hurlement de bête qu'on égorge.

— Je n'ai pas besoin de te punir. Tu t'es puni tout seul. Je vais même te soigner, mon garçon. Je vais vous soigner tous les trois.

Les deux autres, deux filles, eurent un mouvement de recul. Mais il y avait auprès d'elles quatre gaillards propres à dissuader toute tentative de fuite. L'un d'eux, un Blanc dévoué corps et âme au régisseur, et que pour cette raison on surnommait « Rémon le Noirci », gardait entre ses pieds un seau de bois.

— Alors, écoutez-moi bien, vous tous, reprit le régisseur à l'adresse de l'assemblée. Essayez de vous souvenir que moins je vois votre chair blafarde, mieux je me porte. Et que je ne la trouve pas plus appétissante quand elle est rouge et gonflée de cloques. Si le Grand Esprit vous a faits comme ça, c'est qu'il avait sans doute ses raisons. À mon avis, c'est pour qu'on repère dans la nuit ceux qui auraient envie de filer en douce.

Depuis quelques jours, une rumeur circulait au village, selon laquelle deux jeunes qui travaillaient à l'entretien d'un chemin forestier n'avaient pas reparu. Mari supposa que Fuli Fak venait de la confirmer à demi-mot.

— Allez ! Nettoyez-moi cette graine de fugitif.

Le cercle de l'assemblée s'ouvrit pour laisser passer le régisseur, qui s'éloigna en faisant sonner le fer de ses bottes en léopard. Aussitôt, ses acolytes s'emparèrent des trois gamins. Insensibles aux hurlements et aux supplications, ils procédèrent avec fermeté. Tandis qu'à trois ils immobilisaient le premier des enfants, le Noirci prit l'éponge qui trempait dans son seau et commença à frotter. Les épaules puis le dos. Mari sentit venir à ses narines une odeur aisément identifiable. L'éponge était imbibée d'eau vinaigrée. La souffrance du petit était telle qu'il n'émettait plus aucun son, seulement un bouillonnement de bave que rejoignait un ruisseau de larmes. Les deux fillettes, ensuite, connurent le même sort. Ainsi récurée, la peau à vif brillait comme la statue de l'esclave du parc, quand le soleil caressait ses muscles de marbre.

Les enfants furent lâchés, sanglotant dans la poussière.

— Vous v'là tout neufs, dit le Noirci, satisfait. Que ça vous serve de leçon. Et interdiction de les dorloter. Je veux qu'y cuisent jusqu'à la prochaine lune.

Mari rentra chez elle, bouleversée par le spectacle cruel et incompréhensible auquel elle venait d'assister.

— Je pensais être la seule à les avoir vus, confia-t-elle à sa mère. Quels imbéciles !

— Tu es probablement la seule, répondit Ani. Mais ils sont encore plus bêtes que tu ne le crois. Comme la peau commençait à les brûler et à les démanger, ils se sont plaints. Ils avaient des insomnies, ils se tortillaient comme des vipères. Bref, tout le monde était au courant.

— Je me demande ce qui leur est passé par la tête. Quelle idée d'aller se mettre tout nus sur un rocher !

— Ils n'ont que ce qu'ils méritent.

Mari jeta un regard surpris à sa mère.

— Ils n'ont même pas six ans, protesta-t-elle. Dis... est-ce que tu ne pourrais pas...

— Je ne me mêle pas de ça. Et toi non plus. Tu as entendu ce qu'a dit cette crapule de Rémon.

— Personne ne le saura.

— Tout se sait immédiatement, ici. Tu viens d'en avoir la preuve.

— Eh bien, on le saura et je m'en moque ! À moi, on ne me dira rien.

Ani adressa à sa fille un sourire où perçait une pointe de fierté. La pauvre femme s'imaginait qu'à Ker Samba on traitait presque Mari en égale. Pour un peu, elle aurait fait d'elle une reine.

— À toi, peut-être, marmonna-t-elle.

— S'il te plaît !

Ani tourna le dos, comme pour rompre la discussion. Mais elle s'en alla aussitôt fouiller sur les étagères que dissimulait un rideau de tissu élimé par le temps.

— Comment ça s'appelle, déjà ? demanda Mari.

— Touloucouna.

Ani était réputée au village pour sa science des plantes du pays. Souvent, pour une plaie, une fièvre, une toux tenace, une vilaine piqûre d'insecte, on venait la voir. Elle avait toujours un baume, un sirop ou une tisane à offrir.

— C'est quoi, une fleur ?

— Un arbre. Je me sers des graines et de l'écorce. Tiens !

Elle tendait à Mari un petit pot garni d'une pâte grisâtre.

— C'est bon pour des tas de choses, expliqua Ani. Les rhumatismes, les plaies, les brûlures. Je me frictionnais la tête avec quand j'étais plus jeune. C'est bon aussi pour les cheveux. Je te parle du temps où j'essayais encore de séduire mon homme. Aujourd'hui, je me cacherais plutôt.

— Oh !

Ani se rembrunit. Une fois de plus, elle fouillait des yeux sa case, le coin où naguère ses fils allongeaient leurs longues jambes.

— Parfois, je me dis que je l'ai séduit deux fois de trop. Pourquoi donc faire des enfants si c'est pour…

— Et la troisième fois ?

— Toi, ce n'est pas pareil. Toi, tu vas chez les Maîtres. Une fille… belle comme toi… ce n'est pas pareil.

Mari s'empressa de mettre un terme à la conversation, en prenant le petit pot des mains de sa mère.

— Merci ! Merci !

— Il faut faire pénétrer doucement, trois jours de suite. Et qu'ils s'enduisent aussi avec du karité. Bah ! Elle ne m'écoute même pas.

Mari se dirigea d'abord vers la case où elle avait vu disparaître l'une des fillettes. Elle avait entendu quelqu'un l'appeler Sofi.

Il fut aussi difficile de capturer Sofi qu'un poisson dans un torrent. La petite glissa entre les doigts de sa mère puis échappa à Mari, sans cesser de pousser des halètements de bête traquée. Ni les supplications ni les remontrances n'y faisaient, les promesses pas davantage. Sofi ne croyait plus que quelqu'un puisse lui vouloir du bien.

Quand la fillette fut enfin allongée à plat ventre sur sa paillasse, Mari contempla son dos avec consternation. Du cou à la taille, Sofi rougeoyait comme le soleil au moment où il s'apprêtait à plonger derrière les arbres qui fermaient l'horizon.

— Maîtresse Adila dit que j'ai les doigts aussi légers que l'aile d'une bergeronnette. Laisse-moi faire et, dans cinq minutes, ça ne te brûlera presque plus. Le toulou-couna, c'est magique.

Mari étala l'onguent en fine couche tandis que deux personnes tenaient fermement Sofi par les bras et par les jambes. Bientôt, le petit corps arrêta de se tortiller sur le lit de paille.

— Bien. Je vais continuer ma tournée. J'espère que les autres se tiendront plus tranquilles que toi.

Ayant visité les trois cases et prodigué ses soins aux trois petits, Mari avait recueilli, par bribes, de quoi se forger une opinion. Aussi surprenant que cela puisse paraître, le coupable s'appelait Ekevu. Ekevu, dont le nom signifiait le « rusé », Ekevu le bien nommé. À treize ans, le troisième fils et cinquième enfant des Samba avait passé l'âge de s'intéresser à des mouflets qui n'avaient pas encore accompli leurs premières corvées au service des Maîtres. Mais il lui avait pris la fantaisie de parler au grand frère de l'une des petites filles, et celui-ci avait répété à sa cadette ce qu'il venait d'apprendre.

Chacun savait quel était l'effet des rayons du soleil sur une peau blanche. Il la teintait, la brunissait. Pour cette raison, les esclaves du domaine évitaient de s'exposer et portaient en permanence des vêtements fort couvrants. Or, voici ce qu'Ekevu avait certifié à sa naïve victime. D'après lui, ce n'était qu'affaire de patience. Si l'on demeurait assez longtemps à la lumière du soleil, la peau prenait une teinte toujours plus foncée. Des rougeurs, il ne fallait pas se soucier : elle finissait par se colorer de jolie façon. De jaune orangé un peu soutenu, elle virait au marron. Marron clair d'abord puis marron foncé. Cela, chacun le devinait, car nul ne pouvait éviter ses mains et ses pieds de prendre couleur.

L'important était de persévérer. Cette peau marron foncé, il fallait la cuire comme un oiseau sur la broche. La récompense, la merveilleuse récompense, était au bout. Car les plus opiniâtres voyaient enfin leur affreuse peau de Blanc prendre une belle teinte noire. Et elle était à eux, pour toujours ! D'où venait ce prodige ? Ekevu l'ignorait. Mais, il le proclamait, avec un peu de courage et d'obstination, n'importe quelle Face de Craie pouvait endosser une tenue d'ébène. Alors, ses chaînes tomberaient et l'heureux élu serait admis parmi les Maîtres.

L'aîné avait écouté les divagations perverses d'Ekevu mais sans doute ne leur avait-il pas accordé assez de crédit pour tenter l'expérience sur sa propre personne. N'était-il pas plus sage de souffler l'idée au creux d'une oreille crédule, et d'observer ensuite ce qui se produisait ?

— Vous n'êtes pas devenus noirs, dit Mari en riant au troisième des enfants, avant de quitter sa case. Personne ne le peut. Ce que vous êtes, c'est rôtis.

Elle se tourna vers l'aîné de la petite fille.

— Quant à toi, sache qu'Ekevu n'a pas seulement la peau noire. Son esprit l'est aussi. Et je te conseille de ne pas tenter de donner au tien la même couleur. Parce que, cette fois, il est possible que tu réussisses.

6
LA GRANDE CHASSE

Après le parc, mais bien avant les plantations, s'étendait une vaste esplanade de terre battue. Tôt ce matin-là, sous un ciel encore bousculé par les pluies tumultueuses de la nuit, la maisonnée au complet s'y était rassemblée. Même Adila était présente. Et même Clara. Le spectacle qui s'annonçait était de ceux que nul n'aurait voulu manquer.

Les portes des écuries s'ouvrirent. Une brume semblable à la fumée d'un feu de bois vert masquait à demi les longs bâtiments, si bien qu'on entendit les sons de trompe et le fracas des tambours avant de voir apparaître la troupe menée par Sare Samba. Dans la tenue étincelante qui amplifiait sa carrure sous les jeux de lumière du jour naissant, il faisait paraître petit le cheval bai qui le portait. Encadrant le Maître, deux joueurs de djung-djung avançaient en frappant avec un bâton la peau tendue de l'énorme cylindre accroché sur le flanc de leur cheval. De l'autre main, qui tenait une baguette, ils faisaient sonner la cloche fixée au sommet du haut tambour. Derrière venaient six hommes à pied qui cognaient sur des bombolongs taillés dans le tronc de gros arbres.

Puis le matin opaque libéra la petite troupe des invités, au sein de laquelle chevauchaient Bwerani et Gakere, les deux grands fils de Maître Samba. Ces privilégiés n'étaient qu'une poignée, une dizaine. Les rabatteurs fermaient la marche, chacun, du haut de sa monture, serrant d'une main ferme la longue laisse d'un lycaon à la robe jaune et noir. De tout le cortège, rien n'impressionnait autant que cette meute. Pareils à des fauves, les chiens sauvages avançaient à ras de terre, affamés et silencieux. On les savait d'une témérité et d'une cruauté sans égales. Livrée à elle-même dans la savane, une bande de lycaons pouvait causer d'effroyables ravages, et même attaquer un lion sur ses flancs, l'éventrer et s'en repaître. Nul n'avait jamais vu un lycaon s'abreuver à un point d'eau. Le sang de ses victimes suffisait à étancher sa soif. Soufflant dans des trompes en corne de gazelle, les sonneurs demeurèrent invisibles.

Soudain, le silence se fit. Seul devant la troupe des chasseurs, Sare Samba marqua un long temps d'arrêt. Mari eut tout loisir de détailler sa tenue, son casque de métal à cimier en plumes de milan noir, sa veste rouge à épaulettes d'or, son large pantalon assorti, ses bottes à éperons d'argent. Il portait dans son dos un arc et un fin carquois garni de longues flèches. Sare et ses fils chassaient à l'arme de jet, selon une vieille tradition du pays. La plupart des invités préféraient quant à eux le fusil à vent, au canon de cuivre et aux balles de plomb.

Sare salua son épouse puis offrit aux ancêtres une poignée de mil mêlé de terre rouge, qu'il puisa dans sa poche et jeta vers la forêt qu'on devinait au loin. Alors, jaillirent de nulle part une demi-douzaine de corps noirs et nus, des danseurs arborant des masques inquiétants, certains d'animaux sauvages, d'autres incrustés de fragments de miroir, de perles et de cauris. Tandis que roulaient de nouveau le djung-djung et le bombolong, ils se contorsionnèrent au milieu de l'esplanade, implorant les esprits de protéger les chasseurs et de récompenser leurs efforts. La danse, que Mari jugea un peu ridicule, ne dura que deux ou trois brèves minutes. La jeune fille connaissait les visages qui se dissimulaient derrière les masques. Il y avait là Rico, Tom, Alin et sans doute Rémon le Noirci, pour cette fois parfaitement nommé. Dès la cérémonie terminée, les six hommes s'empresseraient de débarrasser leur peau de la teinture qui la couvrait pour redevenir les blancs esclaves qu'ils n'auraient jamais dû cesser d'être.

Le cheval bai dc Maître Samba s'ébranla le premier. À son harnachement somptueux, à la présence des rabatteurs et de la meute sanguinaire, on savait que c'était jour de grande chasse. La gazelle, le phacochère, le bubale, le buffle, le kob en seraient le gibier. Des herbivores rapides ou vigoureux, qui fourniraient leur poids de viande savoureuse. Les joueurs de tambour firent rouler une dernière fois leur tonnerre, affolant les chevaux et excitant les lycaons, mais ne quittèrent pas l'esplanade. Quand la partie s'engagerait, ils n'y auraient pas leur place.

Le soleil avait maintenant déchiré les voiles posés par les pluies nocturnes. Sous l'horizon lumineux, la ligne d'arbres semblait soulignée par des traits de fusain. Les chasseurs qui suivaient le sillage de Maître Samba ignoreraient les bois épais pour s'en aller vers les forêts claires et les savanes. Plus tard, quelques esclaves désarmés partiraient à leur tour, emportant de longues perches destinées au transport du gibier abattu.

Mari resta longtemps sur l'esplanade rouge, à les regarder s'éloigner puis disparaître. Elle ne rêvait ni de fusils claquants ni de flèches acérées. Elle songeait aux chevaux. Sur leur dos, sûrement, le vent de la liberté vous fouettait. Jusqu'où pouvait-il vous emmener ? Elle aurait tant aimé le savoir. Un jour, se promit-elle, elle demanderait à être admise aux écuries. Flatter une encolure, caresser une crinière, ce serait déjà comme un doux parfum de fuite.

Comme sa présence n'était pas requise à Ker Samba, Mari se sentait désœuvrée. Sans que quiconque le lui suggère, elle prit la direction des plantations. En cette saison, il y avait toujours moins de bras que de tâches à accomplir. Mari savait que beaucoup, au village, jalousaient sa position et jugeaient avec aigreur cette fainéante qui rentrait le soir fraîche et dispose, quand eux-mêmes s'en retournaient à la case rompus par les travaux de la journée. Sa mère, aujourd'hui, était aux rizières. La jeune fille décida d'aller lui prêter ses forces.

Clara surgit brusquement devant elle, les cheveux fous, l'œil brillant. Elle grimaçait des mots que la brise emportait. Enfin, Mari les entendit.

— Ils vont chasser mon enfant !

— Le chasser ?

Clara regardait vers le lointain, vers ces territoires que l'on repeuplait chaque année avec du gibier venu d'autres provinces. Le père de Mari y avait souvent travaillé, à l'abattage des arbres, à l'éclaircissage des forêts, à l'entretien des points d'eau. Les chemins destinés aux chasseurs étaient nettoyés des serpents et autres créatures indésirables.

— C'est elle. Adila. Elle ne le laissera pas en paix tant qu'il ne lui aura pas rapporté la peau de mon fils. Mais ils ne l'auront pas. Ils ont leurs fusils et leurs flèches mais ils ne l'auront pas.

— Écarte-toi, Clara. Tu divagues.

— Il est plus malin qu'eux. Les Noirs ne sont pas plus malins que nous. Ce n'est pas vrai. Et lui… tu sais ce qu'ils disent ? Ils disent qu'il est gris.

— Clara !

Mari tenta d'écarter la pauvre femme mais elle se cramponnait à sa jupe.

— Prends garde ! Qu'il ne mette pas les mains sur toi !

— Qui ?

— Sare.

— Je ne dois pas te parler, Clara.

— Prends garde !

Mari haussa les épaules.

— Il y a longtemps que le Maître ne chasse plus que l'antilope.

— Lui ou ses fils. Ils aiment toutes les chairs. Regarde-moi, regarde-moi…

Mari détourna la tête. Elle ne savait que trop bien à quoi ressemblait la malheureuse Clara.

— J'étais belle, dit Clara. Encore plus belle que toi.

— Eh bien, tu ne l'es plus, lança Mari en se dégageant d'un geste brusque.

Elle ne cessa de courir qu'à bout de souffle. Du sommet d'une butte ramollie par les orages, elle découvrit le damier sans fin des plantations. Le mil, le sorgho, le maïs, le coton, elle savait les reconnaître, chacun avait sa couleur. Et ce vaste rectangle trouble, là-bas, c'étaient les rizières. Elle en prit le chemin, marchant à présent sans hâte. Les mots qu'elle avait jetés à la face de Clara la hantaient. Ils étaient méchants. Elle les regrettait. Mais, s'ils la tourmentaient, ce n'était pas pour cette seule raison. Elle se demandait si, vraiment, Clara, au temps de sa jeunesse, avait pu paraître belle aux yeux de Maître Samba.

— Et moi ? murmura-t-elle.

Sare, Gakere, Bwerani… comment la regardaient-ils ? Leur arrivait-il d'éprouver autre chose pour elle que mépris ou dégoût ? En tout cas, même si elle était sortie d'une bouche tordue par la démence, la mise en garde de Clara était aussi claire que son nom. Si elle se laissait toucher, Mari ne tarderait pas à perdre sa beauté. Le désir des Maîtres ne valait rien aux esclaves blanches.

Une heure après son lever, le soleil chauffait déjà fort. Ses rayons semblaient boire l'eau des rizières dont les parcelles vertes ondulaient sous leurs couvercles de vapeur. Il fallut du courage à Mari pour descendre jusqu'aux terrasses qui surplombaient une boucle paresseuse du Kawungha. Elle détestait patauger dans la boue liquide des bassins et n'était d'ailleurs pas vêtue pour ce genre d'exercice. Sa mère, qu'elle apercevait parmi les femmes, avait remonté jusqu'aux genoux son pantalon de toile verte. Un large chapeau de paille ombrageait son dos courbé.

Sans un mot, Mari vint se joindre aux travailleuses. Comme elles, elle prit une botte de plants verts et, ployant l'échine, entreprit de les repiquer. L'eau tiède lui montait jusqu'à mi-mollet et noyait le bas de sa longue jupe noir et vert, un vêtement de fête qu'elle osait rarement porter, cadeau de Dene, la gouvernante.

— Pas si près ! lui cria une voix.

Vingt centimètres entre deux plants, elle s'en souvenait à présent. Mari déterra le dernier posé et le repiqua un peu plus loin. Ses gestes étaient lents et maladroits, ses vêtements la gênaient. Quand elle finissait une botte, les autres en avaient épuisé trois. Ani, pendant un moment, avait feint de ne pas remarquer sa présence. Mais elles se retrouvèrent au terme d'une ligne vert tendre, prêtes déjà à en planter une nouvelle. La mère et la fille. Ani, cassée par les années, et qui ne se redressait qu'à peine entre deux pas. Mari, qui ployait avec grâce le genou, comme si elle parcourait le bassin de révérence en révérence.

— Ce n'est pas ta place, dit Ani.

— Je n'ai rien d'autre à faire. Est-ce que je ne peux pas aider ?

— À ton rythme, les Maîtres mourront de faim avant qu'on ait passé la faucille.

— Eh bien, qu'ils crèvent !

Mari jeta un regard affolé autour d'elle, mais personne d'autre que sa mère ne l'avait entendue. Jamais de sa vie elle n'avait prononcé une telle phrase, ni même ne l'avait pensée. Elle s'empressa de se baisser, comme assommée par une des lourdes salves du soleil montant.

— Écarte-toi, tu me gênes.

Une femme encore jeune les croisa.

— Ta fille va abîmer ses jolies mains et crotter ses jolis pieds, Ani.

Une autre, qui la suivait, grosse à faire éclater sa chemise verte, ne se contenta pas d'une moquerie.

— Elle nous gâche le travail. Ce n'est pas une baignade, ici. Hé ! Tu m'emportes mon rang !

Mari s'aperçut qu'en laissant traîner le bas de sa trop belle jupe, elle couchait dans l'eau les plants fraîchement repiqués. Lorsqu'elle la recroisa, quelques minutes plus tard, la grosse femme lui souffla à l'oreille :

— Sale petite catin.

L'insulte fit vaciller Mari mais ne lui inspira ni rancune ni animosité. La chaleur de midi approchant l'accablait, la peau ridée par le bain prolongé lui semblait se décoller sous ses pieds, la sueur lui brûlait les aisselles, et tous ses muscles, aux cuisses, aux bras, aux épaules, étaient maintenant comme pris dans des étaux toujours plus serrés. Ce qu'elle vivait, ce qu'elle endurait, ces femmes qu'elle voyait aller et venir d'un bout à l'autre des parcelles, le vivaient et l'enduraient chaque jour. Tous les jours, depuis des années. Elles avaient le droit de la détester. Mari aurait aimé pouvoir s'approcher de celle qui l'avait outragée, et lui dire : « Je voulais simplement prendre un peu de ta peine. » C'était inutile. Les esclaves blanches du domaine étaient nées dans la peine et mourraient dans la peine. Rien ni personne ne pouvait les en soulager. Dans les rizières, dans les champs, les cycles s'enchaînaient, selon un éternel recommencement.

Mari grimpa sur un talus d'herbe douce et regarda longuement couler de ses chevilles la boue légère. Elle enfila ses sabots, renonçant à se nettoyer davantage, comme si c'eût été faire offense aux femmes dont elle s'éloignait. Mais elle ne voulait pas renoncer déjà. Ailleurs, peut-être, on l'accueillerait. Elle choisit le champ de sorgho, dont les hautes tiges en cette saison atteignaient près de deux mètres. Ici, au milieu des grosses grappes de grains en formation, elle passerait inaperçue. Mais Mari constata vite que nul ne risquait de l'y surprendre. La plantation était déserte. En attendant le mûrissement des épis, le sorgho ne réclamait guère de soins.

Elle traversa un champ de mil blond, puis un vaste rectangle tapissé d'arachide. Ici, de nouveau, elle se mêla aux travailleuses courbées sur la terre. Mais personne ne comptait sur ses services. À chaque tentative, un regard la fusillait, un mot la rabrouait. On la traitait comme une visiteuse intempestive. Jamais, au village, Mari n'avait perçu un tel ressentiment à son égard. Aux plantations, elle ne se trouvait plus parmi les siens. On ne voyait que ses mains trop délicates, son visage lisse et lumineux, sa taille fine, sa démarche légère. On lui reprochait sans le lui dire franchement de ne porter aucun stigmate du labeur quotidien.

Comme on se refusait à lui parler, Mari s'adressa au ciel.

— Je ne retournerai pas à Ker Samba, dit-elle. Je veux venir ici, tous les jours, avec mes sœurs. Je veux souffrir avec elles. Donner mes forces, crevasser mes doigts, noircir mes ongles. Je veux me casser en deux. Mes pieds gonfleront, et mes genoux. Je…

— À qui causes-tu ?

C'était Léna, la grande Léna. Elle souriait, de toutes ses rides grises.

— Je veux travailler aux plantations, Léna. Comme vous toutes.

— Toi ? Tu ne rêves que de chevaux. Monter sur une pouliche belle comme toi, et filer loin de cet enfer. Et je compte bien que tu y arriveras. Pour nous toutes. C'est ce que tu peux faire, pour nous toutes. Des bras, il ne nous en manquera jamais. Ce qui nous manque, c'est de pouvoir nous dire, le soir : « Tu te souviens de Mari ? Elle est partie. Pourvu qu'elle ait une belle vie. »

Mari se détourna. Le soleil dans le ciel bleu était devenu trouble. Mais il serait le seul à voir ses yeux pleurer.

Un son de trompe retentit. Des hommes, là-bas, piétinaient les jeunes pousses d'un champ de maïs.

— Penses-tu que je suis une catin, toi aussi ?

Mais Léna n'était plus auprès d'elle. Elle était retournée à sa corvée. Cassée en deux. Léna arrachait des mauvaises herbes qui pourtant ne dérangeaient personne. Mari s'était souvent demandé comment faisait sa mère, comment faisait son père, comment faisaient tous ceux qu'elle voyait partir chaque matin vers des tâches toujours renouvelées. Comment ils réussissaient à résister, jour après jour. C'était cela, l'esclavage. L'esclave n'avait pas le droit de ne pas résister. L'esclave devait continuer, sans s'interroger ni gémir, jusqu'à tomber.

Léna avait raison. Jamais Mari ne pourrait se joindre à ses sœurs. Oublier sa fierté, offrir ses forces, sacrifier sa jeunesse et sa beauté, oui, cela, peut-être, elle y parviendrait. Mais cesser de se poser des questions, non, jamais.

De vives clameurs se faisaient maintenant entendre. La chasse revenait, plus tôt que Mari ne s'y était attendue. Sans doute avait-elle été couronnée d'un grand succès. La jeune fille distingua, sur un chemin de terre, quatre esclaves au milieu desquels une antilope semblait voler, tête en bas. Dans la lumière éblouissante, elle ne voyait pas les perches appuyées sur les épaules des porteurs, où s'attachaient les pattes de l'animal.

Les cavaliers surgirent soudain d'un petit bois. Ils étaient trois et aucun d'eux n'était Sare Samba. Mais peut-être y avait-il l'un des fils de la maison. Ils allaient à bride abattue, comme si l'esprit de la forêt les poursuivait. Le second gesticulait sur son cheval. Mari comprit qu'il tentait de bander son arc, entreprise on ne peut plus difficile quand on est lancé en plein galop.

La jeune fille se mit à courir dans le champ d'arachide, vers un lieu où elle serait mieux placée pour suivre la scène. Quand elle s'arrêta, haletante, elle comprit brusquement ce qui se passait. À présent, elle apercevait la proie. Ce n'était pour elle qu'une forme sombre, comme une boule furieuse qui fonçait en zigzaguant vers les plantations. Pas une gazelle, non. Trop petite, trop ramassée pour être un buffle. Ce n'était qu'un cochon sauvage, un phacochère. Une bête qu'il valait mieux ne pas enrager. Un herbivore, certes, mais rapide et puissant, pesant parfois plus de cent kilos. Même les fauves ne se risquaient pas toujours à l'attaquer.

Rien, cependant, ne pouvait décourager la férocité des lycaons. Mari en vit deux, lancés eux aussi aux trousses du phacochère. Ils avaient, semblait-il, échappé à la poigne des rabatteurs. Mari savait qu'on les affamait avant les grandes chasses. Ainsi détachés, rien ne s'opposerait à leur appétit insatiable de chair fraîche.

C'était excitant. Mari aurait aimé se trouver dans le feu de l'action, sur une des montures, pourquoi pas ? Un arc à la main, encore mieux. Le claquement sec d'un fusil à vent retentit. Le coup manqua sa cible. La bête courait toujours. Elle allait vers le damier des cultures, les carrés d'or, les carrés verts.

Sans doute s'agissait-il d'une poursuite malencontreuse. Lors d'une traque, on ne forçait jamais le gibier en direction des plantations. S'il était un animal qu'on souhaitait en éloigner, c'était bien le phacochère, ce lourdaud rompu à l'art du ravage, grand amateur de racines, de tubercules et de fruits. Comme il se rapprochait, Mari vit qu'il était blessé. La hampe d'une sorte d'épieu lui battait l'épaule. Les lycaons, maintenant, le harcelaient.

Le phacochère fit un brusque crochet et chargea l'un de ses agresseurs. Pris au dépourvu, le chien sauvage fut heurté par l'énorme tête en forme de pelle. Expédié dix mètres plus loin, il parut se ramasser sur lui-même afin de bondir. Mais ce ne fut qu'un bref sursaut. Le phacochère était déjà loin, dans son tourbillon de poussière rouge. Quant au lycaon, il ne paraissait plus guère bouger. Sans doute avait-il été perforé par les défenses acérées. Le phacochère en possédait deux paires, de longues à la mâchoire supérieure, de plus courtes mais aussi plus redoutables à la mâchoire inférieure. La femelle n'était pas si bien pourvue. Bien sûr, c'était un mâle.

Les trois cavaliers étaient distancés. Ils ralentirent car leur proie venait de disparaître dans les hautes tiges du sorgho. D'où elle se tenait, Mari suivait cependant la progression de l'animal. Il creusait un tunnel dans les rangs, comme s'il y passait la faucille. Le deuxième lycaon l'avait suivi. La parcelle n'était pas immense. Un instant, Mari craignit que les deux bêtes féroces n'en ressortent face à elle et n'abandonnent leur différend pour s'acharner contre une victime tellement plus vulnérable. Elle jeta un regard angoissé vers les chasseurs, les implorant de reprendre leur course. L'un d'eux épaula son fusil à vent, en quête d'une cible, si bien qu'elle ne sut plus que redouter : les défenses du phacochère, les crocs du lycaon, les balles de plomb du tireur ?

Elle se baissa mais les plants d'arachide ne lui dissimulaient même pas le genou. D'ailleurs, le théâtre de l'affrontement s'était de nouveau éloigné. Le phacochère ressortit du côté du mil et du maïs, moins rapide, à bout de résistance. L'eau des rizières l'attira. Rassemblant ses dernières forces, il fonça vers les bassins où, à cette heure, se concentrait l'essentiel de la main-d'œuvre féminine du domaine. Il dérapa sur une berge et dégringola dans une parcelle récemment repiquée. Le lycaon l'attrapa à la patte. Pendant quelques secondes, Mari ne distingua plus qu'une masse sombre couronnée d'éclaboussures. Elle courut, le cœur étreint par une soudaine inquiétude.

Du bout de son champ d'arachide, sur un lacet de terre, elle assista à la suite. Ce fut brutal et effrayant. L'animal fou avait chargé les ouvrières, surprises en plein travail. Des esclaves si appliquées, si bien dressées, qu'elles n'avaient levé la tête qu'au dernier moment. Le lycaon menait autour de la scène une danse frénétique. Et les trois chasseurs étaient apparus, sur leurs chevaux caparaçonnés. L'un décocha une flèche. Un autre tira une balle de plomb. Le phacochère sautait dans les quelques centimètres d'eau à la façon d'une carpe. Il fit un ultime bond.

C'était terminé mais, Mari le comprit, pour elle, cela ne faisait que commencer. Elle galopa si vite qu'elle sema ses sabots. Elle se jeta dans un premier bassin, en ressortit toute dégoulinante et couverte de petites tiges de riz. Elle pataugea, luttant contre cette boue qui se dérobait sous ses pieds. Elle franchit une seconde parcelle, en criant, appelant sa mère. *Ani ! Ani !*

Maman !

Elle les avait vues nombreuses mais une seule était sa mère. Pareille aux autres, dans sa tenue d'esclave, chemise verte, pantalon vert. Frêle. Cassée en deux. Usée par les années de labeur dans les plantations. Et là encore, aujourd'hui. Jusqu'au bout.

Haletante, mouillée d'eau et de larmes. Mari était auprès d'elle. De loin, elle l'avait vue tomber. Ani. Une parmi les autres. Mais si facile à reconnaître. Jamais, depuis sa plus tendre enfance, elle n'avait manqué de la reconnaître, quelle que fût la distance, quel que fût le nombre autour d'elle. Les trois chasseurs étaient descendus de cheval. L'un était Bwerani, le fils cadet, le troisième enfant des Samba, si l'on se souvenait de l'infortunée Pili. Un autre, un invité, qui se flattait sans doute d'avoir porté le coup fatal, avait posé le pied sur le corps pantelant de l'énorme animal. Le lycaon s'en approcha et vint lécher avec prudence le museau plat barbouillé de sang.

Mari ferma les yeux. La scène qu'elle avait refusé de voir, de voir vraiment, se dessina derrière ses paupières closes, image après image. Le visage de sa mère, la surprise, la terreur. Le choc. La bête plantant sa corne. Puis cette terrible grimace. Ani qui, en un instant, abdiquait. Tout espoir, toute vie. Elle l'avait cherchée, Mari le savait. Son ultime regard avait été pour elle, pour sa fille. Ni douleur ni reproche. « Tes frères sont partis et moi je pars. Je te libère, ma fille. »

Non, cela ne pouvait pas signifier ça. Ani était vivante.

— Maman !

Le corps d'Ani avait été recueilli par ses sœurs blanches. Mari dut les écarter pour pouvoir s'agenouiller auprès d'elle. Une tache rouge trempait tout le côté droit de sa chemise. Sentant sur son bras les mains de sa fille, Ani sourit.

— Il m'a foncé dessus, dit-elle.

Elle fronça les sourcils puis ajouta :

— Il faut rassurer ton père.

Ani ne paraissait pas souffrir. Savait-elle seulement qu'elle était blessée ? Ses traits étaient paisibles mais un voile s'était posé sur son front. Mari se retint de s'agripper à elle, de la retenir.

— Maman, ne t'en va pas.

Les trois chasseurs échangeaient bruyamment des propos hachés par des rires excités. Ils n'avaient pas eu un regard pour la femme qui gisait à quelques mètres d'eux. Leur préoccupation n'était pas de la secourir mais de décider comment tirer leur prise de la rizière. Cent kilos de viande, il fallait les transporter ! Le lycaon, lui, aurait bien su quel sort leur réserver.

— Allez chercher des hommes, ordonna le jeune Bwerani. Des costauds. La chair va se gâter, au soleil. Six hommes costauds, vite !

Il ne parlait à personne en particulier, convaincu qu'on l'entendrait. Les travailleuses, cependant, s'étaient rassemblées autour d'Ani, qu'elles protégeaient de leurs ombres. C'était elle, pauvre femme, qu'il fallait porter, bien sûr.

L'une des esclaves, parmi les plus vieilles, ôta sa chemise, sans se soucier de montrer nue sa maigre poitrine. Elle déchira le tissu pour qu'on puisse bander la blessée. La plaie était affreuse, un trou profond près de l'aine.

— On va t'emmener au village, dit une voix. On va te soigner.

— Toma, murmura Ani. Et mes garçons, où sont-ils ?

La grande Léna s'était détachée du groupe. Mari se tourna vers elle, intriguée, car elle poussait des cris stridents. Là-bas, sur le chemin, passaient les porteurs de gibier, avec leur gazelle. Dès qu'ils eurent été avertis du drame, ils coupèrent les liens qui attachaient l'animal aux pattes. Puis ils se précipitèrent. Avec les longues perches et d'autres chemises, on fit un brancard pour y poser le corps sanglant d'Ani. Bwerani contemplait ce spectacle avec stupeur. Il y avait maintenant devant lui cinq ou six filles, aux seins blancs dénudés. Mais il s'en moquait pas mal. Ce qu'il voyait, c'est qu'on s'occupait d'une esclave et qu'on laissait pourrir le gibier, ici, le phacochère, là-bas l'antilope.

— Mon père sera furieux, menaça-t-il, mon père sera furieux.

Mari n'entendit la réponse qu'un peu plus tard, alors qu'elle marchait derrière les porteurs, dans l'eau rougie. Elle disait simplement :

— Ton père n'est pas comme toi, Bwerani.

7
LE MÉDAILLON

Mari ne put suivre sa mère jusqu'au village. À mi-chemin, elle croisa un homme de Fuli Fak, qui lui ordonna de se rendre sans tarder à Ker Samba.

— Dene t'attend. Il y a du travail aux cuisines.

— Ma mère est blessée. Je crois que c'est grave.

— Dépêche-toi.

Quand un esclave tombait au chantier, on se donnait tout juste la peine d'écarter son corps. On poussait la branche qui l'avait écrasé et on continuait de couper, on le sortait du trou et on continuait de creuser. C'était ainsi. Mari comprit soudain ce que valaient ses privilèges, sa jupe, sa peau douce. Elle ne serait rien de plus que ses sœurs et que ses frères, rien, tant qu'un cheval ne l'emporterait pas.

Il y avait foule devant la maison. Tous les chasseurs s'étaient réunis autour de Sare Samba, et aussi les domestiques. Le gibier formait un impressionnant tableau devant le perron, pas moins de cinq antilopes, dont un superbe bubale, plusieurs agoutis, deux douzaines d'oiseaux. Au centre trônait l'énorme dépouille du phacochère. Bwerani racontait fièrement à ceux qui l'entouraient la fin du mastodonte, mimant ses coups d'archer, puis le ballet du lycaon alléché face à la bête abattue. De l'esclave encornée, il ne parla pas.

— Il va falloir changer toute l'eau de la rizière ! s'esclaffa-t-il. Ou alors le riz sera rouge dans nos assiettes.

Il parlait du phacochère, du sang de l'animal.

Dene attendait que les chasseurs aient fini de parader, avant de donner ses instructions. Il y avait des volatiles à plumer, des cuissots à découper. Elle adressa un signe à Mari.

— Eh bien, tu es allée à la chasse, toi aussi ?

La tenue de la jeune fille ruisselait d'eau et de sang.

— Ma mère a été blessée. Le phacochère lui a donné un coup de corne avant d'être tué.

Dene fronça les sourcils. C'était une femme corpulente à l'imposante poitrine, dont la peau luisait au soleil, plus noire que les briques rugueuses qu'on mettait à brûler dans les machines à vapeur. Sans âge. Sauf qu'on lui supposait quelques bonnes années de plus qu'au Maître.

— Est-ce que ça va aller ?

— Elle est blessée, Dene. Profond comme ça.

— Oui mais…

Mari sourit à travers ses larmes.

— C'est elle qui soigne les autres, au village.

— Je vais voir. J'enverrai quelqu'un. Un guérisseur ou un serigne. Donne-lui du kinkéliba en attendant. Sare est au courant ?

— Non. Je ne crois pas.

Dene écarta l'affaire d'un geste de sa main grosse comme un pain de singe.

— On a besoin de toi aux cuisines. On a besoin de tout le monde, aujourd'hui. J'essaierai de te libérer pas trop tard.

La gouvernante avait le cuir plus épais que celui du phacochère. Sinon, ce n'était pas une mauvaise femme.

Cependant, le travail fut retardé. Un jeune homme avait fait installer, face au perron, une sorte de haute caisse voilée de rideaux noirs. Une folie, raconta-t-il, dont il avait fait l'acquisition à grand prix dans un atelier de Ziguinchor, non loin du port. Mari perdit la suite de ses explications car sa voix était maintenant étouffée par le tissu opaque sous lequel il s'était enfoui presque en entier. Le jeune homme fit sa réapparition quelques minutes plus tard, et annonça qu'il fallait à présent patienter. Mari avait beau écarquiller les yeux, rien de notable, à son avis, ne semblait s'être produit. Elle s'était attendue que quelque chose surgisse de la boîte, puisque son propriétaire paraissait lui attribuer des vertus magiques. Un esprit, ou au moins un personnage, comme dans le théâtre de chiffons de la petite Lisha. Un instant, l'idée lui avait traversé l'esprit que, peut-être, cette étrange invention avait le pouvoir de faire revenir à la vie les créatures trépassées. Oui, elle guetta même les oiseaux, pour voir s'ils frémissaient. Et elle pensa à sa mère, se demandant avec effroi si elle n'avait pas déjà passé le seuil où une telle médecine serait nécessaire. Mais le temps s'écoulait et le jeune homme continuait de bavarder, sans manifester d'impatience.

— Au moins, disait-il, ces clients-là ne bougent pas. J'ai renoncé à fixer ma sœur. Elle ne tient pas en place. L'idéal, c'est un beau paysage, à condition qu'il n'y ait pas de vent.

En attendant, l'ordre avait été donné. On pouvait emporter le gibier. Mari suivit la procession, se gardant de marcher dans les flaques de sang qui semaient le chemin menant aux cuisines.

C'était là le royaume de Dene. Mari y était parfois admise et il y avait alors toujours de quoi remplir un panier pour elle et pour les siens. Éclairé par des torchères et des rampes crépitantes alimentées au gaz, l'immense espace comprenait plusieurs comptoirs de marbre et d'énormes fourneaux où le feu rugissait du matin au soir. Quatre hommes hissèrent le phacochère sur l'un des plans de travail. Mari se détourna pour ne pas les voir scier la hure massive. Elle avait entendu Bwerani la réclamer pour lui. Il la voulait comme trophée pour orner sa chambre, vidée, nettoyée, et clouée sur un écusson de bois.

La jeune fille alla s'asseoir auprès d'autres esclaves, dans un coin un peu sombre, et s'étant emparée d'un oiseau elle entreprit de le plumer. Elle gardait le regard fixé sur le duvet qui s'amoncelait à ses pieds, s'efforçant de fermer ses oreilles aux sons qui emplissaient les cuisines. Mais comment ignorer ce que faisaient les hommes autour d'elle ? Avec leurs scies, avec leurs couperets, avec leurs lames.

Dene la secoua par l'épaule.

— Dene…

— Viens m'aider. Laisse ces bestioles. Ça ne te va pas. Aujourd'hui, ça ne te va pas. On va faire la marinade.

— Dene, ma mère…

Près des fourneaux, sur une paillasse, elles coupèrent des légumes, des racines, des herbes, des aromates. Dene ajouta de l'huile puis vida une grande bonbonne.

— Tu vois, ça, dit-elle, ça vient de chez toi.

— Comment ?

— Ce vin. On le prépare là-bas, avec le jus du raisin. Les vins des comptoirs blancs sont les meilleurs qui soient. Un vrai gâchis que je fais là.

Mais elle continua quand même de remplir sa bassine de cuivre. Elle versa tout, sauf une petite dose, dont elle emplit un verre.

— Tiens. Goûte.

— Dene, ma mère…

Docile, Mari porta le verre à ses lèvres. Bien sûr, elle savait que les bateaux déchargeaient en Kassamansa de nombreux produits en provenance de sa terre ancestrale, du Nord oui, et aussi d'autres contrées, de l'Est, du pays makka, du pays rouge. Mais ce liquide sombre lui semblait renvoyer des reflets à nuls autres pareils. C'était comme le sang de sa race.

— Toujours le sang, murmura-t-elle, inconsciente d'être écoutée.

— C'est ce qu'on dit là-bas, paraît-il.

— Comment, Dene ?

Le vin était un peu âpre mais richement parfumé, laissant sur sa langue un goût beaucoup plus subtil et persistant que la sève fermentée du palmier.

— Je ne veux pas insulter tes ancêtres, Mari. Mais, quand nos valeureux explorateurs ont rencontré les tribus sauvages du Nord, ils ont été témoin de drôles de pratiques. Faut-il être une bête pour croire qu'on a tué son dieu, qu'on boit son sang et qu'on mange sa chair !

— Ah ! toujours cette histoire…

Dene posa une main amicale sur le bras de la jeune fille. Quelque part, dans une salle de la maison, les chasseurs célébraient leur triomphe. Les deux femmes entendaient leurs cris et leurs rires.

— En fait, vois-tu, ils ne buvaient que du vin et ne mangeaient que du pain.

— Je m'en doute bien !

Mari était cependant réconfortée de l'entendre dire par la vieille et sage gouvernante.

— Tu aimes ?

— Oui. C'est bon.

À chaque gorgée, le vin lui paraissait meilleur. Dene éclata de rire.

— Le jour où tu auras la chance de goûter celui qu'on sert à la table de Sare, ma fille !

— Dene, ma mère…

— Allez, laisse tout ça. Rentre au village et occupe-toi de soigner Ani. Nous terminerons sans toi.

Mari sortit des cuisines en courant, peut-être de peur que Dene ne change d'avis, ou alors pour échapper plus vite au spectacle du sang qui coulait dans les rigoles, le long des murs, à l'odeur fade et écœurante de la chair fraîchement découpée. Sur le perron, dans la lumière du dehors, un sentiment d'urgence lui broya le cœur. Elle craignait tant d'avoir trop tardé.

Trois esclaves blanches lavaient les marches à grande eau. Le jeune homme, en bas, rangeait son matériel. La haute caisse était couchée sur le sol, les rideaux noirs pliés avec soin. Emportée par la précipitation, Mari faillit s'affaler dans ses bras.

— Voilà juste ce qu'il ne faut pas faire, dit-il en riant. C'est déjà bien assez compliqué comme ça.

— Je vous demande pardon.

— Est-ce que vous bougez toujours aussi vite ?

— Je vous demande pardon, répéta Mari.

Elle aurait voulu prendre ses jambes à son cou mais n'osait pas. Le jeune homme de Ziguinchor, décidément un grand bavard, s'obstinait à lui parler. Il le faisait avec de curieuses manières, s'adressant à l'esclave sans mépris ni hauteur.

— L'homme qui m'a vendu cet appareil prétend travailler sur la question. Emprisonner le mouvement.

Il s'éloigna d'un pas pour écarter ses longs bras sans gêner Mari. La tête légèrement penchée, il se mit à battre des ailes, guère plus élégant qu'un pélican. Sans doute était-il en train de perdre la raison.

— Il faudrait faire tourner les plaques sur une machine ou je ne sais quoi. L'œil humain est moins malin qu'on ne le croit. Si on lui montre une succession d'images, il a l'impression de voir la vie, la vraie vie telle qu'elle est. Vous comprenez ?

— Non, avoua Mari.

Le jeune homme se baissa pour ouvrir une mallette en bois.

— Regardez, dit-il en présentant à Mari une sorte de fine feuille de métal.

Mari poussa une exclamation surprise. Sur la surface brillante, noyée de stries et d'arabesques qui rendaient la vue un peu confuse, apparaissait le tableau qu'elle avait eu l'occasion de contempler quelques minutes auparavant. Le phacochère et sa monstrueuse tête échevelée, les gazelles, les oiseaux, tout le produit de la chasse.

— Je n'ai pas les acides qu'il faut. L'image est en train de s'effacer. Puis, vous savez, s'il m'a cédé celui-là, c'est qu'il fabrique maintenant des appareils plus perfectionnés. Vous tremblez, mademoiselle. Est-ce que vous avez peur ?

Mari ne parvenait pas à quitter le phacochère des yeux.

— Je n'aimerais pas qu'il recommence à bouger, dit-elle.

— Imaginez cent plaques comme celle-ci. On les ferait défiler et, à chaque fois, cette horrible bête avancerait de la longueur de mon doigt. On aurait l'illusion qu'elle est encore capable de charger, vous ne croyez pas ?

Le jeune homme se mordit la lèvre, réfléchissant.

— Je vous comprends, dit-il. Personnellement, je détesterais qu'on m'emprisonne de la sorte. Qui peut savoir si la machine ne capturerait pas votre esprit en même temps que vos mouvements ?

Mari frissonna.

— Je dois partir.

— Bien sûr. Dommage que ces plaques ne retiennent pas la couleur. Je vous aurais demandé de poser, rien que pour conserver celle de vos yeux.

Mari balbutia un remerciement, supposant qu'il s'agissait d'un compliment. Puis elle s'éloigna d'un pas timide, songeant qu'à Ziguinchor, les gens n'étaient pas comme ailleurs.

Ani gisait sur sa paillasse, emmitouflée malgré la chaleur dans une grosse couverture de laine. Toma se tenait debout auprès d'elle, le visage décomposé, dans la lueur d'une lampe à huile. Dehors, la nuit tombait.

— Le féticheur est passé, dit Toma. Il pense qu'aucun organe vital n'a été touché. Mais je ne lui fais guère confiance.

Il avait suffi d'un coup d'œil à Mari pour reprendre espoir. Sa mère reposait calmement et ne se plaignait pas.

La jeune fille fouilla les étagères. Elle prit dans une boîte une poignée d'écorces de kinkéliba, qu'elle jeta dans un bol d'eau bouillante.

— Mari.

Ani avait sorti un bras de sous la couverture. Elle désignait le coffre.

— Donne-la-moi.

En entendant cette voix si faible, Mari sentit renaître ses inquiétudes. Elle n'eut pas besoin d'autres mots. Elle savait ce que désirait sa mère. La croix de bois. Ani la serra à deux mains et la posa sur sa poitrine. Quel pouvoir détenait donc ce morceau de bois presque noir, qui faisait paraître si fragiles les doigts de sa mère ?

Mari n'avait jamais très bien compris ce qu'il représentait pour elle. Sans doute simplement le lien à la terre perdue, aux ancêtres disparus, à l'inaccessible liberté.

— Il est mort pour nous. Il ne faut pas croire tout ce qu'on raconte. C'est juste...

Mari souleva la tête de sa mère, pour l'obliger à boire un peu de décoction de kinkéliba. Elle n'avala que deux ou trois gorgées.

— C'est juste quoi ?

— Je ne sais pas, Mari. Nous n'avons pas fait ce qu'il fallait. Pour mériter un tel sort...

Mari eut envie de hurler que non, ils ne l'avaient pas mérité. Mais, contemplant la croix de bois, elle se contenta de souffler :

— Demande-lui de te guérir. Dis-lui que je veux bien sacrifier mes deux yeux bleus s'il te guérit.

Elle se détourna pour ne pas affronter le regard de sa mère, moins bleu, moins beau, mais bleu tout de même. Soudain, découvrant ce qui se trouvait dans le fond de la case, elle étouffa un cri de stupeur. Il y avait là une grande forme, comme un fantôme drapé dans un sombre suaire. Ce pli découpé dans le géant abattu, ce morceau pris dans la masse du bentenier. Pas encore dégrossi, pas encore taillé ni poli. La porte.

— Je le savais, que ça nous porterait malheur, dit-elle à son père.

Toma prit un air coupable et sortit de la case. Comme si elle n'avait attendu que ce moment, Ani se redressa sur sa couche. De nouveau, elle montrait le coffre.

— Tu veux ranger la croix ?

— Non. En dessous. Tout en dessous. Dans le vieux châle.

Mari fouilla, déplaça les piles de vêtements, les serviettes, les torchons, les étoffes, les pauvres trésors d'une pauvre existence. Elle trouva le châle et le déplia. Une minuscule bourse en coton tomba sur le sol. Une cordelette la fermait.

— Ça ?

— Oui.

Mari la glissa dans la paume tremblante de sa mère puis la reprit, parce que Ani ne parvenait pas à desserrer le petit cordon. La poche contenait un médaillon accroché à une chaîne dorée. Mari l'examina avec curiosité dans le halo de la lampe à huile.

— Ma mère me l'a donné, juste avant de mourir. Et elle le tenait de sa propre mère. Maintenant, il est à toi.

— Mais non, maman, tu vas guérir !

— Il vient de loin. Il était déjà dans notre famille, avant…

Avant. Au pays. Où et quand, qui pouvait le dire vraiment ?

— Est-ce le portrait d'une de nos ancêtres ? Non… je sais.

Une femme en buste, les cheveux et les épaules couverts par les ondulations d'un voile. Elle tenait du bras gauche un enfant, dans une position étrange, presque assise. Tous deux, la femme et l'enfant, avaient la tête entourée d'un cercle. C'était un travail à la fois délicat et maladroit, une sculpture en relief. On eût dit de l'ivoire.

— Je t'ai donné son nom, pour qu'elle te protège. Et qu'elle t'accompagne.

— Mari ?

— Mari.

— Est-ce que c'est de l'ivoire ?

— On le dirait bien.

Cette constatation les plongea toutes deux dans un moment de perplexité.

— Tu crois que c'est pour ça qu'on nous appelle les Cornes d'Ivoire ? Parce que nos ancêtres travaillaient l'ivoire ?

— Mais non, voyons. C'est parce que nous sommes blancs.

Mari continuait de contempler le médaillon. Toute une série de questions affluaient à son esprit, qu'elle ne savait comment ordonner.

— Et son enfant ? C'est une fille ou un garçon ? Pourquoi… pourquoi penses-tu qu'elle me protégera ? Juste parce que nous avons le même nom ?

Tout en parlant, elle laissait vagabonder son regard dans la petite case. Elle voyait les chapelets de cauris, les bouquets de plumes, les nœuds de cuir, toutes ces babioles insignifiantes accrochées aux murs.

— Est-ce que tu veux un autre grigri, maman ? Un qui te porterait chance à toi.

Ani refusa en faisant doucement rouler sa tête.

— Tu la rapporteras, murmura-t-elle.

Chaque phrase s'achevait à présent par un soupir douloureux. Mari posa la main sur le front de sa mère et le trouva soudain brûlant. Son état semblait empirer de minute en minute.

— Cesse de parler, maman. Tu dois te reposer.

— Tu la rapporteras, répéta Ani. La médaille…

— Oui ?

— Ma mère le disait. Et la mère de ma mère. Un jour…

— Un jour, maman ?

— Elle reviendra… à celle qui la rapportera. Au pays, Mari.

— Et c'est moi ? Il faut que je la rapporte ? Il faut que je vous abandonne ?

Un sourire triste effleura les lèvres d'Ani.

— Tu es déjà partie, ma chérie. Tu n'avais pas six ans… tu étais déjà partie.

— Ce sont des rêves, maman.

— Dans mon ventre, déjà… tu faisais des bonds… tu voulais t'échapper. Toma ne voulait pas.

— Quoi, maman ?

— T'appeler Mari. Celle qui s'en ira. Celle qui la rapportera. Mari… l'autre Mari…

— Je ne veux pas. Je ne vous abandonnerai pas. Jamais… jamais. Ne t'en va pas, maman. Je veux rester avec toi. Maman ! Maman ! Oh non… ne t'en va pas.

Ani avait fermé les yeux. Sa respiration était lente mais calme. Ses lèvres remuaient encore mais le murmure qui s'en écoulait était si ténu que Mari dut se pencher pour l'entendre.

— Il ne faut pas… le manger.

— Qui ?

— L'enfant.

Mari sentit un frisson d'horreur parcourir son échine.

— Ce sont des mensonges, maman.

— Je sais.

— Ils mangeaient du pain.

— Je sais.

Pourtant, Mari ne parvenait pas à chasser de sa tête de sinistres visions. Les Maîtres avaient une expression pour cela. Ils disaient : « Il n'y a pas d'arbre sans graine. » Alors, plus elle se répétait qu'on ne colportait qu'inventions et calomnies, plus elle sentait le trouble grandir en elle. Elle caressa le fin relief du bout de l'index.

— Ça ne peut pas être lui. Ce n'est qu'un enfant, presque un bébé.

— Qui, Mari ?

— Le dieu des ancêtres. Celui qu'ils ont mangé. Enfin…

Le pain. Quel rapport avec le pain ? Elle ne comprenait plus rien. De petits spasmes torturaient le visage d'Ani. Le linge humide faisait pleurer son front. De grosses gouttes brillaient dans ses cheveux. Les mots d'Ani tombaient de la même façon du coin de sa bouche, un à un.

— Il est mort… pour nous… qu'avons-nous fait… Mari… qu'avons…

— Repose-toi, maman. Il faut que tu dormes, maintenant.

— Quand tu l'auras rapportée… Mari… quand tu… tu sauras, toi, tu sauras.

Se levant pour aller chercher un nouveau linge trempé d'eau fraîche, Mari croisa l'ombre de Toma, planté, debout, devant l'entrée de la case. Il traçait sans discontinuer le signe de la croix sur sa poitrine en balbutiant des paroles indistinctes.

Un peu plus tard, cette nuit-là, Ani rouvrit les yeux. D'une voix si forte et si claire que Mari en éprouva presque de la terreur, elle réclama ses fils. Luc, d'abord, son préféré. Puis Jan. Toma était assis près de sa couche. Il ne bougea pas jusqu'au matin, la tête entre les mains.

Il y eut un bref orage peu avant l'aube. À ce moment, le front d'Ani était encore brûlant. Mais, quand le jour se fut levé et que Mari voulut changer le linge pour la troisième fois, toute chaleur s'en était retirée. Son front était froid, ses joues étaient froides et les doigts de ses mains s'étaient raidis.

Mari poussa un cri d'épouvante en découvrant la large tache brune sur la paillasse. C'était par ce trou, à son flanc, que la vie d'Ani était partie.

8
LE BÛCHER

Au cours de la matinée, Mari vit défiler presque tout le village. Chacun à leur tour, ils entraient dans la case et venaient se recueillir un instant devant cette femme à qui, bien souvent, ils avaient naguère confié leur santé ou celle de leurs enfants. Ils serraient Toma dans leurs bras, témoignant moins de chaleur à l'égard de Mari. En sa présence, ils retenaient leurs murmures de colère et leurs mots scandalisés. Comme si, peut-être, elle allait les répéter à Ker Samba.

Leurs regards la fuyaient. Mari n'avait pas le temps de les croiser mais elle savait ce qu'elle aurait pu y lire. Elle les avait trahis. Elle n'avait pas fait son devoir. La fille d'Ani avait un destin tout tracé. Succéder à sa mère, apprendre les écorces, les feuilles, les herbes. La disparition brutale de la guérisseuse du village laissait un vide immense, qu'il aurait dû revenir à Mari de combler. Or, son savoir s'était envolé avec son esprit. Mari avait envie de leur crier qu'elle était des leurs, qu'elle avait observé, qu'elle avait appris. Le kinkéliba, le touloucouna, le saule… en vérité, elle ne connaissait pas l'usage ni la composition de la plupart des tisanes, des sirops et des baumes de sa mère. La grande Léna, elle, l'avait embrassée. Mais la grosse femme de la rizière avait ignoré sa présence. Ben le conteur était venu. Et même Rico, même Alin. Et, oui, Rémon le Noirci. Tous. Paolo était arrivé le premier. Il était resté.

Il la serrait. Au bout d'un moment, comprenant son désarroi, il avait posé sur elle une main protectrice. Puis il l'avait enlacée. Paolo se moquait pas mal de ce que pensaient les autres. Il était là pour réclamer ce qui lui appartenait. Ani ne l'avait jamais aimé. Maintenant qu'elle était partie, plus rien, estimait-il, ne s'opposerait à ses désirs. Mari serait à lui. Voilà ce qu'il voulait leur montrer, à tous.

Il l'arracherait à Ker Samba.

Mari, enfin, repoussa son bras. Mais le petit sourire de Paolo, affligé, de circonstance, ne s'effaça pas. Il saluait les gens qui entraient, comme s'il était déjà chez lui. Comme si Toma ne comptait pas.

Une grosse silhouette noire se présenta à l'entrée de la case. Dene. Mari en demeura statufiée. Paolo, près d'elle, s'était raidi. La gouvernante s'approcha lentement de la couche où reposait Ani. Après s'être recueillie quelques secondes, elle se pencha vers l'oreille de Mari et chuchota :

— Il vient.

Mari interrogea Dene de ses yeux mouillés.

— Tu es libre. Tu fais ce que tu veux.

— Quoi ?

La gouvernante n'eut pas le temps de répondre. Une rumeur se faisait entendre dans la rue qui traversait le village. Puis il fut là, se découpant à son tour dans cette arche de lumière que Toma voulait clore avec un pli de bois du grand bentenier. Sare Samba. Massif, mains jointes, tête penchée sur le sol. En costume blanc de deuil. Jamais Mari ne l'avait vu vêtu de la sorte, sans couleurs chatoyantes, sans oiseaux, sans bêtes sauvages, sans palmes ni fil d'or.

Le cœur de la jeune fille se mit à battre à tout rompre. Soudain, quelque chose de plus fort encore que son chagrin la chavirait. Libre ! avait dit Dene. Était-ce donc ce que Sare était venu lui annoncer ? Lui apportait-il sa liberté en guise de sinistre dédommagement ? Parce que sa chasse, les siens, son propre fils avaient causé la mort de sa mère ?

Les lèvres de Sare Samba modelaient des syllabes muettes, comme s'il prononçait une prière sur le corps allongé devant lui. Ani paraissait si chétive, si lointaine et si blanche. Elle avait donné toute une vie d'efforts pour les plantations sans jamais prendre de forces, des saisons par dizaines sous le soleil ardent sans jamais retenir le moindre hâle. Sare se tourna vers Mari et lui souffla alors :

— Personne ne nous a mieux servis que ta mère, Mari. C'est une grande perte pour nous tous.

La jeune fille crut qu'il allait se retirer après avoir prononcé cette oraison amère. Mais le Maître toucha son bras et lui demanda de le suivre hors de la case. Dans la rue, il prit la direction de Ker Samba, marchant d'un pas lourd sans paraître noter les regards qui le suivaient. De mémoire de Blanc, jamais on n'avait vu un Maître arpenter le village, ni Sare ni son père. Il s'arrêta au bout de la rue, là où le chemin de terre se perdait dans un champ d'herbe semé de buissons. Mari comprit qu'il n'avait fait que l'emmener à l'écart de la misère blanche, de la saleté et des mauvaises odeurs.

— C'est un bien triste accident, dit-il. Tout le monde aimait Ani, ici.

Sare Samba contemplait le médaillon pendu au cou de Mari, cherchant ses mots, embarrassé.

— Je veux que tu saches que nous partageons ta peine, Mari. Tu es une jeune fille très courageuse, je le sais.

Il s'interrompit de nouveau, poussant un soupir avant de poursuivre.

— Nous avons toujours respecté le deuil de nos serviteurs. En pareilles circonstances, chaque époux, chaque fille ou fils est autorisé à délaisser ses tâches pendant trois jours pour se recueillir. Toi comme les autres.

Mari hocha la tête. Sans doute aurait-elle dû remercier mais on ne lui accordait que ce qui revenait de droit à tous. Si peu en comparaison de la liberté dont les ailes, quelle folie, lui avaient paru l'effleurer l'espace d'un instant.

— Je t'en donne cinq, si tu le désires.

— Merci, Maître.

Cette fois, elle l'avait dit. Mais c'était de mois et d'années qu'elle avait besoin. De toute une vie.

— Normalement, reprit Sare d'une voix hésitante, le congé devrait prendre effet à partir de ce jour funeste, ce qui est bien naturel. Cependant, comme tu le sais, après-demain…

Le Maître interrogea Mari du regard, comme pour la presser de conclure. Après-demain ?

— Oh ! oui, s'écria-t-elle. Lisha !

Sare Samba acquiesça, soulagé. D'un ton teinté d'une étrange humilité, il poursuivit :

— Rien ne t'oblige à accepter, Mari. Ces jours de deuil t'appartiennent. Mais c'est donc l'initiation de Lisha et nous aurons besoin de toi. Elle serait très triste si tu devais être absente. Ta présence la tranquillise. Et la perspective de l'initiation la trouble beaucoup. Je crois qu'elle se fait des idées absurdes.

— Oui. Elle m'en parle souvent.

— D'autre part, nous attendons de nombreux invités. J'ai grande confiance en toi, Mari. J'aimerais que tu participes au service. Nous aurons une fête, dehors si le temps le permet. Et un dîner le soir. Je te le demande comme une faveur.

— Une faveur, Maître ?

— Nous recevons Birayma Penda, tu sais.

— Ah ?

— Non, bien sûr, tu ne le connais pas. C'est un homme remarquable, tu verras. Un génie. Et d'autres personnes de qualité. Comme Chausiku Buri. Alors, est-ce d'accord ?

— Je n'aurais voulu manquer l'initiation de Lisha pour rien au monde, Maître. Et je crois que je préfère être occupée, de toute façon.

— Merci, Mari.

Sare Samba, pour la seconde fois, la toucha, lui étreignant brièvement le poignet.

— Courage, dit-il en s'éloignant.

Plus loin, là où naissait la vraie route, celle qui menait au domaine, un chariot à vapeur fumait, soulevant de ses deux tuyères latérales d'impatients nuages de poussière. Le Maître pressa le pas et s'installa sur le coussin qui garnissait le siège pareil à une énorme coque d'ébène.

Paolo l'attendait sur le seuil de la case. Blême, l'œil noir.

— Ta place est ici, auprès de ta mère, dit-il.

— J'y suis, Paolo.

— Quel spectacle ! Même les plus anciens ne se souviennent pas d'avoir vu ça.

— De quoi parles-tu ?

— Un Maître en visite au village, venant s'incliner devant l'un des nôtres. Faut-il qu'il ait des faveurs à te demander !

Mari ne put réprimer son sursaut, ni empêcher son visage de rougir vivement. Une faveur, n'était-ce pas le mot précis que Sare Samba venait d'employer ? Paolo la contemplait à la manière d'un mari jaloux.

— Adila est vieille et racornie, aimable comme une hyène. Je suppose que ton Maître a envie de s'en consoler avec une fille douce et docile. Une fille prête à tout pour le satisfaire.

Mari le gifla. Là, à trois pas de la couche où reposait sa mère. En cet instant où elle aurait voulu se consacrer tout entière à son chagrin, se perdre dans ses souvenirs. Presque quinze ans. Elle n'avait connu d'autre vie que celle-là, entre Ani et Toma. Ses deux frères, déjà, étaient partis. Elle eut le sentiment d'avoir vieilli trop vite, d'avoir été arrachée à l'enfance et projetée en son âge de femme, sans l'avoir désiré, en l'espace de quelques heures. Ses soucis de femme, elle ne les attendait pas si tôt.

Paolo n'avait pas bronché. Maintenant, il souriait. On eût dit qu'en le frappant, Mari avait admis qu'elle lui appartenait désormais.

— Tu devrais t'occuper de ton père. Il est comme une bûche. Il n'a pas l'air de comprendre qu'il a perdu sa femme. Et peut-être sa fille.

— Paolo ! Je t'interdis…

— Ce sera ce soir, dit Paolo. J'ai fait le nécessaire.

— Ce soir ?

Mari ravala ses protestations. En cette saison, on ne pouvait abandonner un corps à la chaleur humide. Ce soir, hélas, il le fallait. Et, comme elle le craignait, Paolo avait donné les ordres à la manière d'un chef de famille. Avant de s'éloigner, il lança :

— Souviens-toi de Clara, Mari !

À chaque heure qui passait, Ani lui avait semblé perdre du poids, de la substance. Sur le lit de paille qui couvrait le brancard, elle paraissait une brindille parmi les brindilles. Mari comprit qu'elle était morte, vraiment morte, quand les quatre hommes se présentèrent à l'entrée de la case et l'emportèrent. À l'heure où souvent on se réunissait sur la place, la foule blanche se rassembla puis se mit en route, en une longue file silencieuse.

Un peu à l'écart du village, au centre d'un grand champ bosselé, s'élevait parmi les friches un tertre sacré. Si on en avait gratté le sol, des générations d'esclaves s'y seraient révélées, couche après couche, cendres sur cendres. De toutes les convictions issues du pays blanc, aucune n'avait mieux résisté : le feu purifiait. Pourtant, songeait souvent Mari, il n'avait pas terrassé la maladie. Pourtant, la maladie ne les avait pas suivis jusqu'en Kassamansa. Pourtant, les Maîtres, ici, enterraient leurs morts.

Les femmes du village avaient préparé le bûcher. Des essences odorantes, des tiges sèches coupées à la faux dans les plantations et comme un doux matelas de fleurs blanches, cueillies dans les champs avoisinants. Le brancard y fut posé.

Ils firent un cercle. Tous étaient là, tous. Mari interrogea son père du regard. Non. Il ne voulait pas. Alors, ce fut elle qui prit la torche. Elle l'abaissa et les flammes montèrent. Les herbes craquèrent et crépitèrent. En cette saison, le bois était humide. S'il ne l'avait pas été assez, on l'aurait arrosé. Plus la fumée était épaisse, plus elle emportait haut l'esprit du défunt. Plus elle était blanche, plus cet esprit était pur. Voilà ce qu'on croyait. Mari leva la tête. Sa mère était à présent là-haut, au sommet de cette colonne tourbillonnante qui se mêlait aux étoiles. Elle resta longtemps ainsi, pour ne pas voir la forme noire qui, elle, était demeurée ici-bas, qui se desséchait, se ratatinait, s'éparpillait dans les braises.

Toma s'était éloigné. Il ne revint qu'après un long moment, portant dans ses bras l'énorme morceau de bois, le pli arraché au bentenier. Il s'approcha du brasier et le jeta au feu. La case n'aurait jamais de porte. Mais il était trop tard. « Un malheur peut encore arriver. » N'était-ce pas ce qu'elle avait dit à son père, devant le géant abattu ?

— Papa..

De nouveau, elle scrutait le ciel nocturne.

— Papa, regarde.

Un vent léger s'était levé. La fumée à présent dérivait. Elle semblait s'enrouler d'une pointe lumineuse autour d'une étoile plus brillante que les autres.

— Est-ce que c'est l'étoile du Nord, papa ?

Toma haussa les épaules sans lui répondre puis avança d'un pas. Alors, de sa voix puissante, magnifique, il chanta. Ces mots, Mari les entendait pour la première fois. Comme toujours, elle ne les comprenait pas. Mais elle sut qu'ils ne ressemblaient pas aux autres, qu'ils sonnaient différemment, comme s'il s'agissait d'une autre langue. Une langue qui n'était ni celle des Blancs ni celle des Maîtres. Celle, peut-être, des créatures du ciel

Ave Maria
Gratia plena
Dominus tecum
Benedicta tu in mulieribus
Et benedictus
Fructus ventris tui Jesus.

— Maria, répéta-t-elle en touchant du bout des doigts son médaillon d'ivoire, Maria...

Quand la dernière note se fut dissipée, elle voulut se précipiter dans les bras de son père mais se heurta à Paolo.

— Est-ce vrai ? demanda-t-il.

— Quoi ?

— Tu as renoncé à ton congé ?

— Je le prendrai plus tard.

— Tu préfères assister à la fête des Maîtres que de pleurer ta mère ?

— C'est l'initiation de Lisha.

— Elle n'a pas besoin de toi.

— Et moi, je n'ai pas besoin de toi.

Ani n'était plus qu'une ombre dans son cercueil rouge et palpitant. Demain, il n'en demeurerait qu'une fine couche grise, qu'une autre bientôt recouvrirait. Mari écarta Paolo de son chemin.

— Tu ne comprends pas, dit-elle en se fondant dans la nuit. Tu ne comprendras jamais. Les étoiles volent trop haut pour toi, Paolo.

9
L'INITIATION DE LISHA

Mari connaissait trop bien Lisha pour se réjouir déjà de la voir si calme et détendue. Tandis que Dene la préparait en vue de la cérémonie, elle souriait et pépiait, s'intéressant à tout, posant des questions. Pourquoi l'initiation était-elle autrefois réservée aux seuls garçons ? Était-il vrai qu'on leur coupait le zizi ce jour-là ? Les filles en étaient-elles donc exclues parce qu'elles n'avaient pas de zizi à couper ? Et maintenant, leur coupait-on autre chose à la place ? Était-on *obligé* de devenir sage après l'initiation ?

Dene répondait avec patience, tout en coiffant la petite fille. Le vêtement immaculé qui bientôt couvrirait Lisha était étendu sur le lit. Finalement, vint la question que Mari redoutait.

— Et les Blancs ? On ne les initie pas ?

— Non, répondit Dene.

Un « non » un peu sec, destiné à décourager la curiosité de Lisha.

— Pourquoi ? Parce que ce ne sont pas des hommes comme nous ?

— Les Blancs ont leurs traditions à eux.

Lisha se tourna vers Mari.

— Alors, tu ne seras jamais sage, conclut-elle.

— Bah ! Toujours plus que toi.

La fillette haussa les épaules.

— Qu'est-ce que vous avez comme traditions ? Ah ! oui, je sais. Dene m'a dit.

— Quoi ?

— Que vous brûlez les morts. Ça t'a fait pleurer ?

— Lisha, s'il te plaît, gronda Dene. Je t'ai expliqué qu'il ne fallait pas lui parler de ça.

— J'ai bien le droit de savoir si elle est triste. Moi, je serais triste si ma mère était morte.

— Je suis très triste, Lisha, dit Mari.

— C'est la faute de cet imbécile de Bwerani. Il fait la chasse dans les rizières.

Dene tira sur l'une des tresses de Lisha, feignant la maladresse.

— Aïe !

— Désolée.

— Mais pourquoi vous l'avez brûlée au lieu de...

— Ça suffit, Lisha ! coupa Dene.

La colère plissa le front de la petite fille. Tapant du pied, elle cria :

— Je voulais juste savoir si elle allait être triste longtemps !

Mari saisit entre deux doigts la chaîne du médaillon et sortit le pendentif du secret de sa robe. Lisha ne lui adressa qu'un regard indifférent.

— Ma mère me l'a donné avant de mourir. Il va me protéger, maintenant. Il y avait un mauvais sort sur nous. Je crois qu'il est parti.

— Des jours meilleurs t'attendent, certifia Dene.

— C'est nul, les grigris. Mon père me l'a dit.

Dene tendit un miroir devant Lisha.

— Tiens. Regarde la plus belle.

Il y avait dans sa chevelure au moins un milliard de perles.

— Il faut que tu passes ton vêtement de cérémonie, à présent. Si tu veux bien sortir, Mari.

Un éclair de peur traversa le regard de Lisha, cette peur qu'elle avait repoussée en lâchant des rafales de questions. Mari se précipita sur elle et la serra entre ses bras.

— Tu n'as rien à craindre, Lisha. Tu sais quoi ? Quand je te reverrai, tu seras une grande fille.

Mari quitta la chambre, accompagnée par un gémissement terrifié.

En fin de matinée, la voiture s'ébranla, tirée par deux chevaux blancs. Sept personnes y avaient pris place. Sare et Adila Samba, leurs enfants Gakere, Bwerani, Ekevu, et Shade, puis bien sûr la petite Lisha. L'initiation ne concernait que le strict cercle familial. Même Dene, que Maître Sare considérait presque comme une sœur, n'y participerait pas. Debout au milieu des siens, Lisha tendait vers les jardins une main pathétique. Cette minuscule tache sombre était tout ce que Mari distinguait d'elle. Des pieds à la tête, Lisha était emmitouflée dans son magnifique vêtement blanc. À la pensée que c'était elle, Mari, que l'enfant réclamait ainsi, la jeune fille sentit son cœur se gonfler de fierté.

Mari regarda s'éloigner l'énorme voiture, se demandant où était situé ce Bois sacré dont elle avait tant entendu parler. Mais elle n'avait guère le loisir de s'attarder. Si la cérémonie était réservée aux proches parents, la fête qui suivait était ouverte à de nombreux invités. Les tâches n'allaient pas manquer au cours de cette journée.

Près d'elle, la grosse Dene essuyait une larme. Elle tenait entre deux deux doigts la mèche de cheveux qu'on venait de couper à Lisha.

— Vous allez les garder ? lui demanda Mari.

— Bien sûr, comme un trésor.

La jeune fille esquissa un sourire. Les mystères de l'initiation lui restaient impénétrables.

— Autrefois, dit la gouvernante, on leur rasait entièrement le crâne. Sauf une mèche qu'on laissait. Maintenant, c'est le contraire.

Mari supposa que la règle avait été modifiée depuis que les filles avaient été elles aussi admises à l'initiation.

— Et ensuite, que se passe-t-il ?

Elle avait posé sa question à tout hasard, persuadée que Dene refuserait d'y répondre. Mais, curieusement, la gouvernante ne se fit pas prier pour parler. Les secrets de l'initiation n'avaient rien de très secret, et ses mystères n'avaient pas grand-chose de mystérieux. D'ailleurs, en vérité, Mari se souciait peu de les connaître. Elle ne souhaitait qu'être rassurée. À force d'entendre Lisha exprimer son appréhension, elle avait fini par partager ses craintes.

— D'abord, on va faire boire à Lisha un breuvage qui la protégera des périls et des esprits mauvais pendant la durée de l'initiation. Ensuite, elle devra s'éloigner toute seule vers le Bois sacré, malgré les cris de désespoir de sa mère.

— Adila ?

— Eh bien, dit Dene en riant, je ne pense pas qu'Adila sera si désespérée que ça. Mais, tu la connais. Pour ce qui est de pousser des cris, elle s'y entend.

— Et après ?

— Après ? Lisha subira pendant des jours et des jours de terribles épreuves physiques et morales. La faim, la solitude, la peur, les insectes enragés, les serpents venimeux, les fauves affamés, le fracas de l'orage, les trombes d'eau...

— Mais...

— C'est comme cela qu'on s'endurcit, Mari.

— Mais, Dene...

— Ah ! oui, fit la gouvernante avec un clin d'œil, il faut qu'elle soit revenue cet après-midi pour la grande fête... Alors, disons que ça ne durera que quelques minutes. Lisha marchera un moment dans les bois en trépignant et en gémissant... je pense qu'elle fera cela très bien... puis sa mère ira à sa rencontre. Elle soulèvera la capuche de son vêtement blanc et elle la reconnaîtra. Alors, elle lui ouvrira les bras...

— Mais... vous avez dit...

— Je plaisantais. Enfin, pas tout à fait. Autrefois, vois-tu, cela se déroulait vraiment de cette façon. Les garçons demeuraient dans le Bois sacré pendant une semaine. Ils n'y rencontraient que le féticheur, qui leur enseignait la sagesse. Aujourd'hui, les enfants doivent apprendre à devenir sages en cinq minutes. Telle que je connais Lisha, je ne suis pas convaincue que cela suffise.

— Moi non plus.

— Voilà ce que c'est de vivre dans un monde moderne, soupira Dene.

— Que voulez-vous dire ? Que les traditions se perdent ?

— Je veux dire que tout va de plus en plus vite, et que nous n'avons plus le temps de rien. Avant, la retraite des jeunes initiés dans le Bois durait une semaine et, ensuite, on leur accordait une autre semaine de repos pour se remettre de leur terrible épreuve. Ensuite seulement, leur famille et tout le village donnaient une grande fête en leur honneur. Enfin, c'est ainsi qu'on présentait les choses.

— Ce n'était pas la vérité ?

— Non. À cet âge-là, les enfants n'ont pas besoin de huit jours pour reprendre le dessus. Une heure après, ils sont en pleine forme. Non, la vérité, c'est que *nous* avions besoin de huit jours.

— Nous ?

— Les pauvres femmes comme toi et moi. *Nous* avions besoin de toute une semaine de travail aux cuisines pour préparer le repas de fête. La voilà, la vérité. Suis-moi, Mari. Dans deux heures, il sera midi, et les invités vont commencer à arriver.

Dene partit d'un pas décidé vers Ker Samba, en bougonnant :

— Deux heures ! Deux heures et il faut que tout soit prêt. Sont-ils trente, sont-ils quarante, je ne le sais même pas.

Plus loin, elle ajouta :

— Une chance qu'il fasse beau.

Puisque le soleil brillait, la réception aurait lieu dans le parc.

Deux heures plus tard, Mari était épuisée. Brochettes, boulettes, viandes rôties, pains de toutes sortes, coquillages, épis dorés, purées onctueuses, boissons sucrées, boissons alcoolisées… des montagnes et des lacs s'étaient formés sur le marbre des plans de travail. Sucs caramélisés, eaux iodées, parfums épicés, les odeurs s'étaient mêlées, alléchantes au début, presque rebutantes à la fin. Mari n'avait plus envie de tremper le doigt dans les crèmes, de grignoter les petits morceaux perdus. Quand elles avaient gagné les cuisines, Dene et elle y avaient rejoint une dizaine de femmes à l'ouvrage depuis l'aube. Certaines, même, avaient passé la nuit à leur tâche.

Tout était prêt ? Oui, il le semblait, mais en réalité tout ne faisait que commencer. Il fallait à présent dresser les tables, les napper, les couvrir de victuailles. Dene dispensa Mari de cette corvée. La jeune fille devait à présent se rafraîchir et endosser une nouvelle tenue. Elle faisait partie des élues choisies pour circuler parmi les invités, avec des plateaux chargés de plats ou de verres. Et ce n'était rien encore.

— Ce soir, lui dit Dene, il y a le repas.

Mari écarquilla les yeux.

— Et ce que nous venons de préparer là ?

— C'est une réception debout, dans les jardins, pour la famille, les proches. Ce soir, c'est un grand dîner.

Assis, dans la salle à manger de ton Maître. Je te promets des surprises.

— Mais je n'y serai pas, Dene !

— Bien sûr que si. Sare souhaite que tu participes au service.

— Ah ! oui, c'est vrai. Il me l'a dit.

Après un instant de réflexion, elle demanda :

— Est-ce là la surprise ou y en a-t-il une autre ?

— Je ne t'en dirai pas davantage, si ce n'est que ton Maître accorde une grande importance à ce dîner. Il n'y aura que quelques convives mais d'une rare qualité. À toi de te montrer à la hauteur.

Lisha avait survécu. Lorsque Mari la vit reparaître, elle avait quitté son vêtement de cérémonie pour une robe jaune plus éblouissante que le soleil du pays. Elle semblait fière comme si elle venait de terrasser le buffle, le lion et le guépard. D'une allure triomphante, la petite fille se dirigea vers les tréteaux où s'empilaient les cadeaux apportés par les invités.

Ils étaient déjà deux douzaines au moins et il en arrivait sans cesse de nouveaux. Les voitures s'arrêtaient au bout de l'allée, dans une telle succession de sabots et de roues, ou parfois de jets de vapeur, que la poussière, là-bas, ne retombait jamais. Ces dames et ces messieurs finissaient le chemin à pied, les bras chargés de présents. Jamais Mari n'avait assisté à un tel défilé d'étoffes chatoyantes, de chaussures vernies, de chapeaux emplumés. La plupart de ces belles personnes, à ce qu'elle en savait, appartenaient, de près ou de loin, au clan Samba. Des frères, des sœurs, des cousins, des cousines, des oncles et des tantes. En Kassamansa, les familles étaient vastes et touffues comme la mangrove, possédant autant de racines visibles et entrelacées.

La mission de Mari était aussi simple que claire. Comme les autres jeunes esclaves requises pour l'occasion, elle devait se charger d'un plateau et le présenter aux convives, avec élégance et discrétion, le regard toujours baissé. La tâche n'en était pas moins délicate. Il fallait laisser à l'invité le temps de se servir mais ne jamais sembler insistante, s'assurer que chacun reçoive son content de nourriture et de boisson sans lui proposer pour la deuxième fois le même mets, ne pas offrir aux enfants de sauces trop épicées, se rappeler qui n'aimait pas les viandes et qui les crustacés... À la fin de sa litanie, juste avant le début du service, Dene avait éclaté de rire.

— De toute façon, vous ne ferez que des bêtises ! avait-elle conclu, fataliste.

Les rayons de midi écrasaient déjà les jardins et la plupart des invités se serraient sous les toiles blanches qui protégeaient les buffets. Ayant jugé la situation d'un coup d'œil rapide, Mari se promit d'éviter les femmes qui s'abritaient en tenant d'une main leur ombrelle. C'était l'assurance de maladresses et de fâcheux incidents dont la responsabilité, fatalement, retomberait sur la servante. Dans le même souci de prudence, elle ignora les plateaux chargés de verres et s'empara d'un plat où s'alignaient des brochettes encore fumantes.

Deux dames causant ensemble, ombrelles presque jointes, longues robes à volants, amples manches, elle passa son chemin. Quatre messieurs en grande conversation, rires gras et gestes du bras, elle hésita. Pourquoi ne pas commencer plutôt par ce vieux bonhomme gris et sec comme une épine morte, qui piétinait à l'écart de tous ? Un ancêtre, qu'il eût été fâcheux sans doute d'abandonner dans son coin. Mais le vieillard, apparemment, ne voulait rien, ni manger ni boire. À moins, songea Mari, qu'il souhaitât surtout ne pas la voir, elle. Comme elle se tenait près d'un trio de femmes enturbannées, son soupçon fut confirmé. Tous, ici, n'appréciaient pas la réception.

— Regarde-moi ça, disait l'une, ils nous font servir par de la blanchaille en tenue verte. La classe !

— Et elle, tu l'as vue ?

Mari chercha dans la foule qui pouvait être la dernière cible. Cette jeune fille menue et à l'allure étrange, probablement. Mari eut envie de l'approcher mais elle se heurta au regard de Dene qui, malgré ses presque cent kilos, savait se faire oublier sans jamais cesser de vous surveiller. Alors, elle marcha d'un pas résolu vers les premiers venus et tendit son plateau, où les brochettes refroidissaient. Puis, toujours aussi décidée, elle passa au groupe suivant. Bientôt, elle constata qu'il y avait une façon énergique de présenter ce qu'on avait à offrir à laquelle peu résistaient. Son plateau fut nettoyé en quelques minutes. Mari l'échangea contre un autre, où voisinaient des boulettes de viande verdies par les herbes et des ailerons de volaille rôtis.

Elle sourit en apercevant Lisha, assise par terre auprès d'un parterre fleuri. Des papiers multicolores et des rubans dorés composaient devant elle une plate-bande tout aussi joyeuse. À sa droite comme à sa gauche s'étalaient les cadeaux déballés. D'un côté, de la soie, du coton, du lin, du cuir, des dentelles, de quoi enrichir une garde-robe déjà copieuse. De l'autre, un tambour, la voile d'un bateau, des fétiches articulés, un éléphant bleu, à peine moins haut qu'elle, puis tout un village de bois, de bambou et de paille, cent jouets qui fourniraient matière à de nouvelles tortures quand Mari serait convoquée dans la chambre de l'enfant. Lisha ne prêtait pas la moindre attention à la fête qui se donnait en son honneur. Et la redoutable initiation, de toute évidence, n'avait laissé sur elle aucune séquelle. Mari résista à la tentation d'aller lui lancer à ce sujet une pique moqueuse.

Sans l'avoir voulu, elle retrouva la maigre jeune fille au si curieux accoutrement. Personne ne lui parlait mais elle ne cessait de s'attirer des commentaires dédaigneux.

— Je plains les parents.

— Quand on n'est pas capable d'éduquer ses enfants, on n'a que ce qu'on mérite.

— Quand même, quelle honte !

Mari attrapa même au vol le prénom de la jeune personne, Yumna. Ce qui, d'après certains, la qualifiait fort mal, puisque cela signifiait « chance ». Yumna avait le corps serré dans une sorte de fourreau noir, d'une matière brillante, et portait à ses pieds des sabots dorés. Mais, comme elle s'en approchait, Mari vit du coin de l'œil ce qui horrifiait tant les gens de bonne éducation. Yumna avait l'oreille droite ornée d'un grand anneau de métal et la lèvre inférieure percée d'un petit morceau de bois. Sur ses joues, en deux fois trois barres parallèles, s'inscrivaient les marques d'affreuses scarifications. Et les cheveux sur son crâne quasi rasé n'étaient qu'une ombre traçant une spirale.

Yumna avait le regard tourné vers la foule grouillante mais donnait l'impression de ne contempler que l'infini du vide. Elle sembla ne devoir prêter davantage attention au plateau que Mari levait vers elle.

— C'est de la viande, dit enfin Yumna.

Mari baissa son plateau de quelques centimètres.

— Tu les trouves beaux ?

De quoi parlait-elle ? Mari bredouilla deux mots inintelligibles, les yeux toujours rivés au sol.

— Mes sabots, tu les trouves beaux ?

— Oui.

— Écarte ça, ça me dégoûte.

Mari recula d'un pas, menton rentré dans la poitrine. Yumna lui tapota la tête du bout des doigts.

— Hé ! On peut voir ?

— Pardon, mademoiselle ?

Mari avait un peu redressé l'échine, mais son cou n'avait pas suivi. Elle n'osait pas regarder Yumna en face.

— On peut voir ?

Mari laissa lentement aller ses épaules. Ce fut comme si son visage blanc émergeait de son corps ceint par la tunique verte des esclaves.

— Wouah ! Tu foudroies ! Quels yeux !

— Vous ne voulez rien ?

— Je ne mange pas de viande. On s'ennuie à mourir, ici. C'est vraiment la brousse.

Embarrassée, Mari se contenta d'un petit rire.

— Je ne suis pas très serpents crocodiles, précisa Yumna.

— Oh !

— Il y en a ?

— Non. Pas près de la maison.

— Il doit bien y en avoir, sinon cette pauvre fille se serait pas fait mordre.

— Pili ?

— Oui. Je jouais avec elle quand j'étais petite. Mes ancêtres avaient la sale manie de vouloir me traîner en brousse.

— Vous êtes de la même famille ?

Mari inspecta les alentours avec inquiétude, sachant ce qu'il adviendrait d'elle si on la surprenait en grande conversation avec une invitée.

— Moi, je suis une gazelle des villes. Elle, c'était une gazelle de la savane. Les Samba sont de vagues cousins. À ta place, je ne resterais pas ici.

— Je n'ai pas vraiment le choix, mademoiselle. Pardonnez-moi. Il faut que je retourne à mon service.

— Moi, je dis qu'on a tous les os blancs, tu vois.

Mari s'éloigna, consciente que des regards commençaient à se tourner vers elle.

— Hé ! faut qu'on se parle, lança Yumna.

Mais Mari se précipitait déjà vers le buffet, pour y échanger son plateau garni de nourritures froides contre un autre, chargé de pâtisseries. Deux heures après le début de la fête, certains des hôtes de Sare et Adila Samba commençaient à partir. De nouveau, au bout de l'allée, les voitures attelées et les véhicules à vapeur faisaient fumer la terre sèche.

La voyant tituber de fatigue, Dene ordonna à Mari de poser son plateau.

— Les émotions t'ont ramollie, ma fille. Sare aurait dû te laisser pleurer dans ta case. Va, détends-toi un peu. Il te faut garder des forces pour ce soir.

Mari s'empressa de s'éloigner du ballet orchestré par la gouvernante, laissant à ses sœurs blanches le soin de terminer le service, avant de procéder au rangement et à la vaisselle. Mais elle n'eut pas le loisir de s'abandonner à ses pensées. Lisha, qui l'avait aperçue, la hélait, sautant sur place près du grand bassin.

— Mon bateau !

Le voilier naviguait sur le miroir lisse de la vaste pièce d'eau où Sare Samba élevait des carpes. Trop loin du bord, à présent, pour que Lisha puisse le diriger à sa guise du bout de sa longue perche. Mari hésita à venir à son secours. Yumna se trouvait là elle aussi, de l'autre côté du bassin, assise sur la margelle. Mari n'était pas sûre de désirer lui parler à nouveau.

— Elle ne veut pas m'aider, gémit Lisha. Je la déteste.

— Yumna a passé l'âge de jouer aux petits bateaux.

Mari prit la perche et s'allongea sur le rebord de pierre pour donner au voilier l'impulsion salvatrice. Le modèle réduit se coucha dangereusement puis se redressa et commença de décrire un lent arc de cercle. Lisha courut l'accueillir.

— Hé !

Yumna l'appelait. Mari se dirigea vers la jeune citadine sans enthousiasme.

— Hé ! Tu devrais essayer ce truc-là. Ça foudroie.

Yumna tenait entre le pouce et l'index un cône blanc dont l'extrémité brûlait en crépitant.

— Qu'est-ce que c'est ?

— Un cadeau de mon cousin de la brousse. Gakere. Il t'a jamais fait visiter sa plantation ?

— Non.

— Tiens.

Mari n'osa pas refuser. Mais il lui parut plus audacieux encore de porter à ses lèvres cette pointe de papier où elle voyait encore briller la salive de Yumna.

— Allez, aspire !

Mari ferma les yeux et aspira, essayant d'oublier qu'elle recevait dans sa bouche une herbe mouillée par celle de Yumna, et offerte par Gakere Samba.

— C'est de la boue, ce type-là, commentait Yumna. Un jour, il a essayé de me coincer dans une grange. J'avais même pas onze ans. Lui à peine plus de treize. Sa cervelle à Gakere c'est le marais puant. La vermine s'y est mise depuis qu'il est petit. Ça se noie à la naissance, des hyènes dans son genre.

Yumna reprit le cône à demi consumé et recommença de fumer après Mari, sans manifester le moindre dégoût.

— Gakere ! N'empêche que c'est le seul Samba qui soit parfois utile à quelque chose. Et, lui, au moins, il fait pas travailler des esclaves dans sa petite plantation. Alors ?

Mari sentit une vague nausée lui monter au cœur. Elle s'assit sur la margelle, auprès de Yumna, en émettant un petit rire involontaire.

— Dans cette famille, soit ils sont venimeux soit ils ont la cervelle bouffée aux termites. À part Sare. Lui, je l'aime bien, même s'il a un peu pris le baobab. Mais alors celle-là...

Yumna fit un mouvement du menton en direction de Lisha, qui se rapprochait en poussant le bateau contre le rebord de pierre.

— Elle finira comme sa mère. Ça me foudroie de voir ça. Elle me parle comme si j'avais la tunique verte.

Yumna adressa à Mari une grimace d'excuse, et d'un geste déconcertant, lui caressa la joue.

— Désolée. Tu sais ce qu'il y avait écrit, l'autre jour, sur un mur, près du port ?

— Écrit sur un mur ?

— Oui. Quelqu'un avait écrit : *Nous sommes tous des Sancouleurs*. Tu saisis ?

— Euh... non.

— Moi, je m'intéresse à la peinture. Eh bien, le noir c'est pas une couleur, le blanc non plus. On est pareils, au fond, tu vois ?

— Je... je ne sais pas. Est-ce que... est-ce que vous voulez dire que vous êtes contre l'esclavage ?

— Évidemment. Tu n'as jamais pensé à t'enfuir ?

— Où irais-je, mademoiselle ?

— Appelle-moi Yumna. Où tu irais ? Ben... là où les Blancs sont libres.

Mari se souvint de ce qu'on racontait. Y avait-elle jamais cru ? Elle n'en était pas sûre.

— Ce pays... vous croyez qu'il existe vraiment ?

— Tout au sud du continent.

— Ça doit être loin, alors, beaucoup trop loin...

Un nouveau rire lui monta du creux du ventre. Mari avait la tête qui tournait un peu mais elle se sentait bien.

— Je connais Ker Samba, les plantations, un petit bout du fleuve, la lisière des grandes forêts... Voilà. C'est tout. Si je marchais pendant plus d'une heure, je serais perdue. J'ignore où je suis.

— Attends.

Yumna se leva et se dirigea vers Lisha. Sans un mot, d'une main ferme, elle lui prit la perche. Puis elle s'accroupit auprès de Mari et entreprit de tracer un dessin dans la poussière, maniant le long bâton comme un crayon géant.

— Là, tu vois, nous sommes à peu près là.

Mari contempla avec perplexité cette forme qui évoquait un tubercule bossu. L'endroit que lui désignait Yumna se situait tout à fait à gauche, sur le gros renflement.

— La Kassamansa, précisa Yumna. Ce n'est qu'une province minable du Sunugaal.

Le Sunugaal, comprit Mari, était ce pays plus vaste dont la jeune fille de Ziguinchor esquissait le contour. Plus vaste mais cependant insignifiant si l'on considérait la taille que Yumna avait conférée au continent.

— Oui, souffla Mari, le Sunugaal. Je sais. La pirogue.

— Hein ?

— Il paraît que Sunugaal vient d'un vieux mot signifiant « pirogue ».

— Ah ? Peut-être. Bon. Eh bien, voilà où tu dois aller.

Mari poussa un cri de désespoir. Le lieu où Yumna venait de poser la pointe de la perche correspondait à l'extrémité sud du continent.

— Combien cela fait-il de jours de marche ? demanda-t-elle.

Yumna leva les yeux au ciel.

— Grand Esprit ! Tu comptes pas y aller à pied ? Ça te prendrait des mois, au cas où il resterait quelque chose de toi passé la première nuit.

— Comment font-ils, ceux qui s'enfuient ?

— J'imagine qu'ils embarquent sur un bateau.

Entendant ce mot, Mari fut tirée de son amère rêverie et se tourna avec inquiétude vers Lisha. La fillette observait la scène avec un sourire qui ne présageait rien de bon.

— Je le dirai à mon père, que tu veux t'enfuir, certifia Lisha d'un ton tranquille. Tu seras fouettée.

— Si tu fais ça, je te découpe en morceaux et je les balance dans la fosse aux crocodiles, répliqua Yumna.

La bouche de Lisha s'ouvrit mais aucun son n'en sortit. Au tremblement de sa mâchoire, au brusque raidissement de son corps, Mari comprit qu'elle prenait la menace au sérieux. Mieux valait néanmoins clore le sujet. Yumna, près d'elle, tirait une dernière bouffée d'un air concentré, les joues creusées par l'effort. Mari eut l'impression de voir la fumée ressortir par le trou que perçait le bâtonnet dans sa lèvre inférieure.

— Va falloir que j'y aille, sinon mes ancêtres vont me foudroyer, dit Yumna en lançant le mégot dans l'eau du bassin. Enfin, ma mère doit encore être en train de babouiner avec ses cousines de la brousse.

Elle acheva de recracher tout ce qui encombrait ses poumons puis ajouta :

— C'est l'orage fatal entre nous depuis que..

Yumna se tapota la joue.

— Comment tu les trouves, mes scaris ?

Depuis le début de la conversation, Mari évitait de contempler les étranges bourrelets avec trop d'insistance.

— Ça m'a pris un jour où j'avais trop fumé. Mais je regrette pas. Je suis pour le retour aux traditions. Quand je vois l'initiation du moustique, là, ça me foudroie. Juste babouinesque. L'initiation, c'est pour les garçons. Initiation, circoncision. On peut leur en couper, il en reste toujours assez. L'exci, ça non, pas question. Nous, on a juste le nécessaire, rien à raboter. Mais les scaris, je trouve ça bien. C'est le lien aux ancêtres.

— Et Ziguinchor, c'est comment ? demanda Mari, mal à l'aise.

— J'ai pas l'intention d'y finir mes lunes. Ça vaut le coup de voir mais moi, j'ai besoin de communier avec le Grand Tout.

— La nature ?

— Oui mais pas comme ici. Ici, c'est la brousse. Je te parle de la nature sauvage, où on sent encore les forces telluriques primordiales, où on sent la présence des esprits dans chaque feuille, chaque brin d'herbe, chaque fourmi.

Mari se retint de répliquer que, dans cette nature sauvage, on sentait aussi la présence des serpents et des crocodiles.

Yumna se redressa, s'étira.

— On a une case en ville avec des amis, on fume, on joue de la musique, dit-elle en reprenant la perche de Lisha.

La jeune citadine traça quelques signes dans la poussière.

— Si un jour tu passes par là et que tu as besoin d'aide, n'hésite pas. C'est l'adresse, d'accord ? Essaie de t'en souvenir. Brise tes chaînes… euh… c'est quoi ton nom ?

— Mari.

— Brise tes chaînes, Mari. Bon, j'y vais, j'ai pas envie de rater le vapeur.

— Mademoiselle…

Mais Yumna ne l'écoutait plus. Elle s'éloigna en agitant la main en signe d'adieu. Entendant derrière elle le rire de Lisha, Mari se retourna. Une lueur mauvaise brillait dans les yeux de la petite fille.

— Tu sais même pas lire, dit-elle.

Puis elle effaça les inscriptions et dessins d'une semelle rageuse, jusqu'à ce que son joli soulier verni fût tout blanchi de poussière.

10

BIRAYMA PENDA L'INVENTEUR

Dene avait mis à sa disposition son humble cabinet de toilette personnel. Mari en ressortit enveloppée dans une grande serviette de coton après s'être rafraîchie dans une cuvette, massée au beurre de karité et coiffée. La gouvernante l'attendait dans sa chambre.

— Tiens. C'est pour toi.

La robe était étalée sur le lit.

— Pour moi ? Je dois la mettre ?

— Elle ne te plaît pas ?

— Si, mais…

La robe était simple et élégante. Et verte. Mari n'osait pas poser la question qui lui brûlait les lèvres. Mais non, ce n'était pas possible, jamais le quintal tremblotant de Dene n'aurait pu se glisser dans un tel vêtement. Puis, surtout, jamais la gouvernante n'aurait accepté de porter une robe verte.

— Oh ! je sais ce qui te turlupine. Mais peut-être vaut-il mieux que je ne te dise rien.

— Cette robe n'est pas à vous, n'est-ce pas ?

— Non.

— À qui, Dene ?

— Très bien. Tant pis pour toi, petite curieuse. Cette robe a été faite pour Clara. Il y a longtemps. Elle avait encore des formes, à l'époque. De jolies formes, crois-moi.

— Maître Samba ne devait pas l'aimer tant que ça.

Mari porta une main à sa bouche, effrayée par l'audace de sa remarque.

— Je comprends ce que tu veux dire, jeune effrontée. Mais tu te trompes. Je...

Dene fit signe à Mari d'approcher. Tout bas, elle lui glissa à l'oreille :

— Ce n'est pas un cadeau de Sare. Il n'aurait pas osé infliger un tel affront à son épouse. Non, c'est un cadeau d'Adila.

— Vous vous moquez de moi, Dene.

— Hélas non, chuchota la gouvernante. Adila est une femme perverse, Mari. Enfin, je suppose qu'elle a beaucoup souffert aussi.

— Mais pourquoi a-t-elle fait ça ?

— Elle savait que Sare la trompait avec cette jolie petite Blême. Alors, elle a offert à Clara une robe digne de la concubine du Maître. Mais verte, pour qu'elle se souvienne qu'elle n'était qu'une esclave. Pour que tout le monde s'en souvienne.

Dene s'écarta en secouant la tête.

— Je ne devrais pas te raconter de telles choses. Nous sommes fatiguées toutes les deux, je crois. Allez, dépêche-toi de t'habiller. Et ne t'inquiète pas. Cette robe dort depuis vingt ans dans un placard. Personne ne la reconnaîtra.

Mari n'en était pas si sûre. Un instant, elle se demanda si Dene ne surpassait pas Adila en perversité. Ayant passé la robe, la jeune fille s'examina dans le grand miroir de la chambre.

— Dene...

Les joues de Mari s'étaient teintées de rouge. La robe, sur elle, produisait un bel effet, tombant toute droite jusqu'à ses pieds, mais elle découvrait sa poitrine de façon embarrassante.

— Je te l'ai dit, s'esclaffa Dene, Clara avait des formes, plus que tu n'en as encore. Alors, ça bâille un peu, là-haut. Tu éviteras de te baisser en servant les invités, sinon tu risques de leur proposer une charmante distraction. Tiens.

Dene lui désignait, sur le sol, les fines sandales de cuir préparées à son intention. Cette fois, Mari évita de poser des questions. Si, finalement, elle en posa une, juste avant de quitter la chambre.

— Je ne suis pas certaine qu'ils trouveront ce spectacle si charmant, Dene. Est-ce que la plupart des Maîtres ne le jugent pas répugnant ?

— Pas tous, mon enfant, pas tous.

Hilare, elle vaporisa sur la jeune fille un peu de son parfum.

Alors qu'elle se dirigeait, presque joyeuse, vers la salle de réception où se tiendrait le dîner, Mari croisa Gakere en traversant une véranda longue comme un couloir. L'aîné des enfants Samba lança un bras en travers de son chemin puis recula d'un pas pour la détailler des pieds à la tête.

— Tiens ! Tu es invitée à la fête ?

Le jeune homme souriait mais une eau sombre noyait son regard. À son approche, Mari sentit flotter dans l'air une odeur semblable à celle que répandait l'herbe fumée par Yumna. Elle attendit que Gakere veuille bien s'écarter, gardant les yeux baissés.

— Je te parle !

— On m'attend. Je dois participer au service.

— Oh ! c'est donc ça ! Eh bien moi, vois-tu, je ne suis pas convié. Mon père craint que je ne fasse pas bonne impression, je crois. J'aurais pourtant adoré passer cette soirée en ta compagnie. Cette robe te va si bien. Cette robe… cette jolie robe verte… Mais peut-être pouvons-nous nous retrouver un peu plus tard ?

— Plus tard ?

— Rejoins-moi dans ma chambre dès que tu auras fini ton service.

— Je… je ne peux pas, je…

— Je n'entends pas bien.

— Je…

— Pardon ?

— Oui, Maître.

Satisfait, Gakere s'écarta, chassant de la main les effluves du parfum de la jeune fille. Mais elle n'eut pas franchi cinq mètres qu'il la rappela.

— Hé ! Face de Craie ! Tu ne risques pas d'oublier, au moins ?

Mari ne se retourna pas.

La salle de réception se trouvait tout à l'autre bout de la demeure. Mari, ce soir-là, y pénétra pour la première fois. Comme on le lui avait commandé, dès les portes de rônier franchies, elle se colla contre un mur et attendit.

L'endroit était extraordinaire. Le plus beau, sans doute, de Ker Samba. Comme ailleurs dans la vaste maison, la décoration était inspirée de thèmes traditionnels. Les motifs qui couvraient chaque surface, du sol au plafond, évoquaient ceux qui ornaient autrefois pagnes et poteries, bâtons de circoncision et cases. Des hommes, des animaux, des pirogues, des flèches, des losanges, des croix, le tout stylisé, rendu en gros traits de couleur, en assemblages de formes, du vert, du bleu, du rouge, du jaune. La vue s'en repaissait, et même s'en fatiguait. Sur trois côtés de la salle, peints de tons identiques, bandes brunes, bandes jaunes, bandes noires, se succédaient des bancs de bois, quelques planches prises entre deux parallélépipèdes bariolés. Au centre, une immense table ronde nappée de bleu. D'où elle se tenait, Mari eut quelque mal à compter les couverts. Il y aurait, jugea-t-elle, sept ou huit convives.

Et, au-dessus de la table…

Mari écarquilla les yeux. Elle n'aurait su dire ce qu'était cette grande roue suspendue, semée tout autour de petites boules de verre.

Une deuxième puis une troisième esclave entrèrent dans la salle. Elles vinrent se ranger auprès de Mari, bouche bée, un peu tremblantes. L'une s'appelait Lison, l'autre Margo. Mari les apercevait parfois dans les corridors ou dans les cuisines de Ker Samba. Mais ni l'une ni l'autre, cela se lisait sur leur visage, n'avait jamais pénétré dans cet endroit.

L'attente fut interminable. Puis, quand des bruits de

voix se firent entendre, les trois jeunes filles se raidirent. Chacune connaissait son rôle. À Lison le service des vins et la découpe des viandes, à Margo les rince-doigts, les serviettes chaudes, les plats vides et les assiettes sales. Il reviendrait à Mari de servir les invités. Elle seule portait une robe élégante, verte oui, mais élégante.

Sare Samba se montra le premier. Il marchait tout en contemplant le cadre qu'il tenait entre les mains, sans cesser de pousser de petits cris admiratifs. Ensuite, Mari compta les personnes qui entraient, Adila puis cinq invités. Cela faisait donc sept en tout. Mais il en était un qui attirait immédiatement le regard, tant il dominait les autres de sa haute taille. À la couleur brune de sa peau, à ses membres interminables, à la couleur bleu indigo de son long boubou, Mari sut que c'était un Peul. Les Samba, eux, étaient des Diolas. Et elle devina qu'il s'agissait du fameux Birayma Penda, dont la venue lui avait été annoncée comme celle d'un éminent personnage. Fascinée par son apparition, Mari tarda à prêter attention aux autres convives. Deux hommes, qu'elle connaissait de vue, et deux femmes, dont l'une lui parut d'une renversante beauté avec sa robe moulante en pagne tissé, à devant noir et or, son chapeau conique en écorce dont les pointes tombaient aux épaules, ses bracelets d'argent, de corail et de poils tressés.

Tandis que son épouse Adila plaçait ses hôtes, Maître Samba, un instant embarrassé, fonça droit vers Mari et lui tendit le cadre.

— Tiens, va mettre cela en lieu sûr. Et prends garde ! C'est sa propre maison que m'apporte mon ami Birayma ! Une œuvre de sa main.

Mari reçut le présent offert par Birayma Penda avec précaution et alla le porter dans un bureau voisin de la salle de réception. Elle ne s'autorisa qu'un très bref examen. Le tableau semblait peint sur une feuille de métal, semblable à celle qu'utilisait le jeune homme qui fixait des images dans sa haute boîte fermée de rideaux. Peut-être Penda avait-il suivi les lignes d'une telle reproduction de ses coups de pinceau, à la façon dont la petite Lisha s'appropriait parfois les dessins de ses albums en repassant un crayon sur leurs traits. L'image était celle d'une grande demeure blanche, perchée au-dessus d'autres bâtisses. Jamais Mari n'avait rien vu de pareil à cette architecture forte et massive. Et cette maison peinte resta pour toujours gravée dans sa mémoire.

Les Samba et leurs invités avaient pris place autour de la table. Alors, à la stupeur générale, Maître Sare demanda à ses trois jeunes esclaves d'éteindre les flambeaux et les torchères à gaz qui illuminaient la salle. Mari, Lison et Margo longèrent les murs et coupèrent les feux l'un après l'autre, plongeant progressivement la pièce dans l'obscurité. Quand le noir fut complet, un ronronnement se fit entendre, en provenance d'un lieu voisin. Et le miracle se produisit. Sur la roue de bois suspendue au plafond où couraient de gros fils, chacune des petites boules de verre s'emplit d'une vive lumière. Mari eut l'impression d'y voir emprisonnés comme autant de rayons de soleil. Lison, près d'elle, poussa un gémissement terrifié. Et Margo dut se retenir au dos d'un banc pour ne pas défaillir.

Sare Samba ne rayonnait pas moins que sa roue lumineuse. L'un de ses invités, pourtant, remarqua que tout

Ziguinchor brillait désormais de ces globes qu'il appelait « électriques ». Ce n'en était pas moins la première fois qu'un tel prodige parvenait en pleine brousse. Et Maître Samba ne cachait pas sa fierté d'être l'homme par qui le progrès était arrivé dans les grandes plantations de la Kassamansa.

Dene fit une courte apparition afin de donner aux filles le signal du départ. Les assiettes étaient posées sur un chariot. Mari les apporta deux par deux à la table, attentive à suivre les instructions : les femmes d'abord puis Birayma Penda, enfin les hommes, Maître Samba en dernier. Mais il lui était bien difficile d'assurer sa tâche avec aisance et distinction, tant ce qu'elle voyait dans les assiettes lui répugnait. Au fond de chaque coquille nacrée, gisait, elle le savait, une créature qui vivait encore. Et c'est sans sourciller que les Maîtres allaient se régaler de ces mollusques crus qui, peut-être, se tortilleraient une fois dans leurs estomacs.

Lison, face à elle, versait le vin. Un vin surprenant car transparent. Sans couleur, aurait dit Yumna.

— Les huîtres ne supportent que le vin blanc, exposa Sare Samba en levant son verre dans la lumière électrique. Celui-là est produit dans l'un des meilleurs comptoirs de nos colonies.

— Il nous vient de là-bas d'excellentes choses, répondit son voisin, un homme à la figure étroite et au nez busqué. Les fruits et les légumes exotiques sont hors de prix mais je dois avouer que je les adore. Dommage que la pomme ne pousse pas bien chez nous. Ah ! ça, c'est fameux, la pomme.

Comme on le lui avait recommandé, Mari recula de

cinq pas, demeurant assez loin des convives pour ne pas les indisposer, assez près pour pouvoir ramasser vivement une serviette tombée ou répondre à toute demande.

Tête baissée mais l'œil attentif, elle distinguait le profil de la superbe femme dont Dene lui avait glissé le nom : Chausiku Buri. Sa tenue époustouflante était une de ses créations. Chausiku Buri, avait précisé la gouvernante, dessinait des vêtements à la mode pour les dames fortunées de Ziguinchor.

— Je me demande parfois si nous n'aurions pas dû nous contenter d'importer leurs pommes, disait-elle à l'ombre de son chapeau d'écorce. Dans les plantations, passe encore, mais en ville, cela devient effrayant.

— Allons, ma chère, lui lança une dame entre deux âges, dont assurément la tenue ne sortait pas de l'atelier chic de Chausiku, vous êtes parfois bien contente de les avoir. Vous en employez dans vos ateliers, il me semble.

— Peut-être, mais des filles uniquement et triées comme le meilleur grain. Et trop c'est trop. On en voit de plus en plus. Ils se reproduisent comme des termites et, plus ils sont nombreux, plus ils prennent leurs aises. Alors, franchement, quand vous rentrez chez vous le soir, avoir l'impression de croiser à chaque carrefour un esprit sortant de la tombe…

— Là, vous avez raison. C'est vrai qu'on ne se sent plus guère en sécurité. Beaucoup de Maîtres laissent traîner leurs gens dans les rues de façon inconvenante. Sans parler des désœuvrés, toujours à l'affût d'un mauvais coup.

Mari détecta le geste de Dene, qui se tenait tapie dans l'ombre, près des portes de l'entrée. Elle revint se poster contre un mur tandis que Margo, sur le chariot, entreprenait de découper la volumineuse pièce de viande.

Là-bas, au centre de la salle, la conversation dérivait sans s'écarter beaucoup du sujet initial. L'homme qui n'était pas encore intervenu parlait à présent de l'étrange lubie d'un de ses amis : il exposait ses esclaves au soleil pour leur donner de la couleur.

— Mais… c'est une honte ! s'indigna Adila Samba.

— En vérité, s'esclaffa l'homme, ils rougissent d'horrible façon.

— Avec de bons onguents, dit Chausiku Buri, on peut leur donner une teinte un peu brune qui est malgré tout plus seyante.

— Question de goût, répliqua Adila d'un air pincé.

Mari, bien sûr, ne put s'empêcher de songer aux trois enfants que Fuli Fak avait fait frotter d'eau vinaigrée, pour leur apprendre à se rôtir la peau au soleil. L'idée, apparemment, était venue à d'autres…

— Moi, ajouta Adila, je ne supporte que les miens.

— On ne vous entend pas, cher Birayma, intervint Sare Samba d'un ton courtois. Je crois savoir que vous vivez seul, sans le moindre domestique ?

— Je suis contre l'esclavage, répondit le Peul.

Mari se redressa, saisie par la phrase qui venait de parvenir à ses oreilles. Elle dut se retenir d'approcher un peu de la table, afin d'entendre mieux la suite de la discussion. Un silence gêné cependant y planait. Chausiku Buri le rompit, s'exclamant enfin :

— Ne me dites pas que vous faites partie de ces… ces… vous me comprenez !

— Je suis contre l'esclavage car j'estime que c'est un frein au progrès.

— Expliquez-nous cela ! lança Maître Samba avec gourmandise. Un frein au progrès, vraiment !

Birayma Penda se radossa, mains bien à plat sur la table, comme s'il s'apprêtait à prononcer un cours face à des élèves sans jugement.

— Mon ami Sare a eu la générosité de mettre à ma disposition un terrain qui sera bientôt le théâtre d'un événement dont, je pense, vous entendrez parler.

— Une aventure… inouïe, glissa Sare Samba, une tentative d'une extrême audace. Continuez, mon cher, continuez…

— Ce terrain, il fallait le défricher. Or, au centre, se dressait un bentenier d'assez belle taille, ma foi. Sare l'a fait déraciner et je ne saurais trop l'en remercier. À ce qu'il m'en a dit, son contremaître a requis pour cela des dizaines d'esclaves blancs. Bref, ce difficile et périlleux ouvrage a été mené à bien grâce à la force brutale des hommes, grâce à leurs muscles. Pourquoi donc ? Ou plutôt… pourquoi nous en priverions-nous ?

— Eh bien oui, pourquoi ? demanda Adila d'un ton peu amène.

Birayma Penda ferma à demi les yeux, prenant pour répondre un air pénétré.

— Moi, voyez-vous, j'aurais tendu de fortes chaînes entre deux tractovapeurs, et j'aurais abattu l'arbre de cette façon. De même que j'organiserais à Ziguinchor un ramassage des ordures par voie mécanique ou que j'y installerais sur les quais un système de poulies et de palans électriques pour le déchargement des bateaux ou que…

— Birayma est un inventeur de génie ! souligna Sare Samba.

— Voulez-vous donc que cette blanchaille traîne, sans occupation, dans les rues de la ville ? intervint Chausiku Buri.

— Nous pourrions très bien former la main-d'œuvre blanche à des tâches plus nobles. Beaucoup sont moins sots qu'ils ne le paraissent. Mais tant que cette force humaine ne nous coûte rien ou presque, nous nous contentons de faire couler leur sueur. Eh bien, j'estime que cela bride l'ingéniosité de nos inventeurs… à moins que cela ne soit l'inventivité de nos ingénieurs. Le jour où nous renoncerons à exploiter les muscles de nos serviteurs sera un grand jour pour la science et la technique.

— Et vous ruinerez les plantations, répliqua Adila.

Penda se tourna vers Sare Samba.

— Il faut que je vous montre les plans d'une machine dont j'ai eu l'idée. La récolte et le tri du grain en seraient grandement facilités.

— Un génie ! s'écria Samba. Nous en ferons bientôt la démonstration.

— Inventez-nous plutôt une machine à trier les esclaves, bougonna Adila. Est-ce qu'elles ne vont pas se décider ?

Comprenant ce qui suscitait l'impatience de sa Maîtresse, Mari s'empressa de pousser le chariot vers la table. Elle posa la première assiette, s'efforçant de ne pas laisser son regard dériver vers Birayma Penda. Mais l'homme l'hypnotisait. Par ses propos étonnants, par sa stature exceptionnelle, par la distinction de ses traits. Penda semblait encore jeune. Pourtant, ses cheveux grisonnaient déjà, formant sur le haut de son crâne comme un cap et deux golfes. Alors que Mari plaçait devant lui une belle tranche de viande garnie de légumes exotiques, carottes et navets des comptoirs, tomates issues des graines du pays rouge, Penda s'extasia :

— Vous nous gâtez, mon cher hôte. Ne serait-ce pas du phacochère ?

— Tout juste ! Tué par mon propre fils, à l'ancienne. Bwerani est une sacrée flèche !

La question avait fait frémir Mari. La réponse la terrassa. Sentant ses jambes se dérober sous elle, la jeune fille commit l'impair de s'assurer en plaçant une main sur la table. Surpris, Birayma Penda se tourna vers elle. Mari connut alors un instant d'extrême confusion. Le regard du grand Peul avait plongé vers la large échancrure de sa robe. Paralysée, près de tomber, elle livra à sa vue le charmant spectacle annoncé par Dene. Au moment où elle se reprenait enfin, Birayma Penda ajouta encore à l'horreur de la situation. Loin de détacher d'elle son attention, il leva une main et l'approcha de sa gorge offerte. Mari étouffa un cri. De l'autre côté de la table, Adila la mitraillait d'éclairs assassins.

— Tout à fait ravissant, dit Birayma Penda.

Mari crut que ses longs doigts bruns allaient se glisser dans le décolleté. Ils se refermèrent sur le médaillon.

— Eh bien, ôte-le ! cria Adila. Ne l'oblige pas à te toucher.

Glacée par un sentiment indescriptible, Mari s'exécuta. Elle détacha la chaîne dorée et laissa glisser le pendentif dans le creux de la paume ouverte du Peul.

— Le travail n'est pas d'une grande habileté, jugea Penda, mais ce n'en est à mes yeux que plus émouvant.

— C'est vrai, dit Sare Samba, vous êtes aussi un expert en matière d'art blanc.

— Disons… un collectionneur.

— Instruisez-nous, demanda la dame entre deux âges. Que représente donc cette petite chose ?

— Une mère et son enfant. En réalité, il s'agit d'un duo de divinités. Et, curieusement, c'est l'enfant qui figure la vraie incarnation divine. À ce que j'en sais, la femme est à la fois l'épouse et la mère du dieu suprême.

— Quel savoir ! s'exclama Sare. Et comme ces malheureuses créatures sont parfois crédules.

— Moi, sans vous froisser, dit Chausiku Buri, je dois vous avouer que les superstitions de ces peuplades primitives ne me passionnent guère.

— Vous avez tort, Chausiku, répondit Maître Samba. Birayma m'a fait un jour l'honneur de m'accueillir chez lui. Sa demeure est un véritable petit musée, voyez-vous. Eh bien, franchement, cela mérite d'être vu. Il possède des pièces tout à fait étonnantes. Certaines vous feraient frémir, Chausiku. Enfin, je doute que vous les trouviez à votre goût. Vous êtes une femme beaucoup trop raffinée pour apprécier cela. Les Blancs d'avant les grandes épidémies avaient la passion du sang, de la torture et des monstruosités, n'est-ce pas, Birayma ?

— Oui, j'admets posséder certains tableaux et sculptures assez effrayants.

— Ce personnage cloué sur une croix... ces animaux fabuleux pourvus d'ailes ou de cornes...

— Nous avons eu nous aussi nos totems, nos masques, nos statues inquiétantes. Toutes les cultures primitives engendrent ce genre de choses. La peur de la mort et de l'inconnu explique...

— Culture ! Le mot est un peu fort ! lança l'homme au nez aquilin.

— Le Septentrion nous réserve encore bien des surprises, certifia Penda. Autrefois, au temps où les indigènes appelaient leur pays Europe...

Mari cessa d'écouter. Elle entendait des choses, pourtant, qui répondaient aux questions qu'elle se posait depuis ses plus jeunes années. Plus rien ne lui importait que le pendentif dont Birayma Penda avait négligemment enroulé la chaînette autour de son index. De toute la puissance de son esprit, elle appelait l'homme auprès duquel elle était restée plantée. Les mots étaient là, dans sa bouche, prêts à forcer le barrage de ses dents serrées. « C'est à moi. Rendez-le-moi. Vous n'avez pas le droit. Mari. Mari comme moi. Ma mère m'a placée sous sa protection. Rendez-le-moi ! »

Penda, enfin, parut recevoir son appel muet. Il esquissa un geste et Mari sut qu'il allait lui restituer le bijou.

— Eh bien, tu as pris racine ? lança soudain Adila Samba.

— Maîtresse...

Mari ouvrait contre son flanc une main timide.

— Gardez donc cet objet, monsieur Penda, puisque

vous en faites la collection. Mari est ravie de vous l'offrir.

— Mais non, pas du tout ! se récria le grand Peul.

— J'insiste.

— Non, non…

— Ne vous inquiétez pas. Je lui donnerai une breloque en compensation. Je sais ce qui lui fera plaisir. Les petites blanchettes adorent tout ce qui brille.

Birayma Penda avait achevé de dérouler la petite chaîne dorée. Il la tenait entre deux doigts. Il la tendait à Mari. C'est alors qu'un grésillement se fit entendre. Tous levèrent les yeux. Dans les petites boules de verre qui garnissaient la grande roue de bois, les filaments s'agitaient, la lumière palpitait. L'une des boules explosa, semant la terreur chez les jeunes esclaves. Puis une autre rendit l'âme avec un claquement sec, une troisième s'éteignit, une quatrième… Bientôt, seule une ou deux dispensaient encore une faible lueur jaune.

— Margo ! Lison ! Mari ! appela Dene. Cessez de piailler ! Aux flambeaux, vite !

Les trois filles tardèrent à bouger. Lison, statufiée près du chariot, Margo qui traçait le signe de la croix, les deux épaules puis le front. Enfin, elles se décidèrent et firent le tour de la salle, rallumant flambeaux et torches à gaz. Tandis que Mari passait devant Dene, la gouvernante lui attrapa le bras.

— Viens là, toi. Je crois que tu en as assez fait pour aujourd'hui. Tu n'es plus bonne qu'à des sottises.

Dene lui parlait comme si elle la rendait responsable de l'explosion des bulbes de verre. Là-bas, Birayma Penda disait à son hôte :

— Mon cher, je crains qu'on ne vous ait refilé du filament de bambou. Il y a maintenant beaucoup mieux. Le bambou se consume en un rien de temps.

Dene poussait Mari vers la sortie.

— Mon pendentif, Dene !

— File. Va dormir chez toi.

— Mon pendentif !

— Je vais voir ce que je peux faire. Ne t'inquiète pas. Allez, disparais, nous finirons sans toi.

Mari sentit s'abattre soudain sur elle toute la lassitude de cette longue journée. Elle quitta la salle de réception en traînant les pieds, la main posée sur son cœur. Dans le réduit qui se trouvait à sa droite, une grosse machine grondait et fumait, s'obstinant à produire une énergie qui ne parvenait plus à destination. S'il lui était arrivé d'entretenir un espoir, un rêve, c'en était fini. L'un après l'autre, ils avaient éclaté, comme les globes de verre. Pas un instant au cours de la soirée Mari n'avait pensé à Gakere. Lorsqu'elle lui avait échappé, un peu plus tôt, sa résolution était ferme : non, bien sûr que non, jamais elle ne se rendrait chez lui. À présent, elle se savait vaincue. Le pendentif lui avait été retiré, le dernier don de sa mère, la protection de Mari, l'autre Mari, la divine. Plus rien ni personne ne l'avait en sa garde. Mari était sans défense. Et qui, désormais, pourrait guider ses pas vers le Nord ?

Elle prit un couloir et, au bout, gravit l'escalier. Elle se livrait.

11
GAKERE

Mari crut qu'elle allait se perdre et que cela la sauverait. Finalement, elle trouva, au premier étage, les quelques marches qui menaient au repaire de Gakere. Sous les poutres, les lattes et la paille du toit, loin de tous. L'atmosphère des lieux ne ressemblait en rien à celle qui régnait ailleurs à Ker Samba. Odorante, étouffante, malsaine. La porte de Gakere était noire, faite d'ébène. D'étranges inscriptions y avaient été gravées au couteau. Mari resta un long moment à les contempler. Frapper, appeler, elle ne savait que faire. Comme toujours, elle voulait fuir, mais elle ne fuyait jamais, jamais le cheval ne l'emportait, ni le vent, ni la fumée, ni le courant. À peine ses pensées. Le plancher grinçait sous ses pieds.

— Entre !

Elle n'avait rien dit, pas bougé, tout juste respiré. Il l'avait sentie. Il l'attendait. Il savait. Alors, Mari comprit qu'elle était là parce qu'il n'y avait pas moyen d'échapper à Gakere. Qu'elle l'avait croisé parce qu'elle devait le rencontrer, qu'elle avait perdu le pendentif parce qu'elle devait en être privée. La vie des Blancs était ainsi, comme écrite d'avance sur un livre maléfique.

Elle poussa la lourde porte.

« Gakere est dans son antre », disait Adila. Voilà bien ce que découvraient les yeux de Mari, la tanière d'une bête fauve. Une seule grande lucarne s'y ouvrait, sur un ciel chargé de nuées orageuses. Sur des rondins écorcés, des nattes de fibres tressées, dans des niches, il y avait d'horribles statues de bois, de vieux fétiches fendus, certains plantés d'énormes clous, des totems peinturlurés, des oiseaux empaillés. Gakere était assis en tailleur sur une peau de chèvre. Mari ne vit pas de lit. Il ne dormait pas là.

L'odeur du yamba emplissait l'air. D'après Yumna, qui lui en avait extorqué quelques pincées, Gakere cultivait lui-même la drogue. Il en gardait un grand pot près de lui, ainsi que des pipes de métal et de fines feuilles de papier de riz. L'aîné des fils Samba regarda longuement en silence la visiteuse.

— À qui as-tu pris cette robe ? demanda-t-il enfin.

— Dene me l'a prêtée. Pour le service.

— Enlève-la.

Mari n'avait jamais douté que la scène se terminerait de la sorte. Pour quelle autre raison l'aurait-il fait venir chez lui ? Mais elle s'était imaginé qu'au moins il prendrait son temps, que peut-être il s'efforcerait de la séduire. Il n'y avait pas la moindre convoitise dans ses yeux. Gakere la contemplait comme un objet parmi d'autres objets.

— Tu m'as entendu ?

— Je suis blanche. Que voulez-vous apprendre de plus ?

— C'est triste pour toi mais je n'y peux rien. Enlève cette robe.

Mari soutint le regard du jeune homme, droite, bien plantée face à lui. Elle obéirait mais elle ne baisserait pas la tête. Elle laissa glisser la robe jusqu'à ses pieds. Blanche, elle ne pouvait être plus blanche. Sa peau l'était, et aussi le simple pagne autour de ses reins, l'étroite bande de tissu nouée sur sa poitrine. Mari les ôta également.

Gakere se leva, mi-surpris, mi-ravi de la voir aussi docile. L'entreprise, cependant, lui fut assez difficile. Le jeune Samba s'aida comme d'une béquille de la bouteille placée à sa gauche, puis se déplia en écartant les bras, à la recherche de son aplomb. Quand il s'approcha d'elle, Mari reçut en pleine figure son haleine chargée de relents d'alcool et de yamba. Gakere lui avait paru beau, parfois. Le visage couvert de sueur, les joues mal rasées, les yeux injectés de sang, il lui sembla soudain avoir vieilli de vingt ans. Dene le soupçonnait de consommer des drogues interdites, bien plus mauvaises que le yamba, Mari le savait.

— T'en veux combien ?

Gakere avait gardé la bouteille à la main. Il lui en passait le goulot sur le ventre.

— Quoi ? Combien de quoi ?

— Des petits esclaves. T'en veux combien ?

— Aucun. Jamais.

La lucarne qui perçait le toit fut brusquement noyée. L'hivernage apportait ainsi presque chaque nuit ses déluges et ses orageux vacarmes. Mari réprima un cri. Elle avait eu l'impression, l'espace d'un instant, que les fétiches hérissés de clous s'animaient autour d'elle. Gakere souriait, narines largement écartées. La chaleur dans la soupente était suffocante. Le jeune homme cherchait de l'air.

— Tu rêves de partager la couche d'un Maître, pas vrai ?

— Non.

— Ça te dirait d'avoir un petit Gris ?

— Non.

Elle l'avait dit doucement. Elle aurait voulu le hurler. Non ! Plutôt mourir. Clara l'avait payé de sa raison.

Gakere se baissa pour ramasser dans un cendrier de cuivre un tube jaunâtre à demi consumé. Chancelant, il se tourna vers une lampe à pétrole et y plongea son mégot, l'en ressortant suivi d'une longue flamme bleue sur laquelle il souffla.

Comme s'il poursuivait une exploration méthodique, il fit courir sa bouteille sur le flanc de Mari.

— Tu sais à quoi ça me fait penser ? À la chair du mérou. J'ai du mal à comprendre mon père, parfois. Nous n'avons vraiment pas les mêmes goûts.

Il lui administra une claque sur le postérieur.

— Vous avez les fesses plates, vous les Blanches. Mais tes petits bouts sont bien rouges.

Mari se raidit. Un filet de fumée escaladait sa poitrine. La braise grésillait près de la pointe de son sein.

— Ne fais pas ça !

— Moi ? Tu ne me connais pas. Ferme les yeux, Mari. J'ai un cadeau pour toi.

La foudre dessina sur la lucarne inondée des formes grimaçantes. Les nœuds de la pluie escaladaient la vitre, serpents, tentacules, créatures échevelées. Mari ferma les yeux. Et même quand le fracas du tonnerre ébranla le sol sous ses pieds, elle ne les rouvrit pas. Gakere s'agitait autour d'elle. Il pouvait faire ce qu'il voulait. Il n'y avait pas de justice pour les Blancs, que des devoirs et des châtiments. Parfois, on trouvait dans les bois le corps d'une pauvre fille. En bon régisseur, Fuli Fak inscrivait alors sur son livre de comptes une perte de cinq cents cauris. Qu'il la viole, qu'il l'étrangle, qu'il la jette aux bêtes sauvages, mais qu'il se dépêche. Elle fermait les yeux mais la lumière des éclairs rendait ses paupières presque transparentes. Il posa les mains sur elle.

Sur ses hanches, sur sa taille. Il avait placé quelque chose autour d'elle. Ses doigts maintenant s'agitaient sur son ventre. Il l'emprisonnait, la serrait. Il tirait sur des lacets, sur des sangles.

— Qu'est-ce que tu fais ?

— Ça ne te plaît pas ?

Mari regarda. Gakere avait noué autour de sa taille une large ceinture brune, pourvue de poches en cuir, d'anneaux et de crochets. Les esclaves qui suivaient les chasseurs en portaient de semblables. Ils y gardaient des balles de plomb, de la poudre, prêts à ravitailler les tireurs. Ils y accrochaient un ou deux oiseaux morts. La jeune fille se demanda dans quel jeu pervers l'aîné des Samba désirait l'entraîner.

— Je ne fais pas souvent de cadeaux, dit Gakere. Encore moins à des Cornes d'Ivoire.

Mari décida de se plier à ses fantaisies, comme elle faisait avec Lisha. Elle avait appris à ne jamais contrarier un Samba.

— Merci, Maître Gakere. Dois-je conserver cette ceinture ?

— Pour qui me prends-tu ? Ce qui est donné est donné.

— Merci, Maître, répéta Mari. Elle est magnifique.

— Garde-la précieusement. Elle te sera bientôt très utile.

— C'est une ceinture pour la chasse. Les Blancs ne chassent pas.

— Je n'aime pas beaucoup ça non plus. Tuer des animaux ne m'a jamais amusé. Il faut être stupide comme Bwerani pour y trouver du plaisir. Je préfère d'autres distractions.

Mari frémit. Derrière la lucarne, les éclairs se chevauchaient follement, éclairant la soupente comme en plein jour. Le tonnerre, semblait-il, n'avait plus le temps de gronder. Gakere levait de nouveau sa bouteille, l'approchait d'elle. Les vagues de lumière décomposaient ses mouvements, comme dans les rêves du jeune homme de Ziguinchor, quand il voulait imiter la vie en faisant défiler des images imprimées sur des plaques.

— Tiens. Ça te fera du bien.

Il forçait le passage entre ses dents serrées. Mari ouvrit la bouche. Un liquide brûlant coula dans sa gorge.

— Je le savais ! Ça te donne de la couleur.

Dans les ondes tremblantes de l'orage, Gakere, lui, semblait avoir la peau presque verte.

— Écoute-moi, maintenant. Mon père t'a accordé

cinq jours, pas vrai ? Je trouve qu'on te couvre de cadeaux, en ce moment.

— Je pleure ma mère, Gakere.

— Ce n'est pas bon de rester sans rien faire à pleurnicher. Bois encore.

Le goulot heurta ses incisives. Mari grimaça. Mari but.

— Tu vas attendre mes ordres, d'accord ?

— Tes ordres ?

— Je te ferai prévenir et tu viendras. On te dira où.

Gakere lâcha la bouteille. Regardant son autre main, il vit que le mégot s'était éteint de nouveau. Il le ralluma à la lampe. Mari crut qu'il allait cette fois la brûler, comme, disait-on, on marquait au fer les esclaves venus du Septentrion dans les temps anciens. Un trou noir dans sa chair qui signifierait qu'elle lui appartenait désormais. Mais Gakere ne fit que pousser dans sa bouche le mégot fumant.

— Aspire, petite Blanche. C'est le meilleur. Tout l'esprit du yamba est là, dans les dernières bouffées.

Mari aspira. Elle sentait la sueur ruisseler le long de ses flancs et de ses cuisses. La pièce dansait dans ses yeux, avec ses affreux fétiches cloutés, ses totems d'une autre époque, ses oiseaux empaillés aux prunelles rouges. Elle résistait encore, mais elle sut qu'elle allait tomber aux pieds de Gakere.

— Tu viendras, insista-t-il. Et tu n'oublieras pas la ceinture.

— Que veux-tu… que veux-tu de moi ?

— Je te le dirai à ce moment. Tu baves, Mari la Blanche. Tu me dégoûtes.

— Pardon, Maître.

Mari se laissa glisser jusqu'au sol. Ses genoux ne la portaient plus. Elle s'affala sur la robe verte. Le tonnerre claqua et la pluie s'abattit sur elle. Non, pas la pluie. Gakere vidait la bouteille, il l'arrosait d'alcool. Et la robe.

— Tu n'oublieras pas la ceinture. Tu viendras. Cinq jours, c'est plus qu'il ne t'en faudra.

— Pourquoi ?

Il y eut une réponse mais Mari ne l'entendit pas. La grande ombre de Gakere planait au-dessus d'elle. Il se penchait. Elle ne voulut pas savoir ce qu'il allait faire. Quand elle se réveilla, la maison s'écroulait.

Mari était seule sous la pente du toit. Allongée par terre, un goût de fiel dans la bouche. L'ébranlement qui l'avait tirée de son hébétude n'en finissait pas de résonner entre ses tempes. Elle se redressa, colla son visage à la lucarne ronde. Un étrange spectacle lui apparut. Dans le lointain, un grand feu disputait la nuit aux éclairs. Sans doute une grange à grain frappée par la foudre. Elle brûlait malgré la pluie.

Gakere avait disparu. Pas loin, sans doute. Elle eut l'impression d'entendre ses grognements de dormeur imbibé d'alcool, de l'autre côté d'une porte masquée par une tenture qu'ornaient les deux corps luisants de lutteurs se tenant aux épaules. Depuis combien de temps gisait-elle là ? Mari n'en avait aucune idée.

Elle se rhabilla et sortit de la pièce. La ceinture lui coupait la respiration mais elle ne l'avait pas ôtée. Il lui fallait à présent quitter Ker Samba et traverser les jardins puis parcourir tout le long chemin boueux jusqu'au village. Sous l'orage. Elle redescendit pieds nus, ses sandales à la main, terrifiée à la pensée qu'on pourrait la surprendre à errer dans la demeure de ses Maîtres, quand tous sommeillaient.

Une silhouette apparut alors qu'elle parvenait au bas du grand escalier. Mari faillit se jeter dans l'ombre mais cette masse qui se dandinait au bout du couloir ne pouvait être que Dene. La gouvernante tenait près de son nez un bougeoir où s'agitait une flammèche bleue. Mari aurait pu s'immobiliser un moment, attendre. Dene lui tournait le dos. Elle ne l'aurait pas remarquée. Mais ce fut plus fort qu'elle. Son besoin de parler, de se confier, la poussa à courir.

Dene se retourna et la reçut presque dans ses bras. La grosse femme la repoussa à deux mains, clignant les paupières. Simplement serrée dans un vieux peignoir aux couleurs passées, elle avait le cheveu hirsute et la figure bouffie, comme si elle venait de choir à bas du lit.

— Qu'est-ce que tu fais là, toi ?

— C'est Gakere, Dene.

— Quoi, Gakere ?

Dene se frotta les joues. Pour un peu, elle se serait pincée.

— J'ai cru prendre le plafond sur la tête, dit-elle. La foudre a dû tomber tout près. Après, impossible de me rendormir. J'avais la vessie pleine à craquer.

Elle donna un coup de menton vers l'entrée, ne songeant qu'à se débarrasser de Mari. Qu'elle file. L'heure n'était pas aux explications. Puis elle vit les larmes sur les joues de la jeune fille, la lueur hagarde au fond de ses yeux, sa chevelure en désordre, sa tenue chiffonnée. La robe. La robe verte.

— Tu sens l'alcool. Tu as bu ?

— C'est Gakere, Dene.

— Qu'est-ce qu'il a fait ? Est-ce qu'il t'a… il t'a…

— Je ne sais pas.

Dene soupira.

— Ça fait longtemps que ça ne m'est pas arrivé, dit-elle. Mais, en général, quand ça m'arrivait, après, je m'en souvenais. Tu étais donc ivre à ce point ?

— Je me suis évanouie. Je ne sais plus.

La gouvernante lâcha un grognement maussade.

— Est-ce que tu te rends compte quelle journée j'ai eue ? Pas un instant de répit depuis ce matin. Et je n'ai donc toujours pas le droit de dormir ?

Elle fit avancer Mari d'une bourrade sans tendresse. Vers sa chambre.

— Par le totem de ma grand-mère, il ne me manque que la peau blanche et la robe verte.

Les vêtements de Mari se trouvaient toujours là. Dene expédia la jeune fille dans le cabinet de toilette, pour qu'elle se débarbouille et se change. Il n'y avait dans le réduit qu'une cuvette et un broc de terre cuite. Pour se soulager, la gouvernante devait quitter sa chambre. Elle ne s'était jamais faite à l'usage du vase de nuit.

— Je préfère ignorer ce qui s'est passé entre vous. Si tu étais avec lui, c'est que tu l'as bien voulu.

— Oh ! non.

— Gakere n'a pas tous les droits. À toi de t'en souvenir. C'est un voyou. Veux-tu que je t'examine ?

— Que vous... non !

— Tu saignes, tu as mal ?

— Non.

— Alors, il ne l'a pas fait. À moins que tu n'aies déjà tes petites habitudes au village.

— Non, non.

— Moi, à quinze ans, j'avais commencé depuis longtemps. Enfin, depuis six mois. Avec quarante kilos de moins, je trouvais sans mal. J'aime trop le gras. Ça m'a perdue.

Dene bâilla.

— L'orage s'est calmé, je crois. Dépêche-toi de rentrer dans ta case. Nous reparlerons de ça une autre fois.

— Pourquoi, Dene ?

— Quoi donc ?

— Pourquoi sommes-nous maudits ?

La grosse gouvernante souleva ses épaules rondes comme des billots de bois.

— Et pourquoi les hommes ont la peau noire, le sais-tu ?

— Pas tous.

— Si, répliqua Dene. À l'origine, tous les hommes avaient la peau noire.

Elles s'étaient assises sur le bord du lit, Dene qui creusait un cratère dans le matelas et Mari, près d'elle, comme perchée sur la bosse d'un dromadaire.

— Au début du monde, dans le Grand Tout, expliqua Dene, il y avait toutes sortes d'esprits, mais il n'y avait place que pour une sorte d'hommes. Jusqu'alors, les esprits vivaient en harmonie. L'esprit des Eaux, l'esprit des Arbres, l'esprit de l'Air, l'esprit des Animaux… Le Grand Esprit trouvait cela très bien ainsi.

— Vous croyez donc aux esprits, Dene ? Maître Samba se moquerait de vous.

— Je ne t'ai pas parlé du plus puissant, du plus fier et du plus jaloux d'entre eux : l'esprit de la Lumière, celui qui fait briller le soleil. Bref, quand le Grand Esprit a créé les hommes, il s'est méfié de l'esprit de la Lumière. Voilà pourquoi il nous a faits noirs. Pour que notre peau nous protège des rayons brûlants le jour et nous permette de nous fondre dans la nuit à l'heure où sortent les bêtes sauvages.

Mari sourit.

— Et nous, qui nous a créés ?

— J'y viens. Comme presque toutes les histoires tragiques, c'est une histoire d'amour. Un homme, dont nul ne connaît le nom, s'était épris d'une femme, qui le repoussait. Il la couvrait de cadeaux et l'abreuvait de déclarations enflammées, mais rien n'y faisait. Il paraît que les femmes sont comme ça. Il leur en faut toujours plus. Finalement, à bout d'arguments, elle lui déclara un jour qu'elle serait à lui s'il lui apportait la lumière du soleil. Je suppose que ce n'était qu'une moquerie, pour se débarrasser de lui. Mais cet homme était aussi rusé qu'obstiné. Et, un matin que l'esprit de la Lumière venait de se lever et qu'il était encore mal réveillé, notre amoureux tendit sous l'horizon un grand miroir.

Dene fit claquer ses doigts.

— Hop !

Mari éclata de rire.

— Vous voulez dire qu'il a capturé l'esprit de la Lumière ?

— Exactement. Et il se moquait pas mal que tout le pays soit plongé dans les ténèbres. Fou de joie, il se précipita vers sa bien-aimée et posa à ses pieds le miroir où s'agitait un soleil fou de rage. Eh bien, vois-tu, les femmes sont encore pires que ce qu'on dit. Au lieu d'être flattée, conquise, elle prit peur et accabla le malheureux d'insultes. Puis elle fracassa le miroir par terre, ce qui bien sûr libéra l'esprit de la Lumière.

— Oh ! Et je pense qu'il n'était pas très content.

— Non, pas très. Mais, comme il était respectueux, il ne prononça pas la sentence lui-même. Il demanda au Grand Esprit de juger les coupables. La femme, pour avoir exigé sa capture. L'homme, pour l'avoir méditée… et opérée !

— Et quelle fut cette sentence ?

— Hélas, Mari, ne devines-tu pas que je te parle de tes ancêtres ? Le couple fut banni. L'homme, la femme et leurs descendants furent condamnés à vivre sur une terre lointaine où régnait un froid éternel. Sur la suggestion de l'esprit de la Lumière, le Grand Esprit ajouta encore à leurs tourments en les privant de leur couleur. Ils seraient invisibles ou presque le jour mais bien visibles la nuit, quand sortent les bêtes fauves. De plus, malgré le froid, leur peau subirait de cruelles brûlures. Ou bien ils seraient contraints de porter en permanence des vêtements. Car, bien sûr, à l'époque dont je te parle, les hommes de ce pays vivaient nus.

Mari réfléchit un instant.

— Elle ne se termine pas si mal, au fond, cette histoire, jugea-t-elle.

— Tu trouves ? s'étonna Dene.

— Je pensais à l'histoire d'amour. S'ils ont eu d'aussi nombreux descendants, c'est bien qu'ils ont fini par s'aimer, non ?

— On peut voir les choses comme ça. Mais ce n'est pas tout à fait la fin de l'histoire, telle qu'on la raconte aujourd'hui. Certains affirment que le Grand Esprit avait demandé à l'esprit de la Lumière de laisser briller une petite lueur, une lueur d'espoir. Après avoir beaucoup souffert, du froid, de la faim, des maladies, les descendants du couple maudit pourraient retourner au pays. Oui, mais à condition de devenir les serviteurs des hommes fidèles, dans la lignée de ceux qui n'avaient pas offensé les esprits.

— C'est une légende, Dene.

— Oui. Mais la vérité pourrait être encore plus cruelle à entendre.

— Que voulez-vous dire ?

— J'ai parlé un jour à un savant professeur de Ziguinchor. Tu sais comme cela flatte ton Maître de recevoir de tels personnages. Eh bien, d'après ce savant, il y aurait deux sortes d'hommes. Les hommes… euh, comme nous… et les Blancs, qui descendent d'une sorte de singe.

— Et vous, vous descendez de qui ?

Une moue perplexe plissa le visage de Dene.

— En voilà une question ! De… d'autres hommes, je présume. Oui, j'imagine que nous avons toujours été des hommes. Ou des femmes.

— Et nous, des singes, Dene ?

— Il paraît que cela se voit à la forme de votre crâne. Allez ! Petit Babouin, je crois qu'il est grand temps de dormir.

L'orage s'était éloigné mais la pluie crépitait encore à la fenêtre, derrière les épais rideaux grenat. Dene se laissa tomber à la renverse, ce qui fit presque bondir Mari sur le lit.

— Je ne vais même pas avoir la force de te jeter dehors. Prends un coussin et installe-toi par terre.

— Merci, Dene.

Dene souffla les flammes. Avant qu'elle ne commence à ronfler, Mari osa lui poser la question qui la tourmentait.

— Dene…

— Quoi encore ?

— Avez-vous récupéré mon pendentif ?

— Tu crois que je n'avais que ça à penser, ce soir ?

— Je vous en prie. Ma mère…

— Je sais, je sais. Je demanderai à Sare la permission d'écrire à monsieur Penda pour lui expliquer..

Dene n'acheva pas sa phrase. Cette fois, elle ronflait comme une bienheureuse. Des pensées chaotiques tinrent Mari éveillée presque jusqu'au lever du jour, au moment où l'esprit de la Lumière émergeait de ses draps. Ni la légende du couple chassé de la terre ancestrale ni le verdict du professeur de Ziguinchor ne tenaient. Elle estimait en avoir la preuve. Car, sur cette terre, il n'y avait pas que des hommes noirs et des hommes blancs. Ceux qui avaient voyagé vers l'Est en avaient rencontré de jaunes, ceux qui avaient navigué vers l'Ouest en avaient rencontré de rouges. Est-ce que ceux-là avaient été bannis eux aussi ? Est-ce qu'ils avaient chacun leurs ancêtres parmi les singes ? Des singes, oui, il en existait de toutes les couleurs. Alors, pourquoi ne connaissait-on pas d'hommes bleus, bleus avec une queue ?

Mari s'endormit enfin, le sourire aux lèvres.

12
LA PROMENADE EN FORÊT

Pendant toute une journée, Mari pria le dieu de bois pour que Gakere l'oublie, pour que sa vie reprenne comme avant, entre le village et Ker Samba. Mais sa mère était morte, son pendentif avait disparu et Lisha avait franchi le cap de l'initiation. La vie, elle le savait, ne pourrait plus jamais être comme avant. Il lui restait cinq jours pour se préparer à sa nouvelle existence. De la famille qui encombrait naguère la petite case il ne subsistait que Toma et elle. Il lui reviendrait désormais de veiller sur son père, de le nourrir, de le soigner, de l'apaiser. Mari se sentait trop faible pour assumer cette tâche. Il existait pourtant un chemin tout tracé et qu'elle pourrait suivre, celui qui la menait à Paolo. Tout ne serait-il pas plus simple ? N'était-ce pas ce dont elle avait besoin ? Trouver un secours, un confident, partager les tâches...

Mais la question de Gakere la hantait.

« T'en veux combien ? »

Paolo. Dans un an, dans deux ans, il y aurait un petit esclave dans son ventre. Blanc comme elle, hâlé comme lui ? À peine l'enfant commencerait-il à marcher qu'il lui en viendrait un autre. Une fille, bonne pour les plantations, un garçon, bon pour les chantiers ? Elle perdrait ses entrées à Ker Samba. On lui laisserait le temps d'élever la marmaille. Et Fuli Fak regarderait grandir ses petits, attendant le moment de les inscrire dans ses livres.

« Aucun. Jamais. »

N'était-ce pas ce qu'elle avait répondu ?

Au matin du second jour, Rémon le Noirci s'introduisit dans la case à sa façon grossière, sans s'annoncer, sans un mot de politesse.

— Sors de là. Paraît que t'as rendez-vous.

— Moi ?

— Vas-y comme tu es. De toute façon, tu garderas pas tes vêtements longtemps.

— Quoi ?

— *Maître* Gakere, fit Rémon, en insistant lourdement sur le titre.

Son opinion était faite. Mari était de ces filles qui faisaient commerce de leur corps contre une vague promesse, un rêve sans lendemain, et qui disparaissaient un jour, vendues sans doute sur un marché de Ziguinchor.

— Je n'irai pas.

— Tu fais ta difficile ? À ta guise.

Le Noirci feignit d'abandonner la partie sans combattre. Cependant, sur le seuil de la case, il se retourna pour lancer :

— Il m'a dit que le prochain de ta famille qui brûlera, il sera peut-être pas mort quand on le mettra sur le bûcher. Voilà ce qu'il m'a dit. *Maître* Gakere. Si t'es pas gentille, hein, tu me comprends ?

Après un instant de réflexion, il ajouta d'un ton faussement désolé :

— Y en a plus beaucoup, de ta famille.

Mari bondit sur ses pieds.

— Où est-il ?

— Tiens ? T'y reprends goût ?

— Où ?

Rémon le Noirci lui indiqua un lieu, à la lisière des forêts claires, une grosse cabane où on entreposait du matériel, pour l'entretien des sentiers.

— Travaille bien, se moqua-t-il. Et assure-toi de ranger son outil comme il faut quand t'auras terminé.

Mari lui cracha sur les pieds et s'éloigna.

C'était une longue marche et Mari se présenta en nage à la cabane. La porte en était entrouverte sous l'avancée du vieux toit de chaume. Elle la poussa et crut un instant s'y trouver seule. L'endroit ne possédait qu'une petite fenêtre que les ans avaient ternie jusqu'à la rendre presque opaque.

— Bien, dit la voix de Gakere.

Il se tenait près d'un établi garni tout autour d'instruments tranchants suspendus à des crochets. Mari s'approcha de lui sans crainte. Même dans la pénombre, elle avait le sentiment étrange de voir émaner du garçon une espèce d'aura. Rien de noble, cependant. Gakere avait peur. Oui, aujourd'hui, la peur était de son côté.

— Tu as la ceinture ?

— Oui.

— Tiens, c'est pour toi.

Gakere lui désignait des vêtements posés sur une caisse. À côté, il y avait un sac à dos.

— Tu as décidément des jeux bizarres.

Mari lui parlait d'égale à égal, elle le tutoyait et soutenait son regard sans jamais baisser les yeux. Gakere semblait trop préoccupé pour s'en offusquer.

— Vas-y, habille-toi.

Mari déplia la veste et le pantalon. C'étaient des habits de grosse toile, des habits de travailleur. Des habits d'homme.

— Tu n'as rien d'autre à faire que de me ridiculiser, Gakere ?

— Je n'en ai pas trouvé de plus petits. Les chaussures aussi sont pour toi.

— Et ensuite ?

— Enlève tes loques.

Ôter ses vêtements devant Gakere était devenu une habitude. Mari le fit sans gêne ni indécence, comme s'il n'était pas là. Elle enfila une chemise de coton, passa le pantalon puis la veste, souriant de la transformation. Seuls les bûcherons et les forestiers s'habillaient de la sorte. Cette pensée l'alarma.

— Où comptes-tu m'emmener ?

— Ne t'inquiète pas. Je n'ai pas l'intention de t'accompagner.

Ses pieds auraient pu faire des kilomètres sans quitter les énormes bottillons en peau de buffle. Ni avancer d'un pas. Simplement entre le talon et la pointe.

— Je ne risque pas d'aller loin avec ces pirogues, dit-elle en secouant une jambe.

— Justement, il y en a une qui t'attend. Tu as fini tes essayages ?

— Une pirogue ?

— Retire la veste et la chemise, si tu as fini les essayages.

— Le jeu est déjà terminé ?

— Il ne fait que commencer, Mari.

— Tu m'appelles par mon nom ? Je crains le pire !

— J'ai comme l'impression que ces habits ne sont pas à ta taille. Je vais te donner de quoi les rembourrer.

Gakere vida sur l'établi un grand sac qui sentait la chèvre. Mari recula d'instinct vers la porte, soudain terrifiée.

— Que veux-tu faire de cette arme ?

Jamais elle n'avait vu d'aussi près un pistolet, avec sa poire à poudre, ses munitions, des sachets de balles en plomb. Du bois précieux, du métal rutilant, elle ne put s'empêcher d'admirer la beauté de l'objet que Gakere venait de saisir par sa crosse.

Il s'approchait d'elle, mais ne pointait pas le canon dans sa direction.

— C'est un trésor que je te confie.

Mari se déplaça encore un peu, tentée de prendre la fuite. Il n'oserait pas tirer sur elle. Il n'était pas fou à ce point-là. Sans doute pas.

— Arrête de bouger comme ça. Qu'est-ce que tu crois ? Que je vais te trouer la peau ?

Stupéfaite, Mari comprit qu'il désirait glisser le pistolet dans la ceinture, y accrocher la poire à poudre, les sachets de balles. Puis un curieux instrument pareil à une pince, dont elle ignorait l'usage.

— Qu'est-ce que c'est ?

— Un moule à balles.

La jeune fille se souvint avec effroi d'une rumeur qui avait couru parfois au village. Selon certains, il existait des Maîtres pervers qui pratiquaient des jeux cruels. Pour punir un esclave, ils le lâchaient dans la nature, avec de quoi survivre ou même se défendre, puis ils lui donnaient la chasse, comme à un animal féroce. Nul n'avait jamais vu revenir vivant l'un d'entre eux.

Mais un pistolet à poudre et à balles... non, il aurait fallu avoir perdu la raison pour confier une telle arme à un esclave.

— Tu veux qu'on me surprenne ainsi ? Tu veux me faire passer pour une rebelle. Oh ! oui, je sais, Rémon me l'a dit...

— Quoi donc ?

— Que tu voulais me faire brûler vive !

Gakere éclata de rire.

— Que ferais-je de tes cendres, pauvre idiote ? Non. Tant que tu m'obéis, tu n'as rien à craindre.

Il y avait encore, au fond du sac, une machette bien aiguisée, des galettes de mil, des fruits séchés, une gourde pleine d'eau.

— Tu ne diras pas que je ne prends pas soin de toi.

— Très bien. Qui dois-je tuer ?

Gakere redoubla d'hilarité. Mais, derrière le masque jovial, Mari percevait toujours sa peur.

— Je ne te demande qu'un petit service. Je n aime guère me promener en forêt, vois-tu. Alors, comme tu as quelques jours de congé... L'oisiveté ne vaut rien aux esclaves.

— Qui te dit que j'aime ça, moi, les promenades en forêt ?

— Quand une tâche déplaît aussi bien au Maître et à l'esclave, en général, c'est l'esclave qui l'accomplit. Ne l'avais-tu pas remarqué ?

— Oh ! si.

Gakere lui tendit la veste, afin qu'elle comprenne que la discussion était close. Quand ils sortirent de la cabane, Mari était couverte des pieds à la tête. Elle avait fermé tous les boutons, enfoncé sur son crâne une casquette, fourré dans les bottillons des morceaux de chiffon. Elle avait un sac sur l'épaule et sentait sur ses hanches le poids de l'attirail remis par Gakere. Accrochés à la ceinture, le pistolet et les accessoires compromettants étaient invisibles.

— Ça va, jugea Gakere, on ne voit presque pas tes cheveux. On dirait un brave gars qui part défricher la broussaille.

— Et pourquoi reviendrais-je ? J'ai un pistolet, des vivres, je peux voyager loin. Donnerais-tu l'alerte ? Je sais ce que je risque, mais toi ? Quel sort réserve-t-on à ceux qui fournissent aux esclaves des armes, des balles et de la poudre ?

— Rémon t'a bien répété mes paroles. Je suis sûr que tu ne les as pas oubliées.

— Mon père, vivant sur le bûcher ? Tu as eu tort de me confier ce pistolet, Gakere. Je n'ai jamais tiré une balle de ma vie mais je te jure que la première serait pour toi.

Le jeune homme ne releva pas la menace.

— Et tu as deux frères, aussi, je crois.

— Où sont-ils ? Le sais-tu seulement ? Moi, je l'ignore.

Gakere haussa les épaules.

— Peu importe. Là où ils sont, il y aura un tas de bois pour eux. Un tas de bois, une botte de paille et une petite flamme.

Mari le défia du regard. Des deux, aucun doute, c'était lui qui tremblait. Une pensée la frappa soudain et elle en gémit, comme si un scorpion l'avait piquée.

— Et que va-t-on dire au village, si on ne me voit pas reparaître ?

— Ton ami Rémon se chargera de tranquilliser ceux qui se posent des questions. Et cesse de t'inquiéter pour ta réputation. Pense plutôt à la mienne !

La jeune fille blêmit de rage. Comment pourrait-elle revenir parmi les siens, affronter Paolo, et son père, et les autres, celles et ceux qui depuis longtemps déjà la soupçonnaient d'avoir renoncé à sa vertu et à son âme blanche ?

— Ainsi, c'est cela ton idée. Ces jours qu'on m'a laissés pour pleurer ma mère, chacun croira que je les ai passés dans ton lit.

— Blanches ou noires, les femmes sont malignes. Tu trouveras une meilleure explication. À moins que tu ne préfères faire des jalouses.

Ils marchaient en direction du fleuve. Gakere, parfois, jetait un coup d'œil derrière lui. Les toits de Ker Samba se rapprochaient maintenant de la ligne d'horizon. Brusquement, il s'arrêta, comme pour signifier qu'il ne franchirait pas un mètre de plus.

— Tu as bien compris ?

— Oui mais...

— Répète.

En quelques mots, Mari récapitula les instructions, un peu trop simples à son goût.

— Si tu reviens avec ce que j'attends, je ferai raconter que Lisha est souffrante et que tu as accepté de rester auprès d'elle. Ça te convient ?

— Maître Gakere est trop bon.

— Allez ! Cesse de traîner.

Gakere lui administra une claque sur les fesses, comme sur le postérieur d'un animal rétif qu'on veut faire avancer. Mari s'éloigna sans se retourner, allant quérir ce que l'aîné des Samba attendait. Elle avait devant elle de nombreuses heures d'angoisse et de fatigue pour tenter de deviner de quoi il s'agissait.

Au lieu indiqué, près d'un poteau de bois brut, une pirogue avait été tirée sur un bord du Kawungha éclairci à la machette. Le fleuve, à cet endroit, était large, paresseux et odorant. Les pluies de l'hivernage l'avaient gonflé, le hissant haut sur les enchevêtrements des palétuviers. La mangrove exubérante occupait les deux rives, avec son dais léger de feuillages, ses troncs plantés en tous sens, ses racines aériennes en arcades. Couvertes de feuilles, les eaux frissonnaient à peine, dédoublant le spectacle luxuriant des berges par le reflet qu'elles renvoyaient au soleil filtré par les frondaisons.

Pousser la pirogue, ce fut déjà comme prendre son envol pour la grande aventure. Mari ne s'était jamais hasardée plus loin de Ker Samba que le vaste terrain aménagé pour les mystérieuses expériences de Birayma

Penda. Et jamais elle n'était allée seule sur l'eau. Une fois, elle avait manié la pagaie, comme un amusement, en compagnie de quelques sœurs du village. Elle la saisit par son manche rugueux, et fendit de la longue pelle la surface ridée par l'haleine chaude du matin.

Par chance, son voyage l'invitait à suivre dans leur sens les élans tranquilles du courant. Mari se dégagea des tiges, des pousses et des fleurs aquatiques pour installer son étroite embarcation près du milieu du fleuve. Elle s'était assise sur un petit banc de bois, vers l'arrière de la pirogue taillée dans un grand pli de bentenier, son sac entre les pieds.

Au début, se souvenant des habiles pagayeurs qu'elle avait observés, elle s'efforça de ramer toujours du même côté. Mais ses mouvements saccadés et maladroits bousculaient la pirogue, dirigeant sans cesse sa pointe vers la rive opposée. Peu à peu, elle apprit à sentir le fil de l'eau, à orienter l'extrémité plate de la pagaie, à pousser à droite quand il ne fallait plus pousser à gauche. Sous les vêtements trop lourds, sa peau baignait dans une sueur fraîche. À chaque remous que produisait la pirogue, les moustiques s'élevaient par nuées sur les sillons d'écume.

Pour se donner du courage, Mari se mit à chanter.

Nous sommes les cordeliers
Faisant des cordelles
Et dans notre beau métier
Nous servons les belles…

Elle n'avait pas la voix pure et vigoureuse de son père, ne savait par cœur que quelques bribes de chansons, mais cela lui permit au moins de couvrir l'insupportable vrombissement des insectes suceurs. Quand elle crut apercevoir, derrière un îlot herbeux, l'œil d'un crocodile, elle força sur les aigus.

Et les plus jolies
Sont les mieux servies.

Au bout de vingt minutes, elle avait déjà les épaules en feu. Un poignard dans les reins. Les jambes comme deux triques. Puis des cloques sur la paume des mains. Quand elle s'essuyait le visage, elle en retirait une purée d'ailes et de sang. Gakere lui avait décrit en détail son itinéraire jusqu'au but qu'il lui avait assigné, mais ne s'était pas montré aussi bavard quant aux conditions de son retour. Remonter le courant à la force des bras, cela lui parut au-dessus de ses moyens. « On t'aidera », avait dit simplement le jeune Samba.

Elle passa devant l'embarcadère. Là-bas, derrière les arbres, s'étendait le terrain de Penda l'inventeur. Mari se moquait pas mal à cet instant de sa glorieuse entreprise. Y installerait-il une machine à produire des pièces d'or ? Y ferait-il construire un navire à voguer sous l'eau ? Y planterait-il un riz dont les grains sauteraient tout seuls dans les hottes de jonc ? Elle se souciait peu de l'apprendre. Le Peul lui avait volé son pendentif et, depuis, sa vie ne connaissait que le désespoir. Cela, oui, lui importait.

Une rumeur se rapprochait, un ronronnement d'abord puis un grondement. Mari ne se retourna pas, de peur de déséquilibrer son embarcation. La vague lui arriva par l'arrière, souleva sa pirogue, faillit la jeter sous un tunnel de racines pareilles aux grandes côtes d'une carcasse de baleine. Couverte en son milieu d'un toit dissimulant ses occupants, la pirogue qui la doubla était plus longue que la sienne, trois fois plus large, dix fois plus rapide. Une hélice la propulsait, creusant dans l'eau une sombre tranchée que bordaient deux lèvres mousseuses.

Mari poussa un cri et, de saisissement, faillit lâcher sa pagaie. Maintenant loin devant elle, la pirogue mécanique venait de quitter sa ligne pour foncer droit vers la rive. L'engin disparut dans une gerbe blanche puis resurgit un instant plus tard, comme s'il avait pris son envol. Il escaladait la berge !

Quelques minutes plus tard, Mari aperçut la trouée par laquelle s'était échappée la bruyante embarcation. Il y avait ici une rampe de terre humide, suivie d'un chemin. La pirogue pétaradait là-bas, entre les arbres, crachant sa vapeur au bout du double sillon creusé par ses roues.

Plus loin, des hommes pêchaient sur un bord du fleuve, debout dans leurs hautes bottes en peau de buffle. Plus loin encore, dans une zone encombrée de troncs morts et de racines desséchées, des esclaves qu'elle ne connaissait pas plantaient dans l'eau de jeunes pousses semblables à des haricots verts, qui bientôt donneraient naissance à de nouveaux palétuviers. Mari salua les uns et les autres d'un geste de la main, tête rentrée dans les épaules, casquette enfoncée jusqu'aux yeux. Qu'on la devine blanche, passait encore. Mais qu'on la sache jeune fille, cela ne manquerait pas de donner l'alarme.

Le paysage devint plus sauvage, le Kawungha plus tumultueux. La mangrove s'anima. Des oiseaux de toutes les couleurs s'y ébattaient comme derrière les barreaux d'une cage. À la base des racines aériennes, telles des souches inertes, les crocodiles guettaient. Puis, haut dans le ciel, les rapaces tournaient. Des *thielly*, des milans, des éperviers. Mari comprit qu'elle ne rencontrerait plus d'hommes, ni noirs ni blancs. Elle tenta une timide reprise : « *Nous sommes les cordeliers/Faisant des cordelles* », pour éloigner les ennemis petits ou grands, visibles ou invisibles, serpents d'eau, vautours, esprits mauvais. Mais rien à faire, la peur était désormais sur elle, glissant sa main glacée par l'encolure de sa veste.

Elle relâcha son effort, posa la pelle devant elle, s'abandonnant au fil de l'eau. Les cris des mouettes, les vagissements des patas accrochés aux arbres, étaient comme des mouches se heurtant à la paroi du grand silence.

Le pistolet pesait sur son estomac. Mari écarta les pans de la veste, souleva sa chemise et sortit l'arme dont le canon était glissé dans un anneau de cuir. Lourde, magnifique. Elle tendit le bras, défiant toutes les menaces alentour, venues de l'eau, du ciel ou de la forêt. Elle aurait aimé savoir s'en servir. Elle avait les balles et la poudre. Si le pistolet avait été chargé, elle se serait sentie rassurée. Peut-être même aurait-elle poursuivi son voyage, au-delà des forêts, jusqu'à la mer immense. Mais elle savait qu'en aval, quand le fleuve sinuait et se divisait en méandres dans la vaste plaine, un trafic intense de navires l'animait. Après Ziguinchor, disait-on, son lit était si bas qu'à marée haute l'océan s'y engouffrait et salait ses eaux.

La pirogue à l'abandon tournait doucement sur elle-même. Mari laissa traîner une main dans le courant pour se rafraîchir, la porta à ses lèvres. Même ici, si loin du rivage de la Kassamansa, le goût de l'eau était saumâtre. Les pluies de l'hivernage, pourtant, se déversaient à torrents dans le Kawungha. Mari les voyait ruisseler des berges, les entendait maintenant cascader derrière les palétuviers.

Elle ôta la veste et les bottines puis reprit sa pagaie. Il lui fallait avancer avant que le jour décline et se mettre à l'abri avant l'arrivée de nouveaux orages. « *Nous sommes les cordeliers*... » La chanson ne venait plus, ses bras étaient trop las. Sa tête, ses épaules, ses hanches, tout s'affaissait. Elle n'avait plus envie que de se laisser aller sur le fond plat de l'embarcation, la nuque sur le banc. « C'est ainsi, songea-t-elle, que les rapaces aiment leurs proies. » Ils se moquaient bien, eux, que la chair soit blanche. Elle plongea la pelle à gauche, encore à gauche, encore à gauche.

Mais son regard était tourné de l'autre côté.

Une cabine de bateau échouée, rouge, rongée de rouille. Qui savait ce qu'il était venu faire là, ce petit vapeur de fer ? Le principal de la carcasse était englouti. Il restait la cabine et, certaines nuits sans lune, le pilote. Voilà ce que lui avait raconté Gakere, ajoutant : « Plus pâle qu'une Corne d'Ivoire. Ne lambine pas en route. C'est quelqu'un que tu n'aimerais pas rencontrer. »

Le vieil écueil se trouvait quelque part sur sa droite. Elle le guettait, pas plus désireuse que ça de le découvrir, mais sachant qu'il signifierait le terme de ses efforts. Ensuite, d'autres épreuves l'attendraient, mais après, c'était après.

Quand Mari l'aperçut enfin, il lui sembla que la chanson se frayait toute seule un chemin dans sa gorge.

Nous sommes les cordeliers
Faisant des cordelles
Et dans notre beau métier
Nous servons les belles...

Elle la braillait d'horrible façon, d'une voix si fausse que son père en eût été mort de honte. Sans quitter des yeux la cabine rouge, Mari la bombardait de ses notes criardes. Quel pilote maudit, quel esprit prisonnier d'une carcasse de fer résisterait à un tel déluge ?

La cabine semblait déserte. Traversée de racines, accrochée par des lianes au flanc d'une berge escarpée, elle laissait voir, à chaque mouvement de l'eau, des grappes d'huîtres luisantes. Les soirs sans lune, le pilote, au moins, pouvait dîner.

Mari se garda bien de passer trop près de l'épave. Comme annoncé par Gakere, il y avait, juste après, une poche d'eau calme, ensevelie sous des guirlandes végétales. La jeune fille s'enfonça sous ce dais inquiétant, poussa encore avec sa rame dans la fange épaisse, échoua enfin la pirogue sur un bord glissant. Elle remit ses bottillons pour descendre sur ce qui ne méritait pas à cet endroit le nom de terre ferme. Des araignées grouillaient sur la vase, des scorpions blancs se réfugiaient sous les rochers.

Devant Mari s'étendait la forêt sombre. Il ne restait

pas plus d'une heure de jour mais là, face à elle, la nuit s'était déjà faite. Gakere lui avait-il parlé d'un abri ?

Elle tira la pirogue aussi loin qu'elle put dans les fourrés, chassant un caméléon et une colonie de lézards. À cet instant, elle ne pensait pas aux bêtes et aux bestioles, aux insectes, aux serpents. Rencontrait-on dans les forêts des hyènes, des caracals, des panthères ? Elle ne le savait même pas. Non, à cet instant, elle ne songeait qu'à échapper au regard du pilote, si jamais il devait venir. Elle se retourna et constata avec satisfaction que les branches ployées des arbres plantés près du fleuve masquaient l'horrible cabine rouge.

Mari s'allongea sur le fond de l'embarcation ou plutôt s'y recroquevilla, son sac en guise d'oreiller. Elle en touchait les deux bords, du dos d'un côté, des genoux de l'autre. Épuisée, elle crut qu'elle allait s'endormir ainsi, malgré les craquements et les frôlements de la nuit. Un innocent petit bruit l'en empêcha. Sur le banc, près de sa tête. Puis le même, entre ses pieds. Ploc ! La goutte suivante tomba sur sa joue. Sur son poignet, sur son nez. Cela commençait comme ça, à la façon d'un supplice, une goutte après l'autre, espacées de la largeur d'une main, espacées de plusieurs secondes. Les nuages se massaient, s'embrassaient, s'étreignaient, nettoyant le ciel de toutes ses étoiles. Puis ils tâtaient le terrain. Une goutte, une autre goutte.

Mari connaissait la suite. Ce serait une nuit d'orage, une de plus. Au-dessus d'elle, le vent commençait à triturer les nuées. Bientôt il les tordrait comme une serpillière. Rouvrant les yeux, elle vit la pluie tomber comme des cordes droites. Le couvert la protégeait encore un peu mais les branches ne tarderaient pas s'incliner sous le poids de l'eau ; elles la déverseraient alors comme des gouttières.

Elle se redressa. Si elle restait là, la pirogue s'emplirait vite, déraperait peut-être jusqu'au fleuve. Elle eut la vision de ce qui risquait de lui arriver. Emportée par le courant dans une embarcation qui peu à peu s'alourdirait, s'enfoncerait. Mari ne savait pas nager.

Et le sac. Et la poudre. Elle devait les tenir au sec.

Devant elle, la forêt. Derrière, le Kawungha. Au-dessus, le ciel qui cette fois s'ouvrait en grand. Des trombes s'abattirent sur elle, tièdes encore. « *Nous sommes les cordeliers/Faisant des cordelles*... » Sans avoir réfléchi, elle courait déjà vers le seul abri possible. Elle s'agrippa aux lianes, faillit s'enfoncer dans un monticule boueux. Il y avait une trouée dans la mangrove. À sa gauche, un précipice : un rocher glissant puis le néant noir du fleuve fouetté çà et là de blanc par l'averse. Arrimée à la berge, la vieille cabine rouillée lui offrait un toit.

Mari hésita. Elle scruta les ténèbres. Même l'esprit le plus malfaisant ne pouvait souhaiter quitter le monde des défunts par une telle nuit.

— *Maria gracia plena*, croix de bois, protégez-moi.

L'ouverture était béante, sur le côté. Mais il fallait plus qu'un pas, il fallait sauter. Du rocher jusqu'au plancher de fer, qui peut-être allait se pulvériser. La cabine était là depuis des années, elle tiendrait bien encore une nuit. Mari lança d'abord le sac. Il ne troua pas la vieille ferraille ni ne fut englouti par un spectre vorace. Les nuages soudain donnaient de la lumière, tissant leurs éclairs avant d'en bombarder la terre. *Maria croix de bois*, elle tendit les bras. Un craquement, c'était son coude. Elle sauta.

La cabine descendit dans les feuilles et les racines. Elle tenait là depuis longtemps mais sans passager. Le pilote, s'il existait, ne pesait plus que le poids de ses péchés. Alourdie par l'intruse, la cage métallique sembla vouloir se détacher de la paroi rocheuse et rejoindre la coque du vapeur, quelque part au fond du fleuve. *Maria... non !* Les lianes s'étaient étirées comme les sangles d'un harnais. Elles tenaient bon. Pour l'instant.

L'orage avait attendu ce moment pour éclater. Tout était trop près. Le ciel chargé de foudre, le fleuve qui léchait la plate-forme gondolée. Mari s'empressa d'accrocher le sac et la ceinture. Il subsistait à l'avant du poste de pilotage un volant, un levier, deux manettes. Puis aussi une aiguille ayant appartenu à un cadran et, au sol, une pédale tordue. Mari fouilla dans le sac, prit une galette de mil, une outre d'eau sucrée. Elle mangea en découvrant le terrifiant paysage au rythme des palpitations de la lumière. La dentelle du toit par où la pluie s'infiltrait, les branches pareilles à de longs bras lui adressant des adieux sarcastiques, le Kawungha bouillonnant où enflaient des cloques comme sur l'eau qui bout, les rochers de la rive opposée, enfumés par la tourmente.

Elle se forçait à avaler. Tant qu'on mangeait, on était en vie, disait son père. Sa mâchoire se crispa, sa gorge se bloqua. Cette bouchée ne passait pas. Le vent devenait trop fort. À chaque bourrasque, la cabine grinçait. Elle se balançait. Montait-elle ? Descendait-elle ? Mari ne le savait plus. Mais, si les liens végétaux cédaient, *Maria croix de bois*, elle serait engloutie avec sa passagère.

On prétendait que le fer attirait la foudre. Et les arbres, les grands arbres également. Il y avait tant de grands arbres autour d'elle. La pluie était tiède, l'air chassé par le vent presque chaud. Elle grelottait. Deux yeux rouges rôdaient au ras de l'eau. Est-ce que les crocodiles mangeaient le fer ?

L'éclair coupa l'image en deux, une partie à gauche, une partie à droite, et une sorte de déchirure ardente au milieu. Mari ferma les yeux mais la vision y persista, comme enfermée par ses paupières. Elle gémit. Elle se laissa glisser contre une paroi rugueuse. La tête dans les bras, elle attendit la fin, la fin de l'orage ou celle de l'aventure. Esprit mauvais, crocodile glouton, foudre tonitruante, fleuve en crue… que le plus pressé l'emporte ! Incroyable, elle s'endormit.

Quand un terrible fracas de tonnerre l'arracha en sursaut au sommeil, elle crut qu'elle allait découvrir autour d'elle la chambre de Gakere, la lucarne, la grange en feu. Mais non, c'était un autre jour, une autre nuit d'orage. Tous ses muscles la tenaillaient. Ses pieds s'étaient recroquevillés au fond des courtes bottes. Ses fesses baignaient dans une purée de feuilles, couleur de rouille. Elle se redressa.

Ce dernier grondement avait été comme le signal du départ. Les nuages se donnèrent la chasse, se bousculèrent par-dessus les plus hautes cimes de la forêt. À l'est, le ciel fit sa réapparition, le vrai, tirant son lit d'étoiles. Mari contempla les constellations avec ravissement. Puis, avec un frisson d'angoisse, elle comprit que si elles étaient si brillantes et si belles, c'était qu'elles se dessinaient sur un fond d'encre. De ce noir des nuits sans lune.

— Ne viens pas, souffla-t-elle.

Elle posa sur un petit rebord un morceau de galette et quelques fruits secs.

— Demain. Tu viendras demain. Tu auras à manger. De quoi boire, ici, tu en trouveras toujours.

La pluie avait cessé mais tout un monde nocturne continuait de s'égoutter. Mari s'affala dans le coin le moins humide et sombra dans une somnolence entrecoupée de rêves confus et de brusques éveils anxieux. Parfois, sans ouvrir les yeux, elle écrasait un moustique.

Au premier rayon du soleil, elle étira ses membres ankylosés. Il ne fallut que quelques minutes pour que le métal de la cabine devienne brûlant au toucher.

— Merci, pilote, dit-elle. Merci de ne pas être venu cette nuit. Je te promets que j'accrocherai un grigri pour toi dès que je serai de retour dans ma case. Je prierai pour que ton esprit rejoigne le Grand Tout.

Elle poussa un cri. Là, sur ce qui devait être autrefois une portière, elle avait cru voir une main, une main blanche. Mais pas la main d'un Blanc. Celle d'un Noir dont la chair avait séjourné trop longtemps dans l'eau.

— Il fait jour ! hurla-t-elle.

Gamine, les Maîtres qui la regardaient grimper aux arbres l'avaient surnommée « Petit Babouin ». Mari estima qu'il était grand temps de s'en souvenir. Elle attrapa son sac et la lourde ceinture de Gakere, les jeta dans les taillis en contrebas, passa par-dessus une rambarde et sauta, les mains agrippées à une grosse liane.

Mari atterrit dans un sinistre craquement. Le bois mort, abattu par le vent, amortit sa chute. Mais, aussitôt, elle se sentit emportée. Sous les branchages, la terre gorgée d'eau était lisse et glissante comme un savon. Elle se retint à une souche avant de suivre la pente fatale qui menait au fleuve.

Debout, trempée, crottée, elle alla récupérer ses biens. Elle attacha la ceinture autour de ses reins, passa le sac à son épaule. La pirogue n'avait pas disparu dans la tourmente. Un liquide trouble l'emplissait presque jusqu'au bord. Un lézard s'y était noyé.

Gakere lui avait décrit le chemin qu'elle devait suivre, défriché à la machette par les hommes qu'il lui fallait rejoindre. S'était-il moqué d'elle ? La forêt était pareille à toutes les forêts, avec ses grands arbres, ses arbustes, ses lianes, ses taillis, ses clairières, ses termitières, ses animaux sauvages, ses insectes, ses grouillements. À cette heure matinale, les petits singes patas étaient déjà bien réveillés, émettant leurs pleurs de bébés affamés.

Pas de chemin, non. Toute la zone côtière était inondée. Le fleuve semblait s'être infiltré sous les racines et resurgissait çà et là, en flaques, en mares, en champs boueux. Mari partit au hasard, décollant à chaque pas une bottine après l'autre. Sa cheville, son talon sortaient sans cesse de l'ouverture en peau de buffle. Elle noua une fine liane à la hauteur de chaque mollet, serrant fort autour du cuir.

Toute sa peau la piquait ou la démangeait. Elle étala un peu d'argile liquide dans son cou, sur le dos de ses mains. Quand elle entendit un frôlement suspect derrière un buisson épineux, elle sortit la machette de son sac. C'était ainsi qu'était morte la pauvre Pili, mordue par une de ces saloperies sans pattes.

Et maintenant ? Marcher, s'éloigner du Kawungha. Le sentier, elle finirait par le retrouver. En attendant, elle montait et descendait des talus, elle enjambait des branches abattues par la tempête, et elle pataugeait dans la gadoue, encore et encore. Ce n'était déjà plus une forêt dense, noire et épaisse, plutôt un lac d'eau sale, planté de gros arbres.

Mari identifia avec soulagement l'énorme rocher bossu couvert de mousse verte, presque une montagne. Juste après, elle aperçut la vieille cabane sans toit des forestiers. Ensuite, c'était simple. Le bon chemin était semé de tas de bois, des troncs et des troncs empilés, qu'on viendrait débiter et chercher à la saison sèche. Elle cherchait à présent des yeux le seigneur des lieux, un baobab haut de cinquante mètres. Tel était l'ultime repère que lui avait promis Gakere.

Il n'y avait, d'après l'aîné des Samba, pas plus d'une heure de marche. Impossible cependant de prévoir où et comment se terminerait la randonnée. « Tu ne les trouveras pas, avait-il dit, c'est eux qui te trouveront. » À demi-mot, il lui avait fait comprendre de quel genre d'hommes il s'agissait. Des fugitifs, des rebelles. Plus elle y songeait, plus Mari estimait qu'elle s'était jusqu'alors inquiétée pour bien peu de chose. Un crocodile, un esprit égaré, un bel orage, le bruissement furtif d'un mamba ou d'une vipère… Rien de si redoutable en comparaison de la mission que Gakere lui avait confiée. Apporter un pistolet et des balles à des hors-la-loi, des individus qu'on recherchait peut-être pour leurs crimes. Elle savait quel sort on réservait à de tels personnages… et à ceux qui les aidaient.

Mais pourquoi Gakere voulait-il leur fournir des armes ? Le garçon ne s'intéressait qu'à lui-même. Mari ne pouvait l'imaginer prêtant secours à quiconque, ni père ni frère. Quand elle découvrit enfin l'énorme baobab, elle était sur le point de conclure : Gakere lui avait tendu un piège cruel. Il n'y aurait rien ni personne au bout de sa route ou, pire encore, elle allait tomber entre les mains de ces gardes qui arpentaient la forêt, à la poursuite d'esclaves en fuite. Un fugitif repris était fouetté jusqu'à ce que sa peau se détache. Un fugitif armé… eh bien, jamais elle n'avait entendu parler d'un tel cas. Mais sans doute ne se donnait-on pas la peine de ramener celui-là à ses Maîtres.

Si le baobab culminait à cinquante mètres, son tour de taille était à peine moindre. Tout en tronc et en branches massives, presque dépourvu de feuilles. Rien ne poussait à ses pieds. Ici, Mari ne sentait plus l'air du fleuve. La terre avait bu toute l'eau des orages. Après la mangrove, après la forêt, elle traversait un morceau de savane. De petits tas d'excréments ponctuaient l'herbe jaune. Hyène, caracal, serval, panthère ? Mari pressa le pas. L'une des branches basses du baobab lui indiquait sa direction, pointant comme une flèche. Là-bas, c'était dans ces bois que se terminerait son expédition.

Des colonies de singes l'accueillirent. Des bleus, des verts, des roux. C'était une forêt claire et belle, de rôniers, de benteniers, d'acacias. Mari puisa tout au fond de son sac un sifflet taillé dans un bambou. Au premier appel qu'elle lança, les patas et les colobes déguerpirent.

Un peu plus loin, quand elle recommença, elle souleva une nuée de merles métalliques. Et Mari continua ainsi, tirant de son sifflet des cris aigus, tous les vingt ou trente pas. Si c'était un piège, si Gakere avait décidé de la jeter dans les bras des gardes de la forêt, elle ne pouvait mieux s'y précipiter.

En l'espace de deux heures, Mari avait l'impression d'avoir changé de saison. Elle laissait derrière elle l'hivernage, ses pluies cinglantes, sa végétation exubérante, et traversait maintenant des étendues qu'un soleil écrasant avait séchées en une demi-matinée. Cette fumée, au loin... était-ce l'eau de la nuit qui finissait de s'évaporer ou bien...

Elle siffla de nouveau. Des hommes, peut-être, vivaient là-bas et faisaient du feu. Les hommes qu'elle recherchait ? Peut-être. Elle l'espérait. S'il en était autrement, Mari ne se sentait pas la force de vouloir leur échapper. Amis ou ennemis, elle se livrerait à eux. Ne plus marcher dans ces bottines trop grandes, engoncée dans ces vêtements trop lourds, plus rien d'autre ne lui importait. Des hommes. Des hommes de chair et d'os. S'il vous plaît.

Elle siffla. Marcha. Siffla encore. Un mamba, un cobra, une vipère heurtante auraient pu croiser son chemin, elle aurait posé la semelle sur leur queue sans s'en rendre compte. Elle ne prêtait plus attention à rien. Siffla encore.

Mari s'effondra. Une montagne s'était abattue sur son dos. Elle tenta de se débattre, juste un instant. C'était vain. La masse silencieuse l'écrasait de son poids. Une main lui maintenait la tête dans la terre poussiéreuse.

Une autre lui saisit le poignet, lui retourna le bras. Elle hurla.

— Vas-tu la fermer ! Tu veux alerter tout le Sunugaal ?

Mari se tut. Du coin de l'œil, elle vit un poignet tatoué, de longs doigts poilus. La main écarta d'un geste exaspéré le sifflet tombé de sa bouche. Une main blanche.

— J'ai mal, gémit-elle.

Quelque chose s'enfonçait dans son plexus solaire, qui lui coupait le souffle. Le pistolet. Et dans ses côtes, elle sentait le moule à balles. Mobilisant toute l'énergie qui lui restait, Mari s'efforça d'atteindre le seul but qui lui parût encore enviable : l'inconscience. Mais la douleur était trop vive, l'angoisse trop grande. Elle ne parvint pas à s'évanouir.

— Qui t'a demandé de venir rôder par ici, sale petit babouin ?

Le souffle fétide de l'homme lui arrosait le nez.

— Gakere.

— Ah !

La pression se relâcha. Mari poussa un nouveau gémissement. En se redressant, son agresseur avait enfoncé le genou dans ses reins. Elle se ramassa sur elle-même, attendit un instant, un ordre, un coup, puis se décida à se remettre debout. Au-dessus d'elle, se profilait le tronc tordu d'un rônier. L'homme avait dû s'y tenir agrippé avant de lui sauter dessus. Qui donc était le plus babouin des deux ? Elle aurait voulu le lui crier à la figure. Elle n'osa pas.

— Je m'appelle Kike.

— Kike ?

— Ça te plaît pas ?

— Moi, c'est Mari.

Kike n'était pas très grand. Trapu, velu, plus brun de peau encore que Paolo. Cheveux noirs frisés, bouche édentée. Kike, ça lui allait, mais le reste, non, ne lui plaisait pas beaucoup.

— Voilà qu'il nous envoie une fille.

— Qui envoie-t-il, d'habitude ?

— Pas de questions. À partir de maintenant, ton rôle, c'est : ne pas poser de questions. Compris ?

— Oui.

— Tu apportes quelque chose ?

Mari adressa à Kike un sourire forcé. Puis, pouce et index joints, elle fit mine de se coudre la bouche.

— Qu'est-ce qui te prend ?

— Pas de questions, se moqua Mari, desserrant à peine les lèvres.

Kike haussa les épaules.

— Ceux qu'apportent rien sont pas les bienvenus ici. Et ils ont peu de chance d'en repartir.

— J'ai l'arme. Et des balles. Mais je ne suis pas sûre qu'elles soient pour vous.

Mari crut que Kike allait se fâcher mais l'homme la regarda soudain d'un autre œil, avec une pointe de respect.

— T'es un drôle de babouin, toi. Faut comprendre, hein ? On se méfie. J'en connais qui donneraient mille cauris pour nous attraper.

— Vous êtes un fugitif ? Pardon. Je retire la question.

— Non. Je suis le roi de la Kassamansa. Suis-moi. Je vais te faire visiter mon palais.

Le palais de Kike nichait au fond d'une clairière bien dissimulée dans un creux de terrain, derrière un rempart d'arbres touffus. Il se composait de trois cases cylindriques proches à se toucher, bâties de pieux et de branchages couverts d'argile, avec en guise de toit un cône de paille ébouriffé. Kike, à vrai dire, ne régnait nullement sur ceux qui le partageaient avec lui. Mari découvrit bientôt ses compagnons de clandestinité : deux autres Blancs, un Noir, une femme blanche, un homme à la peau claire qui se révéla venir du pays maure, et un de ceux qu'on appelait « Gris », n'étant ni blanc ni noir mais un mélange des deux. Mari ne sut jamais leurs noms.

La femme regarda approcher la jeune fille d'un air hostile. Elle était petite, sèche, âgée, usée. Un boubou aux motifs effacés l'habillait, simple pièce de tissu pourvue d'un trou par où elle passait la tête.

— Gakere l'envoie ! annonça Kike.

— Qu'est-ce qu'elle apporte ?

Le Maure, qui avait parlé d'une voix joviale, fut le premier à venir à la rencontre des nouveaux arrivants. Il était vêtu d'une drôle de façon, toubé, ce pantalon court qui s'arrêtait aux genoux, boubou guère plus long, et bonnet à rabats pour les oreilles. Derrière lui, les quatre derniers hommes du groupe observaient Mari d'un œil circonspect, plantés de part et d'autre d'un feu de bois sur lequel rôtissait un varan dépecé.

— Elle battait les bois en poussant des cris de calao, dit Kike. J'ai dû lui sauter dessus pour la faire taire.

— Lui sauter dessus, hein ? ricana le Maure. Pour la faire taire !

— J'ai cru que j'allais devoir lui trancher le cou pour qu'elle arrête de siffler.

— Eh bien, qu'est-ce que tu apportes ?

— Ce qu'était prévu, je crois bien, dit Kike.

Mari ôta sa veste, souleva sa chemise, détacha la ceinture.

— Excusez-moi, dit-elle. Je dois puer comme une civette.

Mais elle aurait pu sentir la charogne qu'ils se s'en seraient pas souciés. Tous s'étaient avancés, hypnotisés. Le Gris fut le plus prompt à se baisser pour extraire le pistolet de l'anneau de cuir qui le retenait à la ceinture. Il le soupesa, le caressa, le présenta à la lumière du soleil pour en faire briller le cuivre.

— C'est bien, approuva-t-il. Gakere ne s'est pas fichu de nous.

Mari avait eu tout loisir de détailler le garçon qui s'était agenouillé auprès d'elle. Il avait la figure ronde et les lèvres épaisses des Diolas, ainsi que leur teint sombre, le nez droit, les yeux entre vert et bleu, le crâne à demi rasé, le cheveu noir mais raide en longue nappe sur l'autre côté de la tête. Elle le jugea plutôt séduisant. Et pas plus gris que ça. Elle eut envie de lui parler.

— Et... vous habitez ici ? Non. Pardon. Pas de questions.

— Ce sont les restes d'un vieux village, lui dit le Maure. Du temps où les ancêtres de tes Maîtres vivaient comme des sauvages, à moitié nus. Il y en a d'autres. Nous ne restons pas longtemps au même endroit.

Ils se confiaient à elle, ils lui souriaient. Elle eut l'impression d'avoir acheté leur amitié avec le pistolet et quelques balles de plomb. La femme remuait dans une marmite noire des morceaux de giraumon, des patates douces. Ils l'invitèrent à partager leur repas.

La chair de l'iguane lui répugnait un peu mais Mari aurait dévoré un buffle avec ses cornes. Assis par terre autour du feu éteint par quelques pelletées de terre dès la cuisson terminée, ses compagnons mangeaient en silence. La femme assurait le service, coupait les morceaux, remplissait les vieilles gamelles ébréchées, faisait circuler l'outre de vin de palme. Chacun de ses gestes témoignait de sa lassitude. Mari la comprenait. Jamais elle ne recevait un regard aimable, jamais un mot de remerciement.

— Et pourquoi tu ne resterais pas ici ? demanda soudain l'un des esclaves en fuite.

— Moi ?

— Dans notre beau royaume, fit Kike d'un ton grinçant.

— Et je serais la reine du palais ?

Le Noir éclata de rire. De tous, c'était celui dont la présence intriguait le plus Mari. Elle aurait juré que cet homme venait de Ziguinchor. À son apparence, cheveux tressés, bonnet enfoncé sur le crâne, à sa façon de s'exprimer, Mari devina en tout cas qu'il s'agissait d'un Wolof. Comment avait-il pu se retrouver à partager la vie d'une poignée de fugitifs et de hors-la-loi ? Sans doute y avait-il des choses bien sombres dans son passé.

— « Palais » n'est peut-être pas le mot juste, admit Kike.

Il émit entre ses dents serrées un petit bourdonnement.

— Une ruche, plutôt. Hein, mes amis ? Nous butinons à droite, à gauche. Mais c'est quand même un royaume. Et il nous manque une reine.

Mari plongea le nez dans sa gamelle, sentant avec gêne peser sur elle des regards emplis de convoitise.

— On partage tout, précisa le Wolof, celui que Mari ne pouvait considérer autrement que comme un Maître. La nourriture, la boisson, les armes, l'argent, les rêves, les espoirs, les filles...

Prononçant ce dernier mot, il adressa une horrible mimique à la femme qui finissait de gratter le fond de la marmite. Le sens n'en était que trop clair : « Tu vois ce qu'on a à se partager. »

Le Gris, qui était assis auprès de Mari, alluma un cigare torsadé.

— T'es une bonne petite esclave, pas vrai ? La liberté te fait peur. Tu préfères ramper devant tes Maîtres.

Le Maure écarta ses longs bras maigres en signe d'apaisement.

— Elle a eu le courage de venir jusqu'ici.

— Tu as raison, répliqua le Gris en recrachant la fumée de son cigare. La liberté lui fait peur mais sans doute pas autant que cette hyène de Gakere.

L'outre de vin de palme était revenue entre ses mains, ayant accompli le tour de l'assemblée. Il but puis la passa à Mari. La jeune fille appréciait toujours aussi peu ce breuvage mais elle savait pouvoir y puiser de l'audace. Ayant avalé quelques gorgées, le cœur battant et la figure en feu, elle osa enfin poser ces questions que Kike ne voulait pas entendre.

— Pourquoi Gakere vous fournit-il des armes ? Ce trafic pourrait lui valoir une terrible punition.

— Probable qu'il nous aime bien, répondit le Gris.

— Les hyènes n'aiment personne, répliqua Mari.

Tous les yeux étaient braqués sur elle. Seule la femme la contemplait d'un air maussade. Les autres, elle le sentit, étaient conquis. Cette constatation sema en elle le plus grand trouble. Ces hommes étaient des esclaves en rupture de ban, des proscrits, peut-être des assassins, sûrement des voleurs. Elle ne désirait rien moins que leur plaire. Pourtant… leur plaire ne lui déplaisait pas.

Ses pensées étaient confuses. Elle avait l'impression de n'avoir pas dormi depuis cent ans.

— Reste donc avec nous, dit une voix.

Elle fut tentée d'accepter, dut crisper les mâchoires pour retenir son cri : « Oui ! Oh ! oui, vivre libre. » Mais une telle compagnie, elle le savait, ne lui promettait qu'un nouvel asservissement.

— Est-ce que Gakere n'attend pas quelque chose en retour ? demanda-t-elle. Que se passera-t-il si je ne lui rapporte pas ce que vous lui devez ?

— Cette jeune fille tombe de sommeil, dit le Maure. Mais, même les yeux à moitié fermés, elle voit fort bien les choses.

Le Gris, cependant, sembla découvrir dans les signaux de fumée qu'il adressait au ciel des motifs d'inquiétude.

— Quand il aura ce qu'il voulait, il nous trahira, dit-il. Et la fille parlera.

— Quand Gakere aura ce qu'il voulait, il en voudra encore, répliqua Kike. Nous le tenons, tu le sais bien.

— Je sais comment est Gakere et je sais comment est cette fille. C'est une esclave dévouée à ses Maîtres. Prête à risquer sa vie pour satisfaire les vices du plus corrompu des Samba. Elle parlera.

— Que proposes-tu ? demanda le Wolof. Que nous la gardions de force avec nous ? Que nous lui coupions le cou ?

Assommée de fatigue, Mari entendait qu'on parlait d'elle, qu'on se disputait son destin, mais sans parvenir à réagir.

— Il ne va pas falloir traîner ici, dit finalement le Gris. Renvoyons-la avec ce qu'elle est venue chercher et filons.

— Il est peut-être temps, avança Kike.

— Temps de quoi ?

— Nous avons des armes. Nous avons de l'argent. Il est peut-être temps.

Le Maure éclata de rire.

— De nous séparer ?

— Pour moi, déclara Kike, il n'y a qu'une seule direction.

— Pour moi aussi, approuva l'un des autres Blancs, un des deux qui ne prenaient presque jamais part à la conversation, un des anciens esclaves.

Mari sursauta. Le Maure s'était approché d'elle et lui touchait l'épaule.

— Ne t'inquiète pas. Ce ne sont que d'horribles bavards. Viens. Je crois que tu as grand besoin de dormir.

Le Maure lui tendit une main pour l'aider à se lever. Mari tituba jusqu'à l'une des huttes, à l'entrée si basse qu'elle dut se courber pour y pénétrer. Il régnait sous cette cloche de bois, de terre et de paille une incommodante odeur de moisi. Quand ses yeux se furent accoutumés à la pénombre qui régnait à l'intérieur, Mari distingua, dans une sorte de hotte de jonc, deux canons noirs appartenant à de vieilles armes de chasse. Des fusils à vent.

— Ils s'imaginent qu'ils vont franchir six mille kilomètres en volant et traverser l'Afirik comme des oies sauvages.

— Et toi ?

— Moi, je pense qu'un pistolet neuf et une poignée de balles ne leur suffiront pas.

— Tu n'as pas l'intention de les accompagner ?

— Dors. S'il y a quelqu'un que j'ai l'intention d'accompagner, c'est toi, demain. Et le chemin sera long.

Le Maure se plia en deux pour ressortir de la case. Sa silhouette coupa un bref instant Mari de toute lumière. La jeune fille n'eut pas besoin de beaucoup plus que ces quelques secondes de nuit pour s'allonger sur une paillasse puante, clore ses paupières et sombrer dans le sommeil.

13
LE VAPEUR-BROUSSE

Quand elle se réveilla, Mari constata au premier regard qu'elle jeta hors de la case que la matinée était déjà avancée. Elle avait dormi presque toute une journée, sans voir s'approcher ni disparaître la nuit.

Le Maure s'impatientait. Mari le trouva prêt pour la randonnée annoncée, botté, coiffé de son bonnet à oreillettes, un vieux fusil à vent passé à l'épaule droite.

— Où sont les autres ? lui demanda-t-elle.

— Ils ne voulaient pas éclater en sanglots devant toi. Ils ont préféré éviter une scène d'adieu déchirante.

Mari haussa les épaules.

— Ne te plains pas, lui dit le Maure. Certains n'étaient pas trop d'avis de te laisser repartir.

— Et pourquoi ?

— Chacun ses raisons. L'un qui pense que les jolies filles sont trop rares pour qu'on s'en prive, l'autre qui estime que les femmes sont trop bavardes…

— Je ne dirai rien. À qui parlerais-je ?

— Nous sommes tous d'accord sur un point au moins. On ne peut pas faire confiance au fils Samba.

— Gakere ? Ne devais-je pas lui rapporter quelque chose ?

— Si. Tiens.

Le Maure souleva son boubou et sortit de la poche de son toubé un petit paquet plat. Mari l'accepta avec incrédulité. Ce que contenaient ces quelques feuilles séchées, fermées par un lien plat de chanvre, ne pesait pas plus de cinquante grammes.

— Est-ce là ce que vous lui donnez en échange du pistolet ?

Il lui semblait entendre déjà la colère du jeune homme. La mine effarée de Mari donna au Maure l'envie de s'amuser. Il écarquilla les yeux, ouvrit grand la bouche et resta un moment ainsi, pareil à un idiot, dans une imitation sans méchanceté.

— Un diamant gros comme l'ongle ne vaut-il pas cent fois plus cher qu'un hippopotame ? remarqua-t-il enfin.

— Des diamants, vraiment ?

— Je n'ai pas dit ça.

— Mais qu'est-ce... oh ! oui, je sais : pas de questions !

— Nous avons deux heures de marche devant nous. Tu vas pouvoir en poser des tas.

— De marche ? Et la pirogue ?

— La pirogue est un moyen de transport primitif.

— Et la marche ?

— Là où je te conduis, tu vas découvrir une des merveilles de cet horrible monde moderne.

Mari ne chercha pas à en apprendre davantage. Un grand sourire éclairait le visage du Maure.

— Qu'est-ce qui t'amuse tant ?

Cette fois, il éclata franchement de rire.

— Je me disais... justement, je me disais...

— Mais quoi ?

— Je me disais que toutes tes phrases se terminent par un point d'interrogation.

— Un quoi ?

Le Maure rit de plus belle.

— Un point d'interrogation. Tu ne sais pas écrire ?

— Non.

— Tiens. Regarde.

Il se baissa et traça un signe du doigt sur la terre blanchie par les cendres d'un feu de bois : ؟

— Cela signifie que la phrase est une question. Toutes tes phrases sont des questions.

Mari se renfrogna, supposant que l'homme blâmait sa curiosité.

— Si nous avions plus de temps, je t'apprendrais à lire et à écrire. Je connais plusieurs langues. La mienne ne ressemble pas du tout à celle des Diolas ou des Wolofs.

— Ah ! mais c'est la mienne que je voudrais apprendre à lire. Celle des hommes blancs. Et celle-là, je suis sûre que tu ne la connais pas.

— Non. Allez, en route.

Mari jeta un dernier regard vers les huttes. La silhouette de la petite femme se découpait dans l'entrée de l'une d'elles. Sa figure était dans l'ombre mais sans doute n'exprimait-elle à cet instant que soulagement. Elle avait beau n'être que l'esclave d'esclaves, elle tenait à son rôle et l'irruption d'une intruse, plus jeune et plus jolie, ne lui avait visiblement inspiré que contrariété.

— Kike a failli me réduire en bouillie mais il a l'air gentil. J'aurais aimé lui dire adieu, et aux autres aussi.

— Ce sont des bandits, répliqua le Maure.

— Et toi ? Oh !

Elle plia les genoux et dessina par terre un grand ⸮

— Si tu t'arrêtes à chaque question, nous n'arriverons jamais. Vas-y, demande. Demande et je te répondrai. Mais avance !

— J'ai posé une question et tu n'as pas répondu.

— Oui ? Ah… moi. Moi, je suis un homme bon et généreux.

Cette fois, Mari esquissa son ⸮ dans l'air, sans cesser de marcher.

— Et que fais-tu avec des bandits, en ce cas ?

— J'étais blessé. Ils m'ont aidé. Peut-être ne sont-ils pas tout à fait mauvais.

Dans ses bottines trop grandes, Mari avait peine à suivre les longues enjambées du Maure. Et elle dégoulinait déjà, tant le soleil tapait dur malgré les larges palmes de la forêt de rôniers. Des doutes lui vinrent au sujet de son guide : de toute évidence, il l'entraînait dans une direction opposée à celle du fleuve.

Question.

— Tu as été blessé par un animal sauvage ?

— Tu l'as dit. Sauf qu'ils étaient toute une horde. Des bêtes enragées. Des tiédos.

— Des guerriers ? Des hommes ?

— Nous venions apporter la vérité. Ils nous ont répondu avec des balles de fusil.

Mari haletait. Elle agrippa le bras du Maure pour le prier de modérer son allure. Elle aurait voulu l'interroger encore mais butait sur la question suivante. Mari ne croyait pas que quelqu'un détenait la vérité. Par ailleurs, les tiédos étaient là pour protéger les frontières du royaume. S'ils avaient fait usage de leurs armes, c'était que les princes de Kassamansa n'avaient pas jugé l'homme bon et généreux. Comme s'il lisait dans ses pensées, le Maure lui dit :

— Les tiédos nous ont tiré dessus sans nous laisser une chance de parler. Ils utilisent des petits grains de plomb et en envoient sept ou huit d'un coup. Heureusement, ils visent très mal. Ils sont ivres d'eau-de-vie du matin au soir.

— Combien étiez-vous ?

— Une dizaine. Mais, quand nous reviendrons, nous serons des centaines, peut-être des milliers.

— Des Maures ? Des milliers de Maures ?

— Des milliers de croyants, Mari.

La forêt s'épaississait. Les branches feuillues et les hautes palmes formaient d'immenses volières où s'ébattaient des youyous vert et jaune, des veuves à collier d'or et de petits guêpiers à la poitrine turquoise et au bec pointu.

Mari ouvrit la bouche pour poser une nouvelle question mais le Maure la fit taire d'un geste. Doucement, il dégagea le fusil accroché à son épaule par une courroie. Du bout du canon, il désigna un fourré. Mari écarquilla les yeux. L'espace d'un instant, elle aperçut, entre deux buissons, un pelage roux et noir. Près d'elle, le Maure s'activait nerveusement, pompant l'air à l'aide d'une tirette afin de faire le vide dans le corps du fusil. Quand il en eut terminé, l'animal avait disparu.

— Peuh ! Ce n'était qu'un chacal.

Le Maure, cependant, semblait dépité.

— Peut-être que les tiédos se gavent d'eau-de-vie, mais je les crois plus rapides que toi, se moqua Mari.

Elle paya sa remarque insolente. Le Maure accéléra le pas et ne dit plus un mot. Il tenait son fusil à vent pointé devant lui, comme si derrière chaque taillis se dissimulait un guépard ou un mamba.

Le frottement de ses pieds nus contre le cuir des bottines devenait insupportable. Il lui fallut s'arrêter pour renouer les lacets improvisés, remettre en place les chiffons et les tampons de mousse qu'elle y avait placés. Mais le Maure continuait de tracer la route, comme s'il était désormais seul.

Soudain, il s'arrêta et leva son fusil puis épaula. Le son ne ressemblait en rien à la détonation de la poudre, plutôt à celui qu'on peut produire avec la bouche ou la paume des deux mains, celui de l'air qu'on chasse. Un bruit en apparence inoffensif. Il y eut un cri dans les arbres et une petite chose dégringola. Mari hésita puis, comprenant de quoi il s'agissait, elle se précipita.

Un pata. Un petit singe au dos roux et au ventre blanc. Blanc taché de rouge. L'animal se tortillait sur le sol en gémissant. Mari s'accroupit, le ramassa, le serra contre elle. Il ne mesurait pas plus de cinquante centimètres. Elle eut l'impression qu'il pleurait. Quand elle le reposa, enfin inerte, ses yeux à elle s'étaient aussi emplis de larmes. Elle jeta un regard enragé en direction du Maure.

— Pourquoi as-tu fait ça ?

Le Maure sourit.

— Pour te montrer que je sais tirer.

— Pour me montrer que tu es un homme bon et généreux ?

— Je crois que tu es fatiguée. Nous allons nous arrêter un peu. Tu as faim ?

— Non.

— Si. Je crois que si.

Il laissa tomber son sac au pied d'une souche et s'assit. Du fond de la vieille besace, le Maure sortit un pain de semoule plat et doré. Il en tailla une tranche à l'aide d'un long couteau à lame courbe, et la tendit à la jeune fille. Mari refusa d'une moue boudeuse.

— Prends. Ça me gêne pour continuer.

Après ce premier morceau, le Maure en coupa un second puis un troisième, tout autour du pain.

— Tu n'aimes que la croûte ? lui demanda Mari.

Le Maure poursuivit son travail sans répondre, ôtant tout le bord avant d'entailler la mie serrée. Les mains pleines de bandes de pain croustillant et de fragments informes, Mari l'observait avec stupeur.

— Tu fais une sculpture ! s'exclama-t-elle. C'est... oh ! oui, je sais !

L'homme brossa son œuvre d'un coup de manche, rectifia quelques détails. En plus précise, la forme évoquait celle que Yumna avait dessinée dans la poussière, quelques jours plus tôt.

— L'Afirik !

— Exact.

— Nous sommes là, je crois, dit Mari en posant un doigt sur la grande bosse située à gauche.

Le Maure hocha la tête.

— Je ne te pensais pas si savante.

Fière de pouvoir faire étalage de ses connaissances, Mari laissa descendre son index tout le long de la côte occidentale du continent.

— Et vous voulez suivre ce chemin… jusqu'ici.

— Nous ? Sûrement pas moi. Les autres, peut-être. Ils s'imaginent qu'on va les accueillir à bras ouverts, là-bas, en Siidafirik. Ils croient qu'il suffit de ne pas avoir de Maître pour être libre. Ils seront libres, oui, de crever de faim. Ici, les Maîtres vous nourrissent. Là-bas… c'est chacun pour soi.

— Et toi ?

— Moi, je viens de ce pays.

Il désignait un lieu situé au-dessus du Sunugaal.

— Il y fait encore plus chaud qu'en Kassamansa. Si chaud qu'il n'y a pas d'herbe, pas d'arbres. Mon pays, c'est le sable.

— Pas d'herbe ? s'étonna mari.

— À part le *sbat*, qui sert à faire des cordes.

— Qu'y a-t-il d'autre ?

— Des dromadaires, qui sont comme des antilopes bossues. Et des croyants.

Le Maure fouilla de nouveau dans son sac. Il y pêcha un vieux livre écorné, l'ouvrit. Mari ne reconnut aucun des signes dont Lisha s'efforçait parfois de lui apprendre le sens.

— Ce n'est pas… vraiment de l'écriture… si ?

— La seule. Celle qui dit la vérité.

— Dis-la-moi. Je veux la connaître.

Le Maure soupira.

— Je ne lis pas très vite, avoua-t-il. Quelques lignes chaque jour.

— Mais qu'as-tu appris ?

— Qu'il n'y a qu'un seul dieu nommé Allah et que les esprits n'existent pas. Qu'Allah a créé les hommes et toutes les choses du monde. Que sa parole dit la vérité et nous a été transmise par son prophète Mohammed.

— Est-ce qu'il parle des Blancs ?

— Non. Je ne crois pas. Allah ne fait pas la différence entre les hommes.

Mari balaya les miettes restées accrochées à sa chemise de bûcheron, là où elle portait une large tache sanglante.

— Est-ce que ton dieu a aussi créé les singes ?

Le Maure acquiesça à contrecœur.

— J'ai peur que ton dieu n'ait oublié de nous créer, nous, les Blancs, dit la jeune fille. D'après les savants de Ziguinchor, ce sont les singes qui nous ont créés. Enfin... ce sont... si on veut... nos ancêtres. C'est ce qu'on m'a raconté.

Mari sursauta, sentant toute la colère de l'homme qui brandissait devant elle son livre sacré.

— Voilà pourquoi nous reviendrons. Nous serons des milliers, avec des fusils et des sabres, et nous couperons la langue de tous les menteurs. Un jour, il n'y aura plus que des croyants sur cette terre.

Se radoucissant, le Maure plongea encore une fois la main dans son sac. Il en tira une petite boîte dont il ôta le couvercle avant de la présenter à Mari. Quelques cubes roses en tapissaient le fond.

— Ce sont des confiseries de chez moi, dit-il. Goûte.

C'était mou, sucré, avec un doux parfum de rose. Entre les doigts de Mari, derrière la trace laissée par ses dents, la friandise à la texture élastique paraissait presque translucide.

— On les fait avec la gomme des arbres, dit le Maure en se levant. D'ailleurs… Dépêche-toi, Mari. Ils t'attendent.

— Qui ?

— Les arbres.

Quelques minutes plus tard, alors qu'ils traversaient un ruisseau où nageaient des tortues, Mari, qui venait d'y réfléchir longuement, livra au Maure le fond de sa pensée.

— Pourquoi serions-nous les descendants des singes ? Les descendants des singes, ce sont d'autres singes, comme ceux de cette forêt. D'ailleurs, il n'y en a pas chez moi, à ce qu'on dit.

— Chez toi ?

— Au Septentrion.

— Cesse avec tout ça. Je t'ai déjà répondu.

— Oui mais pourquoi ton dieu a-t-il créé des hommes blancs et des hommes noirs ?

— Et des Maures !

— Et des hommes jaunes et des hommes rouges !

— Et des singes verts, des singes blancs, des singes roux !

Le Maure s'arrêta un instant. Il s'accroupit dans les herbes et força Mari à l'imiter. Puis, à gestes lents, il lui montra tout ce qu'elle n'avait pas encore vu, la tête et le cou d'un héron cendré, émergeant derrière un rideau de roseaux, des têtards s'ébattant dans l'eau claire, la queue d'une vipère qui fuyait, un scorpion blanc, une araignée tisseuse dont la toile luisait dans un rayon de soleil…

Il chuchota :

— Allah est grand.

Mari renonça à vider ce qu'elle avait sur le cœur. Est-ce qu'Allah était grand ? Y avait-il quelque part un esprit de la Lumière ? Que valaient les dires des savants de Ziguinchor ? Qu'importait, puisque tous s'étaient entendus pour vouer l'homme blanc à un sort funeste.

— Et le dieu de bois, gémit-elle, pourquoi nous a-t-il abandonnés ?

— Que marmonnes-tu ?

— Rien.

— Dépêchons-nous. Nous allons le manquer.

— Qui ?

Mais le Maure était reparti, de sa longue foulée.

— Point d'interrogation ! hurla-t-elle. Point d'interrogation !

Jusqu'à la lisière de la vaste forêt, le Maure ne se retourna plus. Mais Mari avait en elle une inépuisable réserve de questions. Alors, trottinant, trébuchant, se tordant les chevilles à sa poursuite, elle parla au dos du fidèle serviteur d'Allah.

— Vas-tu repartir aujourd'hui pour ton pays ?

— Non.

— Quand ?

— Un jour. Quand je serai prêt.

— Et quand seras-tu prêt ?

— Quand j'aurai des armes, de l'argent et des forces.

— Et le Wolof ? Pourquoi est-il avec vous ? Veut-il aller en Siidafirik, lui aussi ?

— Peut-être.

— Mais pourquoi ?

— Il ne fait pas bon rester ici pour lui.

— Pourquoi ?

Le Maure éclata de rire. Sa main gauche traça une série de ⸮ par-dessus son épaule.

— Tu veux le savoir ? Le Wolof vendait de drôles de médecines, à Ziguinchor. Quand une femme voulait se débarrasser de son mari ou un mari de sa femme, il avait toujours la potion qui convenait. Tu comprends ?

— Hé ! Mais j'ai mangé avec lui ! Il aurait pu...

Nouveau rire.

— Il faut certainement être très bon et très généreux pour trouver cela drôle ! cria Mari.

Puis elle se tut, à bout de souffle. Son guide escaladait maintenant un talus pelé, interminable. Contrairement à ce qu'il avait annoncé, elle ne voyait plus le moindre arbre, seulement des cailloux et des herbes coriaces. Ayant rejoint le Maure au sommet de la pente, Mari poussa un cri de stupeur. En contrebas s'étendait une longue, une très longue tranchée. À droite comme à gauche, elle se perdait dans les brumes du soleil, comme si ce sillon sans fin accomplissait le tour de la Terre. Et, au fond du fossé, brillait, aussi longue que lui, une barre de métal.

Tout cela, elle le distinguait par les mailles d'une sorte de filet. Car, chose extraordinaire, un grillage haut de cinq mètres suivait la tranchée sur toute sa longueur, de chaque côté, à perte de vue.

— Qu'est-ce que c'est ?

— Il en passe quatre par jour, deux le matin, deux le soir, répondit le Maure, comme s'il posait une énigme.

— Le vapeur-brousse !

— Tu n'en as donc jamais vu ?

— Seulement celui d'Ekevu. Lisha adore jouer avec.

— Un jouet ? Alors, tu n'en as jamais vu. Eh bien, tu vas le voir. Tu vas même monter dedans.

— Moi ? Tu es fou !

— Tu préfères marcher toute la nuit, seule, dans la forêt ?

Sans attendre de réponse, le Maure s'était baissé. Il avait sorti de son sac une grosse pince coupante et entrepris de cisailler le grillage.

— À quoi ça sert ? demanda Mari. Ils n'ont quand même pas peur qu'on vole le vapeur !

— C'est pour les animaux. Imagine qu'un buffle dégringole en bas. Ou un ourebi ou un phacochère. Ici, pas de risque. Mais la ligne traverse des zones très giboyeuses. Et c'est aussi pour éviter ce qu'on va faire.

Le Maure avait ouvert un passage haut de cinquante centimètres, le long d'un poteau.

— Viens, aide-moi.

Un peu au-dessus d'eux, sur la pente, se trouvait un rocher presque rond, lisse comme un crâne chauve. Le Maure gratta le sol, extirpa quelques pierres, puis étreignit la sphère grise à deux bras, pesant de tout son poids, se redressa en grimaçant.

— Mets-toi là et pousse avec moi.

Le Maure compta : un, deux, trois, et sous l'effet de leurs efforts conjugués le rocher se souleva. Ils recommencèrent : un, deux, trois. À la quatrième tentative, la masse s'ébranla.

— Attention ! Un, deux..

Dans un crépitement de pierraille, le rocher quitta son berceau de terre sèche. Il oscilla un bref instant puis commença de rouler. Alors, prenant de la vitesse, il acheva de déchiqueter le grillage et, rebondissant de place en place dans un fracas effrayant, il dévala le flanc abrupt de la tranchée avant d'exploser en trois gros morceaux sur le rail de métal.

Mari se tourna vers le Maure, abasourdie. Mille ? brillaient dans ses yeux mais aucun son ne pouvait franchir ses lèvres.

— Voilà. Il n'y a plus qu'à attendre, déclara d'un ton tranquille l'homme venu des déserts du Nord.

— Attendre quoi ? Le vapeur-brousse ?

— Bien sûr. Il va devoir s'arrêter. Tu vas te poster plus loin. Pendant que les hommes seront occupés à dégager la voie, tu monteras.

— Mais… ce n'est pas possible ! Ils vont me voir.

— Ne crains rien. Nous sommes dans une courbe. Et le convoi est long.

— Ils vont se méfier.

— Des rochers qui se détachent et tombent près du rail, cela se produit régulièrement. Ils sont habitués.

Le Maure rafistola rapidement le grillage, afin de masquer son forfait. Cela fait, il entraîna Mari vers le sommet de la pente, dans un creux de terrain, en un lieu où nul ne les repérerait.

— Repose-toi un moment. Je vais t'ouvrir un autre passage. Tu n'auras qu'à soulever le grillage et te faufiler. Le plus dur, c'est de descendre sans se casser la figure. Mais je ne m'inquiète pas. Si tes ancêtres étaient des singes, tu devrais t'en sortir sans problème.

Mari lui tira la langue.

Ils étaient assis côte à côte face à la plaine immense. Dix minutes d'attente seulement et déjà la jeune fille distinguait au fond du paysage, contre un écran d'arbres et de ciel bleu, un panache de fumée noire.

— Le voilà !

Comme elle s'apprêtait à sauter sur ses pieds, le Maure posa sur son bras une main ferme.

— Où veux-tu donc aller ? Visiter Ziguinchor ? Ou alors tu as rendez-vous avec un barracuda ?

— Mais...

— Regarde plutôt.

Mari suivit des yeux la progression du nuage sombre qui couronnait le convoi encore invisible.

— Oh ! Il en passe dans les deux sens, c'est ça ? Celui-là n'est pas le bon.

— Bien raisonné... mais à moitié seulement. Un peu de patience et tu le verras passer. Mais pas ici. Il y a une autre voie, un peu plus loin dans la plaine. C'est la ligne qui va vers Ziguinchor et vers la mer. Tu ne voudrais pas que les vapeurs circulent en sens contraire sur le même rail !

Mari hocha la tête pour signifier qu'elle comprenait. Et son attente reprit. Elle dura si longtemps que sa réserve de questions se trouva finalement épuisée. La jeune fille s'assoupit contre l'épaule du Maure.

— Debout ! s'écria-t-il soudain.

Cette fois, la fumée venait de la bonne direction. Et, bientôt, Mari aperçut le convoi tout entier, voiture après voiture, telle une colonne de scarabées géants. Malgré la distance, elle en percevait le formidable grondement, elle sentait même jusque dans ses os le tremblement de la terre.

— Jamais je ne pourrai monter là-dedans, gémit-elle.

— Baisse-toi. Laisse passer le vapeur et les premières voitures. Ensuite, tu iras. Bien sûr que tu iras !

Le monstre de métal qui tirait l'interminable chenille grossissait à vue d'œil. Près de Mari, le Maure comptait à voix haute.

— Cinq... six...

Mari se joignit à lui. Ils parvinrent à un total de seize.

— Les six voitures jaunes sont pour les voyageurs, expliqua le Maure. Les wagons suivants, les noirs, sont pour le transport des marchandises.

Longs, courts, parallélépipédiques ou pareils à des citernes couchées, fermés ou parfois de simples plates-formes, il y en avait de toutes sortes.

— Tu monteras dans un de ceux-là.

— Quoi ?

Le vacarme à présent leur emplissait les oreilles. Pour les voyageurs, songea Mari, ce devait être une torture.

— Un de ceux-là, répéta le Maure en désignant les wagons noirs.

Mari se rapprocha de lui pour lui crier :

— Maure ! Pourquoi m'as-tu parlé d'arbres ?

— Les arbres à gomme. Tu les verras. Après, il y a la forêt. Ensuite, ce sera chez toi. Attends la grande montée. Le vapeur ralentira. Et là, il faut sauter. Tu seras presque arrivée.

— Sauter ?

— Tiens.

Il lui plaça dans la main sa pince coupante.

— Attention ! À plat ventre, maintenant.

Elle s'allongea en travers de la pente, le menton sur ses bras croisés. Ainsi, Mari ne distinguait plus que la machine de tête et sa colonne de fumée fuyant vers l'horizon. À cheval sur le rail, elle avançait sur ses monstrueuses roues de bois cerclées de métal, actionnées par des pistons.

Le vapeur-brousse arrivait en brinquebalant, crachant par ses trois hautes cheminées des gerbes d'escarbilles. À trois cents mètres du rocher fracassé, le mécanicien bloqua soudain les freins. Leur frottement sur le rail qui dirigeait le convoi à la façon d'une glissière produisit un son strident. Épouvantée, Mari vit jaillir entre les roues des paquets d'étincelles et même quelques longues flammes. Elle plaqua ses mains sur ses oreilles, convaincue que la collision était inévitable.

Puis elle les vit défiler. La loco-vapeur, précédée par deux énormes tampons à ressorts, avec, le corps presque entièrement sorti par la portière rouge, le mécanicien dont elle n'aurait su dire s'il était noir ou s'il s'agissait d'un Blanc couvert de poussière de charbon. Puis les voitures jaunes portant le nom de la compagnie : Sajar Ziguinchor-Ghétie. Derrière les épaisses fenêtres, des têtes secouées par les trépidations, des chapeaux de travers, des bouches grandes ouvertes, des bagages tombant comme une pluie d'orage. Ensuite, les wagons, des bestiaux, des montagnes de sable, des rondins de bois, des sacs, des caisses. Plates-formes, claires-voies, fenêtres grillagées, portes de bois closes...

— Celui-là ! Vas-y !

Le Maure avait tendu le doigt vers l'un des derniers wagons, au moment où le convoi s'immobilisait dans un hurlement déchirant. La fenêtre en était basse et rien ne semblait la fermer.

— Vite !

Mari hésitait. Elle avait peur, certes. Mais, surtout, il lui paraissait impossible de quitter ainsi son guide, dans la précipitation, sans un mot, sans un geste. Elle se colla à lui, souleva le rabat de son bonnet et l'embrassa, juste sur sa pommette aiguë. Puis elle se redressa, fonça vers la clôture, se faufila par l'ouverture. La pente lui sembla un terrifiant précipice. Dès le premier pas, elle dérapa sur ses bottines mal ajustées, se tordit une cheville, glissa sur un lit de cailloux.

Elle crut entendre la voix du Maure, criant :

— Allah est grand !

Puis ses semelles prirent la fuite… et son corps suivit. Ses fesses, son coude, une épaule. Elle tourna trois fois sur elle-même dans les graviers et les débris charbonneux. Sans l'avoir décidé, elle termina sa dégringolade assise face à la fenêtre désignée par son compagnon. Elle se hissa, escaladant la surface rugueuse, plongea pardessus le rebord hérissé d'échardes et de têtes de clous. Tomba sur la hanche parmi les sacs empilés. Écorchée de partout, endolorie des pieds au crâne, mais fière tout à coup. Ses ancêtres babouins n'auraient pas fait mieux.

Il faisait noir. L'air sentait le grain. Et elle n'était pas seule. Il y avait dans le wagon de petits yeux, de petites pattes. Mari se prépara à voyager en compagnie d'une bande de rats.

L'attente fut longue. Tant que rien ne se produisit, rien ne bougea, Mari demeura recroquevillée contre un mur de sacs, guettant dans l'ombre les museaux qui filaient, les queues qui frétillaient. Pour passer le temps, elle comparait ses douleurs. Quand le plancher sous elle se mit à tressauter, annonçant la remise en marche du vapeur-brousse, Mari en était venue à conclure qu'elle avait le genou disloqué, la jambe fracturée, l'épaule démise et le crâne fendu. Elle avait perdu deux ou trois litres de sang, une oreille et quelques doigts. Mais ça irait, elle tiendrait le coup.

Le démarrage fut lent et chaotique. En se tassant, les sacs autour d'elle dégageaient une poussière de farine qui lui irritait les poumons. Mari éternua, ce qui sema la panique parmi les petits voyageurs clandestins. Longtemps elle demeura dans la même position, les bras noués, le menton dans la poitrine. Les secousses et le vacarme emplissaient son corps de sensations étranges. Les lattes grinçantes du plancher disjoint lui transmettaient les vibrations du rail, les sursauts des roues. Elle n'osait pas lever la tête.

Enfin, elle se détendit, se redressa, ouvrit grand les yeux. Elle regarda défiler des morceaux de ciel, des versants de collines, des troncs penchés, des branches basses. Et cela, toujours, infiniment, par le grillage qui courait le long de la voie. Ainsi, c'était ça, le vapeur-brousse ! Ce fleuron du monde moderne dont Sare Samba affirmait qu'il n'en était qu'à ses débuts. Un jour, prétendait-il, les machines traverseraient les forêts, les machines rouleraient trois fois plus vite qu'un cheval au galop, elles tireraient leurs convois sur l'eau et, oui, elles voleraient !

Mari ne savait pas si elle souhaitait voir survenir de

telles folies. Vivre sans cesse dans la chaleur du charbon rougeoyant, dans les nuages noirs de la fumée, dans le fracas des turbines, vivre dans l'éclat du métal, traverser des nuits inondées de lumière, apprivoiser peut-être le feu de l'orage, aller se frotter aux astres !

L'homme noir, se demanda-t-elle, ne risquait-il pas de subir le même sort que les amoureux de la légende de Dene ? Comment les esprits de la Nature supporteraient-ils ce ballet incessant de machines tonitruantes ? Et celui de la Lune et celui du Soleil, qui serait assez insensé pour aller les défier ?

Des questions, toujours des questions.

Le convoi ralentissait. Loin devant, des freins hurlaient. Un nouvel obstacle sur la voie ? Pour la première fois, Mari quitta la niche où elle s'était pelotonnée, entre deux piles de sacs. Elle s'approcha à genoux de la portière à claire-voie. Les arbres défilaient, par centaines, par milliers. Tous identiques. Le Maure les lui avait promis. Ils étaient là. Des acacias. En rangs serrés, troncs courts et longues branches dressées.

Vapeur et voitures s'immobilisèrent dans un affreux soupir de rouages et de bois torturés. Mari approcha encore un peu, veillant à bien rester dans son manteau d'ombres. Il y avait une ouverture dans le grillage. Des hommes descendaient vers la voie le long d'une rampe de terre, portant des balles de grosse toile, des caisses, des hottes. Des esclaves en tenue verte. Ils chargeaient un wagon situé juste devant celui où Mari s'était réfugiée.

Dans les plantations d'acacias, le début de l'hivernage marquait aussi la fin de la récolte de gomme. D'où elle se tenait, Mari devinait les plaies sur le tronc des arbres les plus proches. On les écorçait puis les saignait par les entailles. Dans les sacs et les caisses, le produit de mois d'efforts sous la forme de poudre ou de cristaux. Ensuite, la sève serait transformée en vue des emplois les plus divers. Mari avait mangé de cette gomme en goûtant les friandises du Maure. Elle en avait trouvé sur les étagères de sa mère, destinée à soigner les furoncles ou les maux de ventre. Mais elle savait qu'on la mélangeait aussi à des pigments pour fabriquer des peintures, qu'on s'en servait parfois à Ker Samba pour colmater une toiture et qu'il en existait cent autres usages encore.

Ils étaient dix, quinze, vingt, descendant la rampe à la file. Le manège s'éternisa. C'était par tonnes qu'ils apportaient le fruit de leur labeur à la saison sèche, genoux fléchis, tête inclinée. Bientôt, sans doute, ils iraient ailleurs. Les acacias seraient laissés au repos. Mais eux, les esclaves blancs, ne le connaîtraient pas. Les arbres cesseraient de saigner mais les cicatrices des hommes demeureraient vives et leurs forces épuisées.

Mari résista à la tentation de se montrer, de leur adresser un signe d'amitié, un mot d'encouragement ou peut-être un cri de révolte. À quelques mètres d'elle, ils allaient et venaient. Même délivrés de leurs charges, jamais ils ne levaient les yeux.

Enfin, ce fut terminé. Une cloche sonna, les turbines rugirent, la vapeur siffla. Le convoi s'ébranla. Toujours agenouillée, Mari n'avait cessé d'avancer. Elle se collait à présent à la portière à claire-voie, les coudes posés sur l'appui de bois. Les hommes remontaient la pente, dos tourné, bras ballants. L'un excepté, qui regardait partir le vapeur-brousse.

Mari hurla son nom.

— Luc !

C'était lui, c'était son frère. Luc, le fils préféré. Luc, qu'Ani aimait tant.

— Luc !

Le garçon dévala la rampe, courut après les wagons qui s'éloignaient. Il faisait de grands gestes, comme désarticulé par la stupeur. Un instant, Mari crut que le jeune homme allait la rattraper, qu'ils allaient pouvoir se parler. Mais le vapeur accélérait.

— Mari !

— Luc !

— Mari !

— Et Jan ?

Rouge, à bout de souffle, le garçon cria :

— Et maman ? Papa, maman ?

Mari hésita. Une seconde encore et il serait trop tard. La silhouette s'éloignait déjà. Elle avait le corps à demi sorti de la voiture. Un instant, elle fut tentée de se jeter au-dehors. Sans craindre la chute, sans redouter la douleur. Comme si ce n'était pas le sol de pierraille qui devait la recevoir mais les bras de son frère. Elle laissa passer l'instant. La silhouette rapetissait déjà. Luc se dissipa dans la fumée des machines, tel un mirage.

— Ils vont bien ! lança-t-elle dans un sanglot. Ils vont bien !

C'était fini. Mari s'affaissa, se roula en boule au milieu des sacs de grain. Les larmes lui tombaient des yeux et une eau amère de la bouche. Enfin, il était là, cet immense chagrin qu'elle avait comprimé depuis des jours. Cinq jours de deuil, cinq jours pour pleurer sa mère. Comme elle haïssait Gakere de les lui avoir volés.

Le vapeur-brousse traversa la forêt et la nuit se fit dans le wagon. Les pensées de Mari cahotaient ou trépidaient, au rythme des bielles et des roues. Sa tristesse se hérissait de pointes coléreuses, ses rêves étreignaient ses cauchemars. Le paquet plat glissé dans sa poche, elle l'aurait volontiers jeté par la fenêtre. Alors, suivre le convoi jusqu'au terme du voyage, pourquoi pas ? Où ? Elle l'ignorait. Mais il ne pouvait exister au monde de but plus détestable que celui qu'elle s'apprêtait à rejoindre. Il ne pouvait exister de monde plus détestable que celui-là. Un monde où on lui retirait les siens, l'un après l'autre, comme des fèves sur un plateau d'awélé. Jan et après Luc et maintenant sa mère. Seule désormais avec Toma. Combien de temps la laisserait-on encore auprès de son père ? Elle retournait vers lui en tremblant. Le dernier pion du jeu, l'ultime prise du destin. Ensuite, elle serait seule, vraiment seule, sur le chemin que depuis toujours on lui avait promis. Partir. Abandonner les siens. Mais non, c'étaient eux qui la quittaient. L'un après l'autre.

Pourtant, quand elle sentit dans ses os le ralentissement des machines, elle se tint en alerte, guettant le paysage qui défilait. Là-bas, au-delà du damier des plantations où sa mère avait laissé sa vie, se dressait Ker Samba. Le vapeur ahanait dans l'interminable montée. Elle devait sauter.

Elle sauta.

14
QU'IL MEURE !

Il lui fallait maintenant tout faire à la case, le balayage, la lessive et la cuisine. Toma n'avait plus qu'elle. Toma avait perdu ses deux fils, il avait perdu sa femme. Il ne lui reste plus que nous, songeait Mari en l'entendant fredonner. Moi et ses chansons. Dix fois, elle s'était mordu les lèvres pour ne pas lâcher ces quelques mots qui, au moins, auraient rassuré un peu son père. Un peu seulement : « Luc est vivant, je l'ai vu par la fenêtre du wagon. Il m'a parlé, papa. » Mais elle n'aurait pu certifier à Toma que son autre fils lui aussi était en vie. Jan. Et elle n'aurait pu lui expliquer ce qu'elle faisait sur la voie qui traversait la brousse, loin du village et de Ker Samba. Alors, elle se taisait, malheureuse à s'en griffer la figure.

Paolo rôdait, comme s'il attendait le moment de sauter sur sa proie. Dans l'esprit de Toma, l'affaire était conclue. Il se sentait vieillir. Il s'impatientait. Une famille lui avait été ôtée. Il ne voulait pas partir sans en avoir vu une autre se constituer. Quand donc les deux jeunes gens se décideraient-ils à s'unir ? Quand Mari lui donnerait-elle des petits-enfants ?

La jeune fille ne voulait pas lui opposer franchement ce refus qui pourtant lui gonflait la poitrine et ne demandait qu'à sortir dans un cri. Elle écartait les questions d'un sourire ou d'un haussement d'épaules. Quand Toma insistait, elle disait :

— Je viens de prendre cinq jours de congé. On va croire que je ne veux plus travailler.

Toma s'étonnait. Paolo s'étonnait. Ces jours de deuil, ne les avait-elle pas passés à Ker Samba auprès de la petite Lisha ? Ne les lui devait-on pas encore ? Quand la conversation se prolongeait, Toma finissait par parler d'amour. L'amour. Il était choqué que cela compte aussi peu pour sa fille. Et Paolo, lui, en venait à soulever les questions qui le troublaient. Comme Mari avait toujours de bonnes raisons d'aller traîner à Ker Samba, même quand elle n'était pas censée s'y trouver !

— Papa ? Dis-moi. Pourquoi les filles blanches doivent-elles s'unir et enfanter plus tôt que les filles noires ?

— Sans doute parce que le temps leur est compté. Parce que leur corps s'use plus vite, parce que leur jeunesse ne dure pas.

Mari se détourna, pour cacher à son père sa grimace de dégoût. Elle sortit. Elle prit, comme chaque jour, le chemin de Ker Samba.

Dene descendait les marches du perron, tenant Lisha par la main. Dès qu'elle aperçut Mari, l'enfant s'agita. Elle échappa à la poigne de la gouvernante et courut vers la nouvelle arrivante, lançant d'une voix excitée où ne perçaient ni tristesse ni crainte :

— Gakere est mort ! Presque !

— Quoi ? Que dis-tu ?

Lisha écarta les bras en un geste d'impuissance, pour signifier que telle était la vérité et qu'elle n'y pouvait rien. Dene l'avait rattrapée, la mine sombre, la mâchoire serrée.

— J'aurais bien voulu te la confier mais…

La grosse femme s'interrompit, cherchant autour d'elle. Elle héla une jeune esclave qui passait.

— Rose !

— Dene ? Que se passe-t-il ? demanda Mari.

— Il faut que je te parle. Attends. Rose ! Rose ! Emmène Lisha au bassin, qu'elle joue avec son bateau.

— Je ne veux pas ! trépigna Lisha. Je m'en fiche du bateau. Je m'en fiche de Rose. Je veux vous écouter parler.

Dene l'expédia d'une taloche distraite.

— File !

Un éclair de colère zébra les yeux de la petite fille mais le ton de Dene était sans réplique.

— Que se passe-t-il, Dene ? répéta Mari.

Son regard s'attarda sur l'énorme véhicule garé dans une allée, à peine moins haut que les flamboyants du parc.

— Est-ce que Gakere est vraiment…

— Non.

— Ah !

— Non, mais nous avons bien cru…

Une foule inhabituelle circulait dans les jardins. Mari aperçut avec surprise la plupart des domestiques de la maison, plusieurs cuisiniers. Tous désœuvrés, semblait-il.

— Que font-ils, Dene ?

— Le Ndoepkat a exigé qu'ils sortent. Tu ne pourras pas entrer non plus, aujourd'hui. Seules les personnes propres peuvent être admises pendant le cérémonial.

— Propres ?

— Je veux dire, seulement la famille.

Dene se mit à marcher en faisant claquer ses semelles, la bouche pincée par une moue de contrariété. Mari nota qu'elle avait autour du cou un tiene-wouroun de boules d'or et, posé sur le plateau de son opulente poitrine, un collier de perles rouges. De ces perles dont on disait qu'elles éloignaient les esprits mauvais.

— Est-ce que Gakere est malade ? demanda la jeune fille d'une voix timide.

— Il a fait une crise. Il était possédé. Hurlant, la bave aux lèvres. Puis il est tombé, comme mort. J'ai bien cru qu'il ne rouvrirait plus jamais les yeux. Le guérisseur est venu mais il n'a rien pu faire. Alors…

Alors, conclut Mari, on était allé chercher le Ndoepkat.

— Je croyais que Maître Samba méprisait toutes ces vieilles superstitions.

— Moins fort, petite idiote !

Personne, pourtant, ne se trouvait assez près pour surprendre leur conversation. Jamais Mari n'avait vu la gouvernante aussi nerveuse.

— Il vient de Ndakarou, avec son armée de diablesses, marmonna Dene, penchée vers la jeune fille. Sept femmes, toutes folles à lier !

— Mais c'est loin !

Ndakarou était la plus grande ville du pays, au bout d'un cap, près de la mer. Le roi des rois du Sunugaal y régnait dans un immense palais. Le Geer.

— C'est un Lébou, précisa Dene.

Mari hocha la tête. Oui, bien sûr ! Tous les Ndoepkats étaient des Lébous, une tribu de pêcheurs de la côte. On ne faisait appel à eux que quand toutes les autres médecines avaient échoué, principalement quand on soupçonnait un esprit malfaisant d'avoir pris possession du malade.

Une soudaine rumeur parvint à leurs oreilles. Un bruit de tam-tam effréné. Mari leva les yeux. À coup sûr, le vacarme provenait du dernier étage de la demeure, de la fenêtre pourtant close de Gakere.

— Est-ce que vous croyez que Gakere est possédé, Dene ?

Quant à elle, elle n'en avait jamais douté.

— Peuh ! Il n'y a qu'Adila pour penser une chose pareille. Elle accuse le rab mais, si on m'écoutait, on n'irait pas chercher si loin.

— Le rab ?

Dene poursuivit sa route sans répondre, comme pressée soudain de s'éloigner de Ker Samba. Au cœur du jardin, elle s'assit sur un banc de pierre, à l'ombre d'un flamboyant.

— Je suppose que ces affaires ne regardent pas les petites têtes blanches dans ton genre, dit-elle enfin.

Mari se tint coite, observant la tache de soleil qui lui brûlait les doigts de pied, malgré le bois du sabot. Elle connaissait Dene. Les mots finiraient par tomber tout seuls de sa bouche.

— Ce que je sais, bougonna la gouvernante, c'est dans quel état je vais retrouver les lieux. Le sang, les trous dans le plancher…

Dene triturait les perles rouges de son collier, comme pour se protéger contre quelque maléfice.

— Le rab ? lui souffla Mari, d'une voix si légère que Dene crut sans doute avoir attrapé une de ses propres pensées qui passait.

— C'est l'esprit de la maison. Si tu veux habiter un lieu, il faut qu'il soit d'accord.

— Et pourquoi ne serait-il pas d'accord ? Puis… quel rapport avec Gakere ?

Mari se mordit les lèvres. Une fois de plus, elle babillait comme un youyou, lâchant ses questions sans réfléchir.

— Le Ndoepkat a décrété que le problème venait de là. Probable que le rab loge sous les toits, comme Gakere. Interroge n'importe quel Ndoepkat. Il te dira toujours que le rab n'est pas content. Tu ne voudrais pas qu'il se soit déplacé pour rien avec toutes ces femmes !

— Je sais bien que cela ne me concerne pas, Dene, mais… qu'est-ce qu'ils vont lui faire, à Gakere ?

Dene lança un rire plein d'aigreur.

— Oh ! À lui, rien. Autrefois, ces choses-là se déroulaient dehors, parmi les arbres. Au moins, cela ne causait pas de dégâts. Ils m'ont demandé un coq pour le saigner, voilà ce qu'ils vont faire.

— Par terre ?

Mari n'hésitait plus à interroger la gouvernante. La

grosse femme avait envie de parler, cela se voyait. Pas pour instruire la jeune esclave. Elle avait besoin de déverser sa bile.

— Quand je suis sortie, ce charlatan était en train de planter dans le plancher de la chambre des pilons cassés et des sabres. Ensuite, il va asperger tout ça de sang de coq. Et il y a ce vase, où il fait macérer des racines de tamarinier et de soump. J'oubliais le lait caillé et le mil. Ah ! il est beau, le monde moderne de Sare Samba !

— Il doit être très inquiet pour Gakere, glissa Mari.

— Il peut ! Mais ce n'est pas une raison pour se plier aux lubies d'Adila. Si tu avais vu ces femmes... folles furieuses !

Mari écarquilla les yeux.

— Le rituel exige la présence d'anciennes possédées. Tu imagines le tableau.

Dene soupira.

— Je regrette bien que ta pauvre mère ne soit plus parmi nous. Elle, au moins, connaissait les plantes et les herbes. Les vrais remèdes. Tu vois, Mari, nous autres, nous avons perdu le contact avec la nature. Il n'y a plus que quelques Cornes d'Ivoire pour en connaître les secrets. Et maintenant qu'Ani est partie...

Mari sentit sa vue se brouiller et son nez s'engorger.

— J'aurais dû apprendre, bredouilla-t-elle. Elle est morte sans m'avoir transmis son savoir.

Dene approuva d'un hochement de tête énergique.

— Enfin, si on m'écoutait, on n'aurait besoin ni d'herbes ni de sang de coq. Je le connais, moi, l'esprit malfaisant. Il suffit de fouiller un peu dans les affaires de Gakere. D'ouvrir certains pots, certaines boîtes.

Une sueur glacée coula sur les flancs de Mari. Pourquoi ? Elle l'ignorait encore. Elle n'osait plus regarder Dene, ni les arbres du jardin, ni la façade de la superbe bâtisse où elle redoutait soudain de ne plus jamais être admise. Une ombre plus maléfique que le rab venait de se poser sur elle.

— Jusqu'à présent, dit la gouvernante, il se contentait de fumer le yamba.

Et maintenant ?

— Je crains de savoir ce que c'est. Ces petits bouts de racine, oui, je crois bien que je le sais. Il faut que je trouve le courage d'en dire deux mots à Sare. Mais ces choses-là ne tombent pas du ciel. S'il en a, c'est que quelqu'un le lui a fourni.

Quoi ? Quoi ?

Dene s'était levée. Elle continuait de parler mais comme pour elle seule, semblant avoir oublié la présence de Mari.

— Ça vient de loin, cette saloperie. Les buffles n'en chient pas tous les matins. Je vais attendre que le gamin soit tiré d'affaire. Et je saurai le faire parler, moi. S'il s'en tire…

— Oh !

— Et ceux qui lui ont fourni ça, crois-moi, ils vont le payer très cher.

Mari se tourna vers Ker Samba. Elle crut entendre le roulement du tam-tam et les cris de détresse d'Adila mais elle ne put voir la fenêtre de Gakere. Son regard s'était heurté à la boule fiévreuse du soleil qui, là-haut, au-dessus des toits, pleurait sa lumière en longs tentacules flous.

— Dene…

La grosse femme s'éloignait de son dandinement lourd, une main crispée sur les perles rouges de son collier.

— Dene…

Tout un petit théâtre se mit en place dans la tête de Mari. Elle s'imagina qui courait après Dene, qui se jetait à ses pieds, qui lui demandait pardon. Qui avouait tout.

Elle ne bougea pas. Elle demeura bras fléchis, cou tendu, bouche entrouverte, figée dans sa pose comme l'une des statues de pierre du jardin de Sare Samba.

Mari ne pouvait pas avouer. Elle n'était pas sûre. Pas complètement.

Elle rentra au village d'un pas traînant. Chaque mètre du chemin ravivait ses angoisses. Elle n'était pas sûre mais, au fond, elle savait. Depuis qu'elle avait perdu le médaillon, les questions ne se posaient plus à elle comme avant. Désormais, c'était bien simple. S'il y avait deux routes, une bonne et une mauvaise, elle suivrait la seconde. S'il y avait deux portes, une bonne et une mauvaise, elle pousserait la seconde. Elle ne se demandait plus ce que lui offrirait le destin mais quel nouveau coup il lui réservait.

Avant de retourner chez elle, Mari fit un détour par la case de Ben le conteur. Dans sa hutte de paille marron, le pauvre Ben traversait avec difficulté l'hivernage. Ni sa couche ni ses vêtements ne séchaient jamais, et le vieil homme se plaignait d'avoir de la moisissure jusqu'entre les doigts de pied. Mari lui promit de lui préparer une poudre de griffe du diable, que sa mère avait achetée à un colporteur venu, prétendait-il, de Siidafirik. Ani en conservait quelques racines séchées, afin de soigner les rhumatismes. En échange, Mari réclama l'un des grigris dont le conteur aimait à s'entourer. Ben avait des bracelets de laiton peuls, des os d'hyène, une main de singe, des dents de requin, des queues de lézard et même une tête de crocodile. Mari obtint non sans mal le talisman qu'elle convoitait, un pénis de lion d'aspect répugnant.

— Hé ! Voudrais-tu donc séduire un mâle à la longue crinière ? s'esclaffa Ben.

— Non. C'est un serment que je dois tenir.

— Oh ! très bien. Mais méfie-toi, le lion n'a pas un chose comme nous autres : il y a un os dedans !

Mari choisit dans sa case un bel emplacement et, tout friable et craquelé qu'il fût, y cloua le pénis du lion.

— Puisses-tu rejoindre le Grand Tout et y demeurer en paix, pilote, dit-elle.

D'une voix ténue, que seul pouvait percevoir un esprit à l'oreille fine, elle ajouta :

— Et si tu voulais bien veiller sur moi, de là-bas. Je crois que je vais en avoir besoin.

Mari oublia le pilote. Elle n'en passait pas moins des heures à contempler les grigris accrochés aux murs de la case. Elle leur parlait. Elle parlait au lion dont elle avait recueilli l'organe viril, louant sa force et sa noblesse. Dans les recoins les plus sombres de ses pensées rôdaient des mots qui ne franchissaient jamais les récifs blancs de ses dents serrées. Inexprimables, scandaleuses pensées.

« Qu'il meure ! »

Elle fit à une cordelette en cuir sept nœuds maléfiques. Parfois, elle posait le regard sur la malle où, tout au fond, sous des couches de vieilles étoffes, se dissimulait la croix de bois. Mais elle sentait obscurément qu'il ne fallait pas mêler le dieu des Blancs aux pratiques magiques.

Son père tentait de la distraire en lui racontant ses journées. Le grand terrain était maintenant lisse et nu comme le crâne du vieux Ben. On aurait pu y planter des fleurs. Mais, à son avis, ce ne serait pas un jardin. On ne savait pas quoi, mais ni un jardin ni un potager, il en était sûr. Toma discourait dans le vide. Mari ne l'écoutait pas. Il continuait pourtant à meubler le silence, effrayé par le mutisme de la jeune fille, par la fixité de ses beaux yeux bleus. Quelque tourment la rongeait, il le voyait bien. Il n'osait pas l'interroger. À raison. Si elle lui avait répondu, Mari n'aurait pu dire qu'une chose.

« Qu'il meure ! »

Elle finit par s'y décider. Elle s'agenouilla devant le coffre, sans l'ouvrir, et invoqua pêle-mêle ses ancêtres, le lion et le dieu de bois, l'esprit de la Lumière et celui qui ordonnait le Grand Tout. Puis *Maria gracia plena*, dont la protection lui manquait si cruellement. Le soir tombait, les ombres vivaient dans la case. De toutes ses forces, elle le répéta : « Qu'il meure ! »

Elle savait ses prières impies. Elle en resta ébranlée, choquée. Un sentiment sauvage l'animait. Souhaiter la mort d'un Maître, n'était-ce pas le début de la liberté ? Jamais jusqu'à présent, jamais de sa vie elle n'avait souhaité la mort de qui que ce fût, ni noir ni blanc. Pendant quelques heures, Mari eut l'illusion qu'une force nouvelle avait pris naissance en elle.

Il y eut trois nuits d'orage, suivies de cinq de chaleur sèche et crépitante. Gakere n'était pas mort. On fit savoir à Mari qu'elle pouvait reprendre ses visites à Lisha.

Puisqu'il faisait beau et qu'un vent léger atténuait la chaleur de l'après-midi, Mari rejoignit Lisha près du bassin, où elle étudiait ses livres à l'abri d'un grand parasol orné de flèches noires et de bonshommes composés de boudins superposés. Lisha abandonna sa lecture. Une aussi jolie brise ne semblait-elle pas faite pour gonfler les voiles de son bateau ?

Lisha, cependant, se lassa vite de regarder son navire voguer d'un bord à l'autre. Elle avait envie de parler.

— J'ai tout entendu, dit-elle soudain. On ne voulait pas que j'entende mais j'ai écouté quand même.

Mari ne releva pas. Le trop-plein de ses craintes avait éteint en elle l'insatiable curieuse.

— Pourquoi tu ne poses pas de questions ? s'étonna la fillette.

— Tu n'as rien entendu du tout. Tu es partie jouer avec Rose et moi, j'étais avec Dene, beaucoup trop loin pour tes petites oreilles.

— Mais non ! Pas ce jour-là ! Hier...

— Eh bien, hier, j'étais chez moi, au village, encore plus loin.

— C'est sale, le village. Si tu crois que ça m'intéresse. Pourquoi tu fais exprès de ne pas poser les *bonnes* questions ?

— Oh ! Très bien. Vas-y. Donne-moi les *bonnes* réponses.

— Quel babouin velu !

Lisha tapa du pied puis retourna sous le parasol, auprès de ses livres. Embarrassée, Mari vint s'asseoir à ses côtés. Brisant un interminable silence boudeur, Lisha ouvrit brusquement son grand album de géographie sur les genoux de la jeune fille. Sur la carte, l'Afirik était découpée en morceaux de couleurs. Rouges, verts, jaunes, certains hachurés ou même tout blancs, comme pour signaler des pays qui n'existaient pas vraiment. Les montagnes étaient indiquées par des cônes, les lacs par des taches bleues.

— L'Afirik ! L'Afirik ! s'écria Mari. Pourquoi veut-on sans arrêt me montrer des cartes de géographie ? Je préférerais voyager pour de bon.

— Si on accordait leur liberté aux esclaves, ils ne sauraient pas quoi en faire, répondit Lisha, sentencieuse.

— Et ça t'est venu tout seul, cette phrase ? se moqua Mari. Décidément, tu ferais mieux de cesser d'écouter ce que les autres racontent.

La petite main de Lisha s'était posée sur une case verte du damier qui composait le continent.

— Quand on regarde comme ça, jugea-t-elle en se tordant le cou, l'Afirik, on dirait un peu un gros pistolet.

— Oui, c'est vrai.

Mari effaça de son esprit l'image de l'arme qu'elle avait apportée à une poignée de hors-la-loi. Elle prit la main de la fillette et la retourna.

— De ce côté-ci, dit-elle en caressant la paume de Lisha, tu es presque aussi rose que moi.

— C'est du rose *noir*, répliqua Lisha en levant les yeux au ciel. Regarde.

Elle planta sur la case verte un ongle où brillait une étoile d'argent.

— C'est là !

— Quoi donc ?

— Tu sais ce qu'il y a, dans ce pays ? Des petits hommes pas plus grands que moi, même quand ils sont vieux. Des sauvages comme tes ancêtres. Ils sont petits mais très courageux. Ils chassent l'éléphant avec des arcs et des flèches, et aussi des sagaies.

— Tu crois ?

— Là. Près du fleuve Ogowe. Eh bien, Gakere a failli mourir à cause d'eux.

Mal à l'aise, Mari s'efforça de plaisanter.

— Ah bon ? Ils l'ont confondu avec un éléphant ?

Lisha éclata de rire puis de façon tout aussi soudaine prit, en accord avec la signification de son nom, un air mystérieux.

— Je te parle de cette drogue…

— Tu sais, Lisha, ça ne se fait pas d'écouter aux portes les conversations des grandes personnes.

— C'est pas de ma faute ! Ils criaient trop fort. Surtout ma mère. Tu vois, c'est un arbre.

— Les éléphants, les petits hommes, les arbres, j'ai l'impression que tu mélanges tout.

Lisha réfléchit un instant.

— Une racine. Gakere en avait des petits bouts.

Attends… ça s'appelle… ah oui ! l'igo… non, l'iboga. L'iboga.

— Et alors ?

— C'est une drogue qui rend fou.

— Bah ! Il l'était déjà.

— La racine d'iboga, répéta Lisha avec une mimique de profonde satisfaction. Ça rend malade, ça fait vomir et après on voit des choses. Comme des cauchemars mais on ne dort pas. Et si on en prend beaucoup, on peut mourir.

— Bon mais ça va, il n'est pas mort.

— Non. Mais il aurait *pu* être mort.

Mari ôta ses mains du beau livre de géographie. Puis elle s'empressa de le refermer, pour que Lisha ne voie pas les traces de sueur laissées par ses doigts.

— Je n'ai rien compris à ton histoire, décida-t-elle. Tu veux retourner jouer au bassin ? Ton voilier doit commencer à s'ennuyer.

— Mon père se demande comment c'est arrivé ici. Il pense qu'il y a des bandits qui font venir exprès la drogue du pays des petits hommes.

Quelque chose cognait dans la poitrine de Mari, quelque chose de plus fort que son cœur.

— Il pleurait, dit simplement Lisha.

— Qui ?

— Gakere. Mon père a dit qu'il allait l'envoyer comme contremaître dans les mines.

— Ça m'étonnerait, murmura Mari, qui n'aurait pu imaginer meilleure idée.

— Si. Il le fera. Sauf si Gakere dit tout.

— Qu'est-ce qu'il y a à dire ? Puisqu'on sait…

— Mais les bandits ! s'écria Lisha, exaspérée. Il faut que Gakere dise leur nom. Pour qu'on les prenne ! Tu ne comprends jamais rien.

— J'ai compris, Lisha. Viens, on va jouer.

— Ils seront pendus. Ma mère a dit qu'elle veut les écorcher vifs mais mon père préfère les pendre. C'est mon père qui décide.

15

L'ARBRE DE JUSTICE

Ils vinrent un matin, peu après l'aube. Fuli Fak flanqué d'un de ses acolytes, un Mandingue nommé Latyr. Toma s'apprêtait à partir, déjà. Tamiser le grain, charrier des sacs. C'était l'heure où le village se vidait, les uns cheminaient vers les plantations, les autres vers le fleuve ou la forêt. Le soleil lui aussi avait commencé tôt son œuvre, séchant les chaumes, enveloppant les cases de vapeur, craquelant les chemins. La journée promettait d'être torride.

Mari dormait encore.

— Debout, toi !

Ils étaient entrés et s'étaient dirigés droit vers la jeune fille. À présent, ils la secouaient. Le régisseur et ses hommes étaient partout chez eux. Mari se leva sans un mot. Le sommeil l'avait quittée comme si on avait tiré soudain un rideau devant ses yeux. Dans l'instant, elle sut. Elle les laissa prendre ses poignets, les entraver dans le nœud d'une grosse corde. Elle avait vécu cette scène tant de fois au cours des derniers jours qu'il lui semblait connaître chaque geste, chaque regard. Comme celui, le dernier, qu'elle adressa à son père. Toma, muet de stupeur. Toma, qu'elle ne reverrait jamais plus.

Tout s'était arrêté au village. Devant les cases, le long de la route de terre rougeâtre, hommes et femmes en tenue verte formaient une haie, comme au passage d'un cortège. Trois personnes seulement. L'une des leurs, cheveux clairs et yeux bleus. Pieds nus, tunique froissée. Visage en larmes. Et les deux autres, le Diola et le Mandingue. Fuli Fak et Latyr. Deux qu'on détestait.

Ils la firent monter sur une charrette attelée à un cheval à la robe presque jaune. Deux hommes s'y trouvaient déjà, un qui tenait les rênes. Dans un tel équipage, ils n'iraient pas loin. Mari se laissa gagner par une sorte d'indifférence. À ce moment, elle croyait encore qu'aucune réalité ne pouvait se montrer aussi rude et impitoyable que son imagination.

L'attelage tournait le dos à Ker Samba. Bientôt, Mari vit sur sa droite la cabane où, pour son malheur, elle avait accepté de rejoindre Gakere. Sous une ligne de cirrus quasi transparents, se dressaient les grands arbres de la forêt claire. C'est là qu'on la fit descendre, au pied d'un anacardier aux branches tortueuses. Fuli Fak la poussa devant lui, sur un sentier entretenu. La marche fut brève.

Une curieuse assemblée se tenait sur une longue bande de savane dont les herbes jaunes, récemment fauchées, formaient un tapis crissant. Surveillés par quatre des aides du régisseur, Mari découvrit, pieds et poings liés, le Wolof de Ziguinchor, celui qu'on appelait le Gris et l'un des esclaves en fuite dont elle n'avait jamais appris le nom. Puis Gakere, libre, lui, mais qui de tous paraissait le plus anxieux.

Dès qu'il avait aperçu Mari, Gakere l'avait harponnée du regard, comme le mamba plante ses crochets. Fuli Fak surveillait la scène avec un fin sourire. Mais ce que Mari contemplait, c'était l'énorme monticule brun qui lui faisait face.

Elle connaissait cet endroit. Petite, elle venait y jouer en compagnie d'autres babouins du village. Toujours couverts jusqu'aux chevilles et aux poignets, un chapeau à large bord sur la tête. La termitière les fascinait. Haute comme quatre fois leur taille, elle évoquait pour eux ces châteaux que Ben décrivait dans ses contes à dormir debout. Ses murailles abruptes, ses tours crénelées leur paraissaient se perdre dans les nuages. Il fallait de gros cailloux taillés aux angles coupants pour entamer sa carapace faite d'un mélange de terre et de salive tanné par les rayons du soleil. Ayant fait sauter quelques plaques dures, ils prenaient des bâtons et perçaient la montagne de part en part. La fine terre brune s'effritait, des pans entiers parfois s'éboulaient. Par les trous, les galeries, les termites surgissaient par milliers. Sur un morceau de bois bien long, on pouvait en retirer des grappes affolées. On le lâchait vite, les bestioles en fureur mordaient.

Mais la termitière était indestructible. Les enfants avaient beau s'acharner, le travail des architectes, des ingénieurs et des ouvriers minuscules rétablissait l'ouvrage en l'espace d'une nuit. La termitière, disait-on, était là depuis des milliers d'années. Peut-être depuis le commencement des temps. Et même, selon certains, c'était là, dans cette cathédrale de poussière, qu'étaient venus au monde le premier homme et la première femme de la Terre.

— Connais-tu ces trois-là ?

Mari sursauta. C'était à elle que s'adressait Fuli Fak. Elle s'était attendue à être interrogée, à être accusée, punie. Pas à devoir dénoncer. Elle baissa la tête.

— Regarde-les. Dis-moi si tu les connais.

Le Gris avait un bandage sanglant à la main droite. L'esclave blanc une joue violacée. Le Wolof, sans doute, s'était rendu sans se battre.

— Parle !

— Pourquoi m'avez-vous fait venir ici ? Je ne comprends pas.

Fuli Fak l'ignora. Changeant de stratégie, il se tourna vers les trois prisonniers.

— Et vous, la reconnaissez-vous ?

Personne ne répondit.

— Je m'en doutais. Voilà pourquoi nous sommes là, dans la savane qui rend bavard. La montagne de vérité, mes amis. Vous allez en tâter.

De nouveau, il s'intéressa à Mari, et à elle seule. Il s'approcha d'elle et s'inclina vers son oreille pour que nul autre n'entende ce qu'il disait.

— Gakere a parlé. Et la femme aussi.

— La femme ?

— Une vieille esclave en fuite. Sa description te ressemble assez. Elle t'a vue. Nous savons tout. Presque tout. Tu aurais tort de t'obstiner.

— Pourquoi poser des questions si vous savez tout ?

Du coin de l'œil, Mari vit que Gakere les observait

avec inquiétude. Non, sans doute, Fuli Fak ne savait pas tout.

— Avoues-tu ?

Cette fois, le régisseur s'était adressé à elle d'une voix haute et claire. Mari inclina la tête. À peine. Fuli Fak jugea cela suffisant.

— Bien. Réponds-moi, à présent. Combien étaient-ils ?

— Ces trois-là. Puis…

Elle hésita.

— La femme. Où est-elle ? La femme… qu'est-ce…

— Nous l'avons laissée aux hyènes.

— Morte ?

Fuli Fak haussa les épaules. Il s'en moquait.

— Combien d'autres ?

Le Maure. Qu'était-il devenu ? Mari décida de mourir plutôt que de mentionner son existence.

— Et encore un, peut-être. Un esclave blanc. Je ne suis pas sûre. Je suis arrivée à la nuit. Ils ne me faisaient pas confiance, je crois. Alors…

— Qu'as-tu donné en échange ?

De nouveau, le régisseur parlait bas.

— Je ne sais pas. J'ai apporté un paquet. On m'en a remis un autre. Je ne sais pas. J'ai obéi.

Elle répéta :

— Ils ne me faisaient pas confiance.

— De l'argent ?

— Oui, souffla Mari, sans doute.

— De l'argent à des rebelles, à des fugitifs. Tu sais ce qu'il pourrait t'en coûter ?

— J'ai obéi. Je ne suis qu'une esclave. Les esclaves ne doivent-ils pas obéir ?

— Mais tu n'es pas sûre. Moi non plus, je ne suis pas sûr.

Tout, dans l'attitude de Fuli Fak, démentait ce doute. Pour la première fois, Mari vit ses épaules se relâcher. Elle le retrouvait tel qu'elle le connaissait, orgueilleux et arrogant. La façon dont le régisseur ignorait la présence de Gakere Samba indiquait bien cependant qu'il vivait un moment délicat. Sûr, il lui fallait être sûr. Fuli Fak chassa une poussière invisible sur la manche de son boubou rouge brodé d'or pâle. Élégant, toujours aussi élégant, avec ses bottes en crocodile et son calot posé négligemment sur le sommet du crâne. La lanière d'un fouet courait le long de sa jambe.

Fuli Fak tira soudain l'instrument de sa ceinture, le fit claquer puis en pointa le manche vers les prisonniers.

— Qu'a-t-elle apporté ? Était-ce de l'argent ?

Il ne reçut pas de réponse. Gakere s'agitait, à l'écart, presque invisible sous l'ombrage d'un kaïcédrat.

— Lui ! décida Fuli Fak en désignant le Wolof.

Tout se déroula alors comme si la scène avait été préparée dans ses moindres détails. Les acolytes du régisseur se jetèrent sur l'empoisonneur de Ziguinchor. Tandis que deux le tenaient solidement, un troisième lui délia les mains avant de l'obliger à tendre le bras. Alors, ils attachèrent au membre un long bâton, de l'aisselle au poignet.

Raide, martial, Fuli Fak se dirigea vers la termitière. L'un de ses hommes lui remit un sabre qu'il leva haut avant de l'abattre sous le sommet de la montagne d'argile. Il répéta son geste, encore et encore, jusqu'à provoquer un éboulis fumant. Cette fois, ce n'était plus un grain de poussière mais une fine couche rougeâtre qui maculait sa belle tenue. Le dernier coup fut porté d'estoc. Il y avait à présent dans l'immémorial édifice un trou béant, une galerie grouillante. Malgré elle, Mari s'approcha.

Le Wolof refusait de marcher. Il fallut le porter, traîner ses semelles sur le chaume de la savane tondue. À trois, ils l'empoignèrent. Ils poussèrent. Droit et inflexible comme la branche à laquelle il était ligoté, le bras entra dans la termitière. Mari se mordit les lèvres jusqu'au sang tandis que s'écoulaient d'interminables secondes silencieuses. Puis l'homme hurla. Les termites soldats étaient passés à l'attaque.

— Arrêtez !

Mari avait crié mais sa voix s'était perdue dans les braillements du supplicié. Elle toucha l'épaule de Fuli Fak qui se retourna, surpris.

— Arrêtez, je vous en prie. Je le sais, je le sais. Je vais vous le dire.

Le régisseur donna son ordre d'un signe dédaigneux de la main. Lâché par ses tortionnaires, le Wolof, qui n'avait cessé de se débattre, tomba en arrière. Mais rien ne s'arrêta. Les petits guerriers s'étaient insinués par dizaines sous sa manche. Il pouvait taper tout le long de son bras attaché au bâton, il pouvait malaxer sa chair à travers l'étoffe, les morsures ne cessaient pas.

— Enlevez-moi ça ! Saloperies ! Saloperies !

Fuli Fak sourit à Mari en réponse aux supplications de son regard.

— Bah ! Ça l'occupe, dit-il. Vas-y, et parle fort, que tout le monde t'entende.

Mari devinait bien à quelles oreilles le régisseur destinait l'aveu qu'elle s'apprêtait à faire.

— C'était une arme.

Fuli Fak ouvrit de grands yeux, feignant la stupeur.

— Des détails, s'il te plaît, ma colombe.

— Un pistolet neuf, des balles, de la poudre et un moule à balles.

Les paupières de Fuli Fak se plissèrent. Peut-être, après tout, était-il vraiment surpris.

— Répète. Répète bien fort.

Mari s'exécuta. *Un pistolet neuf, des balles, de la poudre et un moule à balles*. Un cri retentit, plus haut que ceux du Wolof, qui se roulait par terre, pleurant de douleur.

— Menteuse ! Je te ferai arracher la langue ! Menteuse ! Menteuse !

Gakere avait bondi vers elle mais la grimace menaçante du régisseur l'avait stoppé dans son élan. Le jeune homme hésita un instant avant de se souvenir qui était le Maître et qui l'employé. Pointant un doigt vers Fuli Fak, il lança :

— Gare à toi, Fuli ! Tu n'es rien, ici.

Fuli Fak considéra Gakere avec mépris pendant un moment puis se désintéressa de lui. Il alla vers le Wolof et lui secoua les côtes de quelques coups de pied.

— Est-ce qu'elle dit vrai ?

— Enlevez-moi ça !

— Réponds ! Réponds et tu pourras te gratter la couenne.

— Elle dit vrai.

Le régisseur interrogea les deux autres d'un battement de cils, le Blanc et le Gris. Il ne reçut en réponse qu'un froncement de nez, qu'une moue dégoûtée.

— Comment se fait-il que nous n'ayons rien trouvé ?

Fuli Fak lança à Mari un bref coup d'œil, comme s'il attendait d'elle la solution de l'énigme. Or, elle pensait bien la détenir. Qui d'autre que le Maure avait pu filer avec l'arme rutilante et ses balles et sa poudre ? Et qui l'empêcherait de revenir un jour, avec cent autres, mille autres serviteurs d'Allah ? Elle ne le trahirait pas.

— J'espère que la montagne a dit la vérité par ta bouche, petite Blême.

Songeur, le régisseur ajouta :

— Je me demande si les termites sauraient t'en faire raconter davantage.

— Non ! Interrogez Gakere. C'est lui... il m'a obligée... il m'a...

— Tais-toi.

S'éloignant de la jeune fille, Fuli Fak lança avec sa désinvolture coutumière :

— J'imagine que tu sais à quoi tu viens de condamner ces hommes.

Le régisseur passa devant Gakere, proche à le frôler, avec une insolence délibérée. Le jeune homme ne broncha pas. Il attendit que le régisseur lui eût tourné le dos pour se remettre à brailler :

— Menteurs ! Tous des menteurs !

Mari sentit une main encercler son poignet. C'était Latyr.

— Si tu n'as rien à ajouter, je vais te raccompagner, dit le Mandingue d'un ton aimable.

Tout au long du chemin sur la charrette, Mari demeura les bras serrés contre sa poitrine, comprimant les sanglots qu'elle ne voulait pas laisser monter. Pas devant eux. Pas tant qu'elle aurait un homme devant elle, et un de chaque côté. Ils la renvoyaient sans entrave mais certes pas libre. Une pensée brûlante comme le fer passé au feu la tourmentait. Même esclave, on pouvait donc perdre sa liberté ! Puis d'autres images lui vinrent, tout aussi amères. Kike, qu'était-il devenu ? Pour le Maure, elle ne se faisait pas de souci. Son père, Toma, quand le reverrait-elle ? Et Lisha, lui permettrait-on de passer de nouveau des après-midi en sa compagnie ?

L'attelage avait pris une route qu'elle ne connaissait pas. Il suivait en cahotant un sillon caillouteux qui contournait Ker Samba. Devant, au loin, le damier des plantations semblait danser dans une brume de chaleur, toutes couleurs confondues. Elle aperçut les écuries et son esplanade. Mari renversa la tête en arrière, pour ne plus rien voir que le ciel. Le soleil brillait si fort, en cette fin de matinée, qu'il s'était noyé dans la blancheur électrique de sa propre lumière.

L'arrêt fut brusque. Mari eut l'impression qu'on la faisait descendre au milieu d'un désert aride, à mille lieues de toute vie. Pourtant, les jardins se découpaient dans les tremblements de midi, là-bas, sur l'arrière et sur le flanc est de la demeure de ses Maîtres. Et cette tache scintillante qu'elle apercevait, c'était, sans aucun doute, le colosse qui ornait le carré privé de Sare Samba : *L'Esclave blanc.*

On la saisit aux épaules pour l'arracher à sa contemplation attristée. Elle laissa aller son corps dans la direction qu'on voulait lui donner. C'était donc là qu'on la conduisait ? Cette case de terre dont la charpente en rônier apparaissait sous la pente d'un toit de paille déplumé. Une seule fenêtre, si petite qu'un pata ne s'y serait pas faufilé. Et une porte de planches disjointes, que Latyr s'en alla pousser de la pointe de sa botte.

Docile, Mari pénétra dans sa prison. Elle leva les yeux, attirée par les lambeaux de ciel qui la narguaient par les déchirures du plafond. Il s'agissait d'une case dans la vieille tradition diola, avec entre les poutres des croisillons en bois de mangrove. Cette surface sous la toiture servait autrefois de grenier, où l'on stockait le riz et les céréales.

Il n'y avait rien d'autre qu'une couche de foin sale, une couverture brune et un pichet d'eau tiède. La porte se referma, le cadenas posé par Latyr claqua. Mari s'assit et resta le torse droit, le regard fixe, face au minuscule rectangle qui figurait son ultime lien avec les quinze premières années de son existence. Peu à peu, il s'effaça, voilé par un rideau de larmes. Alors, elle fut vraiment seule.

La petite fenêtre était claire. Un nouveau jour commençait. Il lui était tombé dessus, d'abord, par le toit percé. Mari avait peu dormi mais la nuit avait glissé sur elle, chaude et sèche, sans qu'elle perçoive le battement des heures. Engourdie. Anéantie. Maintenant qu'elle avait ouvert les yeux, elle se prenait à rêver. Elle voyait le pilier de bois rugueux, la plate-forme du grenier, au-dessus les poutres et la paille échevelée. L'escalade n'eût pas été si difficile pour Petit Babouin. Peut-être aurait-il pu écarter le chaume et se hisser là-haut. Puis redescendre le long du toit qui s'inclinait bas sur les murs de terre. Sauter.

Quand le cadenas cliqueta, Mari était déjà loin. Elie chevauchait une jument blanche, un pistolet à la main. Vers le Nord. Vers les femmes et les hommes blancs du pays froid. Vers les cimes blanches des montagnes couronnées de glace.

La porte en s'écartant jeta dans la case une tranche de lumière vive.

— Viens ! Lève-toi ! Viens !

La voix de Fuli Fak était sourde, vibrante d'émotion contenue, comme s'il l'invitait à continuer d'habiter ses songes.

Il n'entra pas. Mari le rejoignit sur le seuil de la case, dans sa tunique verte chiffonnée, pieds nus. Aussitôt, le régisseur se mit en marche. Muet, le pas mécanique, trop rapide pour que la jeune fille puisse se maintenir à sa hauteur. Il dévorait l'espace aride, comme pressé d'en finir.

Pourtant, que ce fut long ! Sur le sol bosselé, sur les herbes rêches et les cailloux aigus, Mari se tordait les chevilles, se blessait les orteils. Dans son dos, Ker Samba ne cessait de rapetisser. Et les plantations s'étaient perdues dans un pli de terrain. Fuli Fak l'attira jusqu'au bord d'un léger surplomb. En contrebas, au fond d'une cuvette roussie par le soleil et semée par les pluies de fleurs rouges, se dressait un arbre dont elle connaissait depuis toujours l'existence. Le Baobab de Justice, ainsi nommé par les Diolas au temps où ils ne composaient encore que des tribus sauvages. Mais le baobab était si vieux qu'il avait connu sans doute l'époque où tous les hommes ne formaient qu'un seul peuple d'une seule couleur. Deux mille ans, trois mille ans... il existait déjà peut-être quand le couple maudit avait offensé l'esprit de la Lumière.

Le Baobab de Justice était haut, plus de trente mètres probablement. Mais, en prenant de l'âge, l'arbre avait surtout gagné en circonférence. Comme le vieillard qu'il était, il s'était tassé. Et sa base, désormais, montrait une panse énorme dont soixante pas ne faisaient pas le tour.

Sa branche la plus basse était longue et droite, achevée par un effrayant hérissement de bois mort. Trois corps y pendaient. Comme trois gousses sèches, qui semblaient se balancer dans le vent. Dans l'ombre du géant, rien ne les distinguait. Mari sut pourtant que l'un était blanc, le second noir, le troisième gris.

Un gémissement de détresse lui monta du creux du ventre, il se fraya un chemin dans ses poumons brûlants. Faible d'abord puis aigu. Interminable.

Fuli Fak se tapotait la cuisse d'une main impatiente.

— Tu as vu, maintenant, dit-il simplement.

Avant d'ajouter :

— Adila est satisfaite.

Un petit rictus tordit le coin de sa bouche. Puis il se détourna du spectacle et repartit en sens inverse.

— Pourquoi avez-vous fait ça ? Vous savez bien qui est le vrai coupable.

— Tais-toi.

— Est-ce qu'il a été pendu, le vrai coupable ?

Fuli Fak s'arrêta un instant pour faire face à Mari.

— Tu as raison. La branche est longue. Il y avait encore de la place. Estime-toi heureuse qu'elle n'ait pas été pour toi.

Quatre jours et quatre nuits sans pluie et, déjà, le paysage changeait. Mari regardait chaque caillou, chaque touffe d'herbe comme s'ils appartenaient à une autre vie. Au bout de la savane stérile, Ker Samba paraissait flotter sur l'île de ses jardins verdoyants. Lasse, assoiffée, Mari avait l'impression qu'un désert sans fin l'en séparait.

Une silhouette venait à leur rencontre. Une femme. Mari plissa les yeux. Clara, c'était Clara. Que faisait-elle ici, la concubine délaissée, la pauvre femme à qui les Maîtres avaient tout pris, sa jeunesse, sa beauté, sa raison ? Fuli Fak modéra son allure, comme pour retarder le moment de l'inévitable confrontation.

— Quoi qu'elle dise, ne lui réponds pas, ordonna-t-il.

Clara courait maintenant dans l'air brûlant, vêtue d'une simple chemise, les cheveux ébouriffés. Mari eût juré qu'elle était sortie ainsi de son lit, quelques minutes seulement auparavant. Les voyait-elle ? Clara semblait tout entière concentrée sur le galop disgracieux de ses jambes maigres. Quand elle ne fut plus qu'à une centaine de mètres, Mari commença d'entendre les petits cris qui perçaient son halètement continu.

Clara continua de suivre son propre chemin, qui croisait le leur mais n'empruntait pas la même voie, exactement comme les deux lignes du vapeur-brousse restaient à l'écart l'une de l'autre. Pourtant, parvenue à leur hauteur, elle s'arrêta et se tourna vers eux.

— Marche ! Ignore-la ! gronda Fuli Fak.

Cette fois, Mari ne put obéir. Elle ne pouvait refuser de voir ce visage dévasté par la douleur, ces yeux où brillait une lueur de folie pure. D'abord, elle ne perçut que les plaintes qui surgissaient sur un mode aigu de la gorge pantelante. Soudain, Clara lança un terrible hurlement.

— Insa ! Insa ! Mon fils !

Elle leva les bras au ciel, secouant la tête, bouche grande ouverte, comme si elle adressait aux esprits des imprécations muettes. Puis elle reprit sa course éperdue. Vers l'immense baobab. Vers l'arbre de justice. Vers les trois corps suspendus à la longue branche, le blanc, le gris et le noir. Criant de nouveau :

— Insa ! Mon fils ! Mon fiiiiils !

Mari chancela. Fuli Fak marchait, la foulée vive et nerveuse. Il ne l'attendait pas. Étrange façon de surveiller sa prisonnière. Mari le rattrapa alors que le chemin bifurquait vers la gauche. Le régisseur la ramenait à la case.

— Et toi, es-tu satisfait ? lui demanda-t-elle.

Il n'y eut pas de réponse. Il n'y eut plus un mot jusqu'au moment où Fuli Fak rouvrit la porte de vieilles planches. Mari crut qu'il allait la refermer derrière son dos mais Fak entra avec elle.

— Je ne fais que mon devoir, dit-il alors. On ne choisit pas son devoir. On l'accomplit. Et je crains de n'en avoir pas tout à fait terminé pour aujourd'hui.

Le régisseur la poussa sans méchanceté vers un pilier de rônier.

— Ôte cette tunique.

Quand Mari n'eut plus sur elle que son pagne, Fuli Fak lui demanda de tendre les bras, de part et d'autre du pilier. Il lui attacha les poignets avec un bout de corde, soufflant à son oreille :

— Tu es belle. Tu plairas.

Il fit une boule avec la tunique verte et lui fourra entre les dents un tampon de tissu au goût de sueur. Puis il empoigna le fouet accroché à sa ceinture et recula de deux pas. Dans l'instant, comme si le régisseur voulait en finir au plus vite, la lanière s'abattit. Le premier coup atteignit Mari aux mollets, le second juste à la pliure du genou. Fuli Fak la cingla ainsi avec méthode, de bas en haut, jusqu'aux épaules.

— Dix, annonça-t-il. Tu t'en tires bien.

En la détachant, il la dévisagea. La tunique était tombée aux pieds de la jeune fille. Elle n'avait pas hurlé, pas gémi. Ses grands yeux bleus étaient clairs et secs. Ce fut lui, le tortionnaire, qui baissa les siens.

— Tu es belle et courageuse, dit-il.

— Et je m'en tire bien, compléta Mari.

Le régisseur sourit.

— Les filles belles et courageuses sont précieuses. Elles valent leur prix. Il ne faut pas les abîmer.

— Est-ce qu'on va me laisser ici ?

— Pas pour toujours.

Fuli Fak écrasa une larme de sang qui coulait sur le flanc de Mari, regarda le bout de son doigt comme s'il faisait une découverte.

— Rouge, dit Mari. Je crois que tu as le même.

Le régisseur hocha la tête. Alors, répondant longtemps après à sa question, il fit à Mari cette étrange confidence :

— Non. Je ne suis pas satisfait. Il n'était pas nécessaire que cette pauvre folle sache…

— Que répétait-elle ? Insa, son fils… est-ce que…

— Moi, en tout cas, je ne savais pas.

Fuli Fak sortit de la case en laissant traîner l'extrémité du fouet dans la poussière. La porte se referma. Le cadenas cliqueta. Il n'y eut plus dans le mur de terre que le petit rectangle de lumière. Sur le rebord de la minuscule fenêtre était posée une galette de mil.

16
LE DÉPART

Dormait-elle ? Allongée à plat ventre sur les tiges piquantes de sa couche, Mari respirait la poussière du foin. Tout le dos lui cuisait, et les cuisses et les mollets. Elle s'était laissée tomber ainsi dans ses pensées, comme une pierre au fond de l'eau. Elle n'était plus qu'un petit animal gisant dans la paille, à qui plus aucun sentiment ne venait. Alors, si elle ne dormait pas, rien en elle ne semblait éveillé.

Sans qu'elle en prenne conscience, le déclin du jour jeta sur son dos des barres sombres. Elle ne perçut pas davantage le léger rafraîchissement de l'atmosphère. Quand les premiers coups sourds firent vibrer l'air, elle crut émerger d'un rêve dont les images s'étaient déjà dissipées. N'était-ce pas un rêve de chasse ? Ce grondement ressemblait tant à celui des bombolongs qu'on frappait sur l'esplanade, à la sortie des écuries.

Mari chercha un moment le sommeil mais le vacarme persistait. Elle se ramassa sur elle-même, avivant la douleur de ses plaies. Puis elle se mit sur les genoux et sur les mains. Se leva, pensant qu'elle allait découvrir par la lucarne un ciel d'orage, source du roulement qui, à l'instant, venait de reprendre.

Sa tête entrait juste dans le rectangle de la fenêtre, comme dans un cadre où l'on aurait composé son portrait. Elle eut l'impression étrange de découvrir face à elle le lointain du même tableau, dans un dégradé de bleu qui allait vers l'indigo du crépuscule. L'air était calme et pur. Rien n'annonçait la pluie. Bientôt, le voile de l'obscurité lui cacherait toutes les formes qu'elle distinguait encore.

Pourtant, des lueurs flottaient au fond du paysage flou, pareilles à celles des esprits vagabonds qui, disait-on, hantaient les marais. Broum ! Des bombolongs, maintenant, elle en était sûre. Leur cadence était lente, sinistre. Les lumières continuaient de progresser, elle en compta une dizaine, alignées comme sur une guirlande. Parfois l'une disparaissait, réapparaissait. Un obstacle l'avait masquée. Des torches. Des torches et des bombolongs. Accomplissant, lui sembla-t-il, le chemin qu'elle avait suivi en compagnie de Fuli Fak. Dans la savane sèche, vers le Baobab de Justice.

Mari frémit. Elle recula, se réfugia dans les ténèbres de la case. Elle se jeta sur la paillasse, les mains plaquées contre les oreilles. Mais, pendant plusieurs minutes encore, son corps perçut les vibrations des tambours taillés dans des troncs d'arbres. Lent, sinistre, le rythme finit par la bercer et la conduire vers des songes peuplés d'esprits frappeurs, de têtes pendues et de branches griffues.

Ni le jour en s'infiltrant dans la case, ni la porte en s'ouvrant ne la tirèrent de son sommeil. Ses rêves y devinèrent la flamme de la torche, le grincement de la corde sur le bois qui pliait. Elle s'agita, les yeux toujours clos. L'ombre qui s'allongea sur elle lui parut plus ténébreuse et glacée que la mort. Avant même d'avoir levé les paupières, elle s'était retournée et se débattait.

Elle ne vit que du blanc et, l'espace d'un instant, se crut poursuivie par le plus terrifiant de ses cauchemars.

— Eh bien, eh bien…

— Dene ?

Un boubou blanc drapait les formes généreuses de la gouvernante. Un turban blanc était enfoncé sur les boucles courtes de sa chevelure.

— Que se passe-t-il ? Vous êtes en deuil ?

— Du calme. Reste comme tu étais. Allongée.

— Ce bruit… ce tam-tam… pourquoi, Dene ? Que se passe-t-il ici ?

Mari sentit les mains de Dene se poser sur elle. Elle soulevait la tunique verte.

— Voyons cela. Hum… dix coups, mais dix bons coups. J'ai apporté un onguent.

La fraîcheur de la crème aviva les brûlures du fouet puis, très vite, les apaisa.

— Est-ce qu'on va me laisser sortir d'ici ?

— Oui.

— Je pourrai revoir mon père, et Lisha ? Retourner à Ker Samba ?

Le silence de Dene s'éternisa, triste et lourd comme une mauvaise nouvelle qui ne veut pas s'annoncer. La gouvernante préféra finalement répondre à une autre question.

— Nous sommes tous en deuil et ce tam-tam…

Elle s'interrompit.

— Autrefois, dit Dene, on ne battait le bombolong que pour les vieux. On dansait et on chantait aussi. Mais pas quand un jeune disparaissait. Pour les jeunes, la douleur devait rester muette. Les temps changent.

— Un jeune ? Qui est mort ?

— Tu le sais bien.

Mari étouffa un sanglot.

— Trois hommes, souffla-t-elle.

— Nous n'en pleurons qu'un. Les deux autres… bah, que le vent les emporte aux esprits mauvais.

— Insa.

Les mains de Dene quittèrent son dos.

— Est-ce que c'était son fils, vraiment ? Le fils de Clara ?

— Oui.

Mari entendit claquer les dents de Dene. Comme si la suite devait se forcer un passage entre ses mâchoires serrées.

— Et de Sare, dit-elle.

— Il a fait pendre son fils ? s'écria Mari, hoquetant d'indignation. Et, maintenant, il le pleure ? Aïe !

Les gros doigts de Dene avaient recommencé leur œuvre, appuyant un peu plus fort sur les plaies, cette fois.

— Il a fait pendre trois criminels, rectifia-t-elle enfin.

— Vous savez bien qui est le criminel, pire sans doute que ces trois-là, en tout cas.

Une tape s'abattit sur l'épaule de Mari.

— Tais-toi donc. Oh ! et puis... tu peux bien dire ce que tu penses, désormais.

— Même Fuli Fak m'a dit ce qu'il pensait. D'après lui, Adila est satisfaite.

— Elle est bien la seule. Elle a fait chasser Insa de la maison, elle l'a arraché à sa mère, mais cela ne lui suffisait pas.

— Pourquoi Gakere n'a-t-il pas été puni ?

— Gakere est le fils d'Adila.

— Oui, mais...

Mari fronça les sourcils, examinant la terrible supposition qui venait de germer dans son esprit.

— Est-ce qu'Insa est tombé dans un piège, Dene ?

— Imagine ce que tu veux.

— Adila voulait se venger, n'est-ce pas ? Mais Maître Samba est... enfin... est le Maître, non ?

Un petit rire teinté d'amertume secoua la grosse carcasse de la gouvernante.

— Quand Sare a épousé Adila, ma fille, il n'était pas le Maître de grand-chose. Les toitures de la maison fuyaient et le domaine n'était pas vaste comme le quart de ce que tu connais. Adila lui a apporté sa fortune. Mais il fallait la prendre aussi avec ce qu'elle offrait d'autre. Son caractère. Sa jalousie.

— Je vois.

Mari, en fait, ne voyait plus guère. De rage et de tristesse, ses larmes l'aveuglaient.

— Elle a exigé qu'Insa subisse le châtiment prévu par la loi, enfin, pour ceux de son espèce. Mais sans doute estime-t-elle s'être montrée clémente en acceptant qu'Insa reçoive des funérailles dignes d'un fils et qu'on porte son deuil dans la maison.

Dene poussa un soupir avant d'ajouter d'une voix émiettée par une soudaine émotion :

— Adila a aussi insisté pour que tu ne reçoives que dix coups. Tu en méritais cinquante, Petit Babouin.

— Suis-je censée la remercier ? Cela me sera difficile. Je la déteste, Dene.

— Tu n'en auras pas l'occasion.

— Elle ne veut plus me voir ? Et Lisha ? Je ne pourrai plus… oh !

L'œil fixe, les narines écartées, Dene dit alors :

— Adila a demandé que tu ne reçoives que dix coups pour que les marques disparaissent rapidement. Une esclave battue passe pour être indocile. Rares sont les amateurs. Et ceux qui les aiment ainsi, mieux vaut les éviter.

— Dene ? Que voulez-vous… Dene !

La gouvernante hocha doucement la tête.

— Tu vas être vendue, Mari.

— Vendue ? À qui ?

— À qui voudra de toi. Un convoi part pour Ziguinchor dans trois jours. Tu le rejoindras.

— Mais ce n'est pas possible, Dene. Maître Samba…

— Nous te regretterons tous, Mari. Ton Maître aussi, sache-le. L'épreuve est rude pour lui. Cela faisait bien des années que je ne l'avais pas vu pleurer ainsi. Mais il y a ce projet auquel il attache la plus grande importance et…

— Le terrain ?

— Oui.

— Quel rapport ?

La gouvernante fit papillonner ses mains autour d'elle. Mari la sentit partagée entre le devoir de taire des choses qui ne concernaient pas une petite esclave et le désir de dire ce qu'elle avait sur le cœur. Comme souvent, elle finit par parler.

— J'aime beaucoup Sare mais il faut lui reconnaître certains défauts. Il se laisse parfois guider par sa vanité. Ce Birayma Penda le fascine. Il aurait aimé lui ressembler, je crois. Alors, puisqu'il n'a pas le génie d'inventer ou le courage de partir à l'aventure, il paie. Il paie avec l'argent d'Adila.

— Que va-t-il se passer ? J'aurais tellement voulu le savoir !

— Je l'ignore moi-même. C'est le plus grand mystère depuis la création du monde. Au moins. Tout ce que j'en connais, c'est le prix des travaux, ce sont les factures longues comme le bras qui arrivent de Ziguinchor !

Dene essuya dans la paille ses mains enduites d'onguent puis se redressa dans un craquement d'articulations.

— Et Adila à son tour fait payer à son époux ce qu'elle lui donne, conclut-elle. Chèrement, à mon avis.

D'un pas pesant, la gouvernante se dirigea vers la sortie de la case.

— Il existe des bons maîtres dans ce pays, dit-elle en guise d'adieu. J'espère que tu auras la chance d'en trouver un comme ça sur ta route. Que le Grand Esprit te protège, Petit Babouin.

C'était tout ? On l'arrachait à sa vie, à son père, à Paolo, à ses frères et à ses sœurs, à Lisha, oui comme quand la petite fille traçait une croix sur un bonhomme qu'elle venait de dessiner, niant brusquement son existence, on la jetait comme un chiffon sale, une poupée cassée et...

Mari se rua sur la petite fenêtre emplie de lumière blanche, passa sa tête, chercha la silhouette de Dene, qui s'éloignait, pliée sur le chagrin qu'elle n'avait pas voulu exprimer. Alors, elle hurla, des syllabes sans suite, d'abord, qui jaillirent pleines d'eau de sa bouche, et pour finir ces mots :

— Je te tuerai, Gakere ! Un jour, je te tuerai !

Elle s'effondra au pied du mur de terre, sachant que oui, un jour, elle le ferait.

Pendant trois jours, Mari vécut de fines galettes et d'eau tiède. Plus qu'il n'en fallait pour contenter son appétit et étancher sa soif. Comment aurait-elle désiré nourrir et abreuver ce corps qui n'avait plus faim de vivre ? Si la force de ses quinze ans le lui avait permis, elle serait restée étendue sur la paille, sans manger ni boire, jusqu'à devenir aussi sèche que sa couche, jusqu'à l'extinction de la dernière flamme. Mais quelque chose en elle ne voulait pas cesser d'exister.

Quand la porte se rouvrit enfin, la jeune fille sentit dans ses membres les vibrations d'une énergie inattendue. Elle n'en aurait pas l'usage. Pas maintenant. C'était comme un trésor caché qu'elle porterait en elle et qui se révélerait un jour. Colère, révolte ? Elle ne savait encore comment le nommer. Les deux hommes qui étaient venus la chercher crurent pouvoir l'écraser de leur mépris. Il leur suffit de croiser une fois ses prunelles limpides pour détourner la tête et remiser leurs sourires. Ils l'emmenèrent.

Une voiture attelée l'attendait devant les écuries, sur l'esplanade. De là, on la conduirait vers un lieu où elle rejoindrait d'autres esclaves en provenance d'autres domaines, des hommes et des femmes que leurs Maîtres destinaient au marché de Ziguinchor.

Mari s'interdit tout regard en arrière, ni vers Ker Samba ni vers le village. Le monde de son enfance était mort. Un gouffre l'avait englouti, avec son père, avec sa mère, avec ses frères, avec ses sœurs, ses rêves, ses espoirs, ses joies, ses souvenirs. Ses souffrances.

— Allez !

Rien, pourtant, ne pouvait lui faire presser le pas. Ses pieds nus traînaient dans la poussière, comme pour la retenir encore un peu. Un cri, un seul cri, eut raison de sa détermination. Mari se retourna.

Là, devant elle, courait Lisha.

— Mari ! Mari !

Les hommes qui l'entouraient tentèrent de la pousser vers la voiture. Leurs mains se tendirent mais ils ne parvinrent pas à empêcher la fillette de passer. Mari ouvrit les bras et Lisha se précipita contre elle.

Le moment de flottement ne dura pas. Lisha était la fille du Maître, certes, mais Samba ou pas, on ne laisserait pas une gamine tout juste initiée faire la loi.

— Je ne veux pas ! hurla Lisha aux cerbères qui s'efforçaient de la séparer de Mari. Je ne veux pas qu'elle parte !

— C'est trop tard, Lisha.

— Je ne veux pas !

— On se reverra, je te le promets. Je reviendrai... Je...

Mari fit un mouvement brusque pour échapper aux ongles qui s'enfonçaient dans ses épaules, emportant la petite fille dans un bref tourbillon. Lisha se cramponnait à elle, collait sa bouche à son oreille. Elle lui disait quelque chose.

— Quoi ?

Lisha répéta en articulant avec soin.

— C'est l'adresse. L'adresse de Yumna. Je l'ai lue, moi.

Cette fois, il n'y avait plus rien à faire. Un homme la ceinturait, deux autres emportaient Lisha, la détachant comme un coquillage de son rocher. Il n'y eut plus qu'une étreinte fugitive de leurs deux mains. Mari sentit un objet dur au creux de sa paume, que l'enfant venait de lui remettre subrepticement.

— Brise tes chaînes, Mari ! hurla Lisha. Brise tes chaînes !

Longtemps après, alors que Ker Samba s'était perdu tout au bout de la route qui l'en éloignait sans doute pour toujours, Mari osa enfin jeter un coup d'œil sur la petite chose ronde qu'elle serrait contre son cœur. C'était une pièce dorée, une pièce de cinquante cauris.

Un sourire amer passa sur son visage baigné de larmes. Jamais, de sa vie, elle n'avait possédé une telle fortune.

DEUXIÈME PARTIE

ZIGUINCHOR

17
LES EAUX SAUMÂTRES

Qui n'avait jamais vu la mer aurait pu croire la découvrir dans ces étendues d'eau salée que bordait le liseré vert d'un lointain rivage. Les oiseaux en avaient fait leur royaume, flamants roses et aigles pêcheurs, pélicans, cormorans et sarcelles. Dans les remous, parfois, passait un animal marin. Un gras lamantin, aux petits yeux froncés, plus rarement un dauphin. Sur cette haute marée si calme, on pouvait rêver. Elle semblait une route pour l'horizon, pour l'infini, pour l'évasion.

Pourtant, c'était le fleuve. Le Kawungha. En cette saison, il repoussait les terres, créait des îles, abreuvait des marigots et enfonçait dans la plaine ses bolongs, bras d'eau chargés du sel de l'océan. Il stérilisait ses bords ou les livrait à la mangrove.

Bien au centre du géant avachi sur les basses terres de Kassamansa, le navire de fer progressait au rythme lent et régulier de ses deux énormes roues latérales. Les aubes buvaient et recrachaient, buvaient et recrachaient. Plat, large, presque rectangulaire, le bateau ne laissait guère voir que les pales au mouvement inépuisable et la haute cheminée qui jetait aux oiseaux un long panache de fumée noire.

Les passagers du *Gnomékat* ne distinguaient rien de tout cela. Assis au pourtour d'une cale sans profondeur, ils ne pouvaient se redresser assez pour monter le regard jusqu'aux petits hublots ronds. Par les lucarnes de verre épais, la plupart n'auraient d'ailleurs vu que les gerbes d'écume que brassaient les aubes des grandes roues. Des chaînes les retenaient au sol, rivées de place en place.

Ils étaient entravés par paires, au hasard. Mari partageait le sort d'un personnage envahissant, dont le ventre paraissait lui couler sur les hanches et les cuisses, sale, vêtu d'une tunique souillée de graisse. Chaque pore de sa peau semblait distiller une goutte d'alcool. Mais le voyage était long. Ils s'étaient mis à parler.

— Je les laisserai pas me vendre comme une chèvre, disait l'homme, Martin.

Martin avait déjà été vendu trois fois. Il avait décidé qu'il n'y en aurait pas quatre.

— Même une chèvre, on la vend pas quatre fois, souligna-t-il.

— On la mange avant, glissa Mari.

Elle répondait à son compagnon mais évitait de le regarder en face, pour ne pas recevoir son haleine en pleine figure.

— On m'achète et après on me revend. Ça se voit, quand même, que je suis pas un esclave docile.

Martin posa une main sur le genou de Mari, qui en frémit de dégoût.

— Du coup, mon prix arrête pas de baisser. J'ai de

la force mais j'ai pas envie qu'ils en profitent. Ils ont qu'à le comprendre.

— Que voudrais-tu en faire ?

— De ma force ? Tirer sur des cordages, pardi. Hisser des voiles. J'aime les bateaux. Les vrais. Pas les pirogues palmées. Pas les gamelles à charbon.

— Tu as déjà essayé de t'échapper ?

Martin lança dans l'air confiné un rot odorant. Enfin, peut-être était-ce sa façon de rire.

— Si je te montrais mon dos, tu pourrais les compter. À vingt rayures la fuite. Ma vie y est écrite, sur mon dos. Sauf que tu verras jamais autant de lignes sur un livre.

— Tu sais lire ? s'étonna Mari.

— J'ai vu des livres, en tout cas. Plusieurs fois.

Martin tripota le petit objet qu'il portait en sautoir, attaché à son cou de taureau par un cordon de cuir. Une corne, mais pas de taureau. Plutôt de mouton.

— J'en ai là-dedans, des mots, dit-il. Des mots sacrés, écrits par un Maure.

— Je connais un Maure, répondit Mari, pour se donner un peu d'importance. Il avait un livre avec plein de mots sacrés. Est-ce que la corne te protège ?

— Oui. Contre les morsures de serpent.

Mari n'avait pas lâché la pièce dorée de Lisha, pas un instant. Cinquante cauris, mais peut-être valait-elle beaucoup plus. Puisqu'on lui avait volé le pendentif, puisqu'elle ne possédait pas de verset magique enfermé dans une corne, elle s'en remettait à cette offrande. La pièce de Lisha la protégerait. Elle la serra, à s'en faire mal.

Pour passer le temps, Mari avait compté et recompté les têtes autour d'elle. Vingt-trois, qui s'alignaient contre les flancs de la cale. Des hommes et des femmes, des jeunes et des vieux. Il y avait un garçon qui pleurait sans discontinuer, presque un enfant. Tous lui paraissaient sales. La puanteur qui régnait entre les parois de fer était oppressante.

S'agissant de saleté et de laideur, aucun cependant ne pouvait rivaliser avec son compagnon.

— Tu comptes t'échapper encore, alors ?

Mari l'aurait volontiers encouragé à le faire sur-le-champ. Qu'il brise ses chaînes et file par un hublot ! Quel soulagement ce serait... Mais autant vouloir faire entrer un éléphant dans une coquille d'œuf.

— Même que ce sera la bonne, certifia Martin. Dans la brousse, ils te rattrapent toujours.

Il souleva son gros poing et se frappa le front. Mari dut laisser aller sa main. Liée à lui qu'elle était, il fallait bien qu'elle suive le mouvement.

— J'ai failli réussir la dernière fois. C'est quand t'es à Ziguinchor qu'il faut tenter le coup.

— Oh ! je ne pense pas que ce soit si simple.

— Dans la ville, tu peux te cacher. Mais, surtout, y a les bateaux.

— Comment deviner ceux qui partent vers le Septentrion ? soupira Mari.

— Sûrement pas ! Les Maîtres y sont chez eux. Et tu oublies la maladie. Si tu restes pas dans les Comptoirs, la Peste te dévore en quelques jours. Alors...

— Ah ! toi aussi, tu veux aller en Siidafirik...

— Non.

Un sourire presque enfantin fendit la grosse figure bouffie.

— Moi, dit Martin, je veux voir le monde. Les Makkas. Les Xonqs.

Les Makkas à la peau jaune, avec leurs yeux étroits et leurs cheveux noirs. Les Xonqs à la peau rouge, avec leurs coiffes en plumes multicolores. Des terres inconnues, de l'autre côté d'océans et de mers sans limites.

— Dix minutes sur ce bateau et j'avais envie de vomir, constata Mari. Et toi, tu voudrais y passer des mois ! Pourquoi, d'ailleurs ? Qui te dit que tu ne seras pas esclave là-bas aussi ?

Martin ne répondit pas. Il était parti dans ses rêves. Ce n'était pas la vapeur et les pales qui l'emportaient, c'était le souffle inépuisable du vent.

On ne les surveillait pas. Ils étaient enchaînés et, là-haut, sur le pont, nul ne souhaitait quitter le soleil et l'air parfumé du Kawungha pour descendre dans l'atmosphère nauséabonde de la cale. À l'approche du port, le *Gnomékat* lança quelques longs sons de trompe.

Martin se mit sur les genoux et tira le plus qu'il put sur la chaîne accrochée à un anneau dans le métal du sol. Mari l'imita de toute sa petite taille. Ainsi, elle pouvait monter le nez jusqu'au cercle doré du hublot et voir, un peu, le spectacle du dehors, entre les pales de la grande roue. La terre s'était rapprochée. Le bateau à aubes avait quitté le milieu du fleuve et inclinait sa route vers la sombre tache de la ville. Ziguinchor !

Devant la cité, sur quelques centaines de mètres, se dressaient les vestiges de vieux remparts faits de boue, de pieux et d'arbres épineux desséchés. On avait préservé ce vénérable morceau d'enceinte en l'aspergeant d'un mélange à base de gomme. Il symbolisait un autre temps, lorsque Ziguinchor n'était encore qu'une modeste bourgade souvent assaillie. À présent, le *Gnomékat* pointait l'étrave vers le port, ses longues jetées, ses pontons de bois, sa forêt de mâts.

On vint les détacher. Ils pouvaient se lever, mais deux par deux, car chacun restait lié à un compagnon d'infortune. On leur fit monter quelques marches de métal terne. Rassemblés sur le pont, ils découvrirent le trafic intense qui animait le large fleuve. Les pirogues à rames ou à moteur, les bateaux de pêche, les voiliers rangés dans un bassin, les navires à aubes de la compagnie à laquelle appartenait le *Gnomékat*. Il y avait assez de place entre les rives du Kawungha pour laisser passer une armée de vaisseaux mais les bâtiments de fort tonnage ne s'aventuraient pas dans ces eaux de peu de fond.

Mari protesta. Martin la malmenait, la tirant derrière lui comme un singe au bout de sa laisse. En fait, il bougeait comme bon lui semblait, sans se soucier de la frêle petite chose accrochée au bracelet qui lui ceignait le poignet. Martin ne s'intéressait qu'aux bateaux qui dansaient le long des quais. Lequel choisir ? Qui, de ceux-là, l'emmènerait à l'autre bout du monde ? Aucun, sans doute. Les navires de grande traversée étaient demeurés à l'embouchure du fleuve.

Le *Gnomékat* corna. Une multitude de pirogues encombrait son chemin. Le puissant vapeur les chassait de ses lancinants sons de trompe, comme autant de moustiques importuns. Les pêcheurs levaient les bras au ciel. Sur le fond plat de leurs embarcations étroites, des poissons brillants s'agitaient encore.

— Ils n'ont pas l'air bien riches, constata Mari avec surprise.

— Quoi ?

— Ces pêcheurs. Je ne pense pas qu'ils gagnent beaucoup d'argent. Ils ont juste leur petite pirogue et quelques poissons pour vivre.

Martin éclata de rire.

— Si tu pouvais visiter Ziguinchor, t'en verrais d'autres ! Suffit pas d'avoir la peau noire. T'es jamais sortie de ta brousse, hein ?

— Non.

— Et t'avais à manger tous les jours, là-bas ?

— Oui, bien sûr.

— Ici, c'est la ville. Faut se battre. Tout à l'heure, ces gars-là vont s'entretuer pour placer leurs misérables poissons à la criée.

— Tu veux dire qu'il y a des Maîtres pauvres, vraiment pauvres ?

— Des Maîtres ! Certains possèdent même pas leur pirogue.

Accoudée au bastingage, Mari posa sur la ville qui approchait un autre regard.

Une banderole agitée par le vent annonçait la Compagnie des vapeurs. Le *Gnomékat* se rangea le long d'un embarcadère. Deux par deux, les esclaves franchirent la passerelle de bois qui venait d'être jetée. Vingt-trois. Onze paires et une vieille femme qui marchait solitaire. Il suffisait de trois hommes pour les conduire. On les dirigea sur un quai.

Les gens s'arrêtaient sur leur passage. Marchant tête baissée comme ses frères et ses sœurs blancs, Mari s'efforçait cependant de happer çà et là une image. Une silhouette, un visage. Peut-être, demain, appartiendrait-elle à l'un d'eux.

« Qui voudra de moi ? »

— *Jaamis ! Jaamis !* criait le gardien qui leur ouvrait la voie.

C'était pour Mari un mot nouveau. « Esclave », « captif », un terme ancien qu'on employait encore à Ziguinchor.

La promenade fut brève. Elle s'interrompit à la porte d'un hangar près duquel s'entassaient des ballots de coton.

Ils quittèrent le quai écrasé de lumière pour s'engouffrer dans le bâtiment obscur où régnaient en un mélange étrange les odeurs laissées par les marchandises variées qui y avaient été entreposées. Le suint de la laine, la sciure du bois, les grains torréfiés du café, les feuilles épicées du tabac. Place avait été faite. Aujourd'hui, et pour quelques heures, le hangar ne contiendrait que onze paires et demie de Cornes d'Ivoire. Des litières de paille jaune avaient été étendues à leur intention.

— Allez ! Allez ! Chacun à son anneau !

Il y en avait un tous les quatre ou cinq mètres, scellé dans une pierre blanche. Les deux premiers entrés s'étaient affalés dès qu'ils en avaient repéré un, à quinze pas des hautes portes qui coulissaient sur un rail. Mais Martin ne l'entendait pas de cette oreille. Comme si l'emplacement lui avait été réservé, il chassa les intrus à violents coups de pied.

— Plus loin, vous deux !

Les deux hommes lui jetèrent un bref regard, éteint par les années de soumission. L'un maigre et maladif, l'autre robuste et à la peau tannée par d'innombrables heures de travail au grand air. Ils se relevèrent, avancèrent jusqu'à l'anneau suivant, le dos courbé.

Mari était choquée.

— Qu'est-ce que ça peut te faire ? Toutes les places se valent, ici. Aucune n'est meilleure qu'une autre.

— C'est ce que tu crois.

Satisfait, Martin attendit que l'un des gardiens vienne fixer au gros anneau de métal noir les fers qui les liaient. Le cerbère en boubou orange portait à sa ceinture une longue matraque et un imposant trousseau de clés. Jovial, il échangea quelques mots avec Martin, comme avec un client fidèle qu'on a plaisir à retrouver.

Maintenant, ils avaient chacun cinquante centimètres de liberté. Mais, la masse de son voisin étant ce qu'elle était, Mari ne pouvait faire un geste sans se frotter à lui.

Pendant un moment, on n'entendit que le cliquetis des chaînes. Tous enfin furent installés, par couples, le long du même mur de briques creuses. Sous la tôle du toit, la chaleur était accablante. On leur distribua des gobelets emplis d'eau tiède puis une gamelle où, sur une semoule de *kouskous*, ils reçurent, pour les plus chanceux, un morceau de viande, pour les autres un os à ronger.

— Comment ça se passe ? demanda Mari.

Elle s'était allongée à demi, la tête calée contre un monticule de foin mal étalé. Sans cesse, son bras gauche était secoué. Quand Martin se grattait la bedaine ou l'entrejambe, quand il s'essuyait la bouche ou se frottait le nez. Mari n'avait jamais su ce que signifiait le mot « liberté ». Pourtant, elle commençait à comprendre ce qu'était la vraie servitude. Ne même plus pouvoir commander à son bras, à sa main, ne plus choisir ses mouvements...

— Ça se passe, c'est tout.

Martin avait répondu par une formule dépourvue de sens. Il ignorait ce qui occupait ses pensées. Mari en éprouva une vague satisfaction. Il existait encore, dans un coin de sa tête, un petit espace auquel nul n'avait accès. C'était son second trésor. L'autre était la pièce dorée que ses doigts pliés serraient contre sa paume.

— La vente, dit-elle. Les gens nous regardent et puis nous achètent ?

— Sûr qu'on ne leur cache pas grand-chose.

— Que pourrait-on leur cacher ?

Martin lâcha ce gros rire gras qui lui ramonait les poumons.

— Moi, en tout cas, on me demandera de rester bien tourné comme il faut, qu'on voie pas les marques du fouet sur mon dos.

— Comment les verraient-ils ?

— Ils verront tout, ma belle, et même ce que ta mère est seule à connaître. À moins que tu sois déjà dans le commerce de ces jolies choses-là.

— Quoi ?

Mari ferma les paupières. Trop tard, cependant, pour retenir les larmes qui lui coulaient des yeux.

— Mais ils sont pas fous, dit Martin. Celui qui est intéressé, il te demande de tourner.

Martin leva sa main libre et esquissa le geste, le demi-tour qu'on exigerait de lui.

— Pour voir s'il y a des marques ?

Mari inspira à fond, comme pour ravaler toute cette tristesse qui soudain débordait d'elle.

— Nus, complètement ?

— Est-ce que t'achèterais un âne avec sa culotte et son chapeau ? demanda Martin en se laissant aller dans le foin, bras et jambes écartés.

Puis, pour clore la conversation, il ajouta :

— Mais moi, j'y serai pas, demain, au marché.

Il n'était pas tard. Sans doute le soleil brillait-il encore, de l'autre côté du mur. Mais Mari se sentait épuisée. Elle n'espérait rien du jour qui viendrait ensuite. Et rien, en l'attendant, ne lui paraissait plus enviable que la nuit profonde qui allait se faire en elle.

Quand elle rouvrit les yeux, Mari sut que plusieurs heures s'étaient écoulées. La plupart des Cornes d'Ivoire sommeillaient, donnant un concert de ronflements. Elle regretta de s'être éveillée, chercha à se rendormir aussitôt. Mais Martin, auprès d'elle, était agité. Quelque chose la troublait, dont elle ne parvenait pas à déterminer l'origine. Sans même s'en rendre compte, elle serrait le poing, à la recherche de ce qui lui manquait.

Une absence. La pièce. Alarmée, Mari se tourna de côté, fouillant la paille du bout des doigts. Sa main, sans doute, s'était relâchée tandis qu'elle dormait. La pièce de Lisha devait se trouver là, contre sa hanche, contre sa cuisse, sous sa fesse. Même dans la pénombre, elle aurait dû briller.

— Ah ! Enfin ! grogna Martin.

Mari se raidit. S'il en était un qu'elle ne souhaitait pas informer de l'existence de son trésor, c'était bien lui. Elle interrompit son exploration. Le souffle de Martin lui parut plus lourd et malodorant que jamais.

— Une vraie bûche !

— Moi ?

Mari changea de position, quoi qu'il lui en coûtât de se coller ainsi à son encombrant voisin. Elle constata avec stupeur que Martin tenait au creux de son bras une grosse outre en peau de chèvre, dont les pattes formaient une poignée et le cou un déversoir. Elle devina sans peine qu'elle ne contenait pas d'eau fraîche.

— Est-ce que je n'ai pas le droit de dormir ? À quoi m'occuperais-je ? demanda Mari sans quitter l'outre des yeux.

Martin rota. Boire en sa compagnie ? Non, voilà qui sûrement ne la tentait pas.

— Je vois qu'on est aux petits soins pour toi, remarqua-t-elle.

— Ils ont eu leur part. Une belle part, j'espère.

— Comment ?

Martin se redressa. Un liquide clair lui coulait sur le menton. À l'odeur, Mari supposa qu'il s'agissait d'un breuvage fermenté à base de miel.

— J'attendais que tu te réveilles. Une bûche, je te dis.

— Que comptes-tu donc faire ?

— Comme si tu le savais pas.

— Tu prends tes rêves pour des réalités, je crois.

Mari fronça les sourcils, tenaillée qu'elle était à présent par un terrible soupçon. D'un geste machinal, elle recommença de trier la paille contre son flanc.

— Cherche pas, elle est partie.

— Quoi ?

Martin lui flanqua un coup de coude dans les côtes.

— Moins fort !

— Ma pièce ! Tu m'as volé ma pièce ?

Martin sourit de son sourire d'enfant un peu niais. Il avait le visage lisse des bambins, des oreilles chiffonnées et le crâne rasé. Dans le maigre éclairage lunaire filtrant entre les tôles du toit, on eût dit un monstrueux nouveau-né.

— Je l'ai repérée dans le vapeur. J'ai bien vu que tu voulais la cacher. Mais comme tu vérifiais tout le temps qu'elle était toujours là...

— Rends-moi ma pièce !

— Je l'ai plus, voyons.

Le regard de Mari se posa sur l'outre en peau de chèvre.

— Pour boire !

— Moins fort, je te dis.

Martin réduisit encore la distance entre eux, lui déversant dans le cou son haleine empoisonnée.

— C'est comme ça que j'ai inventé mon plan, dit-il en se cognant une nouvelle fois le front du poing.

— T'enivrer ! Belle trouvaille !

— Oh ! non, moi, j'ai de la contenance. M'en faut plus que ça. Tandis qu'eux...

— Qui ça ?

— On se connaît. Ubwa, et l'autre. C'est ma quatrième fois ici. C'est presque comme des amis. Enfin, pas vraiment. Mais un petit service, ça se refuse pas.

— Je ne comprends pas ce que…

— Cinquante cauris, tête de babouin !

Tout bas, Martin expliqua :

— J'ai appelé Ubwa qui passait faire sa ronde. Quatre fois qu'il me garde ! Je lui ai dit que j'avais soif. Il savait bien que je parlais pas de lait de bufflonne. J'avais ramassé la pièce. Tu dormais bien, une chance. Il a commencé par se moquer, Ubwa, je le prenais pour un esclave ou quoi ? Mais quand je lui ai montré la pièce, il s'est souvenu qu'il avait soif aussi. Cinquante cauris, même lui il en voit pas souvent.

— Et… où as-tu ramassé la pièce, Martin ?

— Ben, dans ta main. Elle était un peu ouverte, faut dire.

— Tu n'es qu'un sale voleur. Je te dénoncerai !

Martin écarta la menace d'un haussement d'épaules indifférent.

— Un esclave a pas besoin d'argent. Il a besoin que d'une chose, sa liberté.

— Pauvre imbécile ! Ce n'est pas ta liberté, que tu as achetée. C'est une outre de vin de miel.

Plus les mots de Mari étaient durs, plus le sourire de Martin s'élargissait.

— Je les connais. Si j'ai eu mon *soufrou* de vin, eux ils en ont eu au moins deux chacun.

— Un soufrou ?

Martin tapota son outre. Encore une expression de la ville, sans doute.

— À l'heure qu'il est, ajouta-t-il d'un air ravi, le soufrou, ils l'ont à la place du ventre.

Il s'agenouilla, forçant Mari à faire de même. Puis, du bout du doigt, il gratta la pierre blanche tout autour de l'endroit où était scellé l'anneau noir qui les retenait.

— J'avais commencé le travail, chuchota-t-il. La dernière fois.

En se penchant, Mari détecta la fissure que Martin venait de mettre au jour.

— Tu délires ! Il te faudra des siècles.

— J'ai de la force, quand je veux. Tu vas m'aider.

Il ne s'agissait plus de gratter. Martin entendait tout bonnement arracher l'anneau.

— Toi, tu prends la pierre entre tes bras, tu pèses de tout ton poids, pour qu'elle bouge pas.

— Mais nous resterons attachés l'un à l'autre ! protesta Mari, lançant des regards anxieux autour d'elle.

Martin, lui, semblait ne s'inquiéter de rien. Leurs compagnons dormaient. Et, si l'un détectait leur manège, il se tairait.

— Mariés ! souffla l'homme en empoignant la chaîne par ses derniers maillons. Toi et moi, c'est pour la vie, maintenant.

Il vida tout l'air de ses poumons, enveloppant Mari d'un nuage aux relents d'alcool et de miel. Puis il inspira. Courbé au-dessus de la grosse pierre blanche, il entreprit de tirer. Bras et jambes serrés autour du cube granuleux, la jeune fille à demi couchée dans la paille vit se rapprocher d'elle la masse fantomatique de l'imposant personnage. Quand il se baissa encore, son visage congestionné la toucha presque. Elle eut l'impression que les veines s'agitaient comme des serpents à ses tempes, que ses yeux lui sortaient de la tête. Martin haletait, l'écume lui coulait de la bouche, mais il souriait toujours.

Ce ne fut pas l'anneau qui sortit de la pierre, ce fut la pierre qui se fendit. Martin partit à la renverse. Mari réprima un hurlement et fut tout heureuse de constater que son bras ne lui avait pas été arraché. Il avait dû simplement prendre d'un coup dix centimètres de longueur. Mais le plus secoué des deux semblait bien être Martin. Le morceau de roche qui était venu avec l'anneau noir l'avait frappé entre les jambes, en un endroit qu'on affirme sensible.

Pendant une longue minute, ils demeurèrent immobiles et silencieux, à l'écoute du moindre bruit. Ni pas, ni murmures. Des corps s'agitant sur la paille, un insecte bourdonnant, un rat, les rumeurs du port, une sirène lointaine…

Assis l'un près de l'autre. Lui, énorme et suant. Elle, menue et endolorie. Chacun avec son bracelet de métal. Lui au poignet droit, elle au poignet gauche. Entre eux, une chaîne. Avec, comme pendentif accroché à un maillon de cet affreux collier, un anneau soudé par une sorte de tenon à un morceau de pierre blanche.

— Et maintenant ? gémit Mari.

Martin prit le temps de la réflexion.

— On s'en va, dit-il.

Mari se tourna vers les grandes portes coulissantes de l'entrepôt. Dans la pénombre, elle distinguait à peine la silhouette des deux gardiens.

— S'ils n'ont rien entendu, c'est qu'ils dorment,

jugea Martin. Ils dorment comme deux outres pleines. Allez, viens. Faut finir le travail.

— Tu es fou. Tu n'as pas le droit de m'obliger. Fou ! Fou !

— On est mariés, souviens-toi. Allez, viens. Tout marche comme j'avais prévu.

— Je ne peux pas croire que les gens de la ville soient aussi stupides. Ils vont… ils vont… aïe !

Martin s'était redressé. Si elle ne suivait pas encore une fois le mouvement, Mari y perdrait son épaule.

— Fais comme moi, indiqua Martin.

Il s'était mis à quatre pattes et commençait d'avancer à la façon d'un fauve guettant sa proie, le haut du corps aplati, les reins levés. Mais sa bedaine frottait par terre et Mari songea qu'un tel chasseur n'aurait pas eu souvent de gazelle à son dîner. Elle s'efforça pourtant de l'imiter, aidant son compagnon à garder la chaîne qui les unissait à peu près tendue, afin que l'anneau et son fragment de pierre ne raclent pas le sol.

« On va nous surprendre et, demain, Martin a bien raison, nous ne serons pas vendus. Il ne restera plus rien de nous à vendre, que des lambeaux de peau. »

Maintenant, elle les voyait. L'un était assis sur une chaise, un fusil en travers des genoux, l'autre affalé contre une botte de paille, une matraque au côté. Il y avait à leurs pieds une outre et au moins quatre bouteilles. Vidées jusqu'à la dernière goutte, il fallait l'espérer.

De sa main gauche, Martin lui adressa un signe qui l'horrifia.

— Non ! souffla-t-elle.

Passer la chaîne autour du cou du gardien. Serrer. Les intentions du fugitif n'étaient que trop claires. Et le regard qu'il coula à Mari ne l'était pas moins. Cette fois, il ne souriait plus.

Martin parvint à franchir les derniers mètres en rampant, à traîner sa masse dans la poussière sans faire de bruit. Mari le suivait comme un petit animal apeuré, tremblant de tous ses membres, le cœur broyé par l'angoisse.

Des pieds. Pieds de la chaise. Pieds du gardien. Quelques bouteilles. Vides. Martin se releva d'un bloc, sans se soucier d'elle. Il la hissa avec lui, comme un bouchon au bout d'une ligne de pêche. La suite ne dura pas la moitié d'une seconde.

L'esclave gagna sa liberté d'un coup de poing, un coup terrible qui s'abattit sur la nuque du gardien. L'autre en face, répandu sur son matelas de foin, ouvrit deux yeux striés de rouge. Dans la même demi-seconde, il reçut à la pointe du menton la crosse du fusil que Martin avait ramassé sur les cuisses de son compagnon.

C'était fait. Les deux hommes étaient à terre, l'un avec un œuf d'autruche à la base du crâne, l'autre qui pissait le sang. Mari entendit qu'on s'agitait, là-bas, contre le mur du hangar. Plusieurs silhouettes s'étaient redressées, cherchant à deviner malgré l'obscurité quelle étrange scène se déroulait près de la sortie de l'entrepôt.

Martin jeta le fusil. Il arracha un trousseau de clés à la ceinture du gardien en boubou orange. Ubwa. Il n'eut qu'à tirer un peu pour faire glisser d'un mètre la grande porte coulissante sur son rail. L'air du dehors sentait la pluie, une pluie douce et parfumée.

Deux pas. Ils étaient sur le quai. Toujours unis par les maillons de la chaîne.

— Et maintenant ? demanda Mari d'une voix frémissante. Comptes-tu m'emmener comme ça jusqu'au pays rouge ?

Martin triait les clés sur sa cuisse. Il en essaya une, puis une autre. Maladroit, de la main gauche. Enfin, il parvint à ouvrir le bracelet métallique qui lui ceignait le poignet.

— Hé !

Un instant, Mari crut qu'il allait la planter là, avec sa menotte, la chaîne, l'anneau et le morceau de roche blanche.

— Je suis trop bon, dit-il.

— Tu voulais... tu voulais... parce que...

— Quoi ?

— Les tuer, fit Mari d'une voix rauque. Avec la chaîne. Les étrangler. Et moi, tu m'aurais...

— Ça va, ça va...

À son tour, elle était libre. Mari se massa le bras.

— Et maintenant ? Et maintenant ?

À présent, elle criait.

— Bah ! fit Martin.

Ce fut son dernier mot.

Il était parti, parti pour toujours. Il marchait sur le quai luisant, vers les bateaux, les mâts et les voiles. Il voguait déjà, tirait sur les cordages, aspergé par les embruns. Martin ne se retournerait plus jamais. Martin souriait.

— Je croyais qu'on était mariés, gémit Mari.

Elle trottina un moment à sa poursuite puis renonça. Alors que la forme brinquebalante de l'esclave en fuite s'effaçait dans la nuit, Mari s'arrêta et contempla sa paume vide. « Lisha, songea-t-elle, tu as brisé mes chaînes. Cette petite pièce dorée, oui, je lui dois ma liberté. *Mais que puis-je en faire ?* »

Longtemps, elle marcha au bord du fleuve, contemplant les bateaux à l'amarre. Loin devant elle, elle apercevait des lumières. Elle s'y précipitait avec crainte, comme un insecte vers la flamme de la lampe.

18

LES SIMBS

Accrochées dans la mâture de l'embarcation fine et racée, des lanternes de papier arrosaient de lumière le pont et une large portion du quai. En face, trois filles étaient adossées à une haute pile de bois précieux, des planches grossièrement équarries qui jetaient des reflets ambrés dans la clarté tremblotante. Deux Blanches, une Noire. Boubous courts, à la façon des hommes, échancrés sur la poitrine. Elles avaient le visage barré sur les joues de traits de couleur, de longs ongles violets ou noirs, les pieds nus. Leur ceignant la tête, un collier de perles rouges, d'où tombait sur le front une plaque d'or.

Deux hommes les admiraient avec gourmandise. Deux marins descendus du bateau, sans s'en éloigner, comme restant sur le pas d'une porte. Mari s'était statufiée. Oubliant toutes ses terreurs, elle les dévisagea. Jamais de sa vie elle n'avait vu créatures aussi étranges. Le costume, déjà. Cette veste et ce pantalon de toile bleue, curieusement coupés, ce drôle de petit calot sur la tête. Puis la natte de cheveux noirs, tombant presque jusqu'à l'épaule. Et leur peau ! Elle crut un instant que la lumière des lanternes la trompait. Mais non, ces hommes avaient la peau jaune. Des Makkas, ici, à Ziguinchor !

Bien sûr, ils la repérèrent. Et, aussitôt, ils cessèrent de s'intéresser aux trois filles en boubous. Mari était plus jeune. Plus jolie aussi, sans doute. Des Makkas pouvaient-ils trouver à leur goût une fille du Septentrion ? On l'aurait dit. Mais ils avaient, pour le montrer, des manières singulières. Ils riaient et, entre deux rires, ils crachaient sur le quai le jus brun du tabac qu'ils mastiquaient. L'un d'eux, enfin, lui adressa un signe. Qu'elle approche, qu'elle vienne les rejoindre.

L'air était presque frais, le ciel étoilé, la pluie avait cessé. Mari se sentait légère, légère comme la liberté. Elle fut presque tentée. Mais ces hommes cherchaient une fille, pour une rencontre furtive, pas une passagère. Martin se trouvait-il là, sur ce navire qui, malgré sa frêle apparence, semblait fait pour les longues courses ? Ou ailleurs ? Sur le suivant, ce vilain vaisseau noir de suie, celui d'après, court et ventru ?

Quelque chose tomba à ses pieds. Mari leva les yeux vers le marin qui l'encourageait de la main à ramasser, toujours aussi rieur. Un petit paquet de papier de soie. Mari se baissa. Dedans, il y avait une friandise, une pâte de fruits brune dont le sucre fondait sous ses doigts.

Une des femmes s'était approchée, la Noire. Lourde et menaçante sur ses jambes indécentes. Elle toucha de l'index la plaque dorée qui ornait son front. Les traits de couleur sur ses joues. Mari comprit en un éclair. On lui rappelait qu'elle n'avait rien à faire là, qu'elle chassait sur un territoire qui n'était pas le sien. Qu'elle ne portait pas les signes des filles de sa condition.

Mari sentit le rouge de la honte lui monter à la figure. Elle aurait voulu hurler qu'elle n'était pas ce qu'on imaginait. Elle partit en courant, quittant le quai vers les ruelles qui alignaient face au port leurs bouches sombres. Elle s'engouffra dans la première venue, entre deux rangées de maisons basses, de pierre et d'argile.

Le souffle court, elle s'arrêta sur la chaussée inégale. La ruelle avait comme deux versants, deux pentes douces de pavés déchaussés, et au milieu une rigole. Il y coulait un reste de pluie chargé d'immondices, d'où montait une puissante odeur d'urine.

Était-ce donc cela, Ziguinchor ? Ces cases tassées les unes contre les autres, ces venelles obscures et malodorantes ? Pour la première fois de sa vie, elle, la petite Corne d'Ivoire, la jeune esclave au teint de craie, elle eut le sentiment de pénétrer dans un territoire étranger. Hostile.

Il n'était pas encore très tard. Les fenêtres, et même les portes, étaient souvent ouvertes. Mari rasait les murs et se courbait, rampait presque, quand elle passait devant une maison éclairée. De bien maigres lumières. Comment pouvaient-ils se moquer des gens de la brousse, ces citadins orgueilleux qui vivaient dans la clarté avare des bougies et des lampes à huile ? Ziguinchor ! La grande ville ! Le progrès ! Sa désillusion était immense.

La rue, maintenant, sentait la friture et le poisson. Elle buta contre une cage, réveillant un couple de volailles. En face d'elle, une fenêtre jetait sur le pavé un carré rouge. Derrière les rideaux, elle aperçut des silhouettes, des hommes noirs, des femmes blanches, qui riaient, chantaient et buvaient. Plus loin, elle entendit le cliquetis caractéristique des graines qu'on sème sur le plateau de bois de l'awélé. Une voix féminine. Des pleurs. Des hurlements. Une dispute conjugale, probablement. Elle pressa le pas.

Où aller ? Comment se diriger ? Pour elle, Ziguinchor se résumait à un nom : Yumna. Et à une adresse, que Lisha lui avait glissée dans le creux de l'oreille. Yumna et Lisha, qui toutes deux lui avaient dit : « Brise tes chaînes, Mari ! » À présent, ses chaînes étaient tombées. Elle n'avait rien fait pour cela mais elle marchait libre dans les rues de la cité. Et elle tremblait plus fort que jamais. Au point d'hésiter sur la conduite à tenir. Retourner vers le port, reprendre sa place dans le hangar, expliquer qu'elle avait fui contre son gré, supplier qu'on lui pardonne ?

On ne la croirait pas.

Si elle continuait d'avancer, au hasard, dans ce quartier inconnu, c'était pour cette seule raison. Impossible de revenir en arrière. La parole d'un esclave ne valait rien. On ne la croirait pas.

Derrière l'écheveau des sombres ruelles qui bordaient le port, la ville prenait ses aises. Les maisons étaient plus hautes, plus espacées. Mari commença de voir çà et là des lanternes à gaz, des charrettes attelées à des buffles ou à des chevaux, un ou deux véhicules à vapeur. Comme elle croisait trois marins ivres, qui allaient bras dessus bras dessous, elle se fit toute petite. La rumeur d'un tambour l'attira.

Une place triangulaire, noyée de lumière bleue. Un instant, elle songea à battre en retraite. Il y avait foule. Un cercle s'était formé, des hommes surtout. Échauffés, surexcités. Ils assistaient à un spectacle. La curiosité l'emporta. Personne, au fond, ne prêtait attention à elle. Ici, à Ziguinchor, Maîtres et esclaves se mêlaient dans les rues.

Des lutteurs ! Mari se souvint de la tenture ornée qui masquait une porte, dans l'antre de Gakere. Ces corps noirs et presque nus qui s'empoignaient, luisant de sueur. Les spectateurs criaient, jetaient des pièces à un homme qui ramassait les paris. Le tambour parlait. Oui, vraiment, il parlait. Quand il roulait d'une certaine façon, les gens se taisaient ou bien même s'asseyaient sur la chaussée. Quand il en lançait le commandement, les deux lutteurs s'approchaient l'un de l'autre, se prenaient aux épaules. Alors, l'affrontement commençait.

Mari se laissa fasciner par l'intensité féroce du combat. Elle avait choisi un favori. Le moins grand, le moins musclé, le moins fort peut-être. Mais pas le moins déterminé. Si elle avait encore possédé ses cinquante cauris, elle les aurait peut-être joués. L'autre l'attrapa à la taille, le souleva, tenta de le renverser. Il résistait.

La jeune fille fit un pas maladroit, un pas de trop. Elle était entrée dans le cercle des spectateurs, avait légèrement heurté l'un d'entre eux. À peine plus qu'un frôlement. L'homme se tourna vers elle avec une grimace haineuse. Elle recula. S'enfuit.

Mari courut jusqu'à ne plus entendre le tambour ni les exclamations. Meurtrie par ce regard qui la poursuivait, ce sentiment de n'être rien. Maîtres et esclaves se mêlaient, quelle plaisanterie ! Ils n'habitaient pas le même lieu. Si elle ne l'avait pas touché, cet homme n'aurait jamais su qu'elle existait. Et elle, elle ne saurait jamais si son champion avait triomphé.

Elle continua de marcher, l'imaginant vainqueur. Imaginant qu'il posait alors les yeux sur elle. Imaginant…

Tout était fermé, à cette heure tardive, mais le quartier qu'elle traversait, elle le voyait, était riche de boutiques et d'ateliers. Ziguinchor commençait à ressembler à la ville dont elle avait parfois rêvé, avec ses maisons de bois aux balcons protégés d'une balustrade, ses enseignes, ses rues bordées de palmiers et ses marchés. Elle aurait voulu découvrir tout cela de jour, quand les marchandises croulaient sur les étals, quand les gens se bousculaient, quand les acheteurs se disputaient le poisson séché et les fruits mûrs.

Mari levait des yeux désespérés vers les grands écriteaux d'émail piqués au sommet de hautes perches. Elle regrettait tant de n'avoir jamais pu apprendre à lire. Les signes tracés dans la poussière par Yumna étaient restés gravés dans sa mémoire. Dix fois, son cœur bondit. Ce qu'elle voyait, là, sur cette plaque, ces lettres qui brillaient dans un rayon de lune… cela ne ressemblait-il pas à ce que Yumna avait écrit ? Un peu. Pas tout à fait, sans doute. Pas assez, non. Lisha le lui avait souvent expliqué. L'écriture c'était l'écriture. Une petite queue en haut ou en bas, une jambe de plus, un trait de moins, et ça changeait tout.

Il lui restait la musique des mots. Les mots chuchotés à son oreille. L'adresse. À qui les répéter ? Qui l'écouterait ? Qui la guiderait ? Les passants étaient rares et la prudence l'incitait à les fuir. Quant à ceux qu'elle croisait, assis devant leur porte, à causer ou à fumer, ils n'avaient pour elle qu'indifférence ou mépris. Une vieille femme au crâne quasi chauve, qui tétait, debout sur le seuil d'une ruine de planches noires, une longue pipe de métal, la chassa en tendant vers elle trois doigts joints, avant de cracher : « Rentre chez toi, traînée ! »

Mari s'éloigna en hâte.

Comme elle s'engageait dans une rue étroite, entre deux rangées de maisons aux murs lézardés mais aux couleurs joyeuses, bleues, roses, jaunes, elle entendit des cris puis une soudaine cavalcade. Son instinct lui conseilla de se dissimuler. Elle songea d'abord à s'accroupir derrière une pile de cageots puis, avisant une charrette à bras, elle s'y précipita. Tapie entre des sacs de gravats, des morceaux de poutre pourris et des barres de métal tordues, elle attendit, tous ses sens aux aguets.

Lorsque Mari osa relever la tête, elle se crut la proie d'une hallucination. Les deux créatures qui venaient d'émerger de l'ombre, là-bas, au bout de la rue, semblaient issues d'un cauchemar. Ou, plutôt, d'un conte à dormir debout, un de ceux que Dene narrait à Lisha, quand il lui prenait l'envie de terrifier la petite fille. Des Simbs ! Ces créatures mi-hommes mi-fauves qui, selon la légende, emportaient pour les dévorer les enfants désobéissants. Ils avançaient en trottinant, si proches maintenant que Mari distinguait leurs visages blancs et rouges, rayés de noir, leurs crinières rousses, leurs longues griffes comme autant de lames aiguisées, leurs colliers de perles et de cauris, leurs pagnes ornés de fanfreluches et de franges orange. Une queue battait leurs cuisses nues.

Étaient-ils effrayants ou ridicules ? Mari fut soulagée en tout cas de les voir passer devant la charrette sans détecter sa présence. Ce qui prouvait que, s'ils avaient l'apparence du lion, les Simbs n'en avaient pas le flair. La jeune fille n'en demeura pas moins recroquevillée sans respirer, le temps qu'ils s'éloignent.

Soudain, les cris reprirent. Se tournant vers leur source, Mari vit apparaître à l'autre extrémité de la rue la silhouette d'un homme qui courait de façon éperdue. Elle craignit un instant qu'il ne se jette dans les pattes des hommes-lions. Mais, quand il les aperçut, il s'arrêta net. Un Blanc. Vêtu comme n'importe qui d'un boubou et d'un toubé descendant aux genoux, non de la tunique des esclaves.

Il se retourna et poussa un gémissement pathétique. Derrière lui venaient de surgir trois nouveaux Simbs, dont l'un brandissait une torche. En voulant leur échapper, il s'était jeté dans les griffes des deux autres. Bientôt, il se trouva encerclé.

Les hommes-lions entamèrent une danse sauvage autour de leur proie. Médusée, Mari observait la scène sur laquelle la torche jetait des reflets inquiétants. Blague stupide, farce cruelle, rituel barbare, elle ne savait que penser. Les hurlements de la victime ne tardèrent pas à lui ôter tout doute. Il ne s'agissait ni d'une simple brimade ni d'une mauvaise plaisanterie. Mari ne voyait plus l'homme blanc, qui semblait s'être affalé par terre. Mais elle entendait ses supplications, ses sanglots et ses appels au secours.

Une fenêtre s'éclaira au premier étage d'une maison. Mari distingua une tête derrière une vitre, dans le halo pâle d'une lanterne. Un instant, elle espéra que ce citoyen, alerté par le vacarme, aurait le courage d'intervenir. Mais la lumière s'éloigna, puis s'éteignit.

Le cercle s'était refermé. Seul le Simb qui tenait la torche restait un peu à l'écart tandis que ses complices poursuivaient leur œuvre sinistre. Les cris de l'homme blanc furent étouffés par des rugissements si bien imités que les fauves de la brousse n'en produisaient pas de meilleurs. Les lions se trémoussèrent une dernière fois. Alors, tous ensemble, ils levèrent leurs pattes griffues. Les lames acérées brillèrent dans la clarté de la longue flamme agitée par le vent. Un grognement bestial donna enfin le signal de la curée.

Mari comprit soudain avec effroi toute la signification de la scène qui se déroulait devant elle. Son frère blanc allait être déchiqueté, mis en pièces par les pattes griffues des Simbs. Ce n'était ni un conte ni un cauchemar. C'était la réalité de cette sinistre nuit, dans la grande cité moderne de Ziguinchor. Elle se redressa un peu, si chargée de colère qu'elle ne craignait plus tout à coup de se montrer. Mais c'étaient bien des larmes d'impuissance qui dévalaient ses joues en feu. Cet homme, qui probablement n'avait rien fait de mal, dont le seul crime était d'avoir la peau blanche, allait mourir sous ses yeux.

Les entendait-elle, ces lames qui cliquetaient au-dessus du corps ? Les voyait-elle, qui s'enfonçaient dans la chair ? Les imaginait-elle, ces babines qui se repaissaient de sang ? Elle voulut hurler mais aucun son ne sortit de sa poitrine.

Et derrière les fenêtres des maisons bleues, jaunes, roses, les braves gens dormaient. Sa colère se tourna contre eux. Mari fit la seule chose qu'il lui sembla pouvoir faire. Elle s'empara d'un morceau de ciment dans l'un des sacs emplis de gravats, et le balança de toutes ses forces en direction de la fenêtre la plus proche. À peine les morceaux de verre eurent-ils fini de dégringoler qu'elle recommença. Trois, quatre, dix fois, avec plus ou moins de succès, heurtant une vitre, une croisée, un balcon, un volet, un mur. L'homme blanc, là-bas poussait des cris de douleur et de détresse à fendre l'âme. Le Simb à la torche, cependant, s'était tourné vers elle. Levant haut sa flamme devant lui, il la contemplait avec stupeur. Quinze mètres les séparaient, pas davantage.

Enfin, une fenêtre s'ouvrit. Une voix se fit entendre :

— Voyous ! Vandales !

Puis une autre :

— Allez faire vos saloperies ailleurs !

Une troisième :

— La garde ! Appelez la garde !

Le Simb s'était rapproché de Mari, à présent dressée de toute sa hauteur dans la charrette à bras. Il poussa un grondement menaçant, qui déforma sa figure bariolée de blanc et de rouge d'horrible manière. Il avança encore, la torche inclinée dans la brise, pointée vers elle. Il la brûlerait, il la massacrerait.

Mari sauta à bas de la charrette, un projectile dans chaque main. L'homme-lion grimaça un sourire, les yeux agrandis par un abominable désir. Le goût du meurtre, la soif du sang. Il ne se hâtait pas. Il savait la petite créature blanche qui lui faisait face tétanisée par la terreur. Il émit un rugissement caverneux, annonçant son assaut.

Quelque chose jaillit du premier étage de la maison la plus proche. Le regard braqué sur son agresseur, Mari fut aussi surprise que le Simb. Ce n'était rien qu'un liquide mais l'homme-lion en fut décontenancé. Pas n'importe quel liquide, sans doute. À sa réaction dégoûtée, Mari devina qu'il s'agissait du contenu d'un vase de nuit. Profitant de la stupeur du fauve outragé, elle lança dans sa direction le morceau de bois hérissé de clous qu'elle tenait dans la main droite, l'atteignant au genou. Comme ça, sans réfléchir. Pour faire mal. Son audace lui donna du courage, son succès la rendit folle. La créature avait poussé un cri de douleur et rien n'avait jamais sonné d'aussi douce façon à ses oreilles. Elle voulait maintenant l'abattre. Pas pour se défendre, pas pour sauver sa peau. Pour le terrasser comme on terrasse les fauves. Alors, au lieu de fuir, elle se précipita sur lui, lui balançant en pleine tête un caillou enrobé de plâtre. Il y eut une explosion sanglante au milieu de la face peinturlurée. Mais ce ne fut rien en comparaison de la déflagration qui laissa Mari hébétée. Une gerbe de sentiments aiguisés comme des lames. Du triomphe et de l'effroi, de l'orgueil et de la haine. Une profonde, une terrible incompréhension.

« Qu'ai-je fait là ? »

Le beuglement du Simb avait alerté ses complices. Abandonnant leur victime, ils la prirent tous les quatre en chasse, lançant dans la nuit des cris de plus en plus humains, de moins en moins bestiaux. Mari prit la fuite, semant derrière elle ses interrogations et ses angoisses. Cette fois, c'était bien pour survivre.

Elle courait à l'aventure, de rue en rue. Traversant des carrefours, sautant des obstacles, renversant des poubelles. Évitant les lieux éclairés. Ses poursuivants avaient l'avantage du terrain. Mais une fille de la brousse galopait plus vite qu'un fauve de la ville. Elle courut jusqu'au moment où une douleur au côté l'obligea à s'arrêter. Alors, elle se laissa tomber sur le bord d'une avenue large et droite, et se mit à sangloter, roulée en boule, la tête enfouie dans ses bras, les pieds en sang. Dans sa galopade effrénée, elle avait perdu ses sabots en bois de filao.

Elle demeura longtemps ainsi, haletante, secouée par des spasmes de chagrin et de désespoir, ignorant ce qui s'abattrait en premier sur son dos offert, des griffes du lion ou de la lanière du fouet. Elle s'en moquait. Elle n'espérait plus rien, ne désirait plus rien, pas même continuer d'être. Qu'on la prenne, qu'on la ramasse, qu'on la réduise en pièces. Que lui importait ?

Un grincement suivi d'un couinement. Encore. Encore. Quelque chose venait vers elle. Mari allait bientôt savoir.

19
UNE CASE EN VILLE

Mari se recroquevilla à la façon d'un porc-épic. Elle n'était plus consciente à cet instant que de la brûlure de la sueur à ses aisselles et le long des plis de son aine. Il y eut un dernier gémissement, pareil à celui d'une mécanique qu'on torture. Puis plus rien. Elle ne bougea pas. Mais elle sentait une présence, tout près, comme si une ombre pesait sur elle.

— Ça va, petite sœur ?

Mari avala un peu d'air, une gorgée aussi délicieuse qu'un trait d'eau fraîche. Ses épaules se relevèrent puis sa tête. Mais elle reprit tout aussitôt sa position défensive. Elle n'y croyait pas. Il n'y avait rien de bon à Ziguinchor. À Ziguinchor, elle n'était la petite sœur de personne.

L'homme tourna sa question d'une autre façon.

— Quelque chose ne va pas, petite sœur ?

Levant le nez, Mari vit deux jambes nues, sèches, avec des genoux cagneux et des mollets de coq. Deux jambes blanches et poilues.

— Qu'est-ce que vous me voulez ?

— Du bien. On peut voir ?

La main de l'homme lui caressait le sommet du crâne.

Mari accepta enfin de se redresser. Elle lui montra ses yeux rougis, sa bouche blanchie par l'écume, ses joues grises de poussière. Elle écarta les bras, présentant deux mains écorchées.

— Ça vous plaît ? demanda-t-elle, incapable de teinter sa voix de la moindre amabilité.

— Tu es tombée ?

— Oui. Voilà. C'est ça. Je suis tombée.

Mari poussa une exclamation. Elle découvrait seulement l'engin dont les grincements l'avaient alertée. Son frère blanc venait d'en descendre. Curieux véhicule en vérité. Deux grandes roues à l'arrière, une petite devant. Un siège et, sur le côté, une plate-forme étroite.

— Qu'est-ce que vous faites avec ça ?

— Je rentrais chez moi, dit l'homme en l'aidant à se remettre sur ses pieds. Je m'appelle Milo.

Milo était à peine plus grand qu'elle. Pas jeune, non, et plutôt ridicule avec sa petite chemise ouverte sur la poitrine et son pagne blanc remonté haut sur les cuisses. Milo avait du poil partout, sur les jambes, le torse et le visage. Mais très peu sur le crâne. Et, en l'examinant, Mari comprit mieux pourquoi les enfants de la brousse appelaient parfois « longs nez » les esclaves du domaine.

— Moi, c'est Mari.

— Est-ce que je peux t'aider, Mari ?

Elle faillit refuser, tant toute idée de confiance l'avait abandonnée.

— Je cherche un endroit, souffla-t-elle.

— Ça tombe bien, c'est mon métier.

Mari se demanda s'il se moquait d'elle. Quelle sorte

de métier aurait-ce pu être là ? Mais elle ne parvint pas à retenir bien longtemps les mots de Lisha. L'adresse. Milo hocha la tête.

— Je peux t'y emmener. Si tu veux.

— Vraiment ?

— Bien sûr. Grimpe, princesse. Pour toi, la course sera gratuite. D'ailleurs, j'ai fini mes heures.

— Et qu'est-ce qui me prouve...

— Quoi donc ? Que je ne vais pas te manger ? Allez, grimpe, je te dis.

Guidée par la poigne de Milo, elle s'installa sur le siège inconfortable, une coque de métal garnie de cuir râpé, osant à peine poser le bout des orteils sur la grille qui faisait office de repose-pieds.

— Mais... il n'y a pas de place pour toi !

Milo éclata de rire.

— C'est là, ma place, dit-il en sautant sur la plate-forme qui courait sur un côté du véhicule. T'es jamais sortie de chez toi ou quoi ?

Agrippé à une forte barre matelassée, il ploya brusquement les genoux, pesant de tout son poids. L'impulsion fit grincer ressorts et rouages. La grande plaque sur laquelle il se tenait s'enfonça puis se redressa. Et ainsi, à la force des mollets et des reins, il fit avancer son engin à trois roues, montant et descendant auprès de la jeune fille. Il faisait cela sans effort apparent, avec une légèreté de danseuse. Mari laissa filer dans le vent ses dernières inquiétudes. C'était si drôle !

Le véhicule roulait en cahotant sur l'avenue quasi déserte. Les yeux écarquillés, Mari eut l'impression de découvrir enfin Ziguinchor. Ici, les demeures étaient plus hautes et plus belles. Et les lumières brillaient. Elles illuminaient la cité de leurs boules éclatantes, semées le long des branches des arbres. Devant un tel spectacle, Maître Samba se fût étouffé de jalousie.

Parfois, Milo tendait l'index pour lui désigner un bâtiment. L'un, magnifique derrière ses grilles dorées, était la résidence des princes de Kassamansa, représentant le Geer, autorité suprême du Sunugaal, qui régnait à Ndakarou. Dans la nuit, Mari n'en devina que la façade majestueuse et les toits coniques, imitant les chapeaux de paille qui couvraient les cases traditionnelles. Un lourd chariot à vapeur les doubla. Plus loin, une bande de jeunes gens éméchés se promenaient en chantant des obscénités. Ils longèrent un parc planté d'arbres centenaires, au centre duquel trônait une statue colossale : sur un rocher, un homme tenant à bout de bras un enfant, une main posée sur l'épaule d'une femme située légèrement en contrebas.

— Le Monument de la Renaissance afirikaine, commenta Milo, qui actionnait sans relâche sa pédale articulée.

Pendant ces quelques minutes, Mari éprouva des sentiments et sensations qui lui étaient presque inconnus. Douceur, paix, harmonie, sérénité... Il fallut que Milo la ramène à la réalité en lui posant l'inévitable question :

— C'était quoi, ce grand malheur, petite sœur ? Ton Maître te bat ?

La jeune fille hésita à répondre. Comment faire croire à Milo qu'elle avait vécu une scène aussi extravagante ? Sans compter qu'il était bien difficile de faire la conversation à un homme qui montait et descendait sans cesse auprès de vous.

— Tu t'es enfuie ?

Il lui aurait suffi d'acquiescer et la curiosité de Milo aurait été satisfaite.

— J'ai vu...

— Quoi ?

Il fallait parler fort, pour couvrir les grincements et les raclements de la mécanique.

— Un esprit ? proposa Milo. On le croirait, à te regarder.

Il pouffa avant d'ajouter :

— Rassure-toi, c'est lui qui a dû prendre peur ! Je n'en ai jamais rencontré d'aussi blancs que toi. Et je m'y connais, en esprits de la nuit !

— Des Simbs ! cria Mari. On aurait dit des Simbs !

— Oh...

Milo ne riait plus.

— Qu'est-ce qu'ils t'ont fait ?

— Ils avaient attrapé un homme. Ils le... ils le...

— Je vois.

— Mais pourquoi ? s'écria Mari.

— Ils nous haïssent, dit sombrement Milo. Ils veulent débarrasser le Sunugaal de notre présence. Ils détestent aussi les Maures et les Makkas et... enfin, tous ceux qui ne leur ressemblent pas.

Milo s'interrompit, à bout de souffle. Plus il parlait, plus son engin à trois roues ralentissait.

— La suprématie de la race noire ! s'exclama-t-il enfin. Est-ce que cet homme...

— Les Simbs sont partis à ma poursuite. J'espère qu'il a pu en profiter pour s'échapper.

— Ah !

— Que lui auraient-ils fait, Milo ?

— Ils l'auraient lacéré avec leurs griffes. Et, ensuite... ensuite... en général, ils arrosent leurs victimes avec du pétrole et ils les brûlent.

Mari gémit.

— Sont-ils donc tous comme ça, à Ziguinchor ?

Une idée effrayante lui avait traversé l'esprit. Est-ce que les Simbs ne pouvaient pas acheter des esclaves, au marché de la ville, et après cela les brûler ?

Milo se pencha en souriant pour orienter le guidon de son véhicule. Ils tournèrent, quittant la grande avenue pour s'engager dans une rue plus étroite.

— Oh ! non. Mon Maître a été très bon avec moi. Juste avant de mourir, il m'a rendu ma liberté et m'a offert de quoi m'acheter mon *niatteruu*. Maintenant, je suis mon maître !

Il pressa une poire jaune qui lança dans la nuit un horrible couinement.

— Tout le monde s'écarte ! Laissez passer Milo le niatteruu !

Mais la rue était déserte. Milo la remonta pendant encore une centaine de mètres puis tourna à gauche. Il s'arrêta devant un îlot de maisons basses, plantées en tous sens autour d'un terrain vague.

— Normalement, dit-il, l'endroit que tu cherches se trouve par ici.

Mari se raidit, soudain peu désireuse de quitter son siège et la compagnie du brave homme.

— Tu n'as pas l'air de connaître si bien que ça, observa Milo. Es-tu certaine que tu désirais venir là ?

La jeune fille regarda autour d'elle. Toutes les bicoques se ressemblaient. Elle ne savait pas où aller.

— Je dois rentrer chez moi, maintenant, lui signala Milo. Je commence tôt, le matin. Et je finis tard le soir.

— Bien sûr, dit Mari en descendant du niatteruu.

Elle remercia chaleureusement son guide, l'embrassa puis feignit de se diriger vers l'une des bâtisses d'une allure décidée, afin de ne pas l'embarrasser. Quand il se fut éloigné, elle songea avec amertume que cette nuit ne finirait jamais et qu'à force d'en côtoyer les périls, elle n'en verrait pas le terme sans qu'une catastrophe se fût abattue sur elle.

Mari marchait avec précaution, pour ne pas blesser ses pieds nus sur les tessons de bouteilles, débris et cailloux qui jonchaient le sol entre les herbes folles. Ces maisons étaient-elles abandonnées ? De qui, sinon, étaient-elles le repaire ? Elle s'immobilisa, le cœur battant, tandis que de gros nuages noirs s'amassaient au-dessus de sa tête. Même le ciel, à présent, était contre elle. L'obscurité s'épaissit, creusant le paysage de gouffres hostiles. Un frôlement l'alerta. Des yeux l'observaient, comme suspendus auprès d'une poubelle couchée. Mari se baissa, ramassa une poignée de graviers, les jeta. Un miaulement furieux lui répondit. Elle trébucha, se tordit la cheville sur une pierre. Les chats sauvages de Ziguinchor passaient pour plus féroces que les panthères de la brousse.

Un chat. Ce n'était rien. Un chat.

« Allons ! s'encouragea la jeune fille, si Milo avait su le coin malfamé, il ne m'aurait pas laissée là. » Elle s'obligea à avancer, choisit une masure au hasard et s'en approcha. Rien n'y semblait vivre. Ou bien on y dormait à poings fermés. Enfin, comme elle se déplaçait, des sons parvinrent à ses oreilles. Dix pas plus loin, elle en eut la conviction : ils provenaient de la case située derrière un talus hérissé d'arbustes épineux, une ruine qui n'aurait guère fait d'envieux, même au village. Les bruits se précisèrent. Cette cadence semblait être celle du djembé et ces notes plus mélodieuses, celles d'une kora ou, peut-être, maintenant, du balafon.

Mari laissa venir un sourire sur ses lèvres. Qui appréciait la musique ne pouvait méditer de mauvaises actions. Et Yumna, elle le savait, aimait à passer ses nuits en compagnie d'une joyeuse bande de frappeurs de tambour.

Il n'y avait pour ainsi dire pas de porte à pousser, juste deux planches de bois retenues par un unique gond. Oubliant toute prudence, Mari s'introduisit dans les ténèbres fraîches d'un lieu exhalant un parfum de terre humide. Un halo lumineux flottait devant elle, comme au fond d'un trou. Les cordes et les peaux de chèvre résonnaient, sur un brouhaha de rires et de voix.

Quelques marches de pierre. Ils étaient là, dans une salle à demi souterraine, soutenue par des piliers de bois rugueux et des solives noires. Ils étaient là et, parmi eux, un verre à la main, Yumna dansait seule, tournant sur elle-même de façon si langoureuse qu'elle semblait étreindre le fantôme d'un amant.

La musique s'arrêta et, aussitôt après, le bruit des conversations. Sept paires d'yeux s'étaient tournées vers elle.

— File de là ! lança enfin quelqu'un. On n'a rien pour toi. Va mendier ailleurs.

Mari se sentit blanche et misérable comme jamais. Elle voulut reculer, buta contre une marche, faillit s'affaler. Une piécette couleur bronze atterrit près de ses pieds nus.

— Tiens ! Allez, disparais, maintenant.

Un demi-cauri. Mari ignora l'obole et s'apprêta à fuir.

— Hé ! Mais c'est... attends... Ani !

— Mari, rectifia la jeune fille entre ses dents serrées. Ani, c'était ma mère.

— Ah ! oui, la pauvre vieille. Qu'est-ce que tu fais là, Mari ? Entre, mais entre.

Mari hésita, puis elle descendit la dernière marche, accompagnée par un roulement de tambour. Yumna la dévisageait d'une drôle de façon, la tête rentrée dans les épaules, les yeux écarquillés mais troubles.

Par terre, des couvertures et des coussins. Partout, des bouteilles, des jarres, des assiettes sales. L'air était chargé de l'odeur du yamba. L'entrée de Mari fut saluée par les cascades mélodieuses du balafon. Le garçon qui tenait les baguettes frappait les lames de bois dur sans la quitter du regard.

— Tu la connais ?

Yumna se tourna avec difficulté vers celui qui venait de l'interpeller. Tant qu'elle dansait, elle paraissait en apesanteur. Mais, quand la musique ne la portait plus, elle titubait.

— Oui, oui, c'est une esclave de la brousse.

De nouveau, Mari lutta contre son envie de prendre ses jambes à son cou. Les amis de Yumna l'examinaient sans animosité, mais si elle restait là, au milieu d'eux, sans rien leur offrir que sa misère et sa saleté, elle allait vivre des moments pénibles. Mari ne voulait pas être un objet de curiosité. Elle ne voulait plus être la pauvre petite fille de la brousse. Pas devant eux.

— Je me suis enfuie, dit-elle.

— Ah oui ?

— J'ai brisé mes chaînes, Yumna, ajouta-t-elle avec un léger sourire.

Tous étaient attentifs. Soudain, elle sut comment les captiver. C'était si facile, au fond.

— Tout s'est bien passé jusqu'à Ziguinchor, reprit-elle, mais… oh ! j'ai bien cru…

Elle laissa la phrase inachevée. Un garçon assis sur une sorte de matelas défoncé tapota la place située près de lui, pour l'inviter à s'y installer. Une longue jeune fille au front tatoué et aux joues scarifiées lui tendit un verre. Un alcool fort. De l'eau-de-vie.

— Alors ? l'encouragea son voisin.

Ils étaient sept, tous suspendus à ses lèvres.

— C'est de ma faute, dit-elle. J'ai voulu visiter un peu la ville avant de venir jusqu'ici. Pas de chance. Je suis tombée sur une bande de Simbs.

L'exclamation unanime procura à Mari un frisson de plaisir. Elle but une gorgée ardente, toussa un peu. Ils attendaient la suite. C'était bon. Bon de sentir la chaleur de l'alcool, bon de sentir leur impatience, bon de sentir que son voisin, mine de rien, s'était rapproché, collant presque sa cuisse à la sienne. Un joli garçon au crâne rasé, dont l'oreille était percée d'un morceau de corail.

— J'en avais entendu parler, poursuivit Mari, mais j'ignorais qu'ils étaient aussi abominables. Je...

— On devrait tous les foudroyer !

— Mais tais-toi ! Laisse-la continuer !

Mari ne se fit pas prier. Soutenue par des cris indignés, des roulements de tambour vengeurs, des rubans de notes dramatiques, elle se lança dans un récit détaillé. Yumna et ses camarades en eurent pour bien davantage que leur demi-cauri de bronze. Les Simbs étaient six... puis huit. Ils la capturèrent après une longue poursuite, ils la tinrent sous la menace de leurs griffes, ils prononcèrent la plus cruelle des sentences. Elle leur décrivit les torches. Elle leur livra les pensées qui l'avaient traversée à l'approche de la mort. Brûlée vive !

Elle but un autre verre, de la bière. Puis un gobelet de vin de miel. Elle accepta aussi de partager le yamba. Il lui fallait de l'esprit pour raconter maintenant de quelle façon elle avait échappé à son destin funeste. Admiratifs, les sept jeunes gens écoutèrent comment Mari avait feint de s'abandonner à son sort. Comment elle avait trompé la vigilance de ses tortionnaires, bondissant soudain, comme seules savent le faire les filles de la brousse. Comment elle avait couru follement par les rues. Comment les Simbs avaient failli la rattraper.

Elle se souvint de Milo.

La fin fut lyrique. Mari fit apparaître le niatteruu. Elle mima la scène. Car voilà qu'elle avait sauté sur l'engin en marche. Comprenant ce qui se tramait, le brave homme avait forcé l'allure. Les Simbs avaient couru longtemps après eux, avant de renoncer.

Quand elle eut terminé, Mari se laissa oublier, à

l'écoute de la conversation qui s'animait autour d'elle. Ce n'était pas d'elle que parlaient tous ces garçons et ces filles de la ville mais des siens, du peuple blanc, et cela lui paraissait encore plus beau. L'un voulait qu'on reconduise les Blancs chez eux, dans d'immenses convois de navires, d'autres pensaient qu'il fallait créer à leur intention une nation séparée, où ils seraient libres, une jeune fille aux cheveux rouges estimait quant à elle qu'on devait d'abord les éduquer dans des écoles spéciales où ils apprendraient à lire et à écrire. Tous étaient contre l'esclavage. Tous clamaient qu'il fallait traîner les Simbs devant le tribunal des Sages, afin qu'ils reçoivent le terrible châtiment que méritaient leurs crimes.

Puis la discussion s'effilocha et la parole revint aux musiciens. Ils chantèrent et dansèrent. Ivre de joie et d'alcool, Mari joignit sa voix aux leurs. Elle osa même entonner les chansons de Toma. *Les Cordeliers* puis *Aux marches du palais*. Songeant à son père, les larmes lui vinrent aux yeux. Yumna et ses amis y virent l'émotion des grandes artistes.

— Wouah ! s'exclama Yumna. Ça foudroie.

— Oui, dit l'une de ses camarades, c'est magnifique. Tellement authentique.

— Personne ne chante comme les Blancs, admit le joueur de cora, qui pourtant rêvait d'être *guewel* et de conter en mélodies l'histoire de son pays.

— Oh ! non, moi, je n'ai aucun talent, dit Mari d'un ton modeste. Si vous entendiez mon père…

La fête se poursuivit tard dans la nuit. Yumna et ses amis n'étaient jamais fatigués de tambouriner, de chanter et de boire. Mari, elle, se sentit sombrer doucement.

Elle aurait voulu pourtant faire durer ces heures pour l'éternité. Croire que demain n'existait pas.

Une main la secouait.

— Tu dors, Mari ?

Le visage de Yumna était tout près du sien. Yeux injectés de sang, lèvre percée d'un morceau de bois, joues maigres creusées de scarifications.

— Tu fais quoi, demain ?

— Demain n'existe pas, murmura Mari.

— Comment ?

Mari sortit de sa léthargie. Les mots de Yumna prirent brusquement tout leur sens. Yumna lui parlait comme à une égale, comme à une amie. Yumna lui demandait ce qu'elle avait l'intention de faire. Seuls les êtres libres disaient ce qu'ils avaient l'intention de faire.

Demain viendrait, bien sûr. Mais Mari refusa de lui céder un pouce du terrain qu'elle avait conquis ce soir. Elle répondit en femme libre.

— Je pars, Yumna. C'est pour ça que je suis venue. Je ne voulais pas partir sans te dire au revoir. Sans toi, je n'aurais jamais brisé mes chaînes.

— Mais où vas-tu ?

— Je ne sais pas encore. Je me suis enfuie avec un ami. Martin. Il a proposé ses services sur un bateau. Je pars avec lui. Le Septentrion, le pays makka... on verra...

— Un bon ami ? demanda Yumna en haussant les sourcils de façon comique.

Mari gloussa.

— Non. Il est affreux, Martin. Affreux.

— Ben là, ma belle, tu me foudroies.

Mari avait surpris la moue dubitative de Yumna mais peu lui importait. Le tam-tam battait, le balafon sonnait, et rien, rien, ne l'empêcherait de s'endormir, une fois au moins, libre comme une voile qui file sur l'océan.

Quand elle s'éveilla, Mari était seule. L'air était encore lourd d'odeurs diverses, où dominait celle du yamba froid. Massant ses jambes courbatues, elle contempla la case déserte. Assiettes et verres sales, coussins et couvertures en désordre, le tout noyé dans une lugubre pénombre. Les instruments de musique avaient disparu avec leurs propriétaires.

Près d'elle, Mari trouva un morceau de papier. Quelques lignes y avaient été griffonnées. Un message de Yumna. Elle ne pouvait le déchiffrer mais elle connaissait suffisamment de signes pour savoir que le dernier mot, en bas, était son nom. Yumna, qui avait oublié que Mari ne savait pas lire. Ou bien ne l'avait jamais vraiment compris.

Mari glissa le bout de papier sous sa tunique, par le col. Elle le serra là où son cœur s'était ratatiné.

Elle remonta les quelques marches. Au niveau du sol, la case comprenait une ancienne cuisine où rouillait un vieux fourneau et, dans un recoin, une petite salle d'eau. Au-dessus de l'évier de pierre ébréché, un miroir était accroché à un clou par une chaînette. Le reflet qu'il lui renvoya eut raison des dernières traces de gaieté laissées en elle par la nuit. La créature qui la regardait était d'une saleté repoussante.

Sans grand espoir, Mari abaissa la manette de bois fixée sur le côté du bec de laiton fendu. Divine surprise, un jet d'eau tiède en coula, eau de couleur peu engageante mais que lui importait ? Avant d'y avoir réfléchi, Mari avait ôté sa tunique. Miracle supplémentaire, elle trouva par terre, dans un seau, un morceau d'éponge et un cube grisâtre qui, en des jours meilleurs, avait dû ressembler à du savon.

Mari procéda en toute hâte, consciente que la case n'avait pas vraiment de porte. Elle frotta la tunique, la plongea dans l'eau, la tordit puis recommença l'opération, jusqu'à ce que le jus exprimé par le tissu fût presque clair. S'étant rincée elle-même à l'eau savonneuse, elle enfila de nouveau le vêtement trempé. La tunique collait maintenant à sa peau de façon indécente mais, travaillant souvent sous la pluie, les esclaves blancs étaient accoutumés à présenter un tel spectacle. D'ailleurs, qui s'en souciait ?

La jeune fille s'attarda un moment sous le soleil brûlant du matin, entre les masures du misérable lotissement. Quand la tunique eut un peu séché, elle se mit en marche.

20
LA MAISON BLANCHE

La ville était immense et Mari n'allait nulle part. Immense, bouillonnante, fébrile. Aucun des repères qu'elle avait gardés en mémoire ne la guidait. Ziguinchor le jour ne ressemblait en rien à Ziguinchor la nuit. Elle se glissa dans le flot, inquiète. N'allait-on pas la dévisager, l'interpeller ? Mais personne ne prêta attention à elle. Si quelqu'un la trouvait sur son chemin, il la bousculait ou l'écartait. Contrairement à elle, tous les gens qu'elle croisait lui semblaient se rendre quelque part. Et vite !

Enfin, ils auraient aimé s'y rendre vite… Car la cohue était telle, les encombrements si nourris, qu'il était souvent difficile de progresser. Dans les rues étroites, les niatteruu se faufilaient. Sur les artères plus larges, c'était un incroyable mélange de véhicules, calèches tirées par des chevaux, charrettes attelées à des buffles, chariots à vapeur, petits trains de wagonnets… Les piétons ne traversaient les avenues qu'au péril de leur vie.

Mari ne se dirigeait pas, elle se laissait porter là où la foule l'entraînait. C'est ainsi qu'elle aboutit place des

Palabres, où des énergumènes grimpés sur des caisses haranguaient les passants. L'un d'eux, que Mari écouta en souriant pendant un moment, expliquait à qui voulait l'entendre que la vapeur produite par les machines finirait par noyer le soleil. Un autre, plus loin, braillait que son voisin Sambou lui avait volé sa femme, et exigeait qu'on le fasse pendre. Un troisième récitait des poèmes. Chassée par les crachats d'un trio de matrones, Mari reprit son errance. Plus loin, elle découvrit avec ravissement un marché où, sur des tréteaux et des planches, sur des nattes, dans de simples corbeilles, on vendait des fruits, des légumes, du poisson séché, des épices, du sel, des grains d'or, des colliers, des paniers, des vêtements, de pleines calebasses de résine, des grigris et de l'huile de karité. Elle eût donné cher pour pouvoir s'offrir une mangue.

Mais, dès qu'elle s'approchait d'un étal, on la regardait de travers. Alors, Mari s'en fut vers des coins plus tranquilles, emportant avec elle des couleurs et des odeurs. Tout, ici, se mélangeait. Et même le noir avec le blanc. Mais ceux de sa race ne lui accordaient pas, eux non plus, la moindre attention. Pas un signe, pas un sourire. Les Blancs des villes étaient aussi pressés que leurs Maîtres. Où filaient-ils donc tous ? Comme disait souvent Dene : « Aller doucement n'empêche pas d'arriver. »

Tout en marchant, Mari méditait cette sentence pleine de sagesse. Hélas, aussi lentement qu'aillent ses pas, cela ne lui donnerait pas de but. Elle reconnut le palais princier, vu de l'arrière, admira la demeure de l'Alkaïd, qui gouvernait la ville et présidait le tribunal des Sages. Elle lambinait, elle faisait des détours mais, Dene avait raison, cela ne l'empêcherait pas d'arriver.

Elle n'avait pas de but mais le terme de sa flânerie lui paraissait inévitable. Ziguinchor penchait vers le fleuve. Tôt au tard, elle rejoindrait le port. Les bateaux, le hangar, le marché aux esclaves. Comme disait aussi parfois Dene : « Quand tu ne sais pas où tu vas, regarde d'où tu viens. »

L'idée d'arpenter les quais à la recherche de Martin lui sembla ridicule. Soit il était déjà loin, à bord de quelque embarcation, soit il avait de nouveau des chaînes aux poignets. Non, il n'y avait rien à espérer de ce côté. Ni d'aucun autre. Pourtant, Mari ne se sentait pas prête. Elle se rendrait, elle accepterait son destin, elle endurerait sa punition, mais qu'on la laisse avaler encore quelques gorgées d'air pur, qu'on lui permette de se réchauffer encore au soleil. Humer des parfums. Entendre les sons criards de la ville. Les moteurs, les roues, les cornes, les hennissements, les appels, les sifflets, les tambours. Oui, encore un peu.

Puis, surtout, admirer les boutiques. Dans la brousse, tout le monde en rêvait, même les jeunes filles de bonne famille. À quoi servait de dormir sur un tas d'or si on ne pouvait dépenser ses cauris ? On faisait venir des vêtements au domaine mais il était aussi difficile d'obtenir les robes qui faisaient la fierté des plus belles femmes de la ville que d'acheter sur un marché de Ziguinchor un fruit encore humide de rosée. La mode parvenait toujours en brousse avec mille ans de retard. Adila Samba s'en plaignait. Cette rue, pour Mari, n'avait pas plus de nom que les autres. Elle la baptisa « rue du luxe ». Bijoux, maroquinerie, vêtements. Des parures et accessoires qu'elle osait à peine toucher des yeux. Elle tomba en arrêt devant une vitrine où des mannequins de cire aux poses lascives présentaient des modèles sublimes. Au même instant, une ravissante esclave sortait de la boutique. Tunique verte, oui, mais d'une coupe et d'une étoffe que beaucoup de femmes fortunées auraient pu envier. À condition d'en modifier la couleur, certes.

Elles échangèrent un sourire.

— Tu en veux une ?

Mari accepta la moquerie sans se vexer.

— Je n'ai jamais rien vu d'aussi beau. Est-ce que tu travailles ici ?

— Je suis troisième couturière, répondit la jeune fille avec une pointe de vanité. Je fais les ourlets et parfois aussi un peu de broderie.

— Est-ce qu'on te traite bien ?

— Madame Buri est aimable comme une bufflonne en chaleur mais ça va, il y a des vies pires que la mienne.

— Madame Buri ? Est-ce que c'est la boutique de Chausiku Buri ?

— Bien sûr. Son style est reconnaissable entre mille.

— Je l'ai vue, un jour, dit Mari. Mes Maîtres l'invitaient parfois.

Elle colla son nez à la vitrine que la lumière du jour brouillait de ses reflets changeants.

— Demande-moi, je peux tout te réciter par cœur.

— Celle-là ?

— Robe de soirée en pagne tissé à devanture noir et or, avec foulard assorti et collier en bois sculpté.

— Celle-là ? Celle-là ?

— Crêpe, mousseline et dentelles, ficelles de coton fermées par des perles de bois… faux boubou en soie brodée et perlée, doublée d'une robe longue en soie satinée bleue… chemise à manches longues ornée d'une antilope en fil de soie…

Mari tendit le doigt puis frappa la vitre de l'ongle.

— Mes préférées, dit-elle.

— Oh ! Je te comprends. C'est la nouvelle collection. Madame Buri appelle ça sa période mauresque. J'adore la robe à capuchon brodé. Et celle-là, la djellaba fendue sur les côtés, doublée d'une robe noire à bretelles de soie satinée. Et…

— Une honte !

Les deux jeunes filles se retournèrent. Une femme à peine plus âgée qu'elles les dévisageait, la mine fermée, les lèvres pincées.

— Indécent et scandaleux ! Le style maure ! Les Maures sont les ennemis du royaume. Est-ce que leurs femmes montrent leurs jambes ? Ils nous pervertissent et après ils nous étrangleront.

Les deux jeunes filles la laissèrent s'éloigner avant de partager un éclat de rire. Mais, voyant paraître au bout de la rue un garde de la cité, Mari prit peur. Elle adressa une grimace d'excuse à la petite couturière et, feignant d'être soudain pressée par le temps, fila vers des occupations qui n'existaient que dans sa tête. Une venelle sinueuse, une rue résonnant du vacarme d'ateliers de mécanique, une ruelle, une autre ruelle. Ziguinchor était ainsi conçu. En un instant, en quelques pas, on passait du luxe à la misère, de la lumière à l'ombre.

Une femme assise sur un banc allaitait son nourrisson. Mari aurait voulu s'attarder. Trois jeunes enfants jouaient dans la poussière avec des osselets. Elle les aurait contemplés pendant des heures.

L'un des gamins, cependant, la repéra. Il lui lança ce qu'il avait à la main, un petit os blanc. Il lui souhaita d'un ton méchant de ressembler à ça, bientôt. Un petit tas de petits os blancs.

— Les tiens aussi sont blancs ! riposta Mari.

« On a tous les os blancs. » N'était-ce pas ce que lui avait dit Yumna, lors de leur première rencontre, près du bassin ? « Nous sommes tous des Sancouleurs », disait-elle aussi. Elle prétendait avoir lu ces mots sur un mur de la ville. Quelle plaisanterie !

Elle s'enfuit. Sans courir. De la démarche rapide des gens de Ziguinchor. Elle évita les lieux qu'elle avait explorés la nuit précédente. S'égara dans des passages obscurs, se faufilant sous le linge humide qui pendait des cordes attachées aux fenêtres, sur toute la largeur de la voie étroite.

Mari parvint sur une place dont la forme et la couleur lui évoquèrent celles de certains coquillages nacrés. Sans le vouloir, elle s'était rapprochée du port. La vue, ici, était dégagée. Une sorte de promontoire s'élevait là, non loin de la berge du fleuve. Une maison de pierre blanche y était bâtie, rutilante. Son cœur fit un bond.

La jeune fille cligna les yeux, mit ses mains en visière contre son front. À moins qu'elle n'eût une jumelle, il n'y avait pas d'erreur possible : c'était elle ! Et Mari ne pouvait croire qu'il en existât deux semblables. Cette superbe demeure était celle qui figurait sur le tableau que Birayma Penda avait offert à Maître Samba. Mari avait tenu entre ses mains la plaque de métal où elle était reproduite.

Les mots de Sare Samba résonnaient encore à ses oreilles. « C'est sa propre maison que m'apporte mon ami Penda. » Le grand Peul habitait là. L'homme qui lui avait volé son pendentif.

Le ciel s'était couvert sans qu'elle y prenne garde. Le temps qu'elle gravisse le raidillon pavé qui menait devant le perron de la maison, une pluie battante avait commencé de la cingler. Mari lui offrit son visage pour mieux admirer la bâtisse dans toute sa splendeur. Les grosses pierres de taille, les fenêtres protégées par des balcons de fer forgé, les toits pointus d'un matériau noir dont elle ne pouvait deviner la provenance. Et ces portes colossales ! Celle de droite présentait en guise de heurtoir une énorme tête de lion tenant dans sa gueule un anneau.

Un homme venait vers elle. Mari avait évité, au cours de sa déambulation matinale, ceux qui lui ressemblaient. Chemise à manches courtes, pantalon de cuir, matraque au côté, casque sur la tête. Les gardes de la cité, qui tantôt s'efforçaient de régler la circulation, tantôt s'interposaient quand s'élevait une dispute. Elle les avait évités dans la pagaille des rues, elle les avait évités au marché, où les chicanes étaient fréquentes entre vendeurs et acheteurs. Elle avait fui dès que l'un d'eux était apparu à l'orée de la rue du luxe. Mais il était trop tard. Elle ne pourrait échapper à celui-là.

Il la regardait en grattant sa petite moustache. Son œil aiguisé voyait-il en elle une esclave en fuite ? Mari se tortura les méninges, à la recherche d'une phrase à prononcer, d'une explication à donner. Rien ne lui venant à l'esprit, elle se tourna résolument vers la porte et posa la main sur le heurtoir.

— Tu cherches quelque chose ?

Tête baissée, comme on le lui avait appris à Ker Samba, Mari répondit d'une voix à peine audible.

— Maître Penda.

— Qu'est-ce que tu lui veux ?

Les grosses gouttes de pluie rebondissaient sur le casque luisant du garde. Il s'était approché et l'examinait maintenant sans déguiser son mépris comme si, par sa seule présence, la jeune Corne d'Ivoire souillait le perron de l'honorable Birayma Penda.

— Pourquoi l'appelles-tu Maître ? Monsieur Penda n'a pas de serviteurs, dit-il en tordant un coin de sa bouche, afin de bien montrer ce qu'il en pensait.

— Je... je ne savais pas.

— T'as l'air dégourdie comme une fille de la brousse.

Le garde contemplait les pieds nus de Mari d'un air incrédule.

— Je lui apporte ceci ! s'exclama soudain la jeune fille en sortant de sa tunique le message laissé par Yumna.

Tous ces signes dessinés sur un morceau de papier ne pourraient manquer d'impressionner l'homme.

— Une lettre ? Eh bien, vas-y, tape ! Qu'est-ce que t'attends ?

Mari ne se le fit pas répéter. La feuille pliée en quatre était toute gondolée par l'humidité. Par chance, le garde ne demanda pas à en voir davantage. Elle saisit l'anneau et l'abattit sur la porte.

— Plus fort ! Quel babouin !

Elle frappa encore mais le son du heurtoir sur l'imposant panneau de bois paraissait bien ténu. Le garde était hilare.

— Voilà ce que c'est, de vivre sans domestiques, dit-il. Comment veux-tu qu'il t'entende, s'il n'est pas derrière la porte ?

Mari haussa les épaules, déboussolée.

— T'es de la brousse ou t'es pas de la brousse ?

— Oui, avoua Mari.

L'homme riait toujours, s'amusant de la sottise de la petite esclave.

— Je viens de la part de Maître Sare Samba, hasarda-t-elle.

— Ker Samba ? On chasse encore avec des arcs et des flèches, là-bas, pas vrai ?

Mari acquiesça. Le garde soupira. Puis, décidant de se montrer magnanime, il poussa la jeune fille du coude et attrapa la petite poignée qui pendait au bout d'une courte chaîne contre le mur, sur la droite du porche. Il tira trois coups secs.

— Merci, Maî... monsieur.

Mari aurait aimé que l'homme s'éloigne à présent mais il attendit auprès d'elle, les sourcils froncés, prêt à sévir si jamais il se révélait qu'elle l'avait trompé. Comme deux longues minutes s'écoulaient, sans que rien se manifeste à l'intérieur de la maison, elle en vint à espérer que Birayma Penda soit absent. Car, plus le temps passait, plus elle prenait conscience qu'elle n'avait rien à lui dire. Rien qu'on puisse dire à un tel personnage, en tout cas.

Enfin, elle perçut un cliquetis. Sa main se crispa sur la misérable feuille de papier.

Et la porte s'ouvrit.

— Ah ! bonjour, Fatel.

Il ne la voyait pas. Le grand Peul avait à peine écarté l'un des battants de sa lourde porte, montrant les traits fins de son visage à la peau presque claire, sous ses cheveux grisonnants curieusement plantés.

— Vous m'apportez la pluie ? Bah ! comme tous les jours en ce moment.

— Cette jeune personne rôde devant chez vous, monsieur Penda. Elle prétend qu'on l'envoie.

Birayma Penda tourna légèrement la tête, fit la moue. Mari sentit ses jambes se dérober sous elle. Il ne la reconnaissait pas ! Ou bien, sans doute, il ne souhaitait pas la reconnaître.

— Qui t'envoie ? demanda le Peul d'une voix douce.

Prise de panique, Mari ne sut que répondre. Collé à elle, le nommé Fatel avait déjà ouvert la main pour lui attraper le bras.

— La pluie, dit-elle sans réfléchir.

Birayma Penda sourit.

— Laissez-la entrer, Fatel. Cette timide jeune fille vient de chez mon ami Samba.

Mari avança de deux pas. La porte se referma derrière son dos. Elle venait se pénétrer dans l'endroit le plus extraordinaire qu'elle eût jamais contemplé. Une entrée immense, au sol de marbre couvert de tapis épais où dominaient le rouge et le bleu, sous l'éclairage d'un lustre de cristal. Contre les murs étaient alignés des meubles à nul autre pareil, une armoire, un bureau aux pieds dorés, un guéridon, un berceau posé sur des patins courbes, vieux, elle le sentait, et si nobles. Mais rien n'était plus saisissant que la tapisserie suspendue à sa gauche. Effilochée, rongée sur ses bords, comme effacée par le temps. En bas, sur une portion composée de morceaux recousus avec minutie, figurait un animal dont Mari n'avait jamais soupçonné l'existence, une sorte d'antilope portant sur le front une longue corne torsadée. Près de la créature fabuleuse était accroupie une femme drapée de longs voiles, une femme blanche.

Son regard se leva. Un large escalier à vis partait devant elle. Au mur étaient accrochées des armes, une lance à la pointe ébréchée, une hache au manche court, une pique pourvue d'un côté d'un fer pareil à un croissant de lune, une sorte de fusil à vent archaïque.

— Ne t'inquiète pas. Je ne chasse que les antiquités. Que me veut Sare ? Tu viens bien de sa part, n'est-ce pas ?

Mari sursauta. Elle inspira à fond, paupières closes. Dans un instant, le Peul allait la chasser. Un instant. Que dire, que faire, pour le prolonger ? Cet escalier l'attirait. Elle avait envie de le gravir. Et cette bête…

— Qu'est-ce que c'est ? Est-ce que cet animal a un nom ?

— C'est une licorne, répondit Penda d'un ton patient.

Il la regardait. Il n'y avait aucune méchanceté dans ses yeux.

— La licorne, répéta-t-elle.

Le Peul était vêtu avec simplicité, d'une veste sans col, d'un pantalon droit et de sandales. Il continuait de l'observer, intrigué.

— Ne vas-tu pas me donner ce message ?

Mari serra la lettre contre sa poitrine. La main de Penda s'était tendue, comme l'autre fois, dans la salle de réception de Maître Samba. Comme l'autre fois, elle n'osa pas se rebeller. Comme l'autre fois, cela la déchira. Birayma Penda prit le bout de papier gondolé, le déplia.

— *Petite sœur blanche*, lut-il en haussant les sourcils.

— C'est à moi, souffla Mari.

— Une lettre... pour toi ? Tu sais donc lire ?

— Non.

Penda se frotta la tempe du poing, songeur, en jetant un nouveau coup d'œil sur la lettre.

— *Petite sœur blanche*... Mari, c'est ça ? Oui, je me souviens de toi. Mari. Eh bien, je t'écoute. Pourquoi ton Maître t'envoie-t-il ici ?

— Je n'ai plus de Maître, monsieur Penda.

— Vraiment ?

— Maître Samba voulait me vendre. Je me suis évadée.

— Ah ?

Le Peul examina la jeune fille de la tête aux pieds, à la façon peut-être dont faisaient les acheteurs au marché aux esclaves. Or, le tableau qu'elle présentait... Dans la case de Yumna, le miroir lui en avait renvoyé l'image : un affreux petit babouin à la tignasse en désordre, à la figure barbouillée, aux formes serrées de trop près par une tunique humide.

— Tu dois être affamée, dit-il.

Finalement, non, il avait vu autre chose.

Mari espéra que Penda la conduirait par le bel escalier mais il la fit passer sous les marches. Une porte discrète ouvrait sur un office.

— Assieds-toi.

Les mots et les gestes du Peul étaient si spontanés que Mari obtempéra sans gêne ni crainte. Deux minutes plus tard, se produisit un événement qu'elle n'eût pas cru concevable : un homme de la race des Maîtres la servit. Birayma Penda avait placé devant elle sur la table carrée une jatte de bouillie de mil au lait de brebis caillé. Tandis qu'elle mangeait sans se faire prier, il continua de s'affairer, versant de l'eau bouillante dans un récipient de faïence.

— Et pourquoi Samba voulait-il te vendre ?

— Parce que… oh ! il faudrait que je vous raconte toute l'histoire. C'est impossible, monsieur Penda.

Le Peul sortit du pot, au bout d'un fil, une sorte de chaussette d'où gouttait un liquide brun.

— Je parie que tu n'as jamais bu de café.

— Non, jamais.

Il en versa dans deux coupes, qu'il posa sur la table, avant de s'asseoir en face de la jeune fille.

— L'histoire, dit-il. J'ai de nombreuses passions mais c'est peut-être la plus forte de toutes. J'adore l'étudier dans des livres. J'adore aussi écouter. On n'écoute jamais assez les histoires des autres. Ce sont toutes ces petites histoires qui font la grande, comprends-tu ?

— Oui.

Le breuvage sombre tremblait sous son nez. Mari ne pouvait pas empêcher ses mains de s'agiter. Mais

Birayma Penda ne lui faisait pas peur. Elle ne craignait qu'une chose : de lui déplaire. Elle craignait qu'il ne décide soudain de la chasser de chez lui. Elle but, grimaça, but encore.

— J'aurais dû t'y mettre du miel, dit Penda en riant.

— Dois-je raconter mon histoire ? demanda Mari d'une voix timide.

— Certainement. Et, si elle me plaît, je te récompenserai. Je te ferai visiter ma maison. Je te parlerai de tes ancêtres.

Mari sentit un étau lui serrer la gorge. Jamais, de sa vie, on ne lui avait promis une récompense aussi désirable. Mais comment rendre ses soucis de jeune esclave intéressants aux yeux d'un homme comme Birayma Penda ? Elle tenta de se figurer de quelle façon son frère Ben s'y serait pris. Ben le conteur, qui savait transformer en drame saisissant le moindre détail d'une aventure.

Cette fois, en tout cas, elle ne mentirait pas, ni n'exagérerait. Monsieur Penda ne se montrerait pas aussi crédule que les amis de Yumna.

— Je ne sais pas par où commencer, avoua-t-elle.

— Dire qu'on ne sait pas est un fort mauvais début, à mon avis. C'est ton histoire, Mari. Si tu ne la connais pas, tu me fais perdre mon temps.

Mari baissa la tête, pour cacher les larmes qui lui venaient au bord des cils. Le début… était-ce la chasse ? Était-ce ce dîner dans la salle de réception ? Ben, aide-moi !

Ben happait toujours l'attention de ses auditeurs par une annonce fracassante, une menace, une tragédie, une…

— Tout est de votre faute ! s'écria Mari. Depuis que vous m'avez volé mon pendentif, les pires malheurs s'abattent sur moi !

Blêmissant de son audace, elle guetta du coin de l'œil la réaction du Peul. Tétanisée, elle laissa s'écouler un interminable silence, dans l'attente de son châtiment. Mais il n'y eut ni coups ni insultes. Birayma Penda buvait tranquillement son café.

— C'est un excellent début, commenta-t-il enfin.

— Je vous demande pardon. C'est... en réalité... ce n'est pas le début. Le début, c'est quand ma mère est morte.

Alors, sans plus réfléchir, Mari se mit à parler. La grande chasse, le phacochère furieux, l'accident, l'agonie d'Ani, le dîner. Gakere !

— Je vous demande pardon, répéta-t-elle avant de poursuivre son récit. Ce n'est pas vous le coupable, c'est Gakere. Tout est de la faute de Gakere.

— Je connais ce jeune homme.

Birayma Penda écouta la suite sans jamais l'interrompre. Il se leva plusieurs fois, pour se resservir de café puis pour prendre son pot à tabac. Il fumait une longue pipe de bois au fourneau sculpté en tête de singe, les paupières quasi closes. Quand Mari lui raconta la pendaison des trois hommes au Baobab de Justice, elle vit sa mâchoire se crisper.

La jeune fille en termina simplement par ces mots :

— J'ai tout de suite reconnu la maison. Je savais qu'il n'y en avait pas deux comme celle-là. C'était celle du tableau que vous avez offert à mon Maître, je le voyais bien.

Le Peul acquiesça.

— Tu as raison. Elle est unique en son genre. Cette maison a été construite par les Blancs, il y a très longtemps. Des Portugues.

— Vous vous moquez de moi !

— Les Blancs sont venus les premiers, Mari. Avant que les grandes épidémies ne ravagent le Septentrion. Ce sont les Portugues qui ont fondé Ziguinchor. Bien sûr, la demeure où j'habite aujourd'hui a subi de nombreuses réparations et pas mal de transformations. Mais ces belles pierres blanches de la façade sont d'origine.

— Mais alors…

— Alors ? Tes ancêtres n'étaient pas aussi incapables que tu le crois et que le croient beaucoup de gens, ici. Qui sait ce qui se serait passé si la Peste n'avait pas anéanti les sociétés du Nord ?

Penda se leva.

— Ton récit était passionnant, Mari. Je vais t'offrir quelque chose en remerciement.

Le Peul s'éclipsa, abandonnant la jeune fille dans une grande confusion de pensées. Lorsqu'il revint, il tenait à la main une paire de mules en peau de chèvre, fourrées de mouton. Birayma Penda se comporta alors de façon insensée. Il s'accroupit devant Mari et les lui passa lui-même aux pieds.

— Si j'ai bien suivi ton histoire, tu as perdu tes sabots.

— Oh ! monsieur Penda, je…

Les doigts de Birayma Penda avaient effleuré ses chevilles et s'étaient refermés un bref instant sur ses talons. Songeant à sa longue marche dans la poussière des rues,

Mari fut submergée par la honte. Puis elle éprouva des sensations d'une tout autre nature. Une vague de chaleur lui monta au ventre et à la poitrine.

— Sois tranquille, elles ne sont pas à moi. Hum ! Elles appartiennent à quelqu'un qui les a oubliées. Je ne sais plus qui… et cela vaut sans doute mieux.

— Je crois que je n'ai jamais rien porté d'aussi doux.

— Je te dois autre chose, il me semble.

Ils quittèrent l'office et, cette fois, Penda entraîna Mari dans le magnifique escalier. À peine en eut-il gravi trois ou quatre marches que le Peul se retourna. Désignant les meubles, les tapis, la tapisserie, tous les objets qui décoraient son entrée, il dit :

— Admire le travail des tiens, Mari. Bien sûr, j'ai récupéré ces trésors en piteux état. Il a fallu que je les fasse restaurer par d'habiles artisans. Mais les bois sont souvent nobles et le travail de belle facture. Viens, tu vas découvrir des choses encore plus étonnantes.

Au premier étage de la demeure, ils parcoururent une galerie qui dominait le spectacle du port. Les voiles, les pirogues, les hautes cheminées crachant leur fumée noire, l'incessant trafic qui animait les quais. Mari repéra avec un frémissement le plat hangar dont elle s'était échappée.

Deux portes couleur crème, ornées de moulures, leur faisaient face. Birayma Penda les poussa, annonçant :

— Voici mon musée, comme dirait ce cher Sare.

C'était une pièce de dimensions considérables et même Ker Samba n'en comprenait pas de semblable. Mari y pénétra comme dans un endroit sacré, intimidée par l'atmosphère étrange qui y régnait. La clarté, ici, n'était pas celle du jour. Elle leva un regard incrédule vers la fenêtre la plus proche. Aucune vitre n'était claire et transparente. C'était plutôt comme une mosaïque de petits morceaux de verre de couleur, assemblés assez maladroitement. Puis elle comprit qu'il s'agissait des fragments d'un personnage dont manquaient la tête, les bras et une jambe.

— Je l'ai complété avec ce que j'ai pu, expliqua Penda. Il y a des bouts de verre qui appartiennent à un autre vitrail. Cela provient d'un lieu de culte.

Mari déglutit, sachant que chaque pas allait maintenant la rapprocher de son rêve. Ce n'était encore qu'en esprit, ce n'était pas encore la terre de ses ancêtres, mais là, devant elle, tout un monde perdu l'appelait. Elle eut le sentiment merveilleux d'avoir embarqué, que le voyage tant espéré avait enfin commencé.

— Je dois t'avouer que je me pose souvent des questions, lui dit Birayma Penda. Est-ce bien, est-ce mal ? A-t-on le droit de piller ainsi un continent lointain ? Ces objets sont l'œuvre d'autres peuples, d'une autre culture. Devons-nous les en déposséder parce que nous sommes plus forts, plus puissants, plus évolués ?

— Si vous les aimez, souffla Mari.

— Oui, bien sûr, je les aime. Et surtout, vois-tu, j'en prends soin. Quand je songe que nombre d'entre eux auraient été détruits, abandonnés aux vents et à la pluie, je me dis que oui, je fais bien. On m'a raconté qu'aujourd'hui les tribus sauvages du Nord n'hésitent pas à brûler de vieux meubles, de précieux témoignages du passé, ou bien des tableaux, des sculptures, pour chauffer une maison, pour faire cuire un peu de viande.

Comprends-tu ? Viens. Regarde... et dis-moi si j'ai eu tort.

Des objets de toutes sortes étaient disposés dans des vitrines plates, pareilles à des tables protégées par un couvercle de verre. La plupart n'avaient rien d'exceptionnel mais leur contemplation plongea Mari dans un trouble profond. Ce n'étaient pas des œuvres d'art mais d'humbles fragments de vie. Un plat en étain, une tasse ébréchée, un collier, divers ustensiles de cuisine, des outils, une poignée de porte, une vieille chaussure trouée, un napperon de dentelle, quelques pièces de monnaie... Chacun de ces objets avait été conçu, fabriqué, touché, porté, utilisé par des hommes et des femmes qui lui ressemblaient. Mari savait à présent, vraiment, qu'elle ne venait pas de nulle part.

Plus loin, derrière les portes vitrées d'un meuble sans grâce, elle vit, debout, des livres dont la reliure de peau présentait des inscriptions en lettres dorées. L'un était ouvert contre la paroi du fond. Les deux pages tachées d'humidité fourmillaient de petits signes noirs. La petite Lisha se trompait. Les hommes blancs avaient bel et bien une écriture.

Mari se tourna vers Penda.

— Est-ce que vous pouvez le lire ?

— Non, hélas. Même là-bas, je doute qu'il reste beaucoup de lettrés susceptibles de déchiffrer ces ouvrages. Les peuples blancs ont perdu l'usage de leurs langues écrites.

— Y en a-t-il donc plusieurs ?

— Certainement. D'après l'un de mes amis, qui étudie ces questions depuis de longues années, il existe au moins une dizaine de dialectes distincts, parfois fort différents. Quand je lui montre un livre, il est généralement capable de me dire de quelle région il vient. Va, maintenant. Que tes yeux emportent tout ce qu'ils peuvent !

Comme le lui suggérait Penda, Mari poursuivit seule sa visite. Mais la tête s'était mise à lui tourner. Elle ne savait où poser ses regards. Elle voulait en découvrir toujours plus mais chaque objet la retenait, et c'était chaque fois un arrachement que de passer au suivant.

Une autre fenêtre avait été remplacée par une composition colorée. À droite, un mouton auprès d'une paire de pieds nus. Plus haut, la moitié d'une tête barbue. Le reste avait été complété avec des morceaux de verre opaque.

Plus bas, le long du mur, s'alignaient des rondins écorcés portant diverses sculptures : une femme de calcaire, sans bras ni visage, un aigle de bois doré, auquel il manquait une aile, un buste au nez fracassé.

— Il est difficile de dénicher des œuvres en bon état, commenta derrière elle Birayma Penda. Ou alors, il faut les payer à prix d'or.

Au centre de l'immense pièce, trônaient les deux tiers d'une spectaculaire cloche de bronze. Tout autour d'elle, le Peul avait réparti de hideuses figures de pierre, monstres à la tête grimaçante.

Penda se rapprocha de Mari.

— J'ai acheté les objets les plus intéressants de ma collection à un marin. Il en ignore l'origine exacte, ou bien il préfère la taire, mais il est clair qu'ils proviennent du même lieu de culte. Les vitraux, cette cloche, ces animaux fabuleux qui probablement symbolisent les esprits mauvais... et ceci !

Mari était tombée en arrêt devant l'étrange statue. Le cœur broyé par une indicible émotion, elle contempla l'homme de bois aux bras écartés, dont les mains et les pieds étaient percés de clous noirs à la tête carrée. Près de lui, sur une petite étagère, était placée une coupe d'un métal rutilant, aux reflets presque rouges.

— Cette coupe m'a coûté une fortune. C'est un mélange d'argent et d'or, je pense.

Mari, cependant, n'avait pas quitté des yeux la statue.

— Il souffre ! s'exclama-t-elle. Et comme il a l'air triste. Est-ce le dieu de la croix de bois, monsieur Penda ?

— Viens voir. Tu n'es pas au bout de tes surprises.

Le Peul se déplaça de quelques pas, pour lui montrer un petit tableau peint avec habileté. On y voyait un personnage en robe rose portant sur l'épaule une lourde croix de bois.

— Tout ceci est assez déroutant, dit Penda. J'y ai souvent réfléchi et je suis parvenu à une conclusion que je crois assez proche de la vérité. Pardonne-moi de te l'apprendre, Mari, mais je présume que tes lointains ancêtres étaient cannibales.

— Oh ! Encore cette histoire !

— Je vois à quoi tu fais allusion. Non, cela, c'est la légende. Cette idée que les Blancs auraient mangé leur propre dieu est absurde. Quelle divinité serait-ce là ?

— Alors ?

— Je présume qu'ils pratiquaient en réalité des sacrifices humains pour honorer le dieu de la croix de bois.

Ils désignaient une victime puis la clouaient sur une croix. Ensuite, ils recueillaient son sang et le buvait dans une coupe d'argent et d'or comme celle que tu as vue. Sans doute aussi mangeaient-ils sa chair. Il s'agissait en quelque sorte d'un rite barbare destiné à s'attirer les bonnes grâces de la divinité.

Mari secoua la tête, accablée.

— Les miens n'ont subi que des malheurs, monsieur Penda. Croyez-vous qu'ils aient été punis à cause de ces pratiques cruelles ?

— Je pense, petite sœur blanche, qu'au lieu d'aller chercher au Septentrion des dizaines de milliers d'esclaves, nous aurions été mieux inspirés d'envoyer dans ton pays des sages capables de convertir ces peuplades à la civilisation. Je crois qu'une telle tentative aurait été couronnée de succès car j'ai ici la preuve qu'il existe dans les contrées du Nord des esprits agiles et même brillants. Suis-moi. Je vais te montrer une dernière chose et, ensuite, tu t'en iras.

Du discours de Birayma Penda, Mari ne retint que les derniers mots. S'en aller ? Mais où irait-elle ? N'était-elle pas chez elle dans cette immense salle dont elle n'avait pas fini d'inventorier toutes les richesses ? Elle suivit Penda en traînant des pieds, effleurant du regard ce qu'elle n'avait pas encore eu l'occasion d'examiner. Un chaudron, une pelle, un couteau, une boucle de ceinture, quelques carreaux de faïence, un fauteuil posé sur trois pattes… Même la plus modeste gamelle en fer-blanc lui paraissait infiniment précieuse.

Le Peul faisait cliqueter les verrous d'un gros coffre de métal. À gestes précautionneux, il en sortit des documents qu'il posa sur une vitrine basse. D'abord, il déroula un grand parchemin. C'était une carte de géographie. Le Septentrion ! Birayma Penda désigna de l'index une région située vers le bas, sur la gauche.

— Les Portugues, qui ont fondé Ziguinchor, venaient de là. Ici, ce sont les Spagnes. Plus haut, où se situent les Comptoirs qui produisent le meilleur vin de raisin, ce sont les Franches.

Sa main remonta vers un chapelet d'îles informes.

— Les Angles, annonça-t-il. Puis il y a, je crois, les Itales et d'autres peuples dont nous ne savons pas grand-chose. Les contrées de l'Est sont particulièrement hostiles et nous ignorons à peu près tout à leur sujet.

Il suivit du doigt un fil bleu qui partait des Comptoirs franches et se perdait dans une zone couverte de hachures.

— J'ai rencontré un jour un gaillard bâti comme une montagne qui voulait partir à la recherche des sources de ce fleuve, loin à l'intérieur des terres. Le bougre n'avait pas froid aux yeux. Hum ! Ma foi, je n'ai plus jamais entendu parler de lui.

— Moi, affirma Mari, je l'aurais accompagné. Je n'aurais pas eu peur, monsieur Penda.

— Vraiment ?

— C'est chez moi.

— Chez toi ? Oui, sans doute. Mais eux, là-bas, le savent-ils ?

Le Peul défaisait à présent les nœuds des cordelettes de soie qui fermaient un carton. L'épais portefeuille contenait une pile de documents qu'il commença de déplacer à l'intention de Mari, de la droite vers la gauche, avec d'infinies précautions. Alors, sur des feuilles jaunies et piquées de moisissures, souvent déchirées, la jeune fille vit défiler de singuliers dessins, qu'enrobaient des inscriptions non moins énigmatiques.

— On dirait des appareils, dit-elle, se retenant de crier à Penda d'aller moins vite.

Birayma Penda cessa de retourner les pages.

— Oui. Des engins.

Des engrenages, des roues, des leviers... Mari ne put s'empêcher de songer aux vérins grâce auxquels les hommes du village avaient déraciné le bentenier.

— Des engins... blancs ?

— Des engins, des mécanismes, des dispositifs, des machines... dont l'usage, je te l'avoue, m'échappe parfois. Rouler, naviguer, voler... puiser de l'eau, envoyer des projectiles... ceci, je pense, est une catapulte... Apparemment, l'auteur de ces dessins est fasciné par la guerre et aussi par les fluides, l'eau, l'air, le temps...

— Oh !

Le Peul venait de faire apparaître, dans un coin d'une des feuilles, un petit dessin proprement stupéfiant.

— On dirait un peu un niatteruu !

— En effet, admit Penda en riant. Sauf qu'il n'y a que deux roues. Imagine quel sens de l'équilibre il faudrait pour tenir sur une telle machine. Pourtant, l'idée du mécanisme pour la faire avancer ne me paraît pas si sotte.

— Qui a fait tous ces dessins, monsieur Penda ? Est-ce un ingénieur, comme vous ?

— J'aimerais le savoir. Comme j'aimerais pouvoir

comprendre ce que racontent tous ces textes. Car l'homme est sacrément bavard ! Mais l'ami, fort érudit pourtant, à qui je les ai montrés, s'avoue incapable d'en déchiffrer le moindre mot. D'après lui, cela ne ressemble à aucune langue connue. C'est fort regrettable car seule l'identification du dialecte nous permettrait de deviner dans quelle contrée du Septentrion vit ce fascinant personnage.

— Vous le croyez donc toujours en vie ?

Penda haussa les épaules.

— Rien ne m'interdit de l'espérer.

La planche suivante était couverte de roues et d'une multitude de petits signes tracés avec soin.

— Un ingénieur blanc, dit Mari avec ravissement.

— Ou peut-être simplement un rêveur. Un poète. Je pense souvent à lui. Parfois, je me dis que c'est un fou génial. D'autres fois que c'est un génie tout court. Un merveilleux dessinateur, en tout cas.

Penda s'abîma un instant dans ses pensées. Puis, s'étant raclé la gorge, il poursuivit :

— Je donnerais cher pour le rencontrer. Je lui dirais… je… eh bien, je lui dirais merci. Car cet homme m'a inspiré. Il m'a donné la force de croire que tout était possible. Et, sans lui, peut-être n'aurais-je jamais trouvé l'audace de tenter l'expérience insensée que je m'apprête à tenter.

— Quoi donc, monsieur Penda ?

Le Peul posa un doigt sur ses lèvres.

— Secret, dit-il.

Mari n'osa pas insister. L'abattage du bentenier, le terrain défriché, le projet mystérieux dont Sare Samba semblait si fier. Elle savait où cela se passerait. Oui... dans un lieu dont elle avait été bannie et où jamais plus elle ne retournerait.

— Une bouchée de pain de singe, conclut Penda en refermant soudain le carton. J'ai acheté cet ensemble de dessins sur un marché de Ndakarou, à un pauvre gars qui ignorait quel trésor il détenait. Lui-même avait dû les acquérir dans un lot, à la descente de je ne sais quel bateau. C'est là qu'on réalise les meilleures affaires. En attendant sur les quais les navires qui reviennent du Nord. Mais les objets de qualité deviennent rares. Les gens ne s'intéressent qu'aux produits des Comptoirs. Et il y a de moins en moins d'aventuriers assez intrépides pour explorer les terres de l'intérieur. La Peste fait peur.

Tournant le dos à Mari, tandis qu'il rangeait les dessins et la carte dans le coffre, Birayma Penda lança :

— Il te faut partir, à présent. Mais je suis heureux que tu sois venue. Ainsi, tu sauras désormais que tu ne dois pas avoir honte de tes origines. Et que tu as même de bonnes raisons d'en être fière.

Mari hocha la tête, un sourire amer aux lèvres.

— De quoi devrais-je être fière, monsieur Penda ? De mes chaînes ? D'être vendue comme une volaille au premier qui me voudra ? Vous venez de m'offrir un cadeau inestimable. Vous m'avez appris qui je suis. Maintenant, il ne me reste plus qu'à l'oublier. Un babouin n'écrit pas de livres, monsieur Penda, il n'imagine pas de machines, il ne sonne pas les cloches. Un babouin n'a pas d'origine.

— Il n'y a pas de cultures ou de races inférieures, Mari. Nous sommes différents. On n'asservit pas l'autre parce qu'il ne nous ressemble pas. On essaie de le comprendre. On se demande ce qu'il peut nous apporter et ce que nous pouvons lui apporter. Sans doute cet homme qui dessine des machines extravagantes serait-il bien incapable de les construire, sans doute ignore-t-il tout de la mécanique. Il n'a pas la science, il n'a pas la technique, il n'a pas les moyens. Tout cela, moi, je pourrais le lui fournir, parce que je suis ingénieur. Et lui… lui… peut-être me permettrait-il de partager ses rêves ?

Cette fois, Mari ne se sentit plus flattée. Elle venait de saisir que Birayma Penda ne s'intéressait pas plus au sort des Blancs que n'importe quel autre homme noir. Il n'avait de fascination que pour l'auteur des dessins bistre, que pour l'inventeur des machines irréelles, comme s'il avait découvert une perle parmi des brassées de coquillages sans valeur. Et elle, Mari, n'était qu'un misérable cauri semblable aux milliers d'autres qui jonchaient le sable des rivages.

Électrisée par le désespoir, la jeune fille partit soudain en courant dans la vaste salle, ouvrant des yeux avides sur tous les objets rescapés du terrible naufrage qui avait englouti le Septentrion. Ceux qu'elle avait déjà vus et ceux qu'il lui restait à découvrir : ce collier, cette broche, cette robe, ce tisonnier, ce soc de charrue, ces carreaux de terre cuite, cette femme ailée dans son petit cadre de bois doré…

Hors d'haleine, elle revint vers le Peul, qui la contemplait d'un air perplexe. Décidée, elle planta son regard dans le sien. Elle était ici chez elle. Elle n'en partirait pas.

— Achetez-moi, monsieur Penda. Je suis à vendre.

— On ne peut acheter des créatures que si elles sont inférieures. Telle est ma conviction. Je ne crois pas que tu sois une créature inférieure.

— Je sais que vous êtes contre l'esclavage. Vous l'avez dit, l'autre jour, chez Maître Samba. Vous disiez que nous sommes un frein au progrès. C'est cela, la vraie raison, n'est-ce pas ?

— J'ai dit à mes hôtes ce qu'ils pouvaient entendre.

— Alors, achetez-moi. Rien ne vous oblige à me traiter en créature inférieure.

— Je n'ai jamais eu d'esclave et je n'en aurai jamais.

Mari songea au niatteruu, auquel son Maître avait accordé la liberté. Mais elle n'eut pas la hardiesse de suggérer au Peul de suivre cet exemple.

— Je vous servirai. Je ferai la cuisine, la lessive...

— Non, Mari. Jamais.

— Je suis à vendre. Un autre m'achètera. Et ce sera sans doute un mauvais Maître.

Birayma Penda secoua lentement la tête.

— Je suis désolé. Cela ne devrait pas exister. Mais nous non plus, parfois, nous ne sommes pas libres, vois-tu.

Nous ? Le peuple des Maîtres ? La race supérieure ? Qu'il pense ce qu'il voulait. Elle ne renoncerait pas. Mari se jeta à genoux, elle saisit la main de Penda et la baisa. Comme font les esclaves devant leurs Maîtres.

— Relève-toi, Mari. Je te le dis, je ne suis pas libre.

— Je vous en prie.

— J'ai écouté ton histoire et je pense que ton sort est cruel, cruel et injuste. Mais je ne peux faire ce que tu me demandes sans offenser gravement mon ami Sare Samba. Cela reviendrait à m'opposer à sa décision, pire même, à le ridiculiser. J'ai besoin de lui, Mari.

Le Peul prit le bras de la jeune fille pour la contraindre à se redresser. Détournant le regard pour ne pas affronter son visage baigné de larmes, il ajouta :

— Peut-être me crois-tu très riche mais tu te trompes. Voilà des années qu'il finance mes projets. Sans son aide, l'expérience que je m'apprête à tenter n'aurait jamais lieu.

— Lui non plus, souffla Mari.

— Pardon ?

— Lui non plus n'est pas riche. C'est l'argent d'Adila.

— Je vois que tu es bien renseignée.

— Je vous aurais servi mieux que personne n'a jamais été servi, monsieur Penda. J'aurais tout fait pour vous. Je serais allée dans votre lit, si cela vous avait plu.

Birayma Penda écarta la main qu'il avait gardée posée sur le coude de Mari. Mais elle n'avait pas manqué de percevoir le frémissement qui l'avait parcouru.

Quelques pesantes secondes s'écoulèrent, chacun écoutant le souffle de l'autre. Enfin, Birayma Penda ferma les paupières de la jeune fille, du bout des doigts, comme pour tarir la fontaine d'où jaillissaient ses larmes. Les yeux clos, Mari sentit les mains du Peul sur ses cheveux puis sur ses épaules.

— Voilà, dit-il.

Le médaillon était de retour, suspendu à son cou. Mari le caressa de l'index, murmurant un remerciement qui ne reflétait en rien l'état de ses pensées.

— Je sais qu'elle t'a beaucoup manqué, dit Penda. J'espère que tu as raison et que cette médaille te protégera désormais du mauvais sort. Je souhaite sincèrement avoir l'occasion de te revoir, Mari. Et je suis sûr que, ce jour-là, tu me diras que ta vie a pris une meilleure route. Tu le mérites, petite sœur blanche.

Mari retint le cri qui lui gonflait les poumons. Pourquoi cet homme s'aveuglait-il ainsi ? Le pendentif, soudain, lui paraissait sans valeur. Il ne valait pas plus que la paix de la conscience que le Peul venait de s'acheter grâce à lui.

— Je doute que nous nous croisions de nouveau, monsieur Penda. Et, si cela se produit, vous ne me reconnaîtrez pas.

— Je ne t'oublierai pas, crois-moi.

— Pour un fugitif, c'est cinquante coups de fouet. Mais vous n'avez pas bien écouté mon histoire. Nous ne nous sommes pas seulement évadés. Deux gardiens ont été frappés. Peut-être sont-ils gravement blessés. Pour cela, la punition, c'est la mort.

— Mais ce n'est pas toi qui…

— Non. Je suis sa complice. Avec un peu de chance, on se contentera de me couper une main. Ou le nez ou les oreilles. Ou on me crèvera les yeux. Je connais le code des Sages, monsieur Penda. Tous les esclaves le connaissent.

Mari tourna le dos et se dirigea vers les portes de la grande salle, disant :

— Vous ne croiserez plus jamais celle que je suis aujourd'hui.

Le Peul la rattrapa sur le seuil de son musée. Silencieux, il accompagna la jeune fille dans l'escalier puis jusqu'à l'entrée de sa maison. Il s'arrêta près de la tapisserie, comme pour lui permettre de jeter un dernier regard sur la licorne. Il prit entre ses mains brunes la petite tête blanche aux cheveux clairs, explora les yeux bleus, caressa la joue pâle comme la lune, comme la craie, comme la neige qui couronne les montagnes du Nord.

— La femme est une eau fraîche qui tue, une flaque d'eau qui noie, dit-il en écrasant les larmes qui roulaient sur les pommettes de Mari. C'est un proverbe de chez moi, un proverbe peul.

Mari n'était pas sûre de comprendre ce que signifiaient ces mots. Mais elle sut que Penda lui avait parlé comme à une femme. Pas comme à une esclave, pas comme à une gamine, pas comme à une Blanche. Une femme. Elle chercha une réplique. Ne trouva rien à son goût. Pas dans sa propre culture en tout cas. Alors, elle puisa ailleurs.

— L'homme est le remède de l'homme, répondit-elle en haussant les épaules. J'ignore ce que ça veut dire. C'est un proverbe wolof.

Birayma Penda ne rit pas. L'espace d'un délicieux instant, Mari eut la conviction qu'il allait la serrer contre lui, l'embrasser, la prier de rester auprès de lui. Le désir lui en était venu, elle l'avait lu sur son visage. Mais il se dirigea vers les portes de sa demeure, et dit simplement :

— Tu ne seras pas punie.

Il sortit avec elle.

Le Peul tenait à la main un petit sifflet de roseau dont il tira un son aigu. Il ne s'écoula pas plus d'une minute avant qu'apparaisse le garde de la ville nommé Fatel.

— Fatel, je vous confie cette jeune fille. Pouvez-vous l'accompagner au marché aux esclaves ? Elle doit y être vendue.

Une expression incertaine froissa les traits du garde, comme s'il venait de recevoir deux messages contradictoires. Dans son code rudimentaire, une Corne d'Ivoire ne pouvait mériter tant d'égards.

— Avez-vous de quoi écrire ? lui demanda Penda.

— Certainement, dit l'homme en sortant de sa poche un carnet et une mine noire.

Souriant, Penda fit signe au garde de se tourner. Docile, l'homme courba légèrement le dos. Se servant de ses larges épaules comme d'une écritoire, le Peul y plaqua le carnet et griffonna quelques mots sur une feuille.

— Voilà. Vous donnerez cela au crieur. Qu'il soit bien clair que cette jeune fille a quitté le hangar contre son gré.

— Vraiment, monsieur Penda ?

— Mon ami Sare espère tirer un joli profit de la vente, dit le Peul en fuyant le regard de Mari. Celui qui la battrait serait tenu pour responsable de cette perte de valeur. Autant être pris la main dans la poche de Maître Samba, vous me comprenez, Fatel ?

— Je me ferai un devoir de transmettre, monsieur Penda.

21
LE MARCHÉ AUX ESCLAVES

Fatel ne la reconduisit pas au sinistre entrepôt proche des quais. Le grand moment approchait. Mari rejoignit ses compagnons d'infortune dans un lieu plus détestable encore, où les esclaves passaient les dernières heures précédant la vente. Une simple baraque de pieux et de planches, abritée par un toit de zinc. De là, un couloir en piquets de rônier, que couvrait un lit de paille et de palmes, menait à l'estrade du marché.

L'atmosphère était suffocante. Les Cornes d'Ivoire étaient entassées à plus de trente dans cette cabane dont chaque centimètre carré semblait imprégné de vieilles odeurs de sueur et d'urine. Mais peut-être n'était-ce que l'odeur de la peur.

L'homme qui avait accueilli le retour de Mari s'était contenté de secouer la tête d'un air incrédule en découvrant le message de Birayma Penda.

— À croire qu'on t'a trouvée dans une mine de diamants, grogna-t-il.

Il examina la jeune fille sous toutes les coutures, à la recherche du détail qui lui conférait tant de prix.

— Élevée dans la brousse, avec ça. Tellement futée qu'elle s'est échappée sans le faire exprès. Bah ! Y a des pervers à qui ça plaît.

— Quoi ?

— De courir après les filles de la brousse.

Il avait roulé en boule la feuille de papier puis attribué à Mari un numéro. La jeune fille s'assit docilement sur l'emplacement qui lui avait été désigné, un gros 17 tracé à la peinture blanche sur le sol en ciment. Elle tendit le bras pour permettre au gardien de refermer sur son poignet un bracelet de métal.

— On va voir si tu t'échappes encore une fois... dit-il en frottant de la pointe de sa chaussure l'anneau scellé près du numéro 17... sans le faire exprès.

Mari passa deux longues heures dans une position inconfortable, encadrée par une paire d'esclaves à vendre, trop préoccupés par leur destin pour lui adresser la parole. Ou peut-être simplement assommés par la chaleur étouffante qui régnait sous la tôle. Elle tenta de se réfugier dans ses pensées mais il ne lui en vint aucune d'assez agréable pour qu'il lui plût de s'y attarder. Alors, elle se concentra sur l'unique source de plaisir qui lui avait été accordée depuis des jours : la douce tiédeur des mules à ses pieds.

Car, à cet instant, le pendentif d'Ani ne pesait pas bien lourd sur sa poitrine. Mari ne croyait plus en ses vertus. Sa restitution avait sonné le glas du fol espoir qu'elle avait entretenu l'espace de quelques minutes. Birayma Penda ne le lui avait rendu que pour mieux l'éconduire. Quand elle baissait les yeux, Mari ne reconnaissait plus sa protectrice. Le visage sculpté dans l'ivoire était celui d'une étrangère. Et il lui semblait même voir flotter sur les lèvres de l'autre Mari un sourire qu'elle ne lui avait jamais vu, un sourire ironique. Un sourire qui ne présageait rien de bon.

Il y avait des murmures, parfois un éclat de voix, un rire, et même des bribes de chanson. Chacun trompait l'angoisse comme il le pouvait. Bientôt, on aurait un nouveau Maître. Serait-il bon, serait-il mauvais ? Rares étaient ceux qui s'illusionnaient. Les bons Maîtres ne s'approvisionnaient pas au marché. Les bons Maîtres voulaient de bons esclaves. Ils ne se fiaient pas au hasard, souvent malheureux, qui conduisait certaines Cornes d'Ivoire à la criée de Ziguinchor. Il existait pour eux des ressources plus sûres. La raison suggérait de ne jamais chercher ailleurs ce qu'on avait chez soi. D'excellents esclaves produisaient ensemble de la blanchaille qu'on pouvait dresser et qui donnerait satisfaction. Sinon, le mieux était d'acheter auprès de gens de connaissance. Les Maîtres de qualité fournissaient des esclaves de qualité.

Mari promenait autour d'elle un regard mélancolique. Il lui était facile de voir que, de tous, ici, elle était la plus jeune. La plupart de ses compagnons étaient des hommes, certains fort âgés. Des costauds, des fluets, des chauves, des basanés, des laids, plusieurs estropiés. Puis les femmes, grosses ou maigres, vieilles ou pas tant que ça, mais toutes usées, toutes inquiètes. Mari en reconnut plusieurs. Elle avait voyagé avec eux sur le vapeur de la Compagnie. Chacun, sans doute, avait une histoire. Mari aurait aimé entendre ce qui les avait conduits là. Un vol, un acte de rébellion, la faillite d'un Maître ?

Le cœur serré, elle supposa que nombre d'eux avaient été expédiés au marché sans autre motif que leur triste condition. Devenus inutiles dans une famille aisée, ils feraient encore un peu d'usage auprès d'un Maître moins fortuné, comme une paire de souliers râpés qu'on refile à plus pauvre que soi.

Une femme osseuse aux courts cheveux frisés s'approcha d'elle. Elle avait le teint d'un noir profond et de grosses lèvres peintes en rouge.

— C'est toi la fugitive ?

Assise par terre, Mari devait se tordre le cou pour la regarder en face.

— T'en fais pas. Je suis pas là pour te punir.

La femme s'accroupit.

— T'es muette ?

— Non.

— À la bonne heure ! Elle connaît au moins un mot. Mais c'est pas celui que la clientèle aime entendre.

La femme posa une main chargée de bagues sur le genou de Mari.

— Écoute-moi bien, chérie. Ce que t'as fait, ça m'est égal. On est là pour te trouver un nouveau Maître, le meilleur possible. Tu sais qui c'est le meilleur ? Je vais rien te cacher. Nous, ici, à chaque fois que quelqu'un offre cent cauris, on en reçoit onze. Onze pour cent, c'est la part du marché. Alors, je te demande qu'une chose, c'est de faire bonne impression. D'accord ?

Mari émit un vague grognement.

— Je vais rien te cacher. T'es pas la plus vilaine pièce de la soirée. Tu vas trouver amateur, pas de souci. Mais s'il avait pas une mâchoire de crocodile dans la poche, ça m'arrangerait. Je parle dans ton intérêt, chérie. Crois-en mon expérience, mieux vaut tomber dans la maison d'un Maître qu'a du cauri. Esclave dans une famille de fauchés, c'est pas une vie, compris ?

— Oui.

— Je préfère ce petit mot-là. Tu permets ?

Sans attendre son autorisation, l'ivoirière, comme on appelait ses semblables, entreprit de palper les membres de la jeune fille. Les mollets, les cuisses.

— T'as des jambes de coureuse des bois. J'aime ça.

La femme lui pinça le bout des seins puis lui abaissa la lèvre inférieure.

— Ouvre.

Mari réprima un hoquet d'indignation. S'exécuta. Deux doigts s'introduisirent dans sa bouche. L'ivoirière lui comptait les dents.

— T'as tout ce qui faut. Ça va faire une belle vente. Rien que les yeux, je pourrais en tirer une jolie somme. Tu sais sourire ?

Mari haussa les épaules.

— C'est pas un sourire, ça, chérie.

Mari sourit jusqu'aux dernières molaires, langue tirée. Ainsi, elle devait ressembler aux monstrueuses figures de pierre de Birayma Penda.

— J'ai l'impression de comprendre pourquoi on t'a mise au marché. Fais-moi ça sur l'estrade tout à l'heure et je te déniche un Maître qui saura te corriger, tu peux me croire.

— Le dernier, je l'ai mangé. Les Blancs sont cannibales, on ne vous l'a pas dit ?

— Je sens que tu vas plaire. Dommage que les petits discours soient pas prévus.

L'ivoirière caressa la joue de Mari. Puis, sans crier gare, elle la gifla.

— La droite, annonça-t-elle.

Elle recommença. Du plat de l'autre main, pas du revers, pour ne pas abîmer la marchandise avec le chaton des bagues.

— La gauche. Pas de jalouse.

De tout ce qu'elle avait en elle de fierté, Mari s'efforça de retenir les larmes qui ne demandaient qu'à jaillir.

— Voilà, parfait. Un peu de couleur à la figure, un peu de brillant aux yeux.

Mari s'autorisa un reniflement honteux.

— Tu connais tes chiffres ? Quand j'appellerai le 17, ce sera à toi. Tiens-toi prête à partir du 15. Et tâche de garder jusque-là cette ravissante couleur langouste, chérie. Faut qu'on te voie resplendir du fond de la place.

Ce ne serait pas compliqué. Il faisait assez chaud sous la tôle pour cuire à rouge une marmite de crustacés.

— Bonne chance, chérie, dit l'ivoirière en se relevant. Et mets-toi en valeur. Oublie pas qu'y a onze pour nous autres chaque fois que tu fais cent, l'oublie jamais.

Dehors, le jour déclinait. Les interstices entre les planches disjointes, par où passait la lumière, s'étaient obscurcis, plongeant la cabane dans une ombre épaisse. Les soupirs et les sanglots n'en avaient que plus de présence. Plus personne ne parlait. Enfin, on appela le numéro 1. Ce fut ensuite un long et lent défilé. L'un des esclaves présentait le bras. On lui ôtait ses fers. Puis il s'engageait dans le couloir en bois de rônier, en route pour une nouvelle vie, dans l'ignorance de ce que le destin lui réservait.

Mari tendait l'oreille. La voix éraillée du crieur, les rires de la foule, les silences parfois, tout lui parvenait. Mais elle ne comprenait pas un mot. Elle ne pouvait qu'imaginer les petits drames qui se succédaient sur la scène du théâtre infâme. La représentation pouvait durer dix minutes comme beaucoup moins. Aux accents du bonimenteur qui vantait la marchandise, elle devinait s'il en espérait une somme coquette ou s'il était disposé à laisser partir la pièce d'Ivoire pour une misère. Une vieille femme édentée, portant le numéro 7, revint parmi les siens au bout d'une poignée de secondes, chassée par les huées et les ricanements, peut-être les crachats ou quelques projectiles. Que devenaient ceux qui ne trouvaient pas acquéreurs ? Mari n'en avait pas la moindre idée.

Quand son tour approcha, elle sentit des nœuds se former un peu partout dans son corps. L'estomac et la gorge, les jambes et les épaules. Aurait-elle seulement la force de se lever et de parcourir le couloir ? Cela faisait si longtemps qu'elle n'avait pas pris de vrai repos. Et dès demain, peut-être, on lui mettrait à la main un balai ou un fléau, de la maison au champ et du champ à la maison, ou bien alors on l'enverrait sur les routes casser des cailloux, dans la forêt couper du bois, qui sait, à la mine, arracher du métal à la poussière des roches... Mari n'avait pas de préférence, ne redoutait aucun sort plus qu'un autre. Au cours des dernières heures, elle avait humé par moments le parfum de la liberté, on l'avait regardée, on l'avait écoutée, elle avait existé. Désormais, pour elle, il ne pourrait y avoir d'autre vie. Elle en venait presque à espérer ce qu'elle aurait dû redouter. Si son destin devait être cruel, qu'au moins il soit bref.

Le 14 et le 15 furent vendus sans soulever de passion. Mari pensait disposer d'encore un peu de temps et, soudain, c'était à elle. L'ivoirière la détacha, la prit par le coude et l'emmena. Ses compagnons de servitude la regardèrent partir d'un air morne. Au milieu du couloir, tandis qu'apparaissaient devant elles les lumières de la scène, l'ivoirière lui dit :

— C'est mou, ce soir. Un mauvais lot, des vieux, des éclopés, des dos rayés. Des bons à rien et de la graine de fugitifs. Y a de l'animation mais quand les gens pensent à s'amuser, ils pensent pas à payer. Tu vas nous calmer tout ça. Je veux voir les langues pendre et les mâchoires se décrocher. Hep ! On s'arrête là.

Il restait encore cinq mètres à franchir. Devant elle, Mari distinguait l'estrade éclairée et, derrière, le gouffre noir de la place où s'agitait une foule invisible.

— Enlève-moi ça.

— Quoi ?

L'ivoirière tirait sur sa tunique sale et froissée.

— Qu'est-ce que je dois mettre ?

— Qu'est-ce que je dois mettre ! répéta l'ivoirière en singeant la jeune fille de façon détestable. Et quand tu choisis un boubou, tu le laisses plié dans l'emballage ?

— Un boubou ?

Mari chercha autour d'elle, ne vit rien.

— J'en ai vu, des filles de la brousse, mais un babouin pareil ! Ôte-moi ces loques !

— Mais je vais être...

Mari obtempéra sans achever sa phrase. Elle était nue sur ses mules en peau de chèvre.

— Y en a qu'on laisse emballés mais toi, chérie, t'es un joli cadeau. On a rien à dissimuler. La belle marchandise, ça se met en vitrine, t'as compris maintenant ? Non, bien sûr, toi tu connais pas, t'achètes jamais rien. Oh ! mais ça par exemple...

L'ivoirière venait de découvrir les marques laissées par le fouet sur le dos et les cuisses de la jeune fille.

— Tu caches bien ton jeu, toi, chérie. Une rebelle avec ça ! Bon, c'est rien, j'ai déjà vu des zèbres mieux décorés que toi. J'aurais dû m'en douter. Qu'est-ce que tu ferais à la vente, si t'avais pas tes petits défauts ? Voleuse, je parie.

— Je n'ai jamais...

— Bah ! Bah ! Et menteuse en plus. Tiens !

L'ivoirière lui administra une nouvelle paire de gifles, joue droite, joue gauche.

— Voilà pour la couleur. Et t'as l'œil qui brille juste comme j'aime. Allez, c'est le moment. T'es à point pour faire monter les enchères.

La dernière claque tomba sur le postérieur de Mari.

— Dépêche-toi ! On s'impatiente, là-bas. Et me déçois pas, tu le regretterais.

Cinq mètres. Et, devant, la clarté blessante des projecteurs à ampoules, les flammes turbulentes des torches. Mari avança. La foule était là, agglutinée de l'autre côté de l'estrade. Elle la devinait, la sentait, l'entendait.

Un homme l'attendait. Curieusement accoutré avec son chapeau pointu, sa veste blanche à épaulettes dorées, son large pantalon rouge. Le crieur. Il tenait à la main un petit porte-voix.

— Numéro 17 ! annonça-t-il. Une pure gazelle de la brousse. Blanche comme le lait de ma brebis. Une pépite dont le Maître se sépare le cœur broyé. Un déchirement, oui. Revers de fortune ! C'est la vie… Qui profitera de l'aubaine ? Approche, beauté.

Elle était là, nue, offerte, en pleine lumière. Et les autres, qui la contemplaient, restaient terrés dans l'ombre, comme autant d'animaux avides. Ils lui parlaient à leur manière, vociférant, sifflant, roulant le tambour, mais elle ne les voyait pas. Ce n'était plus simplement être nue. On la niait. On faisait d'elle une chose. La chaleur l'avait accompagnée. Elle se sentait bouillir. Le crieur se tenait près d'elle, agacé.

— Descends les bras, souffla-t-il.

Ainsi, plus aucun mystère ne lui était autorisé. Comme disait l'ivoirière, on n'a rien à cacher.

— Voilà. C'est mieux.

Une chose n'a pas de honte. Qu'ils la voient, qu'ils la mangent de leurs yeux immondes. Ils ne regardaient pas, de toute façon, ce qu'elle aurait voulu leur dissimuler ; ce qui faisait d'elle une femme.

— En pleine force de l'âge, lança le crieur dans son porte-voix. Les membres sont fins mais robustes. La denture est complète et le caractère souple. Qui veut de cette belle gazelle qui semble tout droit sortie des contrées sauvages du Septentrion ? Lâchez moins de six cents cauris et ma femme me bat ce soir quand je vais rentrer à la maison.

Rires dans l'assistance, comme une houle. Le crieur

s'écarta de Mari, avança vers le bord de l'estrade. Assez plaisanté, les affaires sérieuses commençaient. Pour voir les bras se lever, pour repérer les acheteurs qui se manifestaient, l'homme au chapeau pointu devait sortir du cercle de lumière. Il cligna les paupières, accommodant ses pupilles à l'ombre de la place. Il distinguait à présent ce que Mari ne voyait pas, ces deux cents personnes amassées dont, fort de sa longue expérience, il savait interpréter les mouvements. Les gesticulations des badauds, les quolibets des plaisantins, il les ignorait. Il flairait sans coup férir les enchérisseurs sincères, ceux qui suivaient vraiment la vente et sortiraient à la fin de leur poche du bon métal doré.

— Six cents cauris, merci madame, vous venez de sauver mon ménage. Ah ! monsieur, grâce à vous, j'aurai la bise en plus. Six cent cinquante, monsieur, entre nous, c'est un cadeau que je vous fais.

Il y eut un silence. Mari s'y blottit, fermée à toute sensation. Plus rien soudain n'existait. Elle s'était absentée. Il n'y avait plus de lien entre ce qu'elle était, ce qu'elle savait être, et cette blanche créature livrée à la curiosité de centaines d'yeux étrangers. Mari partit sur la vague de rêves indistincts, comme un bouchon ballotté par l'océan.

— Sept cents, capitaine, elle est à vous. Madame ? Allez, madame, ne me faites pas languir. Peut-être qu'à ce prix-là vous voudriez aussi qu'elle sache lire et écrire ?

Les ricanements tirèrent Mari du songe informe auquel elle s'était abandonnée. Surprise, elle reprit possession de son corps dénudé. La colère la submergea.

Elle s'imagina dansant de façon grotesque, grimaçant, poussant des cris des singe, leur donnant à voir ce qu'ils la croyaient être. Mais elle représentait à cet instant la dignité de sa race. Elle prit la décision de mourir. Que ces regards ténébreux la clouent aux planches de l'estrade, qu'elle meure comme mourait au pays de ses ancêtres l'homme cloué à la croix de bois.

La somme enfla. Elle approcha les mille cauris. Le crieur s'excitait. Une belle vente, ce serait une belle vente. Que ce soit l'un ou l'autre, peu importait. Mari le savait désormais. Elle suivrait celui qui se présenterait puis elle lui échapperait. Le fleuve était tout proche. Elle s'y engloutirait.

Elle sourit, toute au soulagement de sa résolution.

— Capitaine, à mille cauris, la gazelle est à vous. Madame, je sens que vous avez des regrets. Et vous, au fond, vous vous apprêtez à commettre une erreur que vous ne vous pardonnerez jamais ! Mille cauris, une belle fille de cet âge, songez à l'usage qu'elle vous fera. Ouvrez toutes les coquilles du Sunugaal, jamais vous ne dénicherez une perle de cette qualité.

Le crieur ne braillait plus dans son porte-voix. Il avait maintenant identifié les trois clients qui assureraient le succès des enchères. Il s'adressait à eux et à eux seuls, comme s'il menait trois tête-à-tête au milieu de la foule. Il lui fallait les monter l'un contre l'autre, deviner ce qui les animait, comment aiguillonner leur convoitise, comment flatter leur vanité. C'était tout un métier.

— Vos amies vous l'envieront, madame. Et vous, capitaine, on croira que vous êtes allé la cueillir vous-même au bord de notre Comptoir le plus fertile.

Qu'est-ce que cinquante cauris, monsieur, tout là-bas ? Cinquante de plus, et vous emportez notre belle Corne d'Ivoire ! Pensez à la vieille servante boiteuse de vos voisins. Ils en baveront de jalousie, je vous le dis. Mille cinquante, madame, j'ai bien vu ?

Le crieur soupira.

— Mille cinquante et ces deux messieurs vont repartir bredouille. Approchez donc. Montez sur scène l'examiner de plus près, si vous le souhaitez. Nous n'avons rien à cacher.

Soudain, une voix surgit des ténèbres, hurlant :

— Mille deux cents et on n'en parle plus.

— Mille deux cents ! Vous avez bien offert mille deux cents, capitaine ? Madame, monsieur, c'est un véritable défi qui vient de vous être lancé. Allez-vous...

— J'ai dit : on n'en parle plus !

Le crieur resta un instant tétanisé devant la puissance de la sommation. Mille deux cents ! N'était-il pas possible de tirer encore un peu l'affaire ? Cependant, il sentit que les deux adversaires du capitaine avaient abdiqué. Mille deux cents, après tout, c'était inespéré. Il adjugea à sa façon habituelle, levant son chapeau pointu vers le ciel.

— Mille deux cents, la gazelle est à vous.

De retour dans le couloir, Mari récupéra sa tunique. Elle se sentait sale, souillée jusqu'au plus profond d'elle-même. Enfiler de nouveau le chiffon vert et crasseux ne la réconforta pas. On lui remit au poignet son bracelet de métal et on la dirigea vers une sortie. Celui qui serait désormais son Maître la prendrait là, sur un côté désert de la place. Dès que ses pièces auraient été comptées. Au marché aux esclaves, on ne faisait pas crédit.

L'homme émergea enfin de l'ombre. Mari étouffa un cri d'effroi. Une masse, un bloc des hanches aux épaules. Une tête ronde assise sur un bourrelet de graisse, le cheveu ras, le crâne pelé plutôt. Une paupière close, un nez presque large comme la bouche, une balafre sur tout un pan de la figure, comme une veine blanche sur la peau noire. Il avançait avec lenteur, en claudiquant. Quand il la regarda en portant, songeur, une main à son menton, Mari vit qu'il lui manquait un doigt.

— Une belle affaire que j'ai faite là, dit-il.

À l'évidence, il n'en pensait pas un mot.

Il y avait une courte chaîne au bout de la menotte. L'homme l'attrapa et tira la jeune fille après lui, comme s'il promenait un animal familier.

— T'as un nom ?

— Mari.

— Pourquoi pas ?

Ils allaient vers les quais. Le port. Les navires. Le fleuve. Ce ne serait plus très long. L'homme était vêtu de bleu sombre. Une veste froissée et un pantalon court, un toubé maintenu par une ceinture à coulisses. Sous la veste, un immonde maillot blanc, imprégné de sueur grisâtre.

Passé le moment de stupeur, Mari avait recouvré son calme. Elle avait décidé de ne plus rien craindre. Quelques minutes encore. Non, ce ne serait plus très long. D'un ton tranquille, peut-être pour masquer ce qui lui occupait l'esprit, elle se permit de demander à son tour :

— Et vous, vous ne me dites pas votre nom ?

L'homme ne releva pas l'insolence.

— Diaker. Capitaine Bakar Diaker.

Ils y étaient. Les odeurs du Kawungha prirent Mari à la gorge. Le vent s'était levé et faisait grincer les mâtures. Le capitaine Diaker se désintéressait de sa captive. Il scrutait les bateaux, les coques, les ponts. Les Makkas étaient toujours là. Apercevant les lanternes de papier accrochées dans les haubans, Diaker cracha sur les pavés. Les filles avaient déserté leur poste, ce soir. Ou bien elles avaient trouvé refuge quelque part, dans une cabine, dans une soute. Se donner à un Makka, quelle idée affreuse. Mari songea qu'elle ne connaîtrait jamais l'amour. Il était trop tard, maintenant. Sa décision était arrêtée.

Le pendentif lui pesait sur la poitrine. Elle aurait voulu l'arracher, ne pas l'emporter, pas là où elle allait. Mais il ne fallait pas éveiller la méfiance du marin. Il la tenait toujours en laisse. Un coup sec et il lâcherait la chaîne. Mari n'attendait pas le bon moment mais le bon endroit.

Ici. Un espace entre deux embarcations. Juste une pirogue, qui tirait sur sa corde, loin de la rive. Oui, ici. Le fleuve était comme elle se l'était imaginé. Noir. Il se refermerait sur elle et ce serait fini. Noir comme une tombe. Noir comme l'oubli.

Mari constata avec un peu de surprise qu'elle n'avait pas peur. Mais qu'aurait-elle craint ? Que pouvait-elle perdre ?

— N'y pense même pas.

Ni un ordre ni une menace. Comme une remarque qu'on fait en passant. Mari tourna vers l'homme un regard égaré. Tous deux s'étaient immobilisés à quelques mètres des eaux noires. Un coup sec. Il lâcherait prise, c'était certain. Mais elle ne le fit pas. Elle avait besoin de répondre.

— Je ne veux plus, dit-elle simplement.

— Quoi donc ?

— Je ne veux plus être l'esclave de quelqu'un. Je préfère l'eau noire. Je ne veux pas de vous. Je ne veux plus.

Bakar Diaker lâcha la chaîne.

— Tu es libre, dit-il.

— Libre ?

Le capitaine s'était remis à marcher. Elle le suivit.

— À bord, il n'y a pas d'esclaves, que des marins.

— Quelle est la différence ? Pour moi…

— Un marin ne fuit pas, il déserte. Un marin ne désobéit pas, il se mutine. La désertion, c'est cent coups de fouet, pas cinquante. La mutinerie, c'est pas une main coupée, c'est une pierre à la patte et un trou dans l'eau.

— Mais moi, je suis une esclave. Pas un marin. Une fille. Comment dit-on pour une fille, sur un bateau ?

— Un marin n'a pas de droits, il n'a que des devoirs, poursuivit Diaker ignorant la question.

— Alors, ça ne fait aucune différence.

— Tous les marins. Y a pas d'esclaves, pas de filles. Tous les marins sont pareils. Des hommes libres.

Mari ne put s'empêcher de rire.

— Est-ce que je vais devenir un *homme* libre ?

— Je n'en fréquente pas d'autres.

Ils s'éloignaient du bassin où l'on tenait à l'amarre

les plus beaux voiliers, les bâtiments de commerce, laissant derrière eux le ponton de la Compagnie puis aussi le hangar où Mari avait commencé sa première nuit à Ziguinchor. Maintenant, les bords du fleuve s'encombraient surtout de pirogues, de barges, de coquilles de noix.

— Je n'y connais rien, dit Mari. Je ne sais même pas nager.

— Un marin ne nage pas, il navigue. Et manier le cabestan, tu sais ?

— Non.

— Hisser les voiles ?

— Non.

— Lire une carte, faire le point ?

— Mais non !

— Coudre ?

— Oui. Oui, je sais coudre.

— Tu seras un marin qui coud.

— Un homme qui coud ?

Mari finissait presque par trouver leur conversation amusante.

— Un marin libre qui coud, rectifia Bakar Diaker.

Le capitaine avait fait halte, à l'écart du cœur de la cité, des entrepôts et des beaux bateaux. À force de marcher, Mari et lui s'étaient éloignés de tout. L'eau, ici, semblait lécher la berge. La jeune fille dévisagea son nouveau propriétaire, se demandant soudain avec angoisse pourquoi il l'avait attirée dans ces parages déserts.

— Je te fais peur ?

La bouche sèche, Mari écarquilla les yeux. Avec sa

balafre, sa paupière en berne, son mufle bestial, son cuir chevelu malade, l'homme était effrayant. Elle acquiesça, tant il lui eût paru sot de nier.

— Tu crois qu'un marin répond d'un signe de tête ?

— Non, Maître.

— Non qui ?

— Non… monsieur.

— Capitaine !

— Non, capitaine.

— Bien. Tends-moi ta main. Non, l'autre.

Celle où on avait fermé le bracelet de métal. Bakar Diaker chercha la clé dans ses poches. Il lui libéra le poignet et jeta la ferraille dans le fleuve.

— C'est là, dit-il.

Mari ravala un cri de stupeur. L'embarcation était si plate qu'elle ne l'avait pas remarquée. Une sorte de péniche brunâtre que la rouille tachait par places de rouge. Assez large et plutôt courte, elle se fondait dans la surface lisse du fleuve, sans jeter aucun reflet. Sur son flanc courait une chaîne énorme, semée de dizaines de godets de métal. Une antiquité.

— Et les…

Bakar Diaker jeta vers Mari un regard terrible. Menaçant ? Non. Une bête blessée, songea-t-elle.

— Quoi ? Qu'est-ce qu'il y a ?

— Les voiles, capitaine…

— C'est provisoire, dit Diaker. Ça flotte, rien de plus. Un contretemps, voilà.

Il semblait dépité, presque humilié.

— On dort en bas, précisa-t-il. On fait tout en bas. Tu sais reconnaître un bateau ?

— Oui, capitaine.

Le seul bateau qu'elle eût vraiment vu naviguer, avec des voiles gonflées de vent, c'était celui de Lisha, sur le bassin de Ker Samba.

— Alors, quand j'en aurai un, tu t'en apercevras.

Il la poussa sans rudesse vers la péniche.

— T'es capable de te débrouiller ? J'ai à faire.

— Qu'est-ce que…

— En bas. Tout est en bas.

— Mais…

— Tu t'installes. Tu attends. Si tu as faim, tu manges. La cambuse est à tout le monde. Ce n'est pas du vol. Doucement avec le tonneau. C'est de l'eau-de-vie.

Diaker tourna le dos puis se ravisa.

— J'ai ta parole, n'est-ce pas ? Pas de bêtises !

Mari ne répondit pas.

— J'ai du cordage pour t'attacher s'il faut.

Mari comprit que le capitaine ne craignait pas qu'elle prenne la fuite mais qu'elle n'aille au bout de ses funestes intentions. Le personnage la déroutait, lui inspirait des sentiments étranges et confus. Cela suffit à dissiper ses pensées les plus sombres.

— Promis, souffla-t-elle. Parole de marin, capitaine.

Le sourire de Bakar Diaker la laissa désemparée. Mari venait de mettre le pied dans une nouvelle vie mais elle n'avait pas la moindre idée de ce qu'elle serait.

22
LISIMBA TAM

Au terme de quelques minutes de réflexion, Mari parvint à la conclusion stupéfiante que, pour la première fois de sa jeune existence, elle n'avait plus de Maître. Par ailleurs, elle avait désormais un capitaine. L'avenir lui révélerait laquelle de ces deux situations était la moins enviable. Sans autoriser son cœur à se gonfler d'espoir, elle estima finalement qu'elle risquait peu de perdre au change. Cependant, Bakar Diaker ne tarderait sans doute pas à découvrir quel piètre marin il avait enrôlé…

Disciplinée, elle descendit les quelques marches de l'escalier de métal raide comme un cou de girafe. Il régnait en bas une écœurante combinaison d'odeurs diverses, tabac, alcool, vieille graisse, huile de lampe. Le lieu était vaste, vaguement compartimenté. Dans un coin, un hamac était suspendu. Dans un autre, une table était rivée au sol ; dessus, des documents tenus en place par un galet poli. Des caisses, vides pour la plupart. Un fauteuil sans pieds, un sommier sans matelas, des rouleaux de cordage, une bouée. Le tonneau et son eau-de-vie.

Mari se permit de tirer un rideau, d'inspecter les étagères où se mélangeaient vaisselle et outils. Elle ouvrit la porte de fer rouillée d'une grosse armoire baignant dans une flaque d'eau et la trouva vide. Le capitaine pouvait bien être généreux de ses provisions, il n'y avait rien à manger. L'immobilité de l'embarcation la troublait. Elle n'avait pas le sentiment d'avoir quitté la terre ferme.

Bientôt, elle s'ennuya. La fatigue lui avait brisé les membres et alourdi la tête, mais le feu brûlant de ses émotions refusait de s'éteindre tout à fait. Elle ne pourrait dormir tant qu'elle ignorerait ce que serait demain. Mari s'affala dans le fauteuil, se calant dans les ressorts de la carcasse dépenaillée. La main serrée sur le médaillon, elle s'efforça de guider son imagination vers les espaces venteux de la mer. Elle dressa sur la péniche des mâts, les garnit de voiles, et se laissa emporter. Sans but, sans horizon. Juste le ciel et l'infini des eaux.

Sans doute s'assoupit-elle. Les grincements de l'escalier lui arrachèrent un sursaut. Elle faillit crier. Le capitaine Diaker était de retour. Mari se redressa et découvrit un personnage qu'elle ne connaissait pas. Jeune. Pas très grand. Costaud à première vue mais plutôt grassouillet au fond. Souriant. Il se dirigea droit vers elle, portant sur l'épaule un grand sac brun d'où coulait un filet d'eau. Dévisageant la jeune fille sans la moindre retenue, il déposa son fardeau avec une exclamation de soulagement. Le garçon était trempé sur tout un côté. Un maillot moulant et un pantalon court l'habillaient.

— Comme ça, vous n'avez pas sauté à l'eau ?

Il la vouvoyait. Quand donc un homme à la peau sombre s'était-il adressé à elle de cette façon ? C'était simple. Jamais. Mari en éprouva presque du malaise. Oh ! si, cela lui revenait à présent. Il y avait eu ce garçon de Ziguinchor qui capturait des images derrière les rideaux noirs de sa grande boîte magique. Il lui avait parlé avec respect, sans se permettre de la tutoyer. Mais tout laissait penser que le pauvre n'avait pas toute sa raison.

— Le capitaine m'a demandé de vous repêcher, au cas où.

Il se dirigea vers l'armoire et l'ouvrit. Du sac, il extirpa quelques denrées, du poisson, de la viande séchée, des légumes et des fruits, puis ce qui l'emplissait quasi en entier : un énorme bloc translucide, un parallélépipède ruisselant.

— Qu'est-ce que c'est ?

Mari s'était redressée. Elle s'arracha au fauteuil et vint examiner la chose. Sentant le froid, elle s'agenouilla, posa les mains sur la surface humide. Elle demeura un moment ainsi, émerveillée, tandis que le garçon enfournait ses provisions dans l'armoire.

— Vous allez rester soudée. Dois-je vous mettre au frais ?

— Est-ce que c'est… de la neige ?

Le jeune homme éclata de rire.

— Priez pour qu'il ne vous tombe jamais un flocon comme ça sur la tête.

Mari rougit, humiliée qu'on la prenne pour une idiote.

— Je sais comment est la neige, comme… comme ce qui entoure la graine du bentenier. Je voulais dire…

— Une très grosse graine ? suggéra le garçon.

— De la glace, voilà.

— Pardon.

Il souleva le bloc de glace et le plaça en bas de l'armoire, sous les provisions, dans un grand récipient de faïence, avant de refermer la porte.

— Vous pensiez que la glace était faite avec de la neige ?

Mari haussa les épaules.

— On n'en utilisait pas à Ker… là où j'étais.

— Dans la brousse ? Non, elle arriverait à l'état liquide.

— J'ai toujours rêvé de voir de la neige, dit Mari.

Le garçon fit la moue.

— C'est froid, ça mouille et ça devient très vite de la gadoue. Rien de si merveilleux, à mon avis.

Mari avait repris place dans le fauteuil. Le jeune homme s'assit par terre, à ses pieds, admirant ses jambes nues d'un air intéressé.

— Mari, si j'ai compris, dit-il. Moi, c'est Lisimba. Lisimba Tam.

— Et… où avez-vous vu de la neige, si je peux me permettre de vous interroger ?

— Là où il y en a. Au Nord.

La jeune fille écarquilla les yeux.

— Au Septentrion ? Vous êtes allé dans mon pays ?

— Votre pays, c'est ici, certifia Lisimba Tam en posant négligemment une main sur le genou de la jeune fille.

Mari se raidit mais n'osa pas protester. Lisimba sortit de sa poche un cigare déjà à demi consumé et en ralluma l'extrémité carbonisée à l'aide d'une allumette qu'il gratta sur le bois du fauteuil.

— J'ai fait trois voyages avec le capitaine Diaker. Mais le prochain... le prochain... c'est pas pour demain. Les filles doivent se demander ce que je deviens.

— Quelles filles ?

Un grand sourire de satisfaction éclaira la figure ronde de Lisimba Tam.

— J'en avais une dans chaque Comptoir. Les filles du Nord sont exactement comme j'aime. Ici, elles sont trop compliquées.

— Et là-bas ?

— Plutôt sauvages au début mais après... pas trop farouches. Il suffit d'avoir des petites choses à leur donner. Et puis... hé ! je crois qu'elles étaient flattées qu'un beau gars comme moi s'occupe un peu d'elles.

— Vraiment ?

Cette fois, Mari se permit d'arrêter la main du garçon, qui doucement glissait sur sa cuisse.

— Faut me voir après quinze jours de mer. Une liane ! Ici, je m'empâte. C'est moi qui fais la cuisine et, comme je m'ennuie, je mange tout le temps. Alors, sans exercice...

Mari saisit le poignet de Lisimba Tam au moment où le bout de ses doigts soulevait l'ourlet décousu de la tunique.

— Moi, dit-elle, je suis très sauvage et très farouche.

— Il faut bien s'occuper, répliqua le garçon en recrachant un gros paquet de fumée nauséabonde.

— Nous pouvons continuer de parler. Je suis sûre que vous avez des histoires passionnantes à raconter. Est-ce que vous comptez repartir bientôt pour le Septentrion ?

Lisimba Tam leva les yeux au ciel.

— Pas sur ce tas de ferraille, en tout cas. Pas tant que le capitaine n'aura pas trouvé les moyens de s'acheter un nouveau voilier. Les affaires ne sont plus ce qu'elles étaient.

Agacée par la fatuité du jeune homme, Mari éprouva l'envie de se vanter à son tour.

— Vous semblez dire qu'il manque d'argent. Pourtant, il m'a payée un bon prix. Mille deux cents cauris... je crois que personne n'a dépassé cette somme aujourd'hui, au marché.

— Un pur gaspillage, jugea Tam en lui caressant le mollet.

Mari lui décocha un brusque coup de pied, la pointe de la mule soyeuse en pleine poitrine.

— Hé !

Confuse, la jeune fille regarda Lisimba Tam épousseter la cendre répandue sur la manche de son maillot. Mais rien ne semblait pouvoir ébranler son caractère placide.

— Parfois, je ne le comprends pas.

— Le capitaine ?

— Si je ne le connaissais pas, je m'imaginerais qu'il a voulu me faire un cadeau.

— C'est de moi que vous parlez ?

— Il sait comment je les aime. Les yeux bleus, les cheveux blonds, presque blonds, la peau bien crémeuse... il ne pouvait pas mieux choisir. Mince et musclée, en plus, et futée...

Mari chercha comment résumer ce qu'elle éprouvait.

— Vos insultes me vont droit au cœur, monsieur Tam. Mais j'ai décidé de ne plus être une marchandise. Jamais ! D'ailleurs, le capitaine Diaker m'a rendu ma liberté. Il affirme que je suis un marin, désormais.

— On voit bien que vous n'avez jamais vécu à bord d'un bateau. Surtout sous le commandement du capitaine.

— Que voulez-vous dire ?

— Quand vous naviguerez sous ses ordres, vous ne tarderez pas à regretter les plantations. Moi, en tout cas, au bout d'un mois, je ne rêve plus que d'une chose : attraper la peau blanche et aller casser des cailloux sur les routes.

— Désolée pour ma couleur mais, rassurez-vous, ça ne s'attrape pas. Ce n'est pas une maladie. Par ailleurs, sachez que je n'ai jamais travaillé dans les plantations ni cassé de cailloux.

Lisimba Tam se mit de nouveau à rire. Brusquement, il attrapa l'une des jambes de Mari et lui embrassa le genou.

— Je crois qu'on va s'entendre à merveille, tous les deux. J'adore les filles comme vous. J'ai l'impression d'être déjà à moitié amoureux.

— Vous plaisantez !

— Je suis très sérieux. Dans ce pays, la plupart des Blanches ont perdu ce côté exotique qui fait leur charme. Quand je vous vois, c'est un peu comme si j'étais de retour dans les Comptoirs.

— Un coup vous détestez les voyages, un coup vous les aimez.

— J'aime quand je suis arrivé. Les filles de là-bas, les paysages... l'authenticité. Quand vous vous éloignez des Comptoirs, vous avez le sentiment de découvrir la vraie Nature. Il faut avoir visité les contrées du Nord pour comprendre ce qu'est une saison. Quand vient le froid, les feuilles des arbres tombent et font une sorte de tapis dans les forêts... c'est magnifique. Même la pluie est différente, plus douce, plus légère. J'espère que vous aurez un jour l'occasion de voir les champignons qui sortent du sol... on dirait de la magie ! Et ces animaux ! Je crois qu'il n'y a rien de plus beau qu'un loup.

La main de Lisimba Tam escaladait encore une fois sa jambe. Mari n'avait plus envie de la chasser. C'était la première fois que quelqu'un lui parlait ainsi de son pays. Lisimba avait vu le Septentrion et l'avait aimé. Elle aurait donné beaucoup pour l'entendre encore. Pourtant, la situation devenait périlleuse. Puisqu'elle ne se défendait plus, le garçon s'enhardissait. Voilà que son bras s'était engouffré sous la tunique.

— Dites-moi... dites-moi d'autres choses sur mon pays.

Lisimba Tam fronça le nez. Il avait de moins en moins l'esprit à la conversation. Mais il avait bien compris aussi de quelle façon distraire la belle et faire tomber ses défenses. Du coup, il ne songea même pas à lui rappeler que non, son pays n'était pas celui qu'elle croyait.

— C'est difficile à résumer en quelques mots. Dès que vous vous éloignez de la civilisation, n'importe quoi peut vous arriver. Ce sont des régions plutôt rudes. Vous pouvez mourir de froid ou emporté par la crue d'une rivière, être dévoré par les loups, agressé par des brigands, transformé en purée par la Peste...

— Je préférais ce que vous racontiez tout à l'heure. Ça semblait plus accueillant. Mais je vois que vous en êtes revenu vivant !

— Eh bien, je m'en suis parfois tiré de justesse. Croyez-moi, quand vous êtes entouré par une dizaine de bandits affamés brandissant des gourdins et des haches, vous n'en menez pas large.

Mari tenait à présent la main du jeune homme avec toute la force dont elle se sentait capable. Déjà, elle l'avait laissée s'égarer plus loin qu'elle n'avait à ce jour permis à une main étrangère de le faire. Même Paolo ne s'était jamais autorisé de telles privautés.

— Avez-vous entendu parler d'un homme blanc qui invente des machines extraordinaires, avec plein de roues, d'engrenages, de leviers, de... enfin... je n'ai pas assez d'éducation pour vous les décrire mieux.

— Des machines ? Quelle drôle d'idée. Le Septentrion est peuplé de sauvages, au cas où on ne vous en aurait pas avertie. Des sauvages qui vendent leurs semblables comme esclaves en échange de quelques babioles ou d'un peu de poudre à fusil.

— Ils ne sont pas tous comme ça. Je le sais. Certains écrivent des livres, sculptent des statues, peignent des tableaux...

— Il y a encore beaucoup à découvrir, admit Lisimba Tam avec un haussement de sourcils dubitatif.

Il était pour sa part parti à la découverte de lieux que

nul n'avait abordés avant lui. Mari lâcha un gémissement de surprise indignée. Mais elle cédait du terrain.

— Il faudra me mériter, monsieur Tam, dit-elle enfin en se reculant le plus qu'elle pouvait dans le fauteuil dépenaillé.

— Est-ce un défi ?

— Oui !

Mari avait presque perdu la partie. Elle se cramponnait maintenant au coude du jeune homme, qu'elle cherchait en vain à repousser.

— J'adore ça. Dites !

— J'ai… je me suis fait un serment, improvisa Mari. Je me donnerai à l'homme qui m'emmènera là-bas. Au Septentrion. Chez moi. Personne…

Écarlate, elle enfonça ses ongles dans le bras de Lisimba.

— Personne… avant…, conclut-elle.

Lisimba Tam, certainement, ne se serait pas découragé pour si peu. Mais quelques coups sourds firent résonner le toit au-dessus de leurs têtes. Un pas, un pas terriblement lourd. Lisimba éclata d'un rire trop joyeux pour être sincère.

Mari l'interrogea du regard, étreinte par une soudaine terreur.

— Vous allez regretter vos paroles, certifia le jeune homme.

— Quoi ? Pourquoi dites-vous ça ?

— Parce que si quelqu'un peut vous emmener là où vous désirez aller… c'est lui !

Mari avait les yeux fixés sur les quelques marches

dressées comme une échelle. Les jambes de Bakar Diaker apparurent, puis son torse. Enfin, sa tête effrayante.

Lisimba Tam s'était sagement écarté. L'œil valide de Diaker le fusilla.

— Ni à ton poste ni au lit. Voilà ce que j'appelle être inutile.

— Capitaine !

Puis le marin se tourna vers Mari, qu'il contempla un moment d'un air perplexe. La jeune fille s'était extirpée de la carcasse du fauteuil et se tenait debout face à lui, le visage cramoisi, la tunique retroussée et collée à ses flancs par la sueur.

— Une fille à bord, ça porte malheur, dit Diaker. Désormais, tu mettras des culottes.

— Capitaine ! cria-t-elle, supposant qu'il fallait répondre ainsi que Lisimba l'avait fait.

— Allez, tout le monde au lit. Pas de quart, ce soir.

Mari surprit le sourire ironique de Lisimba mais ne put le comprendre, ignorant ce qu'était un quart. Non, ce soir, il n'y en aurait pas, pas plus que la veille ou le lendemain. Pas tant que la vilaine péniche du capitaine Bakar Diaker n'aurait ni mâts ni voiles, tant qu'elle serait amarrée à un quai désert de Ziguinchor, pas tant que les vastes espaces océaniques se déroberaient. Tant que le capitaine Diaker ne serait plus que l'ombre du marin qu'il avait été.

Lisimba Tam dormait dans un coin, près des marches que le capitaine appelait « l'échelle de coupée », sur un tas de coussins. Bakar Diaker quant à lui s'installa dans un hamac, à l'autre bout de la soute. À Mari, on offrit un refuge abrité par des caisses et un rideau tendu entre deux anneaux.

Affalée sur des sacs de jute garnis de kapok, elle attendit avant de fermer les yeux que le pétrole de la dernière lampe se fût consumé. Lisimba Tam emplissait toutes ses pensées.

Le crieur du marché avait fait d'elle une chose. Bakar Diaker voyait en elle un homme. Lisimba, lui, l'avait touchée comme on touche une femme. Elle avait senti son désir, avait failli y succomber. Si seulement il pouvait prendre le gouvernail du navire, elle serait à lui. Cependant, dès qu'elle fermait les paupières, c'était le visage couturé et le crâne pelé du capitaine qui lui apparaissaient.

Mais pouvait-on se donner à un homme qui vous faisait porter des culottes ?

23
AU TÉROU

Les chariots à vapeur arrivèrent le lendemain matin à la première heure. Traînant de longues remorques, ils se rangèrent sur le quai face à la péniche du capitaine Diaker. À bord, on terminait un petit déjeuner préparé par Lisimba Tam dès le lever du jour. De la bouillie de mil, du poisson salé trempé dans du lait, de la viande fumée, on faisait comme si l'embarcation traçait sa route à mille lieues des terres. Tous trois mangeaient debout, autour d'un tonneau dressé. Bakar Diaker y posa devant chacun un gobelet de bois. Les hommes et la femme, le capitaine, le matelot et la petite esclave rebaptisée marin, tous furent traités de la même façon : d'une bouteille trapue de verre opaque, Diaker fit jaillir trois rasades limpides. Mari, déjà, avait eu quelque mal à avaler dès le réveil le poisson gorgé de sel et la viande découpée en lanières coriaces. L'odeur de l'eau-de-vie la fit vaciller.

— Allez ! l'encouragea le capitaine. Faut prendre des forces.

— Je crains plutôt de perdre le peu que j'ai, répondit Mari.

— Que tu boives ou pas, il va t'en falloir, dit Lisimba. D'après ce que j'ai vu en montant sur le pont, ce qui nous attend dehors…

— Quoi ?

Le jeune homme réfléchit un instant.

— Comme si nous devions déplacer un troupeau d'éléphants, cornes comprises, dit-il.

Bakar Diaker éclata de rire.

— Sauf que ces éléphants-là n'ont pas de pattes.

Lisimba hocha la tête.

— Oui, c'est bien ça l'ennui.

Mari trempa ses lèvres dans le liquide, grimaça, reposa le gobelet.

— Je pensais que vous m'aviez achetée pour faire de la couture, capitaine.

— Et de la broderie, sans doute, glissa Lisimba.

Diaker s'était assombri.

— Je n'ai besoin ni d'une couturière ni d'une flemmarde. Et j'ai trop besoin d'argent pour le gaspiller à entretenir des dames de compagnie.

— Mais vous m'avez dit…

— Je sais ce que j'ai dit. Je sais aussi ce que j'ai oublié de dire. Par exemple que rien ne m'est plus désagréable que la présence à bord d'une personne de ton sexe. Et que je pourrais imaginer des millions de manières de dépenser mille deux cents cauris plus utiles que l'achat d'une petite Face de Craie. Enfin, surtout une.

— Une ?

— Une manière. Utile. De dépenser… bah ! tu m'exaspères.

Mari but une gorgée d'eau-de-vie, attendit que le rouge lui fût monté aux joues, et s'exclama :

— Eh bien, si votre œil gauche ne voit pas, il fallait me regarder avec l'autre avant d'acheter ! Et, si ma présence vous gêne, il ne fallait pas m'empêcher de sauter à l'eau, hier soir.

— Ça, ça vaut trente coups de fouet, commenta Lisimba Tam.

— Elle a raison, le reprit Diaker. C'est juste que, dans ma situation, on ne laisse pas mille deux cents cauris sauter à l'eau. Allez ! Assez parlé. Si nous ne nous mettons pas au travail, Mari n'aura jamais de voiles à repriser.

La jeune fille sourit. Bakar Diaker pouvait bien la traiter de Face de Craie tant qu'il savait également la désigner par son nom. L'homme, au fond, ne devait pas être aussi rude qu'il voulait le paraître. Mais, pour s'en convaincre, il fallait éviter de le contempler de trop près. Car, à cet instant, dans la lumière qui tombait de l'écoutille ouverte, il présentait un spectacle repoussant. La balafre qui lui barrait la moitié du visage était plus qu'une cicatrice : un hideux bourrelet de chair. Et la peau de son crâne avait été rongée par une abominable maladie.

Pourtant, Mari eut envie de lui plaire et de se consacrer aux tâches de la journée avec l'ardeur d'un homme d'équipage exemplaire. Elle passa derrière son rideau et réapparut vêtue d'un maillot et d'un pantalon court. Pieds nus, pour ne pas abîmer ses belles mules en peau de chèvre.

Deux esclaves étaient restés pour leur prêter assistance, un Blanc sec et nerveux, un Gris tout en longueur et à l'air lymphatique. Sous un soleil noyé dans les brumes, pareil à une pastille d'or enveloppée d'ouate, ils s'alignèrent à cinq contre la rambarde de la péniche pour jauger la situation. Diaker désigna du doigt les colis qui devaient être chargés en premier, les plus longs, les plus volumineux.

Mari contempla un moment les caisses empilées sur les remorques. Aucune ne semblait aux dimensions de ses bras de jeune fille. Elle soupira, songeant que la vie de marin n'était peut-être pas faite pour elle.

Une demi-heure plus tard, couverte de bleus et les muscles en feu, elle en était sûre.

Les hommes peinaient eux aussi. L'un après l'autre, sauf lorsqu'ils devaient se mettre à deux pour porter une charge, ils franchissaient la passerelle de bois jetée entre le quai et la péniche. Peu à peu, le pont de l'embarcation se garnissait.

Pour oublier fatigue et douleur, Mari laissait vagabonder son imagination. Difficile de deviner ce qui se trouvait dans les caisses de bois ou les malles de cuir. Mais certaines longues pièces, tout emmitouflées d'une sorte de laine, pouvaient bien évoquer des mâts. Et ces rouleaux de toile goudronnée, n'étaient-ce pas des voiles ? Le capitaine Diaker emportait-il donc sur l'horrible péniche les morceaux de son futur navire ? L'envie d'interroger Lisimba la tenaillait. Un bateau sur un autre bateau, l'idée paraissait tellement étrange.

Vers la fin de la matinée, l'occasion se présenta. Lisimba Tam était seul sur le pont où il arrimait certains colis à l'aide de grosses cordes de chanvre. Mari le rejoignit et lui proposa son aide. Posant un doigt sur sa bouche, le jeune homme lui fit signe de s'accroupir auprès de lui. Puis il tira de sa poche un bout de cigare et l'alluma.

— Nous avons mérité une pause, dit-il.

Glissés entre deux piles de caisses, ils échappaient aux regards. Ne sachant comment entamer la conversation, Mari attrapa la première image qui lui traversa l'esprit.

— Je connais un ingénieur qui rirait bien en nous voyant. Un Peul. Il a conçu des machines qui permettent de monter les charges avec des… enfin, des roues, des leviers, des poulies…

— Ah oui ? Vous devriez le présenter au capitaine. Mais, décidément, les machines vous passionnent.

— C'est vrai, nous avons déjà abordé la question, reprit Mari, enhardie par l'attention qu'on lui prêtait. Il existe en effet dans mon pays un homme qui dessine de tels mécanismes. C'est une sorte d'ingénieur, lui aussi. Mais, hélas, uniquement par le dessin. Les machines qu'il invente restent dans sa tête. Il lui faudrait disposer de nos moyens modernes pour pouvoir les construire.

— Et vous, si aviez la peau noire, sans doute pourriez-vous épouser le roi du Sunugaal, plaisanta Lisimba.

Mari haussa les épaules.

— Un jour, affirma-t-elle, je serai reine du Septentrion et vous vous prosternerez à mes pieds.

— Je peux le faire tout de suite, si vous le désirez.

La jeune fille se recroquevilla dans sa cache étroite entre deux caisses d'où suintaient des odeurs de graisse et de pétrole.

— Je connais vos tours, monsieur Tam. Vous avez déjà essayé hier. Dites-moi plutôt ce que nous sommes en train de faire. Est-ce que nous transportons des voiles et des mâts ?

Lisimba Tam écarquilla les yeux de façon comique.

— À ma connaissance, dit-il, le meilleur moyen de transporter des voiles, c'est encore de laisser le vent souffler dedans.

Il réfléchit un instant, la tête renversée vers le carré de ciel bleu que découpaient au-dessus d'eux les colis empilés. Puis, le polluant d'un jet de fumée, il répondit :

— Un gros coup, à mon avis. Mais il va lui en falloir pas mal comme ça s'il veut repartir.

— Nous nous échinons pour qu'il puisse s'acheter un nouveau bateau, c'est bien cela ?

— Si je souhaite naviguer de nouveau un de ces jours et si vous désirez qu'il vous emmène loin d'ici, nous avons intérêt à ce qu'il y parvienne. Mais, très franchement, je n'y crois pas beaucoup.

— Oh !

Mari sentit un immense sentiment de déception l'envahir. Comme si, une fois encore, le tout petit espoir qu'elle avait vu miroiter un instant s'était aussitôt éteint.

— Un bâtiment de haute mer coûte des dizaines de milliers de cauris. À mon avis, il faudra que cette gamelle puante sillonne le Kawungha pendant des siècles avant que le capitaine n'amasse une telle somme. Surtout s'il continue à dilapider son argent sans réfléchir.

— Merci pour moi mais peut-être le capitaine finira-t-il par admettre qu'il a fait un bon investissement.

— Ce n'est pas ce qu'il avait l'air de dire tout à l'heure.

— Non, admit Mari, mais personne ne l'a obligé à m'acheter. Il y avait même de la concurrence, vous savez. Oui, cela aussi, je vous l'ai déjà dit. On m'a traitée comme une chose, comme un objet... Ceux de votre race refusent de me regarder comme un être humain et je crains que vous ne soyez pas meilleur qu'eux.

Lisimba Tam l'examina comme s'il la voyait pour la première fois.

— Il existe de très jolis objets, dit-il enfin. Mais Diaker n'a pas l'âme d'un collectionneur, voilà ce qui m'étonne.

— Est-ce qu'il n'allait pas chercher des pièces de collection, au Septentrion ?

— Non, pas vraiment, pas au début en tout cas.

— Seulement des denrées comme le vin, des fruits exotiques, du bois de construction, du marbre, du charbon ? devina Mari.

— Ce genre de commerce ne l'a jamais beaucoup intéressé non plus.

— Quoi, alors ?

— Les Cornes d'Ivoire, bien sûr.

Mari hoqueta. Ce fut comme si le petit coin de ciel bleu lui tombait sur la tête. Lisimba Tam avait dit cela d'un ton si tranquille. Et, maintenant, il observait ses réactions avec amusement.

— Vous vous moquez de moi.

— Croyez ce que vous voulez.

— Alors, vous aussi, vous…

— Non. Pas moi. C'était avant. À l'époque où Diaker possédait son propre ivoirier. Quand je l'ai connu, il faisait du trafic d'art blanc pour le compte d'un armateur. Il était toujours capitaine mais ce n'était plus son bateau et il n'était pas heureux. Puis il a été licencié et il s'est retrouvé sur cette maudite péniche. Je suis le seul à l'avoir suivi. Oui, de tout l'équipage…

La voix de Bakar Diaker leur déchira les tympans.

— Tam ! Où es-tu ! Tam !

— Pour mon malheur, marmonna Lisimba.

— Et la fille ? Au travail tous les deux ! Tam ! Tam !

Mari sortit de sa cachette en chancelant. Sa première impression, finalement, avait été la bonne. Elle était tombée entre les pattes d'un monstre. Et, quoi qu'il prétende, le capitaine Diaker, par le passé, avait dû embarquer sur son navire nombre de personnes de sexe féminin. De pauvres créatures sans défense, arrachées à leur terre, et mises aux fers dans les ténèbres malsaines d'une cale.

Le trafic des Cornes d'Ivoire était aujourd'hui interdit, Mari le savait. Pas par humanité. On l'avait interrompu pour éviter que les épidémies qui avaient ravagé le Septentrion ne se propagent en Afirik. Plusieurs foyers de Peste, déjà, s'étaient déclarés autrefois sur la côte.

— Quand je serai reine du Septentrion, gronda-t-elle à l'oreille de Lisimba, je vous pendrai tous les deux à des crochets. Juste au-dessus du marigot où les crocodiles attendront que vous tombiez par petits morceaux.

Mari retourna à sa tâche, trimballant jusqu'à l'épuisement caisses, tonneaux, bidons et colis de toutes sortes, l'œil sans cesse en alerte afin de ne pas croiser le chemin du capitaine Diaker.

Avant la fin de la journée, le transbordement était achevé. Enseveli sous les formes les plus diverses, le pont portait désormais une montagne dont les sommets n'étaient pas de neige mais de toile écrue. Et l'eau semblait avoir monté. Enfin, c'était la péniche qui s'enfonçait sous la charge.

Mari ne put éviter plus longtemps le capitaine Diaker. Il l'appela auprès de lui, ainsi que Lisimba Tam. Le marin paraissait satisfait.

— Tu continues sans doute de te demander quelle différence il y a entre la vie de marin et la vie d'esclave, lança-t-il à l'adresse de la jeune fille. Eh bien, je vais te le dire. Allez ! Tout le monde sur le quai.

— Qu'est-ce que vous allez me dire ?

— Au Térou ! s'écria Bakar Diaker.

Mari n'en apprit pas davantage. Mais elle se vit soudain marchant vers le quartier du port, ses maisons basses et ses ruelles tortueuses, encadrée par deux hommes noirs. Car ils allaient ainsi, l'un à sa droite, l'autre à sa gauche, comme si vraiment, réalisant le plus insensé de ses rêves, ils l'avaient élue reine du Septentrion. Pour la première fois de sa vie, elle eut envie que les gens la regardent. Ils ne l'auraient pas devinée reine, sans doute, mais ils penseraient que ces trois-là avaient été créés égaux, que ce fût par le Grand Esprit ou par le dieu de bois. Peut-être. Comme ses compagnons ne lui parlaient pas, Mari, fièrement, remuait les lèvres en silence. Ainsi les gens penseraient-ils que non seulement les deux hommes l'escortaient, mais qu'ils l'écoutaient.

Elle souriait, inclinant la tête d'un côté et de l'autre, puis reprenait son monologue muet. Les mules en peau de chèvre étaient légères comme des nuages et même ses nippes, son vilain maillot et son pantalon d'homme, de marin, lui semblaient des habits de gala. Par moments, sans même s'en rendre compte, la jeune fille tirait sur une manche ou se massait les poignets : pas de tunique verte, non, ni de bracelets ni de chaînes. Le capitaine Diaker était un monstre ? Elle n'y songeait plus.

Par malheur, les passants qu'ils croisaient ne leur prêtèrent guère attention.

Par bonheur, Diaker et Lisimba ne tournèrent jamais les yeux vers elle, trop préoccupés qu'ils étaient par leur but : le Térou !

Ils n'eurent qu'une brève façade à longer. Le Térou était déjà là, presque à l'angle d'un quai creusé par un sillon où courait un épais rail noir. Les lettres vertes s'inclinaient au-dessus de la porte, tel un chapeau abritant les vitres. Térou, devina-t-elle. Térou, le port.

Bakar Diaker entra le premier dans la salle enfumée. Longue et coudée, empestant l'alcool et la sueur. Les habitués y formaient comme un chapelet, assis sur des tabourets autour de petites tables rondes et basses. Le capitaine mit un moment à repérer un endroit à sa convenance, trois sièges libres, sous la balustrade qui protégeait un bout de plancher suspendu à hauteur d'homme ou à peine plus.

Ils s'installèrent sous ce toit branlant que des semelles faisaient sans cesse gronder. Ayant pris ses ordres auprès de Diaker, Lisimba se chargea de l'approvisionnement. Il revint du guichet perdu dans des fumées bleues avec une bouteille de vieux rhum, trois verres minuscules et une poignée de cigares torsadés.

D'un coup d'œil, Mari constata qu'elle était l'unique personne de sa condition. Seule de son sexe et de sa couleur. Pour la conduire ici, le capitaine Diaker avait probablement oublié qui elle était. Il emmenait en bordée son équipage au complet. Deux marins, sans autre distinction. Et il les servait. Trois rasades jetées avec précision, emplissant les verres au point que la surface ambrée semblait bombée. Il fallait tenir le godet entre le pouce et l'index et le monter bien droit jusqu'aux lèvres, qu'on trempait à peine. Ensuite, aspirer quelques gouttes. Enfin, renverser la tête et lamper le reste, d'un coup. C'était ainsi du moins que procédaient Diaker et Lisimba. Mari tâtait encore le rhum du bout de la langue qu'ils s'étaient déjà resservis. Quand ils avalèrent leur troisième verre, elle recrachait pour sa part les vapeurs d'une toute première gorgée, dans un interminable soupir, les yeux mouillés, le nez et la gorge chauffés au rouge.

Ils firent une pause pour allumer les cigares. Mari refusa d'un geste de la main celui que lui offrait le capitaine, comme une offrande indigne de son rang.

— Ça ne te dérange pas que je fume, au moins ? lui demanda Diaker.

Il gratta l'allumette sans attendre de réponse et la conversation ne prit pas racine. C'était pourtant la seule chose qui, à cet instant, manquait au bien-être de Mari. Elle eût aimé que ses compagnons lui parlent, qu'ils se préoccupent un peu d'elle et pas uniquement de se gorger le sang de substances vénéneuses. Elle chercha jusqu'à l'ultime goutte de son petit verre le courage de les y amener. Obligeant, Lisimba la resservit. Mais pas un mot. Ils n'étaient là pour personne, ni le capitaine ni le matelot, ne levant jamais la tête, n'échangeant rien. Ils éclusaient la bouteille et consumaient les cigares avec l'application de bons ouvriers entièrement voués à leurs tâches. C'était ainsi, sans doute, qu'on s'amusait dans la marine.

Alors, pour se distraire, Mari explora la salle d'un œil curieux. Les murs de bois portaient d'étranges ornements, des coiffes de plumes, des haches à double tranchant, des vêtements brodés et autres étoffes, une véritable tête de buffle ou d'un animal lui ressemblant, avec ses grandes cornes courbes. Puis elle observa les consommateurs, ces hommes attablés par groupes de trois ou quatre, qui eux aussi buvaient et ne parlaient guère. Certains, néanmoins, l'avaient repérée, et lui jetaient des regards tantôt intrigués, tantôt hostiles. Elle les soutint sans ciller, afin de leur faire comprendre qu'elle était là par la volonté du capitaine Bakar Diaker.

Mais c'eût été mieux s'il lui avait prêté quelque attention.

— Est-ce que ce sont des portraits ?

Elle montrait vaguement, sur un mur perdu dans la brume du tabac, une série de cadres où elle croyait distinguer des têtes grises.

— Et ces objets, d'où viennent-ils ? insista-t-elle.

Le capitaine Diaker s'ébroua, cligna les yeux, comme

si quelqu'un venait de tirer les rideaux pour faire entrer la lumière du jour, l'arrachant à un doux sommeil.

— J'y suis allé, grommela-t-il. J'étais jeune, pas beaucoup plus vieux que lui.

Lui. Lisimba.

— Où êtes-vous allé, capitaine ?

Mari s'était redressée, le visage posé dans une main, légèrement tournée vers Diaker. Personne ne pourrait douter à présent qu'ils étaient en grande discussion.

— Ben, chez les Xonqs, cette question.

— Le pays rouge ?

Diaker cogna son verre contre la bouteille.

— Ce bon rhum de tonneau en vient aussi. Et ce fameux cigare.

— Les femmes ont l'air joliment habillées, là-bas.

— Les plumes, c'est pour les hommes, répliqua le capitaine en suivant le regard de Mari. Les guerriers. De drôles de guerriers emplumés. Et les cheveux tressés jusqu'au nombril.

— Vraiment ? Et…

Bakar Diaker la fit taire d'un mouvement du bras. Elle gâchait son dialogue avec la bouteille et le cigare. Le silence retomba sur eux, juste troublé par les pas qui gondolaient les planches au-dessus de leurs têtes.

Il y avait maintenant foule. Plus un tabouret libre.

— Hé ! On peut pas s'asseoir, ici ? cria une voix.

— Ils se suspendent à des crochets, dit soudain le capitaine, comme s'il avait oublié quelque chose d'essentiel.

Lisimba Tam sortit de sa léthargie pour préciser :

— Pour le plaisir !

— Qu'est-ce que vous dites ? demanda Mari.

— Les Xonqs ne sont pas vraiment rouges, affirma Diaker. Ils se peignent la peau et, ensuite, ils se la trouent. Ils se font suspendre à des crochets pour montrer leur bravoure.

Enfin, la conversation était lancée. Mari se l'imagina en tout cas pendant un moment. À sa droite, Lisimba crachait dans un rire un long jet de fumée.

— C'est amusant, remarqua-t-il. C'est exactement ce que vous disiez. Vous vouliez nous suspendre à… Hé ! capitaine, vous savez quoi ? Mari veut nous suspendre à des crochets comme des Xonqs.

— Ah oui ?

— Oui. Au-dessus des crocodiles !

Le capitaine Diaker hocha la tête en riant. L'idée lui paraissait sans doute excellente. Mais il était déjà reparti, ne contemplant que la bouteille qu'il avait à demi couchée devant lui. Le seul interlocuteur qui ne l'ennuyait jamais. La mimique attristée du marin indiquait que le rhum du pays rouge n'aurait bientôt plus grand-chose à raconter, lui non plus.

Mari aurait aimé que Lisimba, d'ordinaire si bavard, se laisse lui au moins entraîner, mais le jeune homme s'était affaissé auprès d'elle, engourdi par l'alcool Elle allait bientôt demeurer seule, avec pour toute compagnie son godet encore à demi plein. Enfin, c'était quand même le second. Le rhum du pays xonq lui avait tracé des sillons dans tout le corps, jusqu'au bout des orteils. Et, à force de la respirer, la fumée des cigares lui tournait la tête. Même entre ses deux compagnons silencieux, elle éprouvait quelque chose qui devait s'approcher du bonheur.

— Le tabouret !

Le grand type la regardait, une cigarette malpropre entre les doigts. Long et maigre comme une brindille, la face plate, une crête de cheveux sur le sommet du crâne. Non, il ne la regardait pas. Il voyait à travers elle. Le tabouret. Son boubou échancré révélait un collier de griffes aiguisées, de griffes de fauve, comme autant de traits blancs sur sa poitrine noire.

— Ça vous ennuierait de me passer le tabouret ?

Il s'était adressé à Bakar Diaker d'un ton presque déférent. Le marin leva à peine le front, occupé qu'il était à dorloter sa bouteille.

— Le tabouret, insista l'homme.

— Parlez-vous du mien ? demanda Mari en le dévisageant de ses yeux voilés par une légère ivresse.

— Le tabouret, marin.

Le capitaine Diaker daigna enfin répondre.

— Il y a quelqu'un dessus, dit-il.

— Quelqu'un ? Je crois que ce siège est libre. Auriez-vous l'obligeance de me le donner ?

— Quelqu'un dessus, répéta Diaker.

— S'il vous plaît, marin. J'ai besoin de ce tabouret.

— Je crois que c'est le mien, dit Mari.

— Le tabouret, marin.

— Elle vous a répondu, il me semble.

Un sourire tordit la bouche de l'homme à la cigarette.

— Je ne parle pas aux singes, marin.

Mari sursauta. Soudain effrayée, elle chercha un soutien du côté de Lisimba Tam. Ignorant sa grimace de détresse, le jeune homme fronça les sourcils, comme s'il cherchait à identifier le lieu où il se trouvait. Lorsque Mari se tourna de nouveau vers l'insulteur, deux autres personnages l'encadraient. L'un portait autour du cou le même collier de griffes. L'autre avait trois canines pointues en pendentif à l'oreille gauche. Plus petits tous les deux, plus râblés aussi, fumant également.

— Est-ce que cet homme fait des difficultés ? demanda le type au pendentif.

— Il dit que le siège est occupé.

— Il faut arrêter la boisson, marin. Vous avez des visions.

Diaker désigna Mari du pouce.

— Cette jeune fille fait partie de mon équipage. Je vous prie de...

Il haussa les épaules, incapable d'achever sa phrase.

— De me respecter, capitaine, souffla Mari.

— Exact. Du respect, jeunes gens.

L'un des trois, au moins, semblait conscient que Mari n'était pas transparente. Il la contemplait en mâchonnant son mégot. Son collier était si serré que les dents de fauve paraissaient plantées directement dans la chair de son cou. Pourtant, quand il se mit à parler, ses propos visaient le capitaine.

— T'as vu sa gueule ? C'est pas de sa faute. Quand personne veut de toi, il te reste les guenons.

Les deux autres éclatèrent de rire.

— Vrai. C'est pas le premier vieux pervers qui couche avec un babouin.

— Devrait y avoir des lois pour interdire ça.

— Rien que d'y penser, j'en ai la nausée.

— Ça pue la blanchaille jusqu'ici.

— Alors, ce tabouret ?

Derrière les trois hommes, il y avait la salle coudée, ses consommateurs égrenés, des bouteilles, des verres, des bouteilles, des verres. Mari voyait tout cela. Elle sentait l'attention des buveurs en pleine montée d'ivresse. Ils avaient tous perçu la tension qui se dégageait de ce recoin perdu sous la mezzanine branlante. Sans rien manifester, ils attendaient la suite des événements. Du coin de l'œil, d'une oreille tendue, ils guettaient. La chaleur montait. Les alcools tiédissaient. Le bruit des voix s'étouffait.

Mari était seule, complètement seule. Elle avait cru pénétrer au Térou en compagnie du capitaine et du matelot. Ils s'étaient égarés dans leurs vapeurs, l'abandonnant face à une marée haineuse. Seule, oui seule. Elle les détesta.

— Lâches ! Vous n'êtes que deux lâches.

— Le tabouret ?

L'échalas s'était rapproché, presque contre la table à présent. Et il ne pourrait plus prétendre que la jeune Corne d'Ivoire n'existait pas à ses yeux. Il avait cassé en deux sa maigre poitrine, baissé la tête vers elle. Il tournait entre ses doigts jaunâtres une nouvelle cigarette, tordue, échevelée, noircie avant d'être fumée.

— Sale petit babouin, dit-il entre ses dents serrées.

Mari comprit brusquement qui il était, qui ils étaient, ces trois hommes. Des Simbs. Ces colliers, ces griffes, ces dents devaient être leur marque. Elle vida ses poumons de tout leur air, lentement, comme si la terreur qui l'habitait pouvait être chassée de la sorte.

Il battit son briquet, monta sans hâte la cigarette à ses lèvres. Une haute flamme crépitante s'allongea près de sa joue. D'un sifflement de son souffle, il la coucha vers elle. Comme une petite torche. Mari prit peur, vraiment.

Elle lui jeta son verre à la figure.

Le rhum emporta la flamme.

Un incendie bleu se répandit brièvement sur le boubou, dansa sur la poitrine osseuse, joua avec les dents de fauve. Disparut dans un rugissement furieux.

Les trois Simbs étaient devant elle, les yeux pleins de fiel et de dégoût. Ils lui masquaient la salle mais elle savait que tous les regards étaient tournés dans leur direction. Un silence épais s'était fait. Ils attendaient la mise à mort, curieux, joyeux peut-être. Comme une distraction qui viendrait égayer une terne soirée de beuverie ordinaire.

Statufiée par la terreur, Mari ne songea pas à chercher le secours de ses compagnons. Ils se seraient évaporés qu'elle n'en aurait pas été autrement surprise. Elle voulut se lever, affronter les trois fauves. Montrer comment mouraient les petites Cornes d'Ivoire. Ses jambes refusèrent de la porter, ses bras de la hisser. Tous ses sens étaient muets. Elle ne voyait ni n'entendait plus rien. Et ce qu'elle détestait à cet instant, bien plus que ceux qui le lui infligeaient, c'était cet effroi débilitant.

Il y eut un fracas de verre cassé. Mari n'éprouva rien. Pas de sang, pas de douleur. Bakar Diaker s'était dressé, la repoussant de l'épaule. Deux fois large comme elle. Il brandissait la bouteille brisée. La dernière lampée de rhum n'avait pas encore fini de descendre dans son gosier.

Ce fut rapide. Mari eut à peine le temps d'entrapercevoir la grimace hideuse qui déformait le visage du marin. Sa balafre qui battait comme une veine. Diaker planta le tesson dans la gorge de l'homme qui lui faisait face. Lisimba avait bondi comme un chat, tel un esprit malin sortant de la peau d'un défunt. Il laça autour d'un cou noir l'une de ces cordes de chanvre qu'il s'était exténué à nouer sur des colis, tout au long de la journée. Le râle fut bref, horrible.

Il en restait un au milieu. Le grand maigre, celui dont la poitrine avait reçu une giclée d'alcool en feu. Il sortit une lame de sa manche, tendit le bras vers le capitaine, comme s'il voulait engager le duel contre la bouteille cassée. Diaker jeta à ses pieds le flacon sanglant. Il attrapa la petite table et la lui balança dans les jambes. L'homme s'effondra dans une mare rouge, et demeura là, auprès de son acolyte que des spasmes affreux secouaient.

Un au milieu ? Non, il restait toute la salle. Mari les sentit prêts à empoigner un couteau, une bouteille, un tabouret. Tous. Ils prendraient ce qu'ils avaient et les massacreraient, la fille et les deux marins. Sans savoir, sans comprendre, sans se poser de questions. Parce qu'elle était là, elle. Mari la Blanche. Une voix fendit le silence oppressant.

— Vermine !

Pourtant, personne n'osait. Même titubant, même hagard, le capitaine Diaker en imposait. Sa masse. Sa manière de se déplacer en roulant des épaules. Son horrible figure d'homme ravagé par les épreuves de la vie. Une tête de survivant. Un gars que rien ne pouvait abattre. S'il avait repoussé les tempêtes, les mutineries, les pirates, on ne savait quoi, qui allait prendre le risque de l'affronter ? Même à trente, ils hésitaient.

— Mais attrapez-les, ces hyènes !

Un ordre, ce n'était pas encore grand-chose, mais ça pouvait faire basculer la foule. Il n'en faudrait pas beaucoup pour emplir de hardiesse ces cœurs craintifs. Bakar Diaker n'avait encore avancé que de trois ou quatre pas, écartant les gêneurs d'une main, soutenant Mari de l'autre. Il la lâcha soudain et alla vers le mur, décrocher la drôle de hache des Xonqs, avec ses deux tranchants. Il laissa son regard balayer la salle, comme s'il choisissait un crâne.

C'était fini. Ils ne criaient même plus. Ils baissaient le nez, ils exploraient le fond de leurs verres. Mari sortit la première, sans hâte, avec presque un sourire, une lueur de triomphe dans ses yeux clairs.

Sur le quai, il pleuvait. Ils revinrent à la péniche sans échanger un mot, comme à l'aller, Mari entre les deux hommes. Ils formaient un bloc, s'étayant l'un l'autre. S'il en avait manqué un, deux sans doute seraient tombés.

24
LE RÉCIT DU CAPITAINE

Elle revoyait tous les corps qu'elle avait laissés derrière elle. Depuis qu'elle était arrivée à Ziguinchor, son parcours était comme un champ de bataille. Les deux gardiens du hangar, écrabouillés par Martin. Le Simb de la ruelle, bombardé par ses soins. Puis les trois hommes du Térou, l'un égorgé, le deuxième garrotté, le troisième fracassé.

Mari s'était couchée dans sa vieille tunique, à l'abri du rideau. Une main sur la bouche, pour étouffer ses sanglots. Bakar Diaker ne dormait pas. Elle l'entendait qui s'agitait, vidant en solitaire les bouteilles de la cale. L'ombre de sa large silhouette se découpait sur l'étoffe tendue qui la masquait. Cela dura longtemps, peut-être une heure. Parfois, un ronflement la faisait sursauter. C'était Lisimba, affalé dans son coin.

Elle poussa un cri. Soudain, le capitaine avait écarté le rideau. Il se balançait au-dessus d'elle, effrayant. La lampe à pétrole posée sur un tonneau agitait des reflets sur sa peau plus noire que le charbon. Il venait régler ses comptes. Mari se crut perdue.

— Qu'est-ce qu'il a dit ?

Mari ne bougea pas. Les yeux clos, elle feignit de dormir. Trop tard, Diaker avait eu le temps de croiser son regard affolé.

— Je te demande ce qu'il a dit.

La main du capitaine agrippa sa tunique, lui pesa sur le ventre. Il la secoua.

— Qu'est-ce... qu'est-ce que vous me voulez ?

Elle avait parlé sans lever les paupières, desserrant à peine les dents.

— Tam. Qu'est-ce qu'il t'a dit ?

— Rien, mais rien...

— Menteuse.

Le capitaine Diaker se laissa tomber près d'elle, comme une outre trop pleine.

— Sur moi. Qu'est-ce qu'il a dit ?

— Mais rien.

— Ce que j'ai fait. Il te l'a dit, hein ? Ce que j'ai fait...

Mari comprit qu'il fallait lui parler. Sinon, il la tuerait. Ou la violerait, elle ne savait pas.

— Ce que vous avez fait, capitaine ? Autrefois, c'est cela ? Ce que vous faisiez autrefois...

— Oui. Tu le sais donc.

— Vous ne le faites plus.

— Non.

Tout, plutôt qu'aborder le sujet.

— Il fallait me laisser sauter à l'eau, dit-elle.

— C'est fini, ça. J'en ai assez vu.

Bakar Diaker s'installa plus confortablement, jambes repliées. Il triturait un bout de toile de jute.

— Je vais te raconter.

— Non. S'il vous plaît.

— La dernière fois, la fois de trop.

— Je vous en prie.

— Je ne te parlerai pas des autres fois, de mes voyages. Puisque tu sais. J'avais mon ivoirier. Le commerce était bon. Je ne te dis pas que c'était bien, on ne se posait pas ces questions. Le commerce, vois-tu. Les belles pièces d'Ivoire étaient recherchées. J'ai transporté jusqu'à deux cents Cornes d'un coup. Rien à voir avec ce qu'est devenu le marché. C'était une véritable foire. Les prix n'étaient pas toujours fameux mais on se rattrapait sur la quantité.

— Taisez-vous !

— Je te situe, pour que tu comprennes. Tu n'étais même pas née, tiens. Les derniers temps, il arrivait encore dans les dix mille Cornes par an à Ndakarou. Il y avait des pertes, cela dit. La traversée était rude, certaines saisons. Enfin, ça s'est terminé. Le trafic a été interdit.

— Je sais, capitaine. Pour ne pas apporter les épidémies au pays. Ma mère disait souvent : « À quelque chose malheur est bon. » Elle est morte, maintenant.

— On prenait pourtant des précautions. On restait en quarantaine au large. Il y avait des inspections. Des types avec des masques, des gants, des chapeaux. Quand ils trouvaient un cas suspect, ils nous obligeaient à jeter la pièce d'Ivoire à la mer. Ça n'a pas empêché deux ou trois foyers de maladie de se déclarer au Sunugaal. Alors, ils ont interdit le trafic. Beaucoup de gens estimaient qu'il y avait assez de blanchaille comme ça. Puis on pouvait les faire se reproduire entre eux.

— Taisez-vous, je vous en supplie. Vous me faites vomir.

— T'as encore rien entendu. Il y avait quand même une demande. Des gars costauds, pour les mines et les chantiers, on n'en a jamais trop. Il fallait faire attention. Le trafic est devenu dangereux. Échapper aux gardes-côtes, débarquer en douce. Ça me plaisait. Pas tellement le commerce, je n'ai rien contre vous, les Blancs, mais jouer avec les autorités portuaires, chercher un ancrage discret, livrer la marchandise en pleine nuit, sur des chaloupes tellement pleines qu'elles étaient à deux doigts de chavirer, ouais, j'aimais ça. T'as pas soif ?

— Non, capitaine. Je voudrais dormir.

Bakar Diaker se leva, le temps d'aller chercher un flacon ventru, dont le goulot disparaissait en entier dans sa grosse pogne, celle à laquelle il manquait un doigt.

— J'ai fait un voyage de trop, déclara-t-il en se rasseyant. T'es sûre ?

Mari repoussa la bouteille d'une main ferme.

— La dernière fois, la fois de trop, dit de nouveau le capitaine, comme s'il reprenait son récit au début, la maladie s'est déclarée à bord. Les tempêtes, les gardes-côtes, j'en faisais mon affaire. Le vrai danger était ailleurs, à la source. On ne pouvait plus s'approvisionner comme avant, aux Comptoirs. On prenait ce qu'on trouvait. Embarquement clandestin, mouillage dans des criques… Impossible de trier proprement la marchandise. On achetait à des trafiquants locaux, qui nous refilaient ce qu'ils voulaient.

Diaker avala une copieuse rasade d'eau-de-vie. Mari

le sentait osciller près d'elle, ivre au-delà de l'ivresse, mais son élocution demeurait étonnamment claire.

— Des brigands livrés par pires brigands qu'eux, le plus souvent. Il fallait faire marcher le fouet, sinon les traversées devenaient périlleuses. Même quand ils étaient tous aux fers, on n'était jamais tranquilles. Ouais, la maladie. Ce passager clandestin-là, on ne l'avait pas vu monter. Quand ça s'est déclaré, il ne restait plus que deux jours de mer. Mes hommes ont pris peur.

— Est-ce que c'était la Peste, capitaine ?

— Je suppose. Ouais, forcément, la Peste Impossible de les arrêter. Un à un, tu vois…

— Quoi ?

— Ils les enveloppaient dans des couvertures, des draps, des voiles de rechange… et ils les balançaient à la mer.

— Grand Esprit ! Tous ?

— Tous. C'était un petit chargement. Moins de cent. Moitié moins qu'autrefois. Mais ça fait malgré tout un drôle de tableau. Cent Cornes d'Ivoire à la mer… les requins, là, je ne les ai pas comptés. Je me suis souvent demandé… est-ce que ça peut attraper la Peste, un requin ? J'espère bien que oui.

Mari soupira, supposant que l'histoire était finie. Elle ne saisissait pas, cependant, ce qui avait poussé Bakar Diaker à la lui raconter.

— Mais la peur s'en va pas comme ça, poursuivit sombrement le capitaine. Et la maladie non plus, faut dire. Mes hommes n'étaient toujours pas rassurés. Ils ont voulu assainir. Ils ont rassemblé tout le soufre qu'ils ont pu trouver et l'ont fait brûler.

Diaker secoua la tête.

— Ça ne suffisait pas.

Mari comprit que l'histoire du capitaine n'était pas terminée et que le plus terrible restait à venir. La tension l'empêcha de demeurer allongée auprès de lui. Elle se ramassa en boule contre la paroi, les bras autour des jambes, le menton sur les genoux.

— Allez jusqu'au bout, maintenant, dit-elle. Mais il faudra me pardonner.

— Quoi donc ?

— De vous avoir écouté, capitaine.

— Les rats, dit brusquement Bakar Diaker. Les rats sont sortis de partout. Les imbéciles ! Ils voulaient chasser les miasmes de la maladie. Ils ont débusqué les rats. Je me suis enfermé dans le poste de commandement avec Hatab, mon second. C'était un spectacle de cauchemar. Les corps qui dérivaient loin de nous dans la mer rougie par le sang, la fumée jaune qui montait des cales et qui redescendait sur le pont, qui souillait les voiles, l'odeur suffocante du soufre, les rats qui grouillaient, les hommes qui couraient avec des bâtons pour les exterminer. Ils m'appelaient. Ils voulaient des ordres. Quand je me suis décidé à quitter le poste pour les reprendre en mains, Hatab a pointé sur moi le canon d'un pistolet.

Diaker but une nouvelle gorgée, s'essuya la bouche.

— Un type bien, Hatab. La fidélité même.

— Mais vous venez de dire…

— Il n'avait qu'une idée : me sauver la peau. Il m'a obligé à rester dans le poste avec lui, jusqu'à la nuit. Il se taisait mais je sentais bien que sa décision était prise.

Quand la Peste commence à se répandre, il n'y a rien à faire.

Le capitaine épongea d'un coup de manche les grosses perles de sueur qui s'étaient formées sur son front.

— Nous avions quinze hommes. Plusieurs d'entre eux avaient été régulièrement en contact avec les Cornes d'Ivoire. Ils étaient en pleine forme, sans doute. C'est une maladie vicieuse. Elle peut mettre dix jours à te prendre. Tu l'as, elle est en toi, mais tu ne le sais pas. Pendant ce temps-là, tu la transmets à ceux que tu touches, à ceux qui boivent au même goulot que toi. Ils avaient beau faire brûler du soufre, rincer le pont à l'eau vinaigrée, manger du citron et des gousses d'ail... rien n'y ferait. Si un ou deux l'avaient attrapée, nous étions foutus, tous.

Un souffle venu de nulle part coucha la flamme dans la lampe à huile. Diaker grimaça.

— Hatab avait raison. Il n'existe qu'une manière de lutter contre l'épidémie : s'isoler. Nous avons lié notre sort, en priant pour que l'un de nous deux ne soit pas déjà contaminé. Mais nous n'avons pas été les seuls à raisonner de cette façon. Après avoir balancé à l'eau les Cornes d'Ivoire, les hommes ont fait suivre le même chemin aux quatre qui descendaient à la cale. C'était un métier spécial, on les appelait « les dresseurs ». Toujours le fouet à la main. Pas besoin de toucher les autres, tu comprends. Dans la cale, l'air est confiné. Il suffisait de le respirer. C'est ça, cette saloperie, c'est ça la Peste. Ils les ont pris par surprise. Assommés. Jetés à la flotte. Les onze autres nous ont donné le siège. Ça ne leur plaisait pas qu'on reste à l'écart. Ils nous soupçonnaient de je ne sais quoi. Ils ont voulu casser la vitre de la cabine. Hatab me répétait sans arrêt qu'il fallait tenir jusqu'à la nuit. Moi, je ne voyais pas comment tenir ni pourquoi la nuit nous sauverait. Nous avons tiré quelques coups de feu. Je crois bien que nous en avons tué deux ou trois. Ce qui nous a sauvés, finalement, c'est pas la nuit, c'est l'alcool.

Bakar Diaker caressa sa bouteille d'une main reconnaissante.

— À la fin de la journée, ils étaient tous ivres. Ils s'étaient frottés et rincés dedans comme dehors. Si l'eau-de-vie était souveraine contre la Peste, ils pouvaient dormir tranquilles. Beaucoup le croyaient. Pendant ce temps-là, le navire n'avançait plus. À la cape. Jusqu'au dernier moment, le second Hatab a refusé de m'exposer ses intentions. Je n'aurais jamais accepté, il le savait bien. Nous n'avons même pas attendu que le soleil disparaisse entièrement. Les gars étaient éparpillés sur le pont, abrutis par la boisson, asphyxiés par le soufre. Il y avait des rats crevés dans tous les recoins. L'odeur était pestilentielle. Et les puces... je ne t'ai rien dit... les puces, c'était le véritable ennemi. Quand les rats sont crevés, elles se cherchent un nouvel hôte. C'est les puces qui transmettent la maladie, pas les rats. Imbéciles ! Imbéciles qu'ils étaient... Ils ne nous ont pas vus filer.

Le capitaine se courba et Mari surprit sur ses traits une grimace honteuse. Ils s'étaient éclipsés ainsi, le second et lui. Comme des voleurs.

— Mon bateau. J'ai quitté mon bateau. Hatab a mis une chaloupe à la mer. Je perdais ce que j'avais de plus précieux. Mon seul bien.

Mari supposa qu'il allait répéter « mon bateau », mais il grogna :

— Mon honneur.

Diaker hocha longuement la tête.

— Je suis descendu le premier. Hatab a tardé à me rejoindre. J'ai même cru un moment qu'il avait décidé de rester avec les autres, qu'il avait juste fait en sorte de me tirer d'affaire. Il en était capable. Mais non... Je l'ai vu apparaître en haut de l'échelle. Il a sauté près de moi. Sans me... sans m'effleurer.

Le capitaine tapota les pieds nus de la jeune fille, comme pour lui montrer qu'il ne craignait plus, désormais, de toucher un autre être humain.

— Depuis le début de la journée, nous ne nous approchions plus l'un de l'autre, nous ne partagions plus les mêmes bouteilles. Je me retenais de cracher ! C'est Hatab qui a pris les avirons. Moi à un bout de la chaloupe, lui à l'autre. Nous laissions entre nous une longueur de jambes. La Peste était peut-être là, avec nous. Qui pouvait dire si elle n'avait pas embarqué dans la chaloupe avec l'un de nous deux ? Hatab ramait comme un fou, à croire que cette saloperie d'épidémie lui donnait la chasse. Je n'avais pas compris.

— Quoi donc ? demanda Mari.

Le silence du capitaine se prolongeait.

— Le bateau, dit-il enfin. Mon bateau. Mon beau trois-mâts. J'en avais encore le tiers à payer. Il a explosé. Hatab avait allumé une mèche. La poudre, tous les tonneaux de poudre. Une explosion terrible. Ça ne se calcule pas, ces choses-là. Nous ne nous étions pas éloignés suffisamment. J'ai bien cru que... bah ! ça aurait peut-être mieux valu. Une tempête de feu s'est abattue sur nous. Des morceaux de bois, des bouts de toile, de la ferraille, et… de la chair. De la chair et du sang. Hatab avait sauté à l'eau et m'avait crié de l'imiter. Je n'ai pas réagi à temps. J'ai reçu un déluge de poix ou je ne sais quoi. J'ai failli brûler vif. J'avais comme un casque de flammes sur la tête et…

Bakar Diaker se mit à rire.

— Pas la peine que je te fasse une description. C'est ce jour-là qu'est né celui que tu as sous les yeux. Ce crâne pelé, cette gueule couturée… éborgnée, aussi. J'avais jamais été bien beau mais là… Hatab s'en est sorti presque sans dommages. Il n'a pas cessé de ramer. Il a ramé pendant quatre jours. Jusqu'au rivage. J'ai cru mourir cent fois.

— Fallait-il sacrifier tous vos hommes, capitaine ?

— Hatab pensait que l'épidémie était à bord et que rien ne l'en aurait fait sortir. Ils auraient tous crevé dans d'affreuses souffrances. C'est ce qu'il disait. Mais il pensait sans doute autre chose. Il pensait que le pire aurait été que certains survivent et parviennent jusqu'à terre. Qu'ils parlent. Qu'ils me dénoncent. Qu'ils répandent la maladie. Ouais, qu'ils parlent avant de propager cette saloperie.

Une fois encore, Bakar Diaker dit :

— Hatab voulait me sauver la peau. Nous avons décidé d'observer la quarantaine. En fait, une quinzaine de jours suffisaient. Quinze jours dans une crique sauvage, à l'écart du monde. Nous mangions des coquillages et des algues. Nous ne nous touchions jamais. Mais nous nous observions. J'ignore ce que Hatab aurait fait s'il avait vu apparaître sur moi les premiers symptômes. Moi, je sais ce que j'aurais fait. Je le sais parce que je l'ai fait. Pourtant...

— Comment aurait-il vu cela sur vous, capitaine ? Est-ce que vous n'étiez pas déjà couvert de cloques ?

— Par chance, nous pouvions examiner l'autre, mais nous ne nous regardions pas nous-mêmes. Des cloques, j'en avais. Et du pus. Et de la fièvre. J'aurais pu être rongé par la Peste sans le savoir. Hatab ne disait rien. Je prenais des bains d'eau de mer, je me rinçais au ruisseau. Hatab m'apportait des feuilles et de la boue, pour que je me fasse des emplâtres. La fièvre est tombée au bout de quatre ou cinq jours. Les plaies ont commencé à cicatriser. Je n'allais pas plus mal. C'est donc que j'allais mieux. Surtout là-dedans.

Diaker se frappa le front.

— La Peste était restée sur le bateau avec les rats et les puces. Maintenant, j'en étais sûr. Je comptais les jours. Nous avions décidé de reprendre place parmi les hommes au seizième. Ça m'angoissait. Hatab me posait un problème. Laisser un témoin en vie me posait un problème. J'avais toute confiance en lui, je savais qu'il ne me trahirait pas mais... le savoir ne me suffisait pas. Le seizième jour...

Diaker souleva brièvement sa paupière gauche, révélant une affreuse taie grisâtre. Il semblait soudain hésitant. Pouvait-il s'offrir ainsi au jugement d'une petite Corne d'Ivoire ?

— Nous sommes allés l'un vers l'autre. Hatab souriait. Je suppose que moi aussi. Il s'est jeté dans mes bras. Je l'ai serré contre moi, longtemps. Puis mes mains sont montées jusqu'à sa gorge et j'ai encore serré. Longtemps, oui longtemps. Je crois qu'il s'y attendait. Et j'ai lu dans ses yeux qu'il m'approuvait. J'ai placé son corps dans la chaloupe et je l'ai poussée à la mer. Puis je me suis mis en marche. Vers les autres hommes. Les vivants.

— Vous êtes un monstre, dit Mari.

Bakar Diaker ne tressaillit pas. Il adressa juste à la jeune fille un signe de tête, pour lui indiquer qu'il admettait le fait.

— Nous n'étions pas trop de deux pour porter le fardeau de nos fautes mais, pour les taire, mieux valait que seul reste l'un de nous. J'avais toute confiance en Hatab et il aurait pu avoir toute confiance en moi. Seulement, l'homme qu'on est aujourd'hui n'est pas l'homme qu'on sera demain. Ce que nous laissions derrière nous était trop lourd. J'aurais vécu dès lors rongé par la peur et le soupçon. Je l'ai pleuré mais il fallait qu'il meure.

— Pourquoi vous, capitaine ? Parce que vous étiez capitaine et lui second ?

— Parce qu'il n'aurait pas eu la force.

Un frisson d'angoisse parcourut la jeune fille.

— Qu'allez-vous faire de moi, maintenant que je sais ? Tuez-vous tous ceux qui savent, capitaine ?

— Comme je te l'ai dit, on change. Le Diaker d'aujourd'hui n'est plus le Diaker d'hier. J'ai perdu mon visage mais mon esprit est différent lui aussi. Le Diaker d'autrefois ne t'aurait pas regardée, il ne t'aurait pas parlé, pas touchée.

Il palpa le mollet de Mari avec un grognement.

— Je vous interdis de me toucher ! Je ne veux pas de vous !

Le capitaine Diaker éclata de rire.

— Ne crains rien. J'ai bien vu que tu plaisais à Lisimba. Je n'ai pas l'intention de contrarier ses projets.

— Je ne crois pas que vous ayez vraiment changé, capitaine. Vous aurez changé le jour où vous vous soucierez de ce qui me plaît à moi.

— Oh ! Et qu'est-ce donc qui ne te plaît pas ?

— Ma peau ne veut pas de votre main, mes oreilles ne veulent pas de vos horribles histoires. Pourquoi m'avez-vous raconté cette histoire qui vous pèse tant ? Pourquoi avez-vous déchargé votre fardeau sur moi ?

— Oui, c'est un moment que j'attends depuis longtemps. Je mentirais en te disant que je m'en suis délivré et que je me sens à présent plus léger. Pardonne-moi. Il fallait bien que ça arrive un jour.

— Parce que vous avez trop bu ?

— Non, je ne pense pas. Plutôt parce que tu es une belle petite personne puis… parce que nous nous ressemblons, toi et moi.

— Vous et moi ? Nous ?

— Nous sommes enchaînés par notre passé, tous les deux. Puis voilà que je suis devenu blanc, moi aussi, dit le capitaine Diaker en soulevant son maillot. Un peu noir, un peu blanc.

Dans la lueur de la lanterne, la peau de sa poitrine et de son ventre montrait comme un continent et quelques îles clairs, perdus dans un océan noir. Le feu avait rongé sa chair, la couleur de sa chair.

— Pourquoi tu pleures ?

Mari haussa les épaules.

— Pleures-tu parce que je suis un peu blanc, un monstre un peu blanc ?

— Je pleure parce que vous m'avez défendue au Térou, je pleure parce que vous m'avez raconté votre histoire, celle que vous n'avez dite qu'à moi…

— Vraiment ?

— Non.

— Alors ?

— Je pleure parce que vous m'avez dit que je suis une personne.

— Une personne ? Drôle de personne, tiens !

Bakar Diaker se leva brusquement et se mit à arpenter la cale d'un pas vacillant en braillant :

— Tam ! Tam ! On appareille ! Tam ! Debout, fainéant. Tam !

Le jeune homme apparut, nu à l'exception du pagne que ses mains maladroites tentaient de nouer sur une hanche.

— Qu'est-ce qu'il y a, capitaine ?

— On appareille, Tam !

— Vous avez fait un cauchemar, capitaine ?

— Oui, mon garçon. J'ai rêvé que je me trouvais sur un tas de ferraille en compagnie d'un bon à rien et d'une petite guenon. Avec une montagne à livrer pour demain.

— Demain, c'est demain, capitaine. Rendormez-vous, c'est encore la nuit.

— Habille-toi, on s'en va.

Diaker voulut accompagner son ordre d'un geste impératif mais, entraîné par son mouvement, il tituba jusqu'au tonneau où reposait la lampe.

— Vous avez encore trois litres d'alcool à évaporer. Sauf votre respect, capitaine.

— Il a raison, capitaine, vous avez besoin de repos.

Le marin se cramponna au tonneau, incapable de se retourner vers Mari pour rugir :

— Une mutinerie ! Tout le monde à son poste, immédiatement, sinon…

Bakar Diaker se courba, le nez presque dans la flamme de la lampe. Plus calme, il ajouta :

— Et les trois que nous avons laissés sur le carreau, vous les oubliez ? Tout le monde me connaît, ici. Nous aurons de la visite avant l'aube.

— C'est de ma faute, capitaine, dit Mari. Je vais me…

— Tais-toi ! hurla Diaker. Deux jours dans la marine et tu n'obéis déjà plus aux ordres ?

Lisimba Tam s'était rapproché du capitaine.

— Il fait noir et vous ne tenez pas debout.

Le capitaine Diaker plissa les yeux, le bon et le mauvais, le temps d'examiner ces deux assertions.

— Je vais me rafraîchir et après on ira, décida-t-il d'un ton conciliant. Tam, prépare la cage.

— Bien, capitaine.

Lisimba Tam se dirigea vers l'escalier et Mari le vit disparaître par la trappe qui menait au pont. Puis Bakar Diaker suivit le même chemin en chancelant, gravissant degré après degré. La jeune fille le soutenait comme elle le pouvait, l'épaule contre sa cuisse, une main sur son postérieur.

C'était une nuit d'encre, bordée sur les lointains de palpitations rougeoyantes. L'écho de l'orage la tapissait d'une rumeur sourde et continue. Mari se tourna vers la ville et ses lumières. Tout semblait calme sur les quais mais ce calme même l'inquiétait, comme si à chaque instant pouvaient surgir des ténèbres les torches d'une horde vengeresse. Sur l'autre bord, Lisimba s'affairait au-dessus du fleuve. Mari le vit sortir de l'eau une cage de bois et de bambou, traînant des écheveaux d'immondices, à l'aide d'une chaîne passée dans une poulie.

— Mari, aidez-moi !

Le capitaine Diaker s'était accroupi. À la façon d'une volaille qu'on s'en va conduire au marché, Tam le fit entrer dans la cage, poussant ses formes volumineuses dans un espace qui paraissait trop réduit pour lui. Au commandement du jeune homme, Mari empoigna avec lui une énorme manivelle. Ils hissèrent le capitaine encagé au bout d'une chaîne à gros maillons avant de faire descendre leur passager au-dessus des eaux noires du Kawungha.

— Doucement… allez !

— Mais vous êtes fou !

— Un rafraîchissement c'est un rafraîchissement… allez !

Mains agrippées aux barreaux, Diaker se laissa engloutir stoïquement. L'instant suivant, la surface opaque du fleuve n'était plus troublée que par quelques remous. Un chapelet de bulles vint y crever puis un silence s'établit.

— C'est sale, dit Mari.

Comme une longue minute s'était écoulée, elle hurla :

— Lisimba ! Il va… il va… Lisimba !

— Ça lui fait du bien, répliqua Lisimba Tam d'un ton placide.

— Mais il faut le sortir de là, voyons !

— Ne soyez pas trop pressée. Le plus rude, c'est la remontée. Il m'en fait assez voir, vous savez. Vous ne le connaissez pas comme je le connais. Un de ces jours, croyez-moi, vous vous souviendrez de ce moment avec délice.

— Lisimba !

— D'accord, on y va. Prête ?

À deux, ils s'arc-boutèrent, les pieds bien calés, et entreprirent de tourner la manivelle, d'enrouler de nouveau la grosse chaîne autour d'un tambour de bois. Les maillons passaient en grinçant sur la poulie suspendue au-dessus du plat-bord. Un à un. Mari y mettait toutes ses forces, le cœur affolé à l'idée que le capitaine aurait rendu dans l'eau son dernier souffle avant d'être hissé à l'air libre. Elle n'avait pas compté le temps mais il lui semblait avoir duré deux fois ce qu'un homme pouvait survivre sans respirer.

— Lourd comme un buffle ! maugréa Tam en pliant les genoux. Allez !

Le haut de la cage émergea enfin, incendié par les palpitations de l'orage soudain proche. Au moment où la face congestionnée du capitaine apparut, un déluge s'abattit sur le pont, comme si les cieux voulaient accomplir ce que les eaux du fleuve n'avaient pu réussir : le noyer. Plié dans sa boîte, tel un singe de contrebande, Bakar Diaker ruisselait, immobile. Mais ses yeux lançaient des éclairs plus vifs que ceux de la foudre qui semblait à présent faire danser l'autre rive du Kawungha.

Dans un dernier ahan, Lisimba et Mari amenèrent la cage, qui atterrit près de leurs pieds, sur un rouleau de cordage. Le jeune homme en ouvrit le portillon.

— Bonne baignade, capitaine ?

Un interminable sifflement lui répondit, celui de l'air qui regonflait les poumons asphyxiés. S'étant extrait de sa prison de bambou, Diaker se déplia en grimaçant, les mains sur les reins. Il contempla un moment le ciel cramoisi avant de poser le regard sur Lisimba Tam. Le garçon baissa les yeux, effaçant d'un coup son sourire crâne. Non, plus si fier, nota Mari. Mais ce fut bien le capitaine qui se détourna. Il se dirigea vers l'écoutille, bras écartés, comme pour bien vérifier qu'il avait recouvré son aplomb.

Curieuse, Mari le suivit, descendant les marches après lui tandis qu'il annonçait :

— Je me rince et on y va. On y va.

En bas, Mari le trouva à demi plongé dans la grande armoire à provisions. Bakar Diaker achevait son réveil d'ivrogne en se baignant le visage et les bras dans le bac où l'énorme pain de glace fondait lentement.

25
LA FOLLE EXPÉRIENCE

Mari avait vu s'éloigner la ville où elle était arrivée fers aux poignets trois jours plus tôt. La quittait-elle en femme libre ? Elle l'ignorait. La reverrait-elle jamais ? Elle ne le savait pas davantage. Sa présence aux côtés du capitaine Diaker et de Lisimba Tam demeurait pour elle un mystère. Ni l'un ni l'autre ne firent rien pour l'éclairer, tout au contraire. Dès que les dernières lumières de Ziguinchor se furent évanouies et que les vibrations de l'orage ne lui montrèrent plus qu'une forme indistincte blottie sous l'horizon, elle reçut l'ordre de redescendre à la cale. Bakar Diaker, au pilotage de la péniche, semblait alors avoir l'esprit clair. Il guidait sa volumineuse embarcation au milieu du fleuve, dans un grondement de moteur, dans un grincement de chaînes, dans un clapotis de godets, traçant un large sillon d'écume. Le colossal arbre transversal de métal tournait, tournait, tournait, et les deux chenilles latérales de même, puisant l'eau, crachant l'eau, infiniment. La vie n'était qu'affaire de chaînes.

La jeune fille obtempéra, sans comprendre pourquoi on la chassait. À quoi servait-elle donc si on la renvoyait au premier ron-ron des turbines ? Mais le plus décevant n'était pas là. Mari avait rêvé de nouvelles découvertes et, par-dessus tout, de franchir un pas supplémentaire vers ses espoirs. Elle bénissait tout ce qui la rapprochait de la côte et du vaste océan, s'imaginant sans doute qu'il lui suffirait alors de tendre le bras pour toucher au but. Comme si les mers sans fin qui séparaient l'Afirik du Septentrion n'étaient qu'un gué qu'on pouvait sauter d'un bond. Or, elle leur tournait le dos. La péniche n'allait pas vers l'estuaire. Elle remontait le Kawungha. Mari eut l'impression de sentir à nouveau à ses poignets le poids des chaînes. Quelle que fût sa destination finale, l'embarcation la ramenait à la terre des esclaves.

Parmi les siens ?

— Pourquoi ? hurla-t-elle. Pourquoi ? Je vous déteste !

Le vacarme de la machinerie couvrait sa voix.

Quand elle se décida à braver les ordres et à grimper l'échelle pour rejoindre les deux hommes sur le pont, elle constata avec dépit, avec fureur, avec consternation, que l'écoutille avait été verrouillée. Voilà qu'on la trimballait à fond de cale, comme autrefois les Cornes d'Ivoire.

La dernière goutte d'huile se consuma dans la lampe. Les ténèbres se refermèrent sur elle comme des mâchoires. Elle pataugea dans l'eau répandue par Diaker et revint à tâtons vers sa couche sommaire. Allongée derrière son rideau, elle attendit que la fatigue lui abaisse les paupières. Ses cils étaient secs, elle n'en fut pas peu fière.

Avant de s'endormir, Mari se demanda si le capitaine l'avait tirée du marché aux esclaves pour racheter ses crimes passés. Mille deux cents cauris ! Estimait-il donc son peuple à si bas prix ? Combien avaient souffert et péri par sa faute ? Combien en avait-il arrachés à leur terre ? Cela, il ne l'avait pas dit.

Quand le jour revint, avare et gris, Mari leva la tête vers les fentes étroites qui s'ouvraient au sommet des parois, tels des yeux mi-clos. Les machines s'étaient tues. La péniche était à l'arrêt. Mais personne ne se souciait de la libérer : l'écoutille était toujours fermée. Bientôt, des pas firent résonner le pont. Puis des bruits de voix s'y mêlèrent. Ils étaient bien plus de deux, là-haut. Ils déchargeaient l'embarcation.

Dressée au sommet de l'échelle, Mari écouta. Dominés par les beuglements du capitaine Diaker, elle percevait des mots épars, des soupirs d'effort. Il ne lui en fallait pas beaucoup plus. Elle sut que c'étaient les siens, ses frères blancs. Bakar Diaker avait enrôlé une poignée d'esclaves. Ce que Lisimba Tam, le capitaine et Mari avaient fait en compagnie de deux aides, ils l'accomplissaient à dix au moins.

On n'avait plus besoin d'elle. Dépitée, elle tourna en rond. Pour s'occuper, elle ouvrit la grande armoire réfrigérée, barbota dans l'eau glacée comme l'avait fait le capitaine, puis fouilla les provisions. Elle mangea et but, s'abandonnant à des pensées moroses. Elle constata finalement, surprise, que le silence s'était fait sur le pont, sans qu'elle puisse dire quand le raffut avait cessé. L'opération de déchargement était terminée. Elle espéra alors qu'on allait venir la chercher, que ses compagnons réapparaîtraient, qu'un nouveau transport s'annoncerait, qu'elle vivrait enfin pleinement sa vie de marin, mais rien ne se passa.

L'ennui la prit comme jamais. Au domaine des Samba ou ailleurs dans le pays, aux plantations, aux forêts, dans les mines ou en ville, un esclave ne restait pas sans occupation. Elle s'agita sottement, épongea le sol, rangea des objets qui ne demandaient qu'à demeurer éparpillés. Si elle ne s'était pas trouvée à bord de la péniche, seule occupante apparemment, Mari se serait crue abandonnée. Mais le capitaine Diaker n'allait pas déserter une nouvelle fois son navire, si ?

Les heures s'écoulèrent, sensibles seulement à la lente altération de la lumière. Mari vit s'éloigner midi et s'assombrir le jour. Incrédule, elle se prépara à passer une seconde nuit de solitude.

Au matin, rien n'avait changé. Prise de fureur, Mari grimpa en haut de l'échelle qui menait au pont et lança quelques cris perçants, puis elle tambourina contre l'écoutille à s'en faire saigner les poings. Nul ne lui répondit. Cependant, en la martelant, elle avait constaté que la trappe carrée branlait sur ses gonds et révélait un filet lumineux. Déterminée, la jeune fille dégringola les barreaux et fouilla la cale, à la recherche d'un instrument approprié. Facile. Elle regorgeait d'outils de toutes sortes.

Mari choisit un gros tournevis et se mit à l'ouvrage. Il ne fallut pas longtemps pour que le bois commence à craquer autour du loquet. Dans un dernier effort, elle le fit exploser. Une vague éblouissante s'abattit sur sa tête. Étourdie par la chaleur, elle chercha son équilibre sur l'ultime degré de l'échelle.

Comme elle l'avait deviné, la péniche avait été entièrement délestée de son chargement. Haute sur l'eau, l'embarcation allégée était rangée sur un bord du fleuve, devant un ponton.

Mari connaissait cet endroit. Elle avait vu ses frères blancs travailler à la construction de l'embarcadère. Un jour inoubliable, le jour peut-être où avait commencé ce qui devait se révéler pour elle une nouvelle vie. L'abattage du bentenier. N'avait-elle pas su la première en assistant à la chute de l'arbre géant qu'on commettait là une offense qui se paierait de souffrances et de chagrins ? Sa mère était morte. Le médaillon – elle le sentait soudain sur sa poitrine, presque brûlant – lui avait été soustrait. Puis Gakere, puis la pendaison des trois brigands, la punition, les coups de fouet. Insultée. Chassée. Vendue.

Lisha. Dene. Son père et ses frères. Tous ceux qu'elle ne reverrait plus, pensait-elle.

Elle l'avait vu deux fois. La seconde fois, l'embarcadère était terminé. Elle l'avait longé tandis qu'elle remontait le fleuve à la force de ses bras. Ker Samba n'était guère loin. Mais le vaste terrain défriché où trônait naguère le colossal bentenier était plus proche encore. Mari n'avait cessé de se demander ce qu'on entendait y construire. Avec un peu de chance, elle allait l'apprendre aujourd'hui.

Tandis qu'elle franchissait le ponton, elle comprit soudain que le capitaine Diaker l'avait bouclée à fond de cale de peur qu'elle ne veuille retourner vers le domaine de Sare Samba. Lisha ! Toma ! Dene ! Paolo ! Et tous les autres… tous ceux qui avaient fait sa vie, depuis le premier jour. Comment résister en effet à l'appel de son cœur ? Elle prit pourtant la direction du grand terrain. En chemin, elle aviserait. Attendre la nuit, se glisser jusqu'au village ? Donner au moins un signe à son père. Qu'il sache qu'elle allait bien, qu'une nouvelle existence s'était ouverte à elle, que…

Oui mais… Aller annoncer à Toma que ses chaînes étaient tombées, n'était-ce pas comme tendre les bras pour qu'on lui passe de nouveau les fers ? Quel risque insensé elle prendrait ! Quelle folie était-ce sans doute déjà que de quitter la péniche sans autorisation !

Elle se courba sous les branchages. Ses mules en peau de chèvre faisaient à peine crisser les herbes. Juste un coup d'œil, là-bas, sur le grand terrain. Puis elle reviendrait. Elle dirait qu'elle avait cru étouffer dans cette cale obscure. Qu'elle avait juste voulu prendre l'air. Qu'elle n'avait pas mis l'orteil à terre. Aussi détestable qu'il fût, Bakar Diaker représentait dorénavant sa seule chance de salut. Elle devait éviter de le mécontenter.

« Je réparerai le loquet, capitaine ! »

Une rumeur, un brouhaha. Il y avait foule derrière les bosquets de kinkéliba. Pas autant qu'à la fête donnée à l'occasion de l'initiation de la petite Lisha mais foule quand même. Accroupie dans les buissons, Mari essaya de discerner ce qui se passait. Elle avança à la façon d'un canard, jusqu'au moment où elle distingua mieux qui composait cette assistance. Sare Samba en personne, et Maîtresse Adila, leurs enfants, et au moins deux dizaines de leurs amis, que Mari se souvenait d'avoir déjà vus pour la plupart. Il y avait Fuli Fak, le régisseur. Il y avait Dene, la chère Dene. Et Bakar Diaker. Et Lisimba Tam. Que faisaient-ils tous là rassemblés, presque à une extrémité du terrain ?

Mari progressa de quelques mètres encore et balaya du regard la vaste zone de terre rougeâtre, aplanie avec soin, lisse à présent comme un œuf. Elle étouffa un cri de stupeur.

Tout à l'autre bout, sur sa gauche, une poignée de personnes entouraient un engin extraordinaire. La première image qui lui traversa l'esprit fut celle d'un oiseau géant. Mais une bien meilleure comparaison lui vint aussitôt. Une chauve-souris. Un monstre de chauve-souris au corps à peine visible, entre les deux immenses ailes brunes pareilles à des membranes fixées sur un cadre articulé.

Cinq ou six esclaves s'agitaient autour de l'appareil. Mari, cependant, n'avait d'yeux que pour la haute silhouette de l'homme qui se tenait près du museau de l'étrange création. Birayma Penda ! Le Peul était vêtu d'une combinaison de cuir et portait sur le crâne un casque rutilant. En le découvrant, Mari se souvint de sa visite dans la maison blanche, des admirables dessins enfermés dans le secret d'un coffre. Et elle n'eut aucun doute sur ce qu'elle contemplait à cet instant. L'extravagante machine de Birayma Penda s'inspirait des délires nés dans le cerveau d'un homme du Septentrion !

Mari eut envie de se lever, de se précipiter vers la foule, les Samba, Dene, leurs invités, non pour des retrouvailles mais pour leur hurler : « De chez moi ! Il vient de chez moi ! Cet engin a été inventé par un homme blanc ! »

Elle demeura pourtant sagement dissimulée derrière la haie de kinkéliba, épiant chaque mouvement. Les préparatifs s'éternisaient. Mari percevait du côté des Samba et de leurs invités la montée de l'impatience. Loin d'eux, Birayma Penda tournait et retournait autour de son engin, inspectant chaque détail. Enfin, au terme d'une heure au moins de tergiversations, il chassa à grands gestes les esclaves qui l'assistaient. Un seul resta auprès de lui, pour l'aider à se hisser dans l'appareil grâce à un petit escabeau. Rien de plus prévisible et Mari, cependant, assista à la scène avec un mélange de stupeur et de terreur. Monsieur Penda grimpait dans son incroyable machine !

Bientôt, elle perçut les premières pétarades du moteur. Un cri d'effroi lui échappa mais il fut bien ténu auprès de la clameur qui monta de l'assistance. Cet homme avait perdu la raison. Qu'imaginait-il donc ? N'avait-il pas compris que le mystérieux personnage dont il admirait les dessins n'était qu'un rêveur ? Un inventeur, oui, mais de chimères.

Les oiseaux de bois, de métal et de cuir ne peuvent rivaliser avec la plume des aigles. Ils sont bien trop lourds. Un tel monstre ne ferait que ramper. À cet instant, Mari ne percevait pas le danger. Elle ne voyait que le ridicule de la situation. Le pauvre Penda serait bien heureux déjà s'il parvenait à l'autre extrémité du terrain sur ses trois misérables roues. La jeune fille se prit même à détester son frère blanc, dont les fantaisies allaient jeter dans la honte l'intrépide ingénieur peul.

Fallait-il être niais pour dessiner des machines qui ne pouvaient pas exister ! Et plus sot encore pour prétendre les fabriquer.

Un panache de fumée noire jaillit à la queue de l'appareil, puis un autre de vapeur blanche. Le moteur émit une série de borborygmes, crachota puis lâcha deux ou trois explosions sèches comme des coups de fusil. Sur le nez, une grosse croix de métal brillant se mit à tourner, si vite bientôt qu'elle ne fut plus qu'un disque de lumière.

Mari vit décoller au-dessus de sa tête une nuée d'oiseaux apeurés, de vrais, aux os si fins, aux chairs si tendres, aux plumes si légères, que tout cela assemblé, sans doute, pesait moins que l'air. Rien de commun avec le mastodonte qui avançait soudain sur la terre rouge, posé sur ses roues en triangle, à la façon d'un vulgaire niatteruu.

Il cahotait au ras du sol, telle une volaille à laquelle on a brisé les pattes. Aussi bien préparée qu'eût été la piste, il sautillait comme si on avait semé son chemin de trous et de pierres. Mais il n'était pas fait pour rouler. Il lui fallait seulement de la vitesse.

Dans un vacarme assourdissant, l'appareil accéléra. Sans plus craindre d'être surprise, Mari se redressa au milieu des kinkélibas. Elle se moquait à cet instant de qui pourrait la voir et de ce qu'on en penserait. L'extravagante machine de Birayma Penda allait passer devant elle, balançant des ailes avec maladresse. Du Peul, elle n'apercevait encore que le casque étincelant. Elle redoutait de voir son visage, elle redoutait d'y lire sa terreur, la brusque conscience que l'expérience insensée était en marche et qu'il était trop tard pour l'arrêter.

Sare Samba et ses invités avaient reculé jusqu'à la lisière du champ, presque sous l'ombrage des grands arbres. Un silence glacé s'était fait là-bas, tandis que la machine brinquebalante fonçait vers eux. Alors que l'appareil parvenait enfin à la hauteur de Mari, les ailes articulées se gonflèrent, dissimulant tout à fait le pilote niché dans un fragile habitacle de bois. Effarée, ahurie, la jeune fille constata que la roue avant s'était levée et que les deux autres paraissaient bien ne plus toucher terre. L'engin était suspendu dans les airs, comme un pantin soutenu par des fils invisibles.

Saisie de panique, Mari se coucha dans les herbes. Trop tard pour éviter les giclées de pierre et le nuage de poussière. Un voile rouge s'étendit sur elle. Elle toussa, se frotta les yeux. Pas longtemps, néanmoins. Il lui fallait voir. Regarder ! Sous la queue de l'appareil, deux grosses tuyères crachaient du feu. Trois détonations plus tard, plus aucun doute, le fabuleux oiseau avait décollé. Ses ailes membraneuses s'étaient déployées, son nez s'était cabré. Et le casque du pilote, de nouveau, apparaissait.

Des cris de triomphe retentirent. Sare Samba et ses invités exultaient. C'était avec les cauris du Maître, Mari l'avait compris, que la coûteuse expérience avait pu être menée à bien. Maître Samba, qui se piquait d'aimer le progrès et les techniques nouvelles. La démonstration qui se déroulait sur son domaine n'était pas une fantaisie, c'était une révolution. L'audacieux ingénieur Penda était en train de prouver devant l'assistance ébahie que le plus lourd que l'air pouvait voler, par la seule force de matières explosives. Le pays entier, bientôt, le saurait. Et le monde ! Ce qu'on ignorerait, c'est que deux génies s'étaient associés pour parvenir à ce prodigieux résultat. Celui d'un homme noir, venu du pays peul, et celui d'un homme blanc, qui maniait le crayon dans une quelconque contrée du Septentrion, et dont l'identité demeurerait probablement à jamais secrète.

Mari avait oublié ses doutes. Quand elle mit les mains en visière devant ses yeux, pour voir l'oiseau mécanique monter au niveau des basses branches des arbres, elle célébrait de tout son cœur les deux hommes. Car elle savait, elle.

Encore fallait-il qu'une telle aventure eût un but. L'appareil avait quitté le sol, certes, il s'était arraché à la terre des hommes, mais le ciel était encore loin. Mari le regarda grimper à la poursuite des cimes puis basculer comme font les rapaces, se penchant sur une aile pour amorcer un grand virage. Mais l'imitation soudain sembla pathétique. La jeune fille avait admiré cent fois le vol de l'aigle, du thielly, de l'épervier ou du vautour, elle s'était imaginée milan ou faucon, sur une de ces voies célestes qu'aucun obstacle n'encombrait. Leurs ailes ne bougeaient pas. C'était l'air, eût-on dit, qui se pliait.

Alors que l'engin tentait d'escalader le ciel, approchant des arbres à l'abri desquels s'était réfugiée la petite foule, Mari distingua en grandes lettres, sur le cuir de chacune des ailes fléchies par la poussée, un mot qu'elle reconnut. Ce fut pour elle une illumination. Ce mot, elle le comprenait. Lisha le lui avait lu un jour sur un des beaux albums qu'elles feuilletaient ensemble, sur son préféré, celui qui page après page montrait tous les animaux de la forêt et des champs. *Njugub*. La chauve-souris. Ainsi, sans doute, Birayma Penda avait-il baptisé sa machine volante.

L'aile gauche se tordit brusquement. Répondant, peut-être, à la commande du pilote, qui désirait orienter dans ce sens son appareil. Le Njugub, puisque tel était son nom, se mit à tourner, dans une oscillation alarmante. Un cri d'épouvante monta de l'assistance. Une gerbe d'eau fumante s'échappait du moteur placé à l'arrière. En quelques instants, l'engin perdit la moitié de sa faible altitude. Il suffit alors d'un petit coup de vent. L'aile gauche se replia tout à fait, comme celle d'un oiseau blessé. Le Njugub s'inclina avant de piquer du nez.

Deux secondes plus tard, il fonçait dans les taillis qui marquaient la bordure du terrain.

Le fracas fut épouvantable. Des flammes jaillirent à l'arrière de l'appareil, d'horribles flammes qui nourrissaient une colonne de fumée noire.

La clameur incrédule de l'assemblée n'était pas encore retombée que Mari courait déjà. Sans réfléchir, elle se précipitait. Là-bas, sous les arbres, on bougeait à peine. La jeune fille entendit la voix de Sare Samba, celle de Fuli Fak, puis le hurlement suraigu de Maîtresse Adila. Que voyaient-ils ? L'engin en feu ou la petite esclave sortie de nulle part, Mari, qu'on avait bannie ?

Elle courut, rouge comme un Xonq, la peau et les habits couverts d'un film de poussière.

Sous le casque, la tête du pilote était inclinée de côté. Mais son bras, en dehors de l'habitacle, bougeait un peu. Mari sut qu'il fallait le tirer de là, vite. Le feu rongeait les bois de la machine. Bientôt, les ailes de cuir allaient s'embraser. Il y avait un marchepied mais le grand corps pantelant de Birayma Penda était hors d'atteinte. Si personne ne lui venait en aide, l'homme allait mourir là, du sang qu'il perdait ou des flammes qui le dévoreraient.

— Monsieur Penda ! Monsieur Penda... je vous en prie.

La jeune fille lança des regards éperdus vers le clan Samba. Enfin, on se décidait à intervenir. Deux esclaves avaient été dépêchés vers l'appareil, avec des haches et un escabeau. Parvenus au pied de l'engin, ils hésitèrent. Le feu qui enveloppait à présent toute la queue du Njugub leur faisait peur. Ils craignaient une explosion. Mari leur donna des ordres, oubliant qui elle était, oubliant qu'elle était des leurs. Ces deux-là ne pouvaient le savoir, mais ses chaînes étaient tombées. À cet instant, elle avait la conviction que plus jamais elle n'appartiendrait au peuple des sans droits. Elle ne courberait plus la tête ni ne tendrait les poignets. Elle était blanche et libre.

— Dépêchez-vous, babouins que vous êtes ! Là ! Allez, grimpe.

Le garçon, un nommé Luca qu'elle connaissait vaguement, la contempla d'un air absent. Il laisserait griller le pilote avant de comprendre ce qu'on attendait de lui. Marı arracha la hache qui pendait au bout de son bras ballant, poussa l'escabeau dans la tourmente jaune et noir de l'incendie, hurlant :

— Mais aidez-moi, imbéciles !

L'autre, c'était Rémi. Grand, fort, bête à pleurer.

Quand même, il se décida. Il la hissa, l'étreignant à hauteur des genoux, tandis qu'elle grimpait jusqu'à l'habitacle et commençait à fendre le bois de la petite cabine avec le tranchant de l'outil. L'appareil s'était à demi disloqué en s'écrasant au sol. Les roues étaient parties, il reposait sur son ventre, dans le hérissement de ses ailes fracassées. De son perchoir, Mari dominait le corps inerte de Birayma Penda. Les images qui traversaient l'écran de fumée l'affolaient. Ces yeux clos, cette bouche entrouverte, ces narines ensanglantées.

Elle n'eut pas besoin de frapper longtemps. Les lattes frêles qui emprisonnaient l'ingénieur s'effritaient sous l'effet de la chaleur, se racornissant puis tournant au rouge de la braise. Un rideau de flammes ensevelit soudain la jeune fille, l'asphyxiant de ses vapeurs délétères. Autour d'elle, tout se mit à trembler. Elle agrippait à deux mains la combinaison du pilote mais ne distinguait plus de lui qu'une tête morte, qui dansait contre les frondaisons lointaines.

Elle tira. Elle tira et tomba à la renverse. Affalée entre les deux esclaves du domaine, l'escabeau en travers de ses jambes, elle vit couler vers elle le corps de Birayma Penda. Mari crut s'évanouir.

Et sans doute perdit-elle en effet conscience l'espace d'un instant. Quand elle se redressa, une dizaine d'esclaves accouraient, portant des seaux d'eau. On lui en vida un sur le torse et les cuisses, là où le feu avait troué son maillot de fille de la mer. Puis on se désintéressa d'elle. Un brancard de branchages avait été bricolé. Le corps de Birayma Penda y fut déposé avec précaution. Mari entendait les ordres contradictoires que lançait la voix du régisseur Fuli Fak, planté avec prudence à cinquante mètres de là. « Doucement ! Dépêchez-vous ! Attention aux vertèbres. Et les membres. Vite ! Vite ! Ne le secouez pas ! »

Quelques secondes plus tard, tous s'étaient éloignés. Les uns pour transporter sans délai l'ingénieur peul à Ker Samba, les autres parce qu'ils craignaient encore l'explosion de la chauve-souris mécanique. Mais, dans l'incendie, le réservoir d'eau s'était crevé, inondant le moteur et noyant le carburant.

Mari demeura seule, hébétée, face à la carcasse fumante. Le premier qui l'approcha fut le capitaine Diaker. Le marin marchait vers elle en claudiquant, son œil droit embrasé par une fureur plus dévorante que le feu qui avait calciné le Njugub. Quand il ne fut plus qu'à un pas d'elle, sans hâte, il leva la main et l'abattit sur sa figure. De toutes ses forces. Mari poussa un hurlement de rage. Puis elle souffla longuement entre ses dents serrées, jusqu'à ce que le sang qui emplissait sa bouche cesse de tracer ses pointillés sur la poitrine du capitaine.

Pourtant, lorsqu'il partit de son allure bancale, Mari le suivit. Bakar Diaker tournait le dos aux débris calcinés de l'appareil, Bakar Diaker ignorait le pilote, qui disparaissait là-bas, sous les arbres, escorté par la foule désemparée. Il se dirigeait vers le fleuve.

Bientôt, Mari entendit que quelqu'un d'autre marchait derrière elle.

Lisimba Tam, sans aucun doute. Pas une fois elle ne se retourna pour s'en assurer. À peine eut-elle posé le pied sur la péniche que le capitaine Diaker la prit par le bras et la jeta par l'écoutille. Elle dégringola contre l'échelle et s'affala dans la cale. La trappe se referma au-dessus d'elle, laissant passer le jour entre ses planches brisées. Aussitôt, elle se rouvrit et Bakar Diaker descendit.

Apeurée, endolorie, Mari recula vers une paroi de métal, cherchant une arme pour se défendre. Mais le marin l'ignora. Il fouilla les étagères, prit un marteau, quelques clous, deux ou trois bouts de bois puis, emportant au passage une bouteille à demi pleine, il remonta.

L'écoutille fut réparée en moins de dix minutes, et son verrou remis en place. Lisimba s'était chargé du travail, Mari n'avait pas besoin de le voir pour le deviner. Et, pendant ce temps, le capitaine buvait.

Elle se crut de nouveau enfermée pour la nuit. Mais sa solitude ne dura guère. Peut-être le capitaine s'était-il souvenu qu'il dormait lui aussi dans la cale. Il apparut encore une fois au sommet de l'échelle, tenant toujours à la main sa bouteille. Mais elle était vide, à présent.

Mari était pelotonnée dans le fauteuil sans pieds, au ras du sol. Elle tremblait. Le regard perdu dans le vague, elle se refusait à suivre les mouvements du marin autour d'elle. Elle sentait ses hésitations aux oscillations des ombres. Ce n'était pas l'alcool, c'était autre chose. Il était tout proche, maintenant. Mais elle ne voulait pas lever les yeux.

— Je te demande pardon, dit-il.

La jeune fille sursauta.

— Vous, capitaine ?

— On dirait que ça t'étonne.

— Un peu comme si un serpent venait s'excuser après m'avoir mordue.

— Attends.

Diaker alla ouvrir l'armoire aux provisions et rompit d'un coup de poing ce qui subsistait de l'énorme pain de glace apporté par Lisimba : une barque blanche flottant sur un océan d'eau froide. Surprise, Mari vit revenir vers elle Bakar Diaker. D'une main maladroite, il lui colla un glaçon sur la lèvre.

— Tiens-le comme ça.

Mari sourit. La sensation lui parut merveilleuse. Elle passa le morceau de glace sur son cou, sur ses bras, partout où le feu avait léché sa peau. Un miracle qu'elle ne se soit pas transformée en torche. Il y avait des cloques sur la paume de ses mains et des plaques noires sur ses mollets, mais aucune brûlure n'était plus cuisante que celle qui lui dévorait les poumons. Et là, au milieu, elle avait le cœur en cendres.

— Faut te soigner, dit Diaker. Et te nettoyer. Tu pues la fumée à vingt pas.

— Merci, Maître.

Elle n'avait plus entre ses doigts qu'une petite pastille translucide. Elle la serra jusqu'à en exprimer la dernière goutte de fraîcheur.

— Je ne suis plus ton capitaine ?

— Non, Maître.

— Et pourquoi donc ?

— Vous m'avez achetée comme une esclave, enfermée comme une esclave, battue comme une esclave. Je ne connais rien à la marine mais je ne crois pas qu'on traite les marins de cette façon, Maître.

— Si tu y connaissais quelque chose, tu ne me parlerais pas sur ce ton. Mais tu te trompes. Tu ne m'appartiens pas. Mes moyens ne me permettent pas d'acheter des esclaves.

Mari haussa les épaules. Elle se moquait de ce que le capitaine pouvait penser. Une seule chose la préoccupait vraiment.

— Est-ce que vous croyez... monsieur Penda... est-ce qu'il...

— S'il s'en tirera ? Il avait l'air en piteux état. J'ai envoyé Lisimba aux nouvelles. Ce que je sais...

Bakar Diaker se tenait tout près d'elle. Laid à faire peur. Pourquoi restait-il si près ? Il allait la toucher, elle le sentait. Ses mains, ses mains sur elle.

— Maît... capitaine !

Ses mains. Le marin ne semblait pas se rendre compte de ce qu'elles faisaient. Songeur, distrait, il les promenait sur ses bras, ses épaules, son cou. Il toucha sa lèvre, où une boule dure s'était formée, sa pommette droite tuméfiée, chacune de ses blessures, chacune de ses brûlures. Partout où cela lui faisait mal. Quand elle tressaillait sous l'effet de la douleur, il appuyait un peu plus fort. Les grosses mains noires se posèrent de nouveau sur son cou. Mari se souvint du récit du capitaine, de la fin pathétique du second Hatab. Diaker allait serrer, elle en était sûre.

— Capitaine ! gémit-elle.

— Tu as été courageuse, petite fille blanche, dit le capitaine Diaker, son œil valide toujours égaré, comme s'il contemplait une rive incertaine ou un souvenir perdu de son passé. J'espère que Penda est toujours en vie. Sans toi, en tout cas, il serait mort. Je l'espère. Tu le mérites.

Mari saisit les deux mains de Bakar Diaker et les étreignit.

— Merci, capitaine.

— Mais tu ne feras jamais un bon marin. Un bon marin obéit aux ordres. Quand il est consigné à bord, il ne quitte pas le navire.

— Cela ne se reproduira plus. Je vous le promets.

— Un navire, bougonna le capitaine en s'écartant. Par moments, j'ai l'impression d'avoir tout oublié. Le claquement des voiles, le grincement des haubans, le bois qui travaille, les embruns, le sel… tous ces bruits, toutes ces odeurs. Le fer, ça ne vit pas. Cette péniche…

Il se retourna. Lisimba Tam se laissait tomber contre les degrés de l'échelle, derrière lui. Le jeune homme n'arborait pas la mine de quelqu'un qui apporte de bonnes nouvelles. Il secouait la tête, comme pour annoncer que tout espoir était vain.

— Je m'en doutais, dit Diaker.

Lisimba tendait le doigt vers Mari.

— Il faut qu'elle vienne.

— Où ? À Ker Samba ?

Mari s'était déjà levée. Le sol lui parut trembler sous ses pieds.

— Qui me demande ?

— Lui. Le fou.

— Monsieur Penda ?

Un grand sourire éclaira le visage de Mari.

— Tu viens de dire qu'il était mort, affirma le capitaine Diaker.

— Moi ? s'étonna Lisimba. Je n'ai rien dit. Je ne l'ai même pas vu.

Le garçon traversa la cale jusqu'à l'armoire à provisions, l'ouvrit et y prit une tranche de viande froide.

— Sale ambiance, fit-il entre deux bouchées.

— Qu'est-ce qui se passe, là-bas ? Instruis-nous, mon garçon.

— Pas les bienvenus, c'est sûr.

— Comment ?

Lisimba Tam cessa un instant de mastiquer pour mieux réfléchir.

— Il faut qu'elle y aille mais nous ne sommes pas les bienvenus. Surtout pas elle.

— Qui la réclame ?

— Mais lui ! Le fou !

— Il n'est pas mort, alors ?

— Bah ! Est-ce que je sais ? Peut-être que les oiseaux continuent à parler après leur mort.

Mari s'était déjà emparée d'un broc d'eau fraîche et d'une serviette. Elle passa derrière son rideau, se nettoya comme elle put et, non sans avoir hésité, se changea. Elle réapparut vêtue de la tunique des esclaves.

— Il n'est pas mort, dit-elle d'une voix ferme. Il n'est pas mort.

— Cette femme a perdu la raison, commenta Lisimba. Elle pousse des hurlements d'hyène qu'on égorge.

— Adila ? C'est son argent.

— Quel argent ?

— La machine volante. C'est son argent qui est parti en fumée. Elle doit le penser.

— Ils sont tous fous, conclut Lisimba.

Mari se tourna vers Bakar Diaker.

— Est-ce que je peux quitter le bord, capitaine ?

— Vas-y. Dépêche-toi. Et veille à ce qu'on prenne soin de lui, s'il n'est pas mort.

— Pourquoi est-ce qu'il vous réclame ? demanda Lisimba. Personne ne me l'a expliqué.

Mari ne sut que répondre. Baissant les yeux, elle vit ses mules en peau de chèvre.

— Vous ne pouvez pas comprendre, dit-elle.

26

LA POUDRE GRISE D'ANI

Mari eut l'impression de revivre le jour de l'initiation de Lisha, la fin de la journée plutôt, quand les invités étaient repartis. Les voitures, les attelages, la poussière de la route. L'autre fois, ces gens avaient quitté Ker Samba l'estomac plein et le cœur content. Aujourd'hui, Mari croyait le deviner à la cadence de leurs pas, à la nervosité des moteurs, au claquement du fouet au-dessus des chevaux, ils s'en allaient dépités, peut-être même fâchés. La fête promise avait été gâchée. L'heure historique avait tourné au désastre. Ils étaient venus assister à la démonstration la plus grandiose qu'on eût jamais vue sous le soleil de Kassamansa : la preuve qu'un engin de bois, de métal et de cuir, piloté par un être humain, pouvait décoller et tutoyer les nuages. Mais le lourdaud s'était affalé de façon misérable et, en une poignée de secondes, les dizaines de milliers de cauris investis par la prétentieuse famille Samba avaient bel et bien rejoint le ciel, mais sous forme de fumée noire.

Il n'y avait pas que des pleurs et des grincements de

dents. Mari entendit que certains riaient. Du malheureux ingénieur, personne, sans doute ne se souciait.

Un silence de mort régnait dans la grande entrée de la maison. Mari aurait voulu y croiser quelqu'un, Dene de préférence, afin de s'assurer que sa présence était réellement désirée en ces lieux. Lisimba, vexé d'avoir été éconduit, était-il capable d'une aussi vilaine plaisanterie ? Pouvait-il l'avoir envoyée ici quand nul ne l'y réclamait vraiment ? Mari n'osait pas appeler. Elle héla enfin la première servante qui passa, une nommée Toine, petite femme aux épaules étroites dont même les Maîtres redoutaient le caractère acariâtre.

— Toine, est-ce qu'on m'attend ?

— Un jour on te vend, un jour on te demande, cette maison ne tourne pas rond.

— Oui mais…

— Il y a une toiture à refaire, l'eau qui suinte au premier, et voilà.

Toine fit voleter ses doigts tordus par les travaux, plus de trente ans au service des Samba. C'était l'argent du domaine qu'elle voyait se dissiper ainsi.

— La folie des grandeurs !

— Monsieur Penda est un génie ! s'écria Mari, comme si la vieille esclave en avait fait sa cible. Il le prouvera.

— Qui ça ? Ah ! oui, l'oiseau à roulettes !

— Il est vivant, n'est-ce pas ?

— C'est à craindre. Mais je préférerais être morte que dans cet état. Eh bien, monte le visiter, puisqu'il a besoin qu'on l'accompagne. Si tu veux mon avis, il n'a pas long à aller. Chante-lui donc une chanson de ton père, Toma en a pour toutes les circonstances.

— Où est-il, Toine ?

— À l'étage, dans l'ancienne chambre de la petite. Une honte !

La petite. Pili, la cadette des enfants Samba, la pauvre Pili, mordue par un cobra cracheur.

— C'est la chambre des morts, ici, dit Toine tandis que Mari se précipitait vers le large escalier de marbre.

Mais Mari ne le laisserait pas partir. Si monsieur Penda s'était cramponné à la vie jusqu'au moment de sa venue, rien ne pourrait plus l'abattre. Elle le soignerait. Elle le sauverait.

La jeune fille demeura un instant plantée devant la porte. Avant de frapper, elle prit le temps de monter à ses lèvres le médaillon d'Ani et de murmurer quelques mots, implorant le secours de Mari, l'autre Mari.

Elle toqua, recommença plus fermement, mais n'obtint pas de réponse. Alors, elle poussa la porte.

Birayma Penda était étendu sur le lit, dans une pénombre que seul blessait un trait de lumière filtrant entre les volets tirés. Il semblait dormir. Mari vit avec soulagement qu'on s'était bien occupé de lui. Sa jambe droite était prise dans un tube de gomme, sans doute pour maintenir en place un os fracturé. Du même côté, un énorme bandage emmaillotait son épaule.

Elle n'osait approcher. L'homme, hormis les pansements de coton et les linges, était quasi nu. Çà et là, sa peau brûlée avait été couverte d'un film gras, qui luisait. Mari distinguait d'affreuses ecchymoses sur ses bras, son torse et son visage. Son casque de métal, probablement, lui avait évité le pire.

Soudain, Mari n'entendait plus rien. L'ingénieur Penda, lui parut-il, avait cessé de respirer. Alarmée, elle eut enfin l'audace d'avancer de quelques pas dans la chambre. Le Peul avait ouvert les yeux et la regardait.

— Tu es venue, dit-il.

— Oh ! monsieur Penda, j'ai eu tellement peur. J'ai cru…

— Que j'étais mort ? Non, hélas.

Les pupilles de Mari s'étaient dilatées, s'accoutumant à l'obscurité. Elle voyait mieux, à présent, la chair ravagée par le feu. Le cœur serré, elle songea au corps meurtri du capitaine Diaker. La peau noire de Birayma Penda demeurerait-elle ainsi, marquée d'affreuses zones décolorées ?

— Écoute-moi.

Le Peul grimaça. Mari se tourna un peu vers le mur, pour éviter de croiser son regard torturé par la douleur.

— Tu ne m'écoutes pas.

— Si ! Bien sûr que si, monsieur Penda.

— J'ai eu du mal à convaincre les Samba de te laisser entrer dans cette maison.

Mari hocha la tête pour indiquer qu'elle s'en doutait.

— Ils m'ont envoyé deux excellents guérisseurs mais cela ne suffira pas. Je ne sens plus mon bras et cette jambe, je vais la traîner désormais comme un piquet de bois. Les brûlures me rongent et…

— Cessez, je vous en prie. Vous allez guérir, monsieur Penda.

— Guérir, non. Survivre, peut-être… oui, peut-être

le pourrais-je, mais je ne le souhaite pas. Il y a des choses qu'il m'est difficile de t'expliquer, Mari.

— Vous avez volé ! Vous êtes le premier. Vous pouvez être fier.

— J'ai commis des erreurs. L'appareil n'était pas bien équilibré, je crois. Et...

Birayma Penda tordit la bouche en un triste sourire.

— Si j'avais la possibilité de recommencer, je ferais mieux, sans doute.

— Vous recommencerez, monsieur Penda !

— J'ai perdu connaissance. Je ne me suis rendu compte de rien mais...

Le Peul souleva légèrement la tête, effort si terrible que Mari vit perler à son front des gouttes de sueur.

— On m'a dit que tu as été très courageuse.

— Je suis arrivée avant les autres. Ils étaient trop loin. C'est tout.

— Très courageuse, répéta l'ingénieur. Je...

Il s'interrompit, la mâchoire secouée par d'horribles spasmes.

— Écoute-moi. Je vais te demander d'être plus courageuse encore.

— Demandez-moi, monsieur Penda. Oh ! oui, tout ce que vous voudrez.

— Ta mère... ta mère s'y connaissait en plantes et en remèdes, n'est-ce pas ?

Avant même d'entendre ce que Birayma Penda avait à lui dire, Mari sentit la consternation l'envahir. L'ingénieur supposait probablement qu'Ani lui avait transmis son savoir et qu'elle était versée elle aussi dans l'art de transformer herbes, feuilles et écorces en potions miraculeuses.

— Oui, souffla-t-elle. C'est elle qu'il aurait fallu faire venir aujourd'hui.

— Je suis certain que tu peux m'aider, Mari.

La jeune fille se tut, n'ayant pas le cœur de le détromper. Penda poursuivit d'une voix étranglée par la souffrance, les yeux fermés, les poings crispés sur le drap de lin.

— Certaines de ces plantes sont bonnes, d'autres mauvaises. Il en existe de toxiques, tu le sais.

— Bien sûr.

— Ta mère t'en parlait-elle parfois ?

— De... oh ! oui, de cela, oui. Pour être franche, monsieur Penda, ma mère ne m'a pas enseigné grand-chose mais, justement, comme j'étais ignorante..

— Oui ?

— Elle craignait que je ne fasse des sottises. Ma mère s'inquiétait toujours beaucoup pour moi. Quand je grimpais dans les arbres ou... enfin, elle mettait les plantes dangereuses dans des endroits spéciaux, en hauteur. Et elle les rangeait dans des boîtes ou dans des sachets différents. Elle m'a même obligée à dessiner de grandes croix rouges ou des têtes de mort dessus, pour...

Mari se mordit la lèvre, prenant soudain conscience qu'elle bavardait de façon intempestive.

— Donc, tu les connais.

— Oui. Certaines ne doivent en aucun cas être avalées. Elles servent par exemple à faire des baumes ou des emplâtres. Il y en a aussi qu'on peut donner mais seulement en très petites doses. Je ne m'y risquerais pas. Je ne suis pas assez savante.

Penda vida lentement tout l'air de ses poumons.

— Tu vas aller chez toi. Tu feras une préparation à boire avec les plantes de ta mère. Essaie de te souvenir, si tu peux.

— De quoi, monsieur Penda ?

— De… choisis les plus toxiques, celles qui donnent la mort la plus rapide. Et la moins pénible, si tu es capable de le savoir.

Mari recula d'un pas et, le regard rivé au mur, s'écria :

— Jamais !

— Je sais ce que tu penses, Mari. Je sais que j'exige beaucoup de toi. Mais je l'exige, comprends-tu ?

— Je ne veux pas que vous mouriez, monsieur Penda. Et je ne veux pas non plus qu'on me pende au baobab.

— Ne t'inquiète pas. On imaginera que j'ai succombé à mes blessures. Il s'en est fallu de si peu. Personne ne te soupçonnera.

— Jamais ! cria de nouveau Mari.

— C'est un ordre, tête de babouin !

Un frisson glacé parcourut l'échine de la jeune fille.

— Ne me parlez pas comme ça. Pas vous, monsieur Penda.

D'un ton plus posé, l'ingénieur répéta :

— C'est un ordre.

Mari secoua la tête, comme pour chasser le voile de larmes qui lui brouillait la vue.

— Je n'ai pas d'ordre à recevoir de vous, monsieur Penda, dit-elle d'une voix qui s'efforçait au calme. Vous n'êtes pas mon Maître. Je vous l'ai demandé, je vous ai supplié mais vous avez refusé. Et j'en suis bien heureuse à présent.

— Tu dois m'obéir, Mari. Tu m'appartiens.

— Non ! J'ai été achetée par le capitaine Diaker. Et il m'a dit... il... il ne veut pas que je sois son esclave. Sur un bateau, il n'y a que des marins. Je suis marin, désormais, monsieur Penda.

Le Peul trouva la ressource de sourire.

— Ça ne s'achète pas, un marin, petite Blanche.

Mari regretta soudain d'être venue. Cette conversation dont elle ne voulait pas, elle savait déjà qu'elle en sortirait perdante. Toine avait raison, cette chambre était la chambre de la mort. Tournant la tête pour éviter d'affronter le regard fiévreux de l'ingénieur, elle se heurta à des images plus blessantes encore. Sur les murs, sur des étagères, des souvenirs de celle qui avait vécu ici. Pili. Ses poupées d'enfant, des dessins de sa main, tous les objets qui l'avaient entourée et qu'elle avait aimés.

— C'est Sare qui m'a fait porter ici, souffla le Peul. Adila était folle de rage. Débarrasse-la de moi, elle t'en sera reconnaissante.

— Pourquoi avez-vous dit que je vous appartiens, monsieur Penda ?

— Parce qu'il en est ainsi. Le capitaine ne t'a-t-il pas parlé ?

— Il m'a payée mille deux cents cauris. Depuis, il ne cesse de répéter qu'il a dilapidé son argent.

— Vraiment ? Mais c'est le mien, Mari !

— Le vôtre ?

— Je lui ai demandé de le faire à ma place, d'aller au marché, tu comprends ? Et de veiller sur toi.

— Vous m'avez...

— Puis tu es trop modeste. Ce n'était pas mille deux cents. C'était mille cinq cents.

— Non, c'est...

— Le capitaine ne m'aurait pas trompé.

— Mais je...

Mari se mordit les lèvres. Scandalisée, elle avait envie de hurler la vérité. Mais sans doute valait-il mieux la taire. Cette différence de trois cents cauris, elle ne devinait que trop bien dans quelle poche elle était tombée. Le capitaine Diaker était un monstre mais elle ne lui voulait aucun mal. Cet homme était malheureux. Trois cents cauris de plus, qu'est-ce que cela pouvait représenter ? Un si petit pas sur le chemin qui le menait au navire de ses rêves.

— Vas-tu m'obéir, à présent ?

Là où Birayma Penda souhaitait se rendre, cette poignée de cauris ne serait d'aucune utilité.

— Est-ce que l'on doit toujours obéir à son Maître ?

— Oui. Toujours.

— Même quand il vous ordonne de...

— Toujours, insista Birayma Penda.

Mari examina d'un œil neuf le long corps blessé.

— Je ne veux pas d'autre Maître, murmura-t-elle.

— Viens. Approche.

Comme semblait le désirer Birayma Penda, Mari se pencha vers le visage meurtri. L'audacieux pilote avait de nouveau fermé les yeux et des mouvements spasmodiques agitaient sa gorge, d'où s'échappait un léger râle.

— Maître ? Oh ! Maître…

— Tu seras libre…

Les mots filtraient entre les dents serrées de Penda, dont les lèvres bordées d'écume tremblaient sans s'arrondir franchement.

— Ce sera ta récompense. Libre. Promis.

— Et qui me libérera si vous êtes mort ? gémit-elle.

— Le capitaine saura. Va, maintenant.

Mari se redressa. Elle eut le sentiment terrible d'être seule, brusquement, dans la chambre. Comme épuisé par un violent effort, le Peul s'était retiré en un lieu où elle n'avait pas accès. Ses membres s'étaient relâchés. Sa bouche s'était figée. Entre les paupières à demi closes, n'apparaissait plus qu'un croissant blanc veiné de rouge.

Seule, face à son crime.

Malgré l'heure tardive, le village était quasi désert. Mari aurait aimé s'y sentir accueillie. Pourtant, les rares frères et sœurs qu'elle aperçut se détournèrent de son chemin. Elle n'était plus de nulle part, ni au village ni au domaine, ni parmi les siens, ni parmi les Maîtres. Et ce qu'on lui demandait d'accomplir la couperait définitivement du capitaine et de Lisimba. Quant à Birayma Penda…

La case était vide. Malgré la chaleur étouffante qui régnait sous le chaume du toit, il flottait dans l'air des odeurs froides, comme si la masure avait cessé d'être occupée depuis longtemps. Vieille cuisine, vieux tabac. Mari s'accroupit pour humer le linge qui traînait sur le sol, pour se nourrir de ce qui s'accrochait encore au lieu de son enfance, odeurs ténues mais si lourdes de souvenirs.

Jamais le logis familial ne lui avait paru aussi spacieux. Là, s'étiraient naguère les longues jambes de Jan et là celles de Luc. Combien de fois, petite fille, ne les avait-elle pas piétinées par mégarde ? Mari se tourna vers l'endroit où se tenait toujours sa mère, quand elle triait ses feuilles, pilait ses écorces, découpait ses racines. Il ne restait que deux paillasses. Toma n'avait pas eu le cœur d'ôter celle où Mari avait passé ses nuits pendant les quinze premières années de sa vie. Il l'attendait encore, sans doute. Mais pourquoi n'était-il pas là aujourd'hui ?

Mari secoua la tête pour disperser son chagrin. Les promesses de l'étoile du Nord avaient pâli comme les astres se fondent dans le jour naissant. De ses rêves d'enfant rien ne demeurait. Le grand voyage, la découverte du Septentrion, la liberté, la vraie liberté, à cet instant Mari n'y croyait plus. Elle eut soudain le sentiment amer d'avoir vendu les siens contre de vains espoirs. Toma n'était pas là mais elle avait l'impression d'entendre sa voix, venue d'une nuit déjà lointaine, si lointaine. « Et tu nous abandonneras. »

Quel âge avait-elle, six ans ? Et qu'avait-elle pensé alors ?

— Je voulais partir mais c'est vous qui m'abandonnez. Pourquoi ?

Elle parlait à voix haute, pour habiter les lieux.

Les herbes d'Ani étaient rangées sur des étagères étroites, derrière un rideau dont les bords s'effilochaient.

— Maman, je voudrais que tu sois là. Maman, je ne sais pas.

En entrant, elle avait espéré que son père, désormais seul, s'était débarrassé de ces préparations dont il ignorait l'usage. Mais tout était à sa place, les boîtes de fer, les pots de bois ou de terre cuite, les sachets de tissu ou de papier, les flacons. Trois petites planches. En bas, les crèmes, les baumes, les onguents, les huiles. Au milieu, les plantes séchées, feuilles, fleurs, écorces, les tisanes, les infusions, les décoctions : pour la toux, la fièvre, les maux de ventre, pour les migraines, les faiblesses du cœur, les maladies du sang. En haut...

Mari se dressa sur la pointe des pieds. Ainsi, elle les voyait, ces croix rouges, ces têtes de mort, dessinées par sa main maladroite de petite fille. Elle attrapa un pot de grès. Sous le couvercle, une poudre grise. Ani disait qu'il fallait s'en méfier comme de la Peste. Ne pas la toucher, ne pas la respirer, à peine la regarder. Mari n'avait jamais réussi à savoir de quoi elle était composée. Elle osa regarder. « Trempe ton petit doigt dedans et porte-le à ta bouche, tu tombes raide morte. » Mari contempla ses doigts. Ils étaient plus longs et plus forts qu'autrefois. Elle pourrait désormais emporter sur l'auriculaire de quoi tuer trois personnes au moins. « Touche-la, lave-toi les mains au savon noir et, trois jours plus tard, tu en auras encore assez sous l'ongle pour empoisonner une famille. » Ani exagérait, bien sûr, elle voulait lui faire peur. Puisqu'elle s'en servait, elle. Une tête d'épingle dans un brouet, voilà ce qu'elle faisait. Un révulsif. Le mal par le mal. Un remède d'hyène qu'elle réservait à certains cas, des cas extrêmes.

Un empoisonnement. Une piqûre de serpent. La poudre grise servait à faire sortir toutes les humeurs noires du corps, par la salive, par la sueur, par la bile. Le patient devenait vert puis bleu puis presque noir. Il suait, il pleurait, il bavait. Puis, progressivement, sa couleur blanche lui revenait. S'il survivait.

Ce ne serait certes pas la mort douce que souhaitait monsieur Penda. Maître Penda. Mari ignorait si les potions de sa mère avaient le même effet sur les corps noirs que sur les corps blancs. Si la dose était suffisante, l'agonie serait brève. De cela, au moins, elle était certaine.

Mari referma le pot et alla plonger ses mains dans une bassine d'eau tiède, qu'elle vida ensuite dans la rigole qui faisait office de caniveau, au milieu de la rue.

Elle se hâta de faire ce qu'elle avait à faire. Mettre la bouilloire sur le feu. Préparer la potion. Emplir une petite bouteille. Sur la première étagère, elle choisit deux pots. Quand le tout fut dans un sac de chanvre, elle ouvrit la malle d'Ani. La croix de bois était toujours là, enfouie sous le vieux linge raccommodé. Mari la prit, y déposa un baiser, la rangea. Puis elle se tourna vers le mur où étaient accrochés les grigris, caressa l'un, caressa l'autre. Le pénis du lion avait perdu sa partie la plus noble. Mari se demanda s'il fallait y voir un signe. Elle chercha des yeux sur le sol de terre battue les fragments racornis, ne vit rien. Haussant les épaules, elle s'autorisa un ricanement.

Dehors, elle constata que le ciel s'était assombri. Une nuit d'orage s'annonçait, une de plus. Elle reprit la route qui menait à Ker Samba. Seule, tellement seule.

27
MON MAÎTRE

L'état de Birayma Penda avait empiré. Mari lui trouva le front brûlant et les mains glacées. Il grelottait dans un demi-sommeil, laissant parfois échapper entre ses lèvres crevassées des chapelets de mots inintelligibles. Mari versa dans un gobelet d'argent l'équivalent de trois grandes cuillerées du breuvage qu'elle avait préparé. Elle souleva la tête du Peul et approcha de sa bouche le bord de la lourde timbale.

L'ingénieur Penda ouvrit les yeux et, comme s'il recouvrait brusquement toute sa conscience, but la potion d'un trait.

— Prends garde si tu m'as trompé, dit-il d'une voix étonnamment claire en se laissant retomber au creux du gros coussin de kapok qui lui maintenait la nuque. Je te…

Mari se raidit, dans l'attente de la suite.

— Je te reprendrai. Tu seras mon esclave. Je ferai de ta vie un enfer.

La jeune fille recula, se heurta au petit guéridon où elle avait posé son sac de chanvre. Quelqu'un avait ouvert les volets. Il faisait presque noir dans la chambre.

Les premières lueurs de l'orage gonflaient cependant le haut des rideaux d'une étrange clarté.

— Tu dois m'obéir, disait la voix de Birayma Penda.

Il prononça encore quelques bribes de phrases que Mari ne comprit pas, toujours sur le même ton menaçant. Du peul, sa langue natale, supposa-t-elle. Puis l'ingénieur sombra dans une sorte de coma.

Mari attendit qu'il ait cessé de s'agiter pour approcher de nouveau. Elle prit dans le sac un petit pot d'onguent et, du bout des doigts, couvrit de crème chaque zone de peau mordue par les flammes. Le touloucouna. Commençant par les bras, l'épaule gauche, celle qui n'était pas bandée, ensuite le cou. Il lui fut difficile de poursuivre. Toucher ce torse, ce ventre, ces cuisses. Ce corps quasi nu. Noir et nu. Si beau, malgré les plaies, dans l'obscurité parcourue par les vagues électriques venues du dehors. Le ciel grondait, les vitres vibraient. L'audace lui vint. L'ingénieur Penda ne bougeait pas, ne frémissait pas. « Mon Maître. » Les paupières closes et bombées, comme deux galets polis, la bouche presque souriante, les chairs détendues par un sommeil profond, si profond. « Mon Maître. »

Elle s'écarta un peu pour admirer le tableau. Le grand Peul était maintenant noir et blanc. De ses mains, elle avait dessiné sur la peau sombre de pâles arabesques, sur lesquelles la nuit orageuse jetait ses lueurs. Mari revint vers lui. Elle se pencha, se pencha encore. Son souffle avait tiédi. Elle hésita, elle se redressa. Là, au sommet du crâne, dans ce golfe créé par la pointe de cheveux gris qui avançaient, une tache cramoisie. Mari ajouta la dernière touche, une virgule blanche près des fines boucles roussies par le feu. Elle se pencha, se pencha encore. Respira fort. Les deux souffles se joignirent. Encore un peu. Elle embrassa les lèvres tachées de salive sèche.

Se redressa.

Lorsque la jeune fille se retourna, Dene se tenait derrière elle. Depuis quand était-elle dans la chambre, qu'avait-elle vu ? Mari affronta sans ciller le regard de la gouvernante. Dene ne semblait pas fâchée, pas surprise, ni même préoccupée. Simplement lasse. Depuis quand ? Combien de temps ? Mari avait perdu le compte des secondes et des minutes. Elle s'était penchée. Elle avait embrassé les lèvres de son Maître. Tout avait disparu, son visage, sa souffrance et le temps. Combien de temps ? Elle ne le savait pas. Elle s'en moquait. Ses grands yeux clairs s'ouvrirent davantage. Dene pouvait y lire tout ce qu'elle voulait.

À la fin du baiser, les lèvres du Peul s'étaient étirées. Cette fois, c'était bien un sourire.

— C'est la chambre de Pili.

— Je sais, Dene.

La gouvernante hocha la tête. Un bref mouvement de menton. Tout le crime y était contenu. Cet homme dans la chambre de Pili. Cet homme et Mari.

— Comment va-t-il ?

— J'ai appliqué le baume de ma mère sur les brûlures. Le touloucouna, Dene.

— Oui. Vous connaissez ça, vous les Blancs. Votre peau fume au premier soleil. Tu as bien fait. Il n'est pas nécessaire qu'il souffre.

— Il semble paisible, à présent.

— Le Grand Esprit fasse que cela ne dure pas trop longtemps. Pour son propre bien.

— Qu'il meure vite, c'est ce que vous voulez dire ?

Sans répondre, Dene alla à la fenêtre et tira les rideaux. La foudre balayait tous les horizons, chauffant çà et là au rouge de la braise les amas globuleux de nuages indigo. Un grand arbre de lumière se coucha soudain dans le ciel, pointant ses dernières branches vers Ker Samba. Toute la pièce en fut incendiée. Mari eut l'impression de voir Birayma Penda se lever de sa couche. Mais rien d'autre ne l'agitait que le déferlement des vagues éblouissantes de l'orage. L'espace d'un instant, il n'avait été que blancheur. Puis l'homme sembla s'éteindre, redevenu noir dans la chambre obscure.

— Il a l'air déjà en route pour l'au-delà, avec ses peintures, nota la gouvernante. Le blanc est la couleur du deuil, ici.

— Il vivra, certifia Mari. Que regardez-vous ainsi, Dene ?

— Le mât. Sare appelle ça une « pointe à orage ». Par tous les esprits, on dirait que ça marche.

Mari rejoignit la grosse femme près de la fenêtre, intriguée. D'abord, elle ne distingua rien.

— Là ! s'écria Dene, tendant l'index.

Ce n'était rien qu'un immense piquet planté dans les jardins et tenu au sol par des haubans. La foudre venait de le frapper.

— Ton ancien Maître s'est entiché d'un nouveau génie. Et voilà son invention. Une pointe pour attirer la foudre et protéger la maison. Mais pourquoi l'attirer aussi près de nous ? Est-ce qu'on n'aurait pas pu mettre ça ailleurs ? Encore un qu'Adila finira par jeter dehors.

— Qui ? Le nouveau génie ?

— Ton ami Penda a fait son temps, on dirait. Mais tu connais Sare. Une lubie chasse l'autre.

— La chauve-souris mécanique a volé, Dene. C'est une invention extraordinaire. Il suffirait de... de mieux équilibrer la machine.

— Petit singe savant.

— Extraordinaire ! répéta Mari. Vous ne pouvez comparer le Njugub avec ce... piquet ridicule.

— Le Njugub ! se moqua Dene. Ce que l'ingénieur Penda aurait dû penser à équilibrer, ce sont ses comptes, ma fille.

— De quoi me parlez-vous, Dene ?

— Prends-tu Adila pour une imbécile ? Tu sais fort bien qui détient l'argent, dans cette maison. Elle a laissé faire Sare, mais pas sans condition. L'expérience devait réussir. Les Samba devaient se couvrir de gloire. Et il fallait que l'invention soit exploitable. Penda avait garanti tout cela. Il a échoué. Maintenant, la facture est pour lui. Il est censé rembourser les fonds avancés par la famille Samba. Il en serait bien incapable, naturellement.

— C'est donc pour cela que vous disiez que...

— Les dettes s'éteignent avec l'homme.

— Sinon ?

Dene leva les yeux au ciel. Quittant la fenêtre, elle alla vers le lit où l'ingénieur reposait. Elle lui palpa un bras, lui saisit le poignet.

— Il perd ses forces, jugea-t-elle. Le pouls est faible. À mon avis, il ne verra pas le matin.

— Il vivra, Dene ! Et que lui arrivera-t-il s'il ne peut rembourser ?

Dene se tourna vers la jeune fille.

— Au cas où tu l'ignorerais, l'esclavage n'a pas commencé avec la traite des Cornes d'Ivoire, dans ce pays. Autrefois, quand le Sunugaal n'était qu'une mosaïque de petits royaumes, de chefferies toujours en guerre les unes contre les autres, les vaincus devenaient les serviteurs des vainqueurs. Mais la plupart des esclaves n'étaient pas des prisonniers de guerre. C'étaient des personnes endettées. Comme elles ne pouvaient faire face à leurs obligations, elles n'avaient d'autre recours que de renoncer à leur liberté. Les débiteurs devenaient les esclaves de leurs créanciers.

— Vous plaisantez ! Jamais monsieur Penda…

— Tu ne voudrais pas être l'esclave d'un esclave, n'est-ce pas ? Mais non… rassure-toi, cette pratique a cessé d'exister.

— Je ne suis plus l'esclave de personne, Dene !

Une moue de mépris passa sur le visage de la gouvernante.

— Ainsi, c'est ça ! Tu as séduit cet homme pour arracher ta liberté. Mais quelle liberté est-ce là, mon enfant ?

— Dene ! Jamais je ne…

— Silence, sale petite traînée. Oh ! quel dévouement, n'est-ce pas ? Quels soins ne prodiguerais-tu pas à ce malheureux ! Crois-tu que je ne lis pas en toi ?

La gouvernante s'approcha de Mari, la dominant de

toute sa masse, plongeant son regard dans le sien, comme si elle voulait la faire plier.

— Pas une larme. L'œil sec, la mine butée. Pour un peu, tu sourirais. Tu as bien changé, Mari. La ville, sans doute. Je hais Ziguinchor.

Dene emplit sa poitrine en fronçant le nez, comme si respirer le même air que la jeune fille la dégoûtait.

— Qu'espérais-tu, pauvre sotte ? Te glisser dans le lit de cet homme, diriger sa maison ? Eh bien, si le cœur t'en dit, tu iras sur les chemins avec lui. Tu tendras la main à sa place. S'il vit, sans doute aura-t-il en effet besoin de toi. Mais je suppose que tu avais d'autres ambitions. Elles sont parties en fumée, ma fille, avec sa ridicule chauve-souris à roulettes.

— Assez ! cria Mari.

— Assez ? Comment me parles-tu ? Et n'as-tu pas appris à baisser la tête quand on s'adresse à toi ?

— Je ne baisserai plus la tête, Dene. Plus jamais. Voilà ce que j'ai appris. La ville, oui... Ziguinchor. Moi aussi, je hais cette ville. On y chasse les Blancs comme des animaux, on y vend les Blancs comme des animaux. Je n'accepterai plus que l'on me traite de singe, Dene. Plus jamais. Je ne suis pas un singe et je ne baisse pas la tête.

Mari crispa les mâchoires, s'attendant que la grosse femme la frappe. Mais ce fut Dene qui abdiqua.

— Très bien, dit la gouvernante. Soigne-le donc. Qu'il guérisse ou qu'il meure, peu m'importe. Mais qu'il parte ! Tant qu'il demeurera dans cette chambre, Ker Samba sera invivable. Qu'il parte, oui... Et disparais avec lui.

Dene fit un pas vers la porte, poursuivie par une nouvelle déferlante lumineuse. Elle ouvrit la bouche mais ne parla que quand le fracas du tonnerre se fut apaisé.

— Je ne te veux aucun mal, Marı. Et je sais qu'il y en a plus dans ton crâne que dans celui d'un babouin. Mais certaines chimères sont dangereuses. Je ne t'accable pas. Cet homme est fou. Et ce n'est qu'un homme. Tu n'aurais rien obtenu de lui. À part un petit Gris dans le ventre. Quant à l'autre…

— L'autre ?

— Le marin. Diaker, je crois. Ce qu'on dit de lui…

— Que savez-vous, Dene ?

— Les pires choses. Un trafiquant. Un assassin. Garde-toi de lui si tu le peux car il n'en a pas fini avec la justice.

— Le capitaine m'a achetée au marché de Ziguinchor. Là où on vend des singes dans mon genre. Et il m'a rendu ma liberté. Il a fait de moi un marin.

Dene éclata de rire.

— Décidément ! Mais il va te falloir choisir entre le ciel et la mer, ma fille. Un qui s'écrase au sol et l'autre qui abandonne son navire. Les jolis Maîtres que tu t'es trouvés là. Oh ! pardon, j'oubliais… tu n'as plus de Maîtres. Eh bien, voilà ce qui arrive quand on offre la liberté aux écervelées dans ton genre. Ce n'est pas par hasard, vois-tu, que les uns sont libres et les autres non. On n'est pas un homme ou une femme libre parce que le Grand Esprit vous a touché du doigt. Cela s'apprend, cela se mérite. C'est toute une éducation, une culture. Des siècles d'évolution, de travail, de progrès. Et toi, du jour au lendemain… laisse-moi rire. Pas étonnant, non, que tu te sois précipitée dans les bras de tels personnages.

— Quand monsieur Penda était reçu à Ker Samba, vous n'aviez pas assez de mots pour vanter ses mérites. Je tremblais à l'idée de devoir servir à sa table.

— Je me suis trompée. Il nous a trompés. Ce n'est qu'un mystificateur, une tête brûlée. Et vois où cela l'a mené.

Dene se passa la main sur le visage, comme si elle émergeait d'un mauvais rêve. Soudain radoucie, elle adressa à Mari un sourire.

— Je suis trop sévère avec toi, Mari, dit-elle avant de quitter la chambre. Puisque cet homme nous a tous trompés. Comment une petite Blanchette comme toi aurait-elle pu voir plus clair que nous ?

Mari demeura un long moment face à la porte close, à l'écoute des pas de Dene dans le couloir. Les battements désordonnés de son cœur lui déchiraient la poitrine.

Le flacon se trouvait toujours sur le guéridon. Elle en versa deux cuillerées dans le gobelet, ajouta un peu d'eau, et but la potion. Puis elle s'allongea sur le sol, près du lit, comme un chien aux pieds de son maître. Cinq minutes, pas plus. Elle se laissa couler dans l'inconscience. Ni ses inquiétudes ni les roulements du tonnerre ne l'empêchèrent de dormir. Cependant, au milieu de la nuit, elle s'éveilla en sursaut.

Des cris. Non, des hurlements. Cette voix, Mari ne la connaissait que trop. Adila. Une scène de ménage. Comme toujours, il fallait tendre l'oreille pour percevoir les bougonnements de Sare. Une porte claqua. Après un moment de silence, les vociférations reprirent. Puis ce furent des pleurs, ceux de Lisha. Une cavalcade dans le couloir. Une autre voix. Blanche, celle-là. Mari se demanda à qui elle appartenait. Qui se chargeait désormais de calmer la petite fille, de la distraire, de partager ses jeux ? De la consoler ?

La main de l'ingénieur peul pendait hors du lit. Terrassée par une terrible angoisse, Mari la saisit. Elle était fraîche mais pas froide. Et souple. Rassurée, la jeune fille reprit sa position, en boule à l'ombre d'un pan de drap. Ker Samba avait recouvré son calme. L'orage s'était tu. Elle laissa venir à elle d'autres nuées, qui l'engloutirent. Quand elle rouvrit les yeux, un franc soleil illuminait la chambre.

La première chose qu'elle fit fut de préparer une nouvelle dose de sa potion. Les dents de Birayma Penda étaient serrées. Elle dut les écarter avec le manche de la cuiller pour l'obliger à boire. Il toussa, s'éveilla, marmonna quelques paroles. Ses cils papillonnaient devant un regard vide. Il lui fallut un long moment pour prendre conscience que son corps souffrait et qu'il était donc toujours vivant.

— Mari, que fais-tu de moi ?

— Je vous soigne, Maître. Je vous soignerai jusqu'à ce que vous soyez tout à fait guéri.

La jeune fille sentit que le Peul cherchait en lui des réserves de colère mais qu'il n'en trouvait pas. Les forces lui manquaient.

— Il fallait monter plus haut, dit-il.

Mari crut qu'il délirait. Mais non, il raisonnait.

— Je serais mort. Je ne suis pas monté assez haut. Je serais mort.

— La prochaine fois, je monterai avec vous et nous volerons plus haut que les oiseaux. Ou nous tomberons ensemble.

On frappa à la porte. Mari ouvrit la bouche mais le mot refusa de franchir ses lèvres : *Entrez !* De quel droit aurait-elle commandé aux entrées dans cette pièce ? Dans la chambre de Pili ? Ici, à Ker Samba.

On toqua de nouveau et la porte laissa paraître la silhouette de Lisimba Tam. Gêné. Intimidé.

— Je viens vous chercher. Le capitaine vous réclame.

— Mais je ne peux pas !

— Ce sont les ordres. Et je ne suis pas sûr qu'ils viennent seulement du capitaine.

— Je vous dis que…

— Vous feriez mieux de me suivre. Ou alors, je n'ai rien compris à ce qui risque de vous arriver.

Hagarde, Mari jeta un coup d'œil en direction de Birayma Penda. Il dormait de nouveau. Ou peut-être volait-il plus haut que les oiseaux.

— Sortez ! cria-t-elle. J'arrive, Lisimba. Mais sortez d'abord.

La porte se referma. Sans réfléchir, Mari ôta le pendentif et l'accrocha au cou de Birayma Penda. Les deux têtes cerclées, Mari, l'autre Mari, et l'enfant.

— Il vous protégera, dit-elle en se baissant, et…

Elle ne sut qu'ajouter. Alors, elle embrassa une nouvelle fois le Maître qu'elle s'était choisi, sur la bouche, sur les yeux, sur le front. Mon Maître. Choisi. Librement.

— Mari croix de bois, protégez-le.

Lisimba Tam l'attendait dans le couloir, se dandidant comme un empoté.

— Il faut que je trouve quelqu'un, dit-elle. Dene ne m'écoutera pas. Il faut…

Lisimba haussa les épaules, continuant d'avancer, pressé qu'il était de quitter la demeure des Samba. Du sommet de l'escalier, Mari vit une jeune servante qui montait vers eux. Tunique verte, tête basse. Était-ce elle qui désormais faisait parler les animaux de bois de Lisha, et tournait les pages des grands albums en couleurs ? Mari préférait ne pas le savoir.

— Toi, écoute-moi.

La jeune esclave s'arrêta sur la dernière marche, surprise.

— Je dois partir, dit Mari, comme si on l'appelait à des tâches plus urgentes. Je te charge de prendre soin de Maître Penda, qui a été gravement blessé. Il se trouve dans la chambre de Pili, tu es au courant ?

La gamine écarquilla les yeux sans répondre.

— Il faut lui faire boire la potion dont j'ai laissé un flacon sur la petite table. Trois cuillerées dans un peu d'eau, matin et soir. Le feras-tu ?

— Bien, Maîtresse, dit la jeune fille avec un sourire malicieux.

— Et mettre du baume sur ses brûlures. Délicatement.

— Oui, Maîtresse. Bien, Maîtresse. Certainement, Maîtresse. Puis-je autre chose pour votre service, Maîtresse ?

Décontenancée, Mari se tourna vers Lisimba.

— Monsieur Tam ?

La servante cessa soudain de sourire. Lisimba s'était placé tout contre elle. Il la dominait de la hauteur d'une marche, les épaules en avant, la faisant paraître plus menue encore qu'elle n'était.

— Ça, dit-il, dans la marine, c'est cinquante coups de fouet.

— Dans la marine ? répéta la jeune fille.

— Eh bien, oui, dans la marine. Nous sommes des marins. Et monsieur Penda est notre ami.

Lisimba réfléchit un instant puis ajouta :

— On ne se moque pas de la marine.

Mari écarta la servante, descendit trois marches avant de se retourner pour crier :

— S'il lui arrive malheur, je t'en tiendrai responsable.

Lisimba, qui se prenait au jeu, hocha gravement la tête.

— Ça t'épargnera le fouet. Dans la marine, un malheur comme ça, les hommes ne s'en mêlent pas. On demande aux requins de régler l'affaire.

Il parcourut la petite esclave des yeux, de haut en bas, puis de bas en haut, évaluant d'un air affligé le repas des squales.

— File, Trois-Bouchées, et fais ce qu'on te dit.

Cette fois, la jeune fille ne répliqua pas.

— Je ne crois pas qu'elle le fera, dit Mari.

Ils traversaient le parc, tous deux regardant l'immense piquet dont le sommet semblait vouloir chatouiller les nuages. L'orage l'avait bombardé toute une nuit, pourtant il se dressait toujours là, comme si rien ne pouvait l'abattre. Étrange phénomène.

— Quoi donc, Mari ?

— Cette fille. Elle n'obéira pas. Même si elle le voulait, on l'en empêcherait. Ça me désespère, Lisimba. Ne croyez-vous pas que je pourrais aller voir Maître Samba et le supplier de…

— Ne vous en faites donc pas, coupa le jeune homme d'un ton léger. Ils ne vont pas le laisser crever comme ça.

— Je vous interdis de parler de monsieur Penda de cette façon !

Mari s'arrêta, cherchant autour d'elle une personne de connaissance. Elle s'accrochait soudain à son idée. Sarc Samba n'avait jamais été un mauvais homme. S'il n'avait pas épousé cette mégère !

— Adila va s'occuper de lui, dit Lisimba, comme s'il lisait dans ses pensées.

— Je le crains, en effet.

— Ne croyez pas qu'elle le préfère mort, vous vous tromperiez.

— Elle préfère le voir souffrir ?

Mari s'était tournée vers le bassin. Une petite silhouette courait, là-bas, poursuivie par une servante en tunique verte. Lisha. Lisha allait lever la tête. Elle l'apercevrait, elle aussi.

— Vous n'y êtes pas, disait Lisimba Tam. Adila veut récupérer son argent. Elle a l'intention de tordre Penda jusqu'à la dernière goutte. C'est ce que pense le capitaine.

— Alors, il vivra, répondit Mari, soulagée. Et il saura se défendre, je n'en doute pas.

— Cette femme est une hyène. Elle ne s'attaque qu'aux charognes, mais quand ses crocs sont plantés...

— Une charogne ? Monsieur Penda ?

— Je voulais dire aux personnes faibles.

Enfin ! Lisha regardait dans sa direction. La gamine était restée plantée, un bras devant les yeux. Le soleil devait l'éblouir. Elle se débattait. Quelles étaient ces filles auxquelles on la confiait ? Comme celle-là s'y prenait brutalement ! Une idiote ramassée au village, la première venue. Pauvre Lisha. Elle l'avait vue. Elle lui adressait un signe. Lisha...

— Tiens ! Un macaque et un babouin. Jolie paire !

Mari se retourna brusquement. Gakere les toisait de toute sa haute taille, un chapeau incliné sur le côté de la tête, un cigare aux lèvres. Elle n'avait pas détecté son approche. Le garçon avait changé, elle le nota au premier coup d'œil. Amaigri, assagi sans doute. Probable qu'on surveillait de près ses fréquentations et qu'on visitait avec attention les placards de sa chambre. Mais on n'était pas venu à bout de sa méchanceté. Et quelque chose d'amer marquait son visage.

— Ôte-toi de mon chemin, Gakere.

— C'est bien ce qu'on m'avait dit. Il paraît qu'il t'est poussé des ailes. Tu n'as donc pas compris ce qui arrive quand on veut voler plus haut que son plumage ?

Elle aurait pu le contourner, l'ignorer, mais elle voulait qu'il s'écarte de lui-même.

— Laisse-moi passer, Gakere. On m'attend.

— Tu n'as pas décollé d'un pouce et tu donnes déjà des ordres ?

Lisimba Tam, auprès d'eux, feignait de chercher quelque chose dans l'herbe de l'allée.

— De quel macaque parliez-vous, monsieur ? demanda-t-il à Gakere.

Gakere prit l'air suffisant de ceux qui croient savoir dispenser de belles paroles.

— Les singes sont comme les hommes, il y en a de toutes les couleurs.

Après un instant de réflexion, il ajouta :

— Ils ont un autre point commun. Ni les uns ni les autres ne savent voler. Il ne suffit pas de regarder les aigles pour cesser d'être un vermisseau.

— Vous faites de belles phrases, y a pas à dire, répliqua Lisimba, mais un peu compliquées pour moi. Dans la marine, on a l'esprit simple. Je n'ai toujours pas compris. Ce macaque, pourriez-vous me le montrer ?

Gakere ignora le jeune homme. Peut-être même regrettait-il à cet instant de l'avoir insulté. Pourtant, son caractère hargneux ne le lâchait pas. Mari avait eu le tort de croiser sa route encore une fois. Il fallait qu'il l'humilie.

— Fille à marin, lui glissa-t-il, voilà que tu progresses.

Il y avait autour d'eux toute l'immensité du parc, au-delà la forêt claire, puis de l'autre côté le sentier poussiéreux qui la ramènerait à la berge du fleuve. D'un pas à droite ou à gauche, Mari aurait contourné l'obstacle. Gakere n'était pas plus à ses yeux qu'un gravier perdu dans la vaste Kassamansa. Des espaces sans limites s'ouvraient à elle, des espaces de liberté.

Elle voulait qu'il bouge.

Le regard méprisant qu'il posait sur elle était comme le dernier maillon de la dernière chaîne. Qu'il bouge. Qu'il la libère. Que saute cette ultime entrave.

— Écarte-toi, Gakere.

Le garçon perçut l'intensité du défi. Il sourit.

— Je suis devenu un fils modèle, tu sais cela ? Ma mère est ravie. Elle ne me refuse plus rien. J'aurais dû y penser plus tôt, hein ?

— Pousse-toi, tu me gênes. Ta vie ne m'intéresse pas, Gakere.

— Oh que si ! Elle t'intéresse au plus haut point. Je sais ce que je vais lui demander. Tu seras mon prochain cadeau.

Ils étaient maintenant proches à se toucher. Un moustique voletait entre eux, qui faisait loucher le fils Samba.

— Je m'en vais, Gakere. Je ne reviendrai plus ici. Écarte-toi de mon chemin.

— Tu m'appartiendras. Tu seras ma chose. Tu ramperas à mes pieds. Je ne demanderai rien d'autre à ma mère. Elle sera si contente.

— Tu délires. Pousse-toi, Gakere.

— Tu t'y connais en plantes, hein ? Tu as eu raison de le soigner. Ma mère va pouvoir rentrer dans son bien.

— Je ne comprends pas ce que…

Mais elle comprenait sans peine. Sa conversation avec Dene l'avait instruite. L'ingénieur Penda devrait rembourser les fonds avancés par les Samba. L'argent d'Adila. Tout ce qu'il possédait, si cela pouvait suffire.

Gakere savait lui aussi grâce à quels cauris Mari avait été achetée au marché. Elle serait saisie avec les pièces d'or, avec les meubles. La gouvernante avait menti, finalement, ou bien elle se trompait. Le temps où l'on payait ses dettes de sa liberté n'était pas révolu en Kassamansa. En tout cas, celui où on les payait de la liberté d'autrui.

— Je suis libre ! hurla-t-elle. Je n'appartiens à personne, tu m'entends ? À personne !

Gakere se contenta d'une moue surprise, comme s'il hésitait à croire ce qu'il entendait.

— Sans doute as-tu un document pour le prouver. Souhaite-le car, sinon, tu me reviendras. Et je saurai comment occuper tes journées, Petit Babouin, tes journées et tes nuits.

Lisimba Tam, qui depuis le début du dialogue, observait ses pieds d'un air de profond ennui, leva soudain la tête.

— Votre ami a un problème avec les singes, observa-t-il.

Gakere commit l'erreur de répliquer.

— Quand on vous voit, tous les deux, on se demande qui promène l'autre.

— Ça, répondit Lisimba, je ne saurais vous le dire. Ce qui est sûr, c'est que vous encombrez notre chemin.

Son bras se détendit brusquement, son poing fermé heurta la mâchoire du fils Samba, et le chemin fut dégagé.

— Est-ce que nous pouvons y aller, mademoiselle ? s'enquit Lisimba Tam d'un ton léger.

Gakere, à terre, hurlait de rage. Mari faillit reprendre sa route sans lui accorder un regard de plus mais elle se ravisa, se souvenant de paroles qu'elle avait prononcées... oh ! il y avait bien longtemps, comme dans une autre vie.

Elle avança d'un demi-pas et posa la pointe de sa mule sur la joue ensanglantée du jeune homme.

— J'ai eu tort de dire que je ne reviendrai plus, Gakere. J'avais oublié ma promesse. Oui, je reviendrai un jour et ce sera pour te tuer. La prochaine fois, ce sera pour te tuer.

À présent, le cigare fumait tout seul dans l'allée.

Mari marchait sans se retourner, le dos criblé d'insultes et de menaces. Gakere braillait comme un porc sauvage qu'on égorge. Mais elle n'avait pas entendu le garçon se relever. Il ne se lancerait pas à leur poursuite. Elle marchait sans se retourner pour ne pas altérer l'image qu'elle emportait. Son pied sur la figure de Gakere Samba. Cette grimace, ce regard. À cet instant, ce n'était ni de la haine ni de la colère. Du désarroi, de la stupeur. Une profonde incompréhension. Le jeune Samba ne pouvait croire qu'une Face de Craie le traitait ainsi, l'écrasait de sa semelle, de son mépris. Mari emportait cette image avec précaution, comme un objet fragile et précieux qu'un rien risquerait de briser. Elle l'examinerait plus tard, sachant qu'alors elle aussi devrait affronter un océan d'incrédulité. Quelque chose de définitif s'était produit. C'était plus qu'un changement, qu'une évolution, qu'une fuite. Elle avait embrassé des lèvres noires. Elle avait écrasé une figure noire.

Il lui faudrait examiner ça dans un miroir, le voir de ses yeux. Apprendre à quoi ressemblait cette Mari nouvelle, cette personne inconnue, insoupçonnable, qui était sortie d'elle. Elle en frémissait d'avance, d'impatience mais aussi, un peu, de crainte. Est-ce cela, la liberté ? Ne l'avait-elle pas déjà acquise, la veille et le jour d'avant ? Non, aujourd'hui, quelque chose d'autre était né en elle. La liberté mais pas seulement. L'audace de la vivre.

Lisimba l'accompagnait, se gardant bien de la serrer de trop près, comme s'il devinait qu'il devait respecter le flot tumultueux de ses pensées. Il riait tout seul au souvenir de la scène qu'il laissait derrière lui. Une poignée de minutes, et il s'était mis à détester ce type. Quelques secondes de plus et ce prétentieux crétin se retrouvait à brouter l'herbe du chemin, la pommette ouverte. Trop drôle.

Mari s'arrêta soudain, alors que la péniche n'était pas encore en vue, là-bas contre le ponton, derrière la trouée.

— Vous n'avez pas l'habitude qu'on vous insulte de la sorte, monsieur Tam, dit-elle. Cela vous a fait quelque chose, je crois.

— Ça n'est jamais sorti de la brousse et ça se permet de vous prendre de haut.

— Oui mais qu'est-ce que ça vous a fait qu'il vous traite de macaque ?

— Vous avez vu le travail, il me semble. C'est à lui qu'il aurait fallu poser la question. Ce que ça lui a fait, à lui !

— Il m'a insultée aussi, remarqua Mari.

— Eh bien, il a payé pour les deux.

— Je me demandais simplement… S'il s'était contenté de m'insulter, moi… comment auriez-vous réagi ?

— Il vous a insultée ?

Lisimba Tam reprit sa marche en se grattant la tête.

— Le macaque n'est pas un singe d'ici, dit-il enfin. Ce sont les Maures qui l'ont amené.

— Merci, Lisimba. Je sais ce que je désirais savoir.

— C'est que vous n'avez jamais vu les fesses d'un macaque, se défendit le jeune homme. On dirait que ces animaux-là ont été créés pour qu'on leur botte le cul.

— Tandis que les babouins ont été créés pour piler le mil et égrener le coton. Mais ces babouins-là ne sont pas d'ici non plus, vous voyez, monsieur Tam.

— Où voulez-vous en venir ?

— J'aurais aimé que vous me défendiez sans vous sentir offensé vous-même, voilà tout.

— Ça vous plaît de laisser des corps étendus derrière vous, on dirait. On ne compte plus vos victimes. Ah ! et vous allez revenir pour le tuer, si mes oreilles de macaque ont bien entendu.

— Rien ne presse mais j'ai bien l'intention de tenir cette promesse.

Mari se mordit les lèvres.

— Vous avez raison. Je suis injuste. Les chaînes tombent plus vite des poignets que de la tête, finalement. Il faut apprendre tellement de choses.

— Si vous entreprenez de massacrer tous ceux qui vous ont fait du mal, ce pays sera bientôt à feu et à sang.

— Vous êtes sage, Lisimba. Je vais réfléchir à ce que vous me dites.

Le jeune homme tendit le bras, montrant la silhouette

de Bakar Diaker, qui venait d'apparaître sur le pont de la péniche.

— Pas un mot au capitaine sur ce que nous venons de faire. Il n'aimerait pas beaucoup ça.

— Ils sont amis, n'est-ce pas ? Monsieur Penda et lui.

— À mon avis, il prend le Peul pour un dément. Cet accident est fâcheux pour lui. Diaker espérait bien rembarquer l'appareil. Et il reste une somme à payer, je crois.

— Pourquoi m'a-t-il achetée ?

— Penda est un bon client, enfin, était... On ne refuse pas un service à un bon client.

Lisimba Tam posa une main sur l'épaule de Mari.

— Le Peul craignait de se fâcher avec les Samba. Vous n'étiez pas censée quitter la péniche.

— Je sais. J'ai commis une terrible erreur en me montrant.

— Oh ! mais ça n'a plus d'importance, désormais. Les Samba ont une raison tellement meilleure d'être fâchés.

Il ne restait plus qu'un bout de sentier à parcourir jusqu'à la berge.

— Nous ne sommes pas près de larguer les amarres, bougonna Lisimba Tam. Un client de moins, c'est une voile qui disparaît. Je me demande si je ne vais pas déserter.

— Vous ne feriez pas cela ?

— Je n'ai pas l'intention de perdre ma jeunesse à sillonner ce cloaque sur un tas de ferraille rouillé. L'air du large me manque, Mari.

— Oui, et les filles du Nord.

— Pour ce que je peux attendre des babouins du pays !

Mari se baissa et Lisimba partit en courant, pour échapper aux petits cailloux qui pleuvaient soudain sous le soleil de Kassamansa. Lorsque la jeune fille le rejoignit sur le ponton, elle avait encore une flamme de colère dans chaque œil. Mais sa bouche riait.

28
VINGT CRABES

Mari aimait quand la péniche descendait en aval de Ziguinchor. Ce n'était pas encore la mer mais ce n'était plus le fleuve. L'estuaire s'ouvrait au large. Tout y semblait venir d'au-delà du continent, les vents, les odeurs, le sel, les dauphins et les requins, les vols de pélicans, les cormorans, le sable des plages. Elle aimait quand le gros chaland se perdait dans les bolongs, dans les labyrinthes de la mangrove, frôlait des îles, abordait auprès des villages.

Mais que la vie du bord était monotone ! On chargeait et déchargeait. Une fois en amont, du côté des grandes plantations, le lendemain chez les pêcheurs, sous les palétuviers ou sur un embarcadère isolé. On débarquait des caisses, du matériel, du combustible, des légumes, des tissus, on repartait avec du poisson séché, du bois de rônier ou de bentenier. D'aval en amont, d'amont en aval. Le capitaine Diaker évitait autant que faire se pouvait les quais de Ziguinchor, traversant même la ville bien au milieu du Kawungha, comme s'il craignait d'être harponné.

Partout ailleurs que dans la cité portuaire, Mari se

sentait la bienvenue. Les piroguiers du fleuve la saluaient, les villageoises l'accueillaient dans leurs cases pour un fruit, une jatte de bouillie, un rafraîchissement. Elle faisait partie de l'équipage. Ils étaient trois, Diaker, Tam et elle, et loin de Ziguinchor, plus personne ne semblait s'interroger au sujet de cette belle jeune fille dont les épaules forcissaient, dont les membres s'allongeaient, dont la peau se tannait. Pourtant, ni ses cheveux ni ses yeux n'avaient jamais été plus clairs.

Dans une île, elle découvrit l'arbre à fétiches, aux branches chargées de paquets et d'objets mystérieux. On ne parlait qu'avec respect aux gardiens à bonnet rouge. Mari demanda si l'on pouvait accrocher quelque chose pour elle, un grigri, un fétiche. Pour la guérison d'un homme blessé et dont elle ne pouvait jamais prononcer le nom. Taciturne, le capitaine Diaker refusait d'entendre ses questions. Il engrangeait les pièces d'or, voyage après voyage, chargement après chargement, sans cesser de maugréer. Ce sort qui le privait de voiles, de brise et d'embruns ! En rendait-il donc responsable l'ingénieur Penda ? Quand Mari désirait l'interroger, il le devinait au battement de ses cils, au plissement de ses paupières. Il se détournait. « Charge, ma fille, porte cette caisse, je n'ai rien à te dire. »

Lisimba Tam prétendait ne rien savoir. Qu'était-il advenu de ce corps brûlé, de cette jambe cassée, de cette épaule démise ? Gisait-il toujours sous les toits de Ker Samba, avait-il repris sa vie aventureuse ? Ou bien le malheureux errait-il sans ressources dans les ruelles sordides de la ville ? Le jeune homme prenait un air de profond ennui. Rien ne l'intéressait, ni le destin du

Peul, ni le contenu des colis qu'il charriait ni même les humeurs de son capitaine. Lisimba languissait après les filles du Nord, les perles nacrées des Comptoirs. Son mal n'était pas sans remède, il ne manquait jamais une occasion de le faire savoir à Mari. D'un regard appuyé, d'une invite grimacée, d'une caresse furtive, d'une tape sur les fesses. D'un mot cru, d'une allusion grivoise ou d'un soupir outré. Mari s'en lassait. Mais elle savait qu'avec le temps sa résistance s'userait, qu'à force de frôlements le garçon finirait par la faire céder. Elle détestait cette idée. Son cœur était resté suspendu contre un autre cœur, au bout d'une petite chaîne dorée. Parfois, quand elle fermait les yeux, elle croyait entendre leurs battements confondus.

— C'est un supplice, lui dit Lisimba, un soir qu'ils étaient seuls à bord. Chaque jour qui passe, vous leur ressemblez davantage. Vos cheveux blondissent et votre peau prend de la couleur. Les Blanches d'ici ont le teint maladif. Le soleil du pays les brûlerait, alors elles se protègent. Là-bas, c'est différent. Les filles mûrissent doucement, comme un joli fruit. Le soleil, le vent, la pluie, le froid, c'est comme si chaque saison apportait sa petite touche.

Mari passa un doigt le long de l'arête de son nez, d'où se détachaient de fins copeaux de peau rose.

— Pour l'instant, je rôtis, dit-elle. Et cessez de me comparer à ces filles. Cela ne me flatte nullement.

Ce n'était pas tout à fait vrai mais Mari ne l'eût avoué pour rien au monde.

— Que fait donc le capitaine ? demanda-t-elle pour détourner la conversation.

— Vous savez bien comment il aime traiter ses affaires, loin de nous. Cela nous laisse un peu de temps.

— Il peut revenir d'un instant à l'autre, Lisimba.

La péniche avait accosté une berge sauvage, au fond d'un marigot malodorant qu'infestaient les crocodiles. Lisimba avait allumé des bougies partout dans la cale et Mari regardait pensivement les moucherons et les moustiques qui grillaient sur la pointe des flammes.

— Le fera-t-il un jour, son gros coup ? se lamenta-t-elle.

— Pas tant que nous ne partirons pas à l'abordage d'un riche transporteur.

— Pirates ? Vous voulez que nous finissions pendus tous les trois ?

— Ce ne sera peut-être pas nécessaire. Enfin, je veux dire…

— Quoi, Lisimba ?

— Vous n'avez pas remarqué comme le capitaine évite Ziguinchor, ces temps derniers ?

— Si, bien sûr. Et alors ?

Le jeune homme se pencha vers Mari qui, aussitôt, devina une nouvelle manœuvre de son compagnon. Lisimba ne savait pas réduire la distance entre eux sans que, très vite, sa main s'égare. Mais, pour une fois, d'autres préoccupations semblaient animer ses pensées.

— Il a reçu…

Lisimba colla sa bouche à l'oreille de Mari.

— Je ne sais pas quand, un jour que nous étions au mouillage en ville, enfin, à quai, il a reçu une convocation du tribunal des Sages.

— Il vous l'a dit ?

— Non mais le capitaine n'a aucun ordre et...

— Oh ! vous voulez dire sans doute qu'il vous arrive de fouiller dans ses affaires.

— De ranger, corrigea le jeune homme. Et de vider les poches avant de mettre les vêtements à la lessive. Peu importe. Je l'ai vue.

— Est-ce cette vieille histoire...

Mari recula brusquement, comme si Lisimba s'était autorisé un geste déplacé.

— Qu'est-ce qu'il y a, Mari ? Une bête vous a piquée ?

De cette vieille histoire, Lisimba ignorait tout. Il naviguait depuis des années sous le commandement d'un homme qui avait sacrifié son navire, sa cargaison de Cornes d'Ivoire et son équipage, d'un homme qui avait étranglé de ses propres mains son second, le trop fidèle Hatab, et il n'en savait rien. Mais la rumeur n'avait jamais cessé de poursuivre le capitaine Diaker. Elle était parvenue aux oreilles de Dene elle-même. Il fallait être insouciant comme Lisimba Tam pour n'en avoir rien flairé. Il pensait, lui, à tout autre chose, et Mari se garda bien de le détromper.

— J'ai été soulagé de voir que mon nom n'y figurait pas, dit-il.

— Sur la convocation ?

Lisimba mima les gestes qu'il avait accomplis, la corde de chanvre autour du cou. L'homme s'était effondré devant eux, sous le regard des dizaines de consommateurs attentifs du Térou.

— J'étais ivre. Je n'ai pas mesuré ma force, ajouta-t-il, mi-fier, mi-inquiet. Ce type n'a eu que ce qu'il méritait mais c'est quand même embêtant. Bon, en fait...

— Quoi, Lisimba ?

— Je ne suis pas bien sûr de ce qu'il a eu au juste. J'ai eu l'impression d'entendre craquer le cartilage et ça, c'est mauvais, très mauvais. J'espère malgré tout qu'il s'en est sorti. Et que le capitaine ne va pas prendre pour nous trois.

— Il faudra d'abord qu'ils l'attrapent.

— Cela se produira tôt ou tard si nous ne mettons pas les voiles. Mais, pour mettre les voiles, il faut avoir un mât. Et pour planter le mât... enfin, sans bateau, nous n'irons pas loin. S'ils veulent l'attraper, ils l'auront, Mari. Cette foutue péniche est connue comme l'éléphant sacré de la montagne bleue. Tout ça me déprime.

Mari soupira en croisant le regard brillant du jeune homme. Lisimba Tam ne savait qu'une façon de soigner ses moments de déprime.

— Allez ! fit-il en tirant sur le maillot de la jeune fille. Vous n'avez pas chaud ? Le capitaine s'attarde, profitons-en.

— Montons, Lisimba. Guettons son retour, ça le fera venir. Et allumons toutes les lanternes du pont.

Le verre des lampes se couvrit en quelques instants d'ailes vibrionnantes. L'éclat voilé des lumières se perdait sous les arcades de la mangrove, qui dressait sur les eaux immobiles des voûtes quasi minérales. Rien ne bougeait, hormis ces milliers d'ailes minuscules, et cela suffisait à animer tout le paysage, à hanter les tunnels de côtes blanches des palétuviers, à faire fuir les nuages dans le ciel et onduler les fumées qui signalaient les cases d'un village invisible, quelque part dans une anse, à soulever les odeurs de sel et de putréfaction, à faire chanter la nuit.

Mari et Lisimba demeurèrent longtemps accoudés l'un près de l'autre face à la berge, sous les dernières franges du dais de feuillage. Quelque chose retenait leur souffle, un sentiment lourd dont ils ignoraient l'origine et qui les oppressait. Rien ne voulait sortir de la bouche d'ombre qu'ils contemplaient, aucun son, aucune vie. Bakar Diaker les laissait souvent seuls sur la péniche quand il s'en allait négocier ses affaires mais jamais en des lieux aussi reculés, jamais pour de si longues durées. Et jamais l'idée qu'il puisse ne pas revenir ne les avait effleurés.

Ce fut Mari qui, la première, brisa le silence.

— Que ferions-nous, sans lui, Lisimba ?

Lisimba Tam ne se hâta pas de répondre.

— Je l'ai maudit cent fois mais je ne me souviens pas d'avoir désiré une autre vie.

— Est-ce que vous l'aimez ?

— Comme vous aimez vos chaînes.

— Mais je ne les aime pas !

— Peut-être… mais elles sont en vous. Aussi loin que vous irez, vous les porterez, aussi libre que vous croirez être, elles vous attacheront.

— Vous me faites peur, Lisimba. Je préfère quand vous dites des stupidités.

— J'ai parfois l'impression d'être né avec un fardeau sur le dos et la tête du capitaine au-dessus de moi, voilà tout. Je voudrais être débarrassé de lui mais je me couperais un bras pour qu'il ait enfin son bateau, et embarquer dessus. Ce sont des choses qui ne s'expliquent pas. Mais je ne vais pas attendre encore mille ans. Ni que deux gardes de la cité viennent me chercher.

La nuit s'épaississait et gagnait en gravité. Elle les entraînait avec elle dans un puits de lugubres ténèbres. Mari sentit tomber tout au fond de ses pensées de sombres imaginations, comme si une lourde pierre s'y attachait. Là, pas plus tard que cet après-midi, il y avait un sentier d'herbes et de cailloux, qui grimpait la rive et perçait la mangrove. Le capitaine Diaker l'avait suivi de son pas pachydermique, tantôt sur une jambe, tantôt sur l'autre, comme mû par le roulis des épaules. Sans rien, sans armes, sans plan ni bordereau, rien qu'un petit sac de pièces d'or, qu'il avait passé une heure à compter et recompter.

— On a pu lui tendre un piège, dit Mari. S'il refuse de se rendre à cette convocation…

— Ici ? Il faudrait que les gardes renoncent à leur pantalon et passent le toubé. Bah ! Vous ne les connaissez pas. Ils font les fiers à Ziguinchor mais le jour où vous les verrez se tremper le mollet dans la boue d'un marigot !

— Il y a d'autres dangers.

— Oui. Par exemple ce crocodile qui vous regarde depuis un moment.

— C'est une région sauvage.

— Dès qu'on passe le cap qui casse le fleuve. Après, le Kawungha s'élargit encore et redescend vers le sud.

— Je ne sais même pas où nous sommes, Lisimba. J'ai dû mal à me situer.

Le jeune homme dessina sur le plat-bord la courbe

du fleuve, traçant presque un angle droit quand il contournait le cap, posa de l'index quelques îles, indiqua les zones les plus marécageuses, puis, comme s'il entaillait le continent, il y fit entrer l'eau de la mer, par de longs bras sinueux.

— Je pense que nous sommes à peu près là, conclut-il en tapotant un point imaginaire.

— Si près ? Si près de l'océan ?

— Oui.

Mari se raidit soudain.

— Écoutez !

— C'est lui, dit Lisimba, sans trop savoir s'il était soulagé ou bien déçu.

— Un cheval, une charrette ?

— Encore des colis à transporter.

Le sentier qui partait de la berge s'était effacé dans la nuit. Ils entendirent longtemps les sabots de l'animal et les roues du véhicule avant qu'un mouvement des ombres ne trahisse une présence.

Il sortit enfin du gouffre ténébreux, debout sur la plate-forme de la charrette. Un homme, assis devant lui, dirigeait le cheval.

— On arrive, capitaine ! cria Lisimba. Combien de colis ?

Il n'y eut pas de réponse. Au terme d'une interminable minute de silence, des pas boueux se firent entendre. Bakar Diaker approchait, suivi de son compagnon de route. Chacun portait une caisse plate.

— Combien d'autres, capitaine ? demanda Lisimba.

Il levait un fanal pris sur le côté de la péniche, éclairant la passerelle de bois jetée jusqu'à la rive.

— Rien d'autre, répondit enfin la voix rauque du capitaine.

Bakar Diaker déposa sa caisse sur le pont et l'homme qui l'accompagnait fit de même, avant de disparaître sans un mot.

— Larguez les amarres, matelots !

— Est-ce qu'on ne peut pas attendre le matin, capitaine ? On va s'envaser dans ce cloaque.

— Non. On ne peut pas attendre.

— Où ça, capitaine ?

— À l'ouest !

En retrait, Mari observait les deux hommes. Diaker, qui semblait lancer à son cadet défi après défi, la figure rouge dans le halo des lanternes, le cou agité de petits spasmes, excité, impatient comme jamais. Et Lisimba, qui cédait pied à pied, têtu mais surtout inquiet.

— Vous savez où nous sommes, capitaine ? Nous allons nous heurter à la houle.

— À merveille ! Elle me manque.

— De nuit, sur cette péniche ?

— Eh bien, qu'elle coule, cette carcasse ! Je ne la pleurerai pas.

— Je ne vais pas vers la mer, capitaine. Pas tant qu'il n'y aura pas une voile sur votre bateau.

— Tire-moi cette passerelle ou bien traverse-la et ne reparais plus jamais devant moi.

Bakar Diaker se tourna vers Mari et, d'une voix posée, comme si Lisimba Tam n'existait plus, lui ordonna :

— Les amarres, Mari.

La jeune fille s'empressa d'obéir, heureuse comme si

elle venait de monter en grade. Ce n'était qu'un gros cordage à dénouer.

Le capitaine Diaker lança le moteur et les chaînes se mirent à tourner sur les flancs de la péniche. Lentement d'abord, puis de plus en plus vite. Les godets puisaient l'eau, crachaient l'eau, l'eau épaisse du marigot. Cris de singe, battements d'ailes, la mangrove s'éveilla en sursaut. Les crocodiles firent place et la péniche sans nom entama sa remontée du bolong. Quelques minutes plus tard, elle se calait au milieu de l'estuaire, face à l'océan. Un astre énorme et gonflé de lumière les avait accueillis.

— Ça vous a fait plaisir, de m'humilier ?

Mari ne répondit pas, le regard rivé au dos du capitaine qui, dans le petit cube du poste avant, tenait d'une main le levier qui commandait les machines.

— Qu'il se noie s'il en a assez de la vie. Moi, je n'ai pas terminé la mienne.

— Le capitaine Diaker sait ce qu'il fait, assura Mari.

Elle jeta un coup d'œil sur les deux caisses plates empilées sur le pont.

— Aurait-il été cherché ces colis ? C'est bien qu'il a une tâche précise à accomplir.

— Vous êtes comme ces bestioles qu'on attrape avec un appât. Mais ne croyez pas que vous vous rapprochez du Septentrion parce que nous mettons le cap à l'ouest. Cette boîte de conserve va se retourner à la première grosse barre.

— Une barre de quoi, Lisimba ?

— Le joli marin qui n'a jamais vu une vague ! Eh bien, priez pour que la première ne soit pas pour cette nuit.

La nuit. Elle les enveloppait entièrement. Les deux rivages s'y étaient fondus, les laissant seuls sur une glissière de lune. Au loin, l'horizon blanchissait. Le bruit leur parvint avant les sensations, un grondement que Mari prit d'abord pour l'écho d'un orage distant. Ce fut pour elle une nouvelle découverte : du ventre de la mer s'élevait une puissante rumeur. Elle comprit alors quelle force indomptable venait à leur rencontre. Car c'était bien la mer qui semblait se diriger vers eux, remontant la gorge ouverte du fleuve et déroulant à grand fracas ses rouleaux d'écume.

La péniche cahotait comme une carriole sur un chemin défoncé. Lisimba se cramponnait à une barre d'appui au-dessus du plat-bord, le buste raide mais les jambes flageolantes. Mari percevait bien les dangers de leur situation mais elle se moquait de sa propre peur. À l'avant de la péniche, elle laissait, bouche ouverte, le grand large emplir ses poumons. La fraîcheur inconnue de l'air, le goût sur sa langue du sel et de l'iode, le vent qui couchait ses cheveux, les picotements de l'eau qui fouettait sa peau, tout la ravissait.

— Cet homme a perdu la raison ! cria Lisimba Tam.

Mari sourit sans répondre, la tête renversée pour voir passer, tels des fils lumineux, les vols d'oiseaux qui coupaient le ciel sous la lune.

La péniche brusquement se mit à tanguer, plongeant dans la houle son large museau carré. D'un bord à l'autre, du pont au fond de la cale, la vieille carcasse métallique poussait des cris déchirants. Et l'arbre continuait de tourner, entraînant les chaînes à godets.

— Enfin ! Il fait demi-tour.

Lisimba n'en paraissait pas tranquillisé. En présentant son travers aux lames, le capitaine prenait le risque de chavirer. Mais la péniche n'acheva pas le tour complet. Elle pointait maintenant vers le rivage et tassait les vagues de tout son poids. Mari en fut déséquilibrée. Elle se raccrocha à Lisimba, tandis que l'embarcation soulevait des gerbes écumantes, tapant l'eau de l'arrière à la façon d'un cétacé qui frappe d'une queue furieuse.

— Qu'est-ce que c'est ? Il veut nous échouer ?

Lisimba Tam hurla en direction de la cabine.

— Capitaine ! Capitaine !

Puis il sauta soudain, comme l'une des caisses apportées par Diaker menaçait de lui faucher les jambes. Mari se jeta sur le colis et le repoussa vers le centre du pont. Quand elle se redressa, pour la première fois depuis longtemps, elle distingua la berge nord du fleuve, là où la large embouchure fusionnait avec l'océan.

La fin du parcours fut chaotique. La péniche décrivait des arabesques dans les courants contraires, s'enfonçait dans les tourbillons, gîtait d'un côté puis de l'autre. Mari ne sentit pas venir la nausée. Son estomac fit un bond et se vida tout d'un coup dans les eaux fumantes. Mais le rivage était là avec ses poches de sable au pied des sombres remparts de la végétation. Le capitaine Diaker visait clairement l'une de ces criques. Il poussa l'embarcation aussi près qu'il le put du but qu'il avait choisi et coupa les machines. Quand il sortit de sa cabine, il présentait un visage effrayant, noyé de sueur, tiré vers le bas, un œil clos et l'autre écarquillé, rond et veiné comme une bille de marbre.

— La passerelle, Tam.

— Trop loin, capitaine.

Ils la jetèrent quand même, son extrémité dans un demi-mètre d'eau vaseuse. Bakar Diaker la descendit en tête. Il avait pris les deux caisses plates, et donné à Lisimba Tam un panier en fil de fer.

Une petite plage, cernée de troncs et de palmes, bouchée à droite par des entassements de rochers. Le capitaine posa son fardeau sur le sable, regarda les deux jeunes gens, Lisimba que la lune peignait d'ivoire, Mari que la vase noircissait jusqu'aux genoux.

— Allez chercher des crabes, leur dit-il.

— Quoi, capitaine ?

— Passez les rochers. Vous verrez, de l'autre côté, il en court partout. Ou bien sous les pierres. Et dans les trous d'eau. Il m'en faut vingt.

— Vingt crabes ? s'étonna Lisimba.

— Pas des mous, je n'aime pas les mous.

Diaker désignait le panier d'un index impérieux.

— Vous voulez vingt crabes, capitaine ? insista Lisimba.

— Vingt. Un de moins, un coup de canne sur la plante des pieds. Deux de moins, deux coups. Et ainsi de suite. C'est compris ?

Le jeune homme hocha la tête.

— Et faites attention. Ça pince plus vite que vous ne courez.

Mari et Lisimba se tournèrent vers les rochers. La grosse lune ronde en aplatissait les angles, en lissait les sommets. L'obstacle était moins facile à franchir qu'il n'y paraissait. Peut-être éviteraient-ils les coups de canne mais la plante de leurs pieds saigna bientôt sur les arêtes coupantes et les coquillages soudés dans leurs nids d'algues spongieuses. Ils franchirent un premier barrage sur les genoux et sur les coudes, dégringolèrent dans un puits d'eau salée, se hissèrent sur une plateforme branlante, s'infiltrèrent entre les bords moussus d'une échancrure vert sombre, escaladèrent enfin une deuxième forteresse. La lune éclairait comme en plein jour l'étroite grève caillouteuse.

— Que veut-il faire de ces crabes ? demanda Mari en essuyant le sang qui coulait le long de ses mollets. Est-ce qu'il n'y en a pas ailleurs ? Et pourquoi vingt ?

— Vous vous plaindrez encore qu'on vous traite de babouin, répliqua Lisimba en jetant sur les galets son panier métallique.

— Quoi ? Qu'est-ce que j'ai dit de si stupide ?

— Le capitaine se moque pas mal de vos crabes.

Le jeune homme se baissa, retourna une pierre, fit quelques pas puis répéta l'opération.

— Tenez, là, en voilà un.

Il tenait entre deux doigts la bestiole, qui bavait une écume blanche en agitant les pinces.

— Plus que dix-neuf.

Lisimba ramassa le panier et y fourra le crabe en éclatant de rire.

— Il n'en tiendra jamais vingt là-dedans, observa-t-il. Mais ne craignez rien, le capitaine ne songera pas à les compter.

— Que veut-il, alors ? Vous punir de l'avoir contrarié ?

— Ou peut-être m'offrir une chance d'être seul avec vous. S'unir pour la première fois au plein de la lune, il paraît que cela porte bonheur.

— Jamais entendu dire ça. Vous inventez. Vous me fatiguez, Lisimba. Tout vous est bon.

— D'accord. Je vais vous donner votre réponse. Elle est pourtant bien simple. Je crois que le capitaine cherchait à nous éloigner, rien d'autre.

— Et pour quelle raison ?

— C'est ce que nous saurons si vous me suivez.

— Non, Lisimba, je... je vous interdis... le capitaine... les crabes...

— Comme vous voudrez. Mais dépêchons-nous. Sinon, nous ne saurons jamais.

Cela devint une course, une compétition. Ils couraient d'un rocher à l'autre, renversant tous ceux qui bougeaient. À l'aide d'un bâton, ils fouillaient le sable liquide, harcelaient les crustacés réfugiés au fond des galeries. Qu'elle favorise ou non les amoureux, la lune semblait multiplier les crabes. Le panier en fut bientôt plein et il y avait par-dessus une petite langouste égarée, plus morte que vive. Ils riaient, le souffle court, la bouche amère, les cils chargés de sel.

Mari frotta ses mains enduites de sable humide contre son vieux maillot.

— Il ne pourra pas nous frapper, dit-elle. Ça ne fait pas vingt mais le panier n'en accueillera pas un de plus.

— Suivez-moi en silence, qu'il ne nous entende pas. Je vous le répète, ce n'est pas une affaire de crabes.

Encombré qu'il était par son panier grouillant, Lisimba connut un retour difficile. Il dut étouffer des cris, comme ses pieds dérapaient, comme ses coudes s'écorchaient, et Mari éprouva un malin plaisir à se retourner vers lui, sourcils froncés, un doigt sur la bouche.

Ils gravirent avec précaution le dernier obstacle. Mari devant, Lisimba à sa suite, la cage aux crabes posée sur les fesses de la jeune fille afin que le fil de fer ne fasse pas crisser la roche. Avant d'avoir atteint le sommet, ils entendirent des voix.

Prudemment, côte à côte, ils passèrent la tête dans une grosse mâchoire de pierre, qui leur proposait un tableau quasi circulaire, aux bords dentelés. Le bateau, déjà, mouillé à une encablure de la péniche, la quille bien dans l'eau noire. Fin et court, avec un seul mât à l'avant, et sa large voile à demi descendue mais qui claquait encore avec impatience. Échouée sur le sable, une chaloupe. Et, au fond de la crique, trois personnages entouraient le capitaine Diaker. L'un était accroupi et examinait le contenu des deux caisses plates, dont le couvercle avait été ôté.

— Des Blancs ! souffla Lisimba. Il trafique avec des Blancs.

— Non.

Impossible de s'y tromper, même dans la pâle clarté lunaire.

— Des Maures, dit Mari.

— C'est pareil.

— Sûrement pas !

Un seul des trois portait un turban. Mais leurs habits amples auxquels, de loin, on n'aurait su donner une forme, étaient propres à leur race.

— Pour vous, tout ce qui vient du Nord est identique. Mais vous avez bien tort, Lisimba.

— Ils croient à des dieux horribles, qui vous empêchent de vivre, dit le jeune homme avec dégoût.

— Un seul. Un seul dieu. Un dieu qui dessine de jolies lettres.

— Je n'aime pas ces gens-là.

— Regardez !

L'homme accroupi semblait se prosterner devant les caisses de bois. Quand il se redressa, les deux spectateurs clandestins virent ce qui lui inspirait tant de ferveur. Il brandissait un fusil. Puis il en montra un autre, qu'il tendit au second Maure. Le troisième fut semblablement pourvu.

Les caisses furent vidées. Il y avait peut-être une dizaine d'armes dans chacune. Les trois Maures en tenaient deux dans chaque main, qu'ils levaient vers la lune blanche. Mari eut l'impression de distinguer l'éclat de leurs dents, leurs sourires d'extase. Puis ils laissèrent exploser leur joie et lancèrent dans la nuit scintillante une cascade de youyous, la bouche dans l'épaule.

Mari et Lisimba échangèrent des regards médusés.

— Ce ne sont pas des crabes que comptera le capitaine, ce soir, remarqua Lisimba.

— Peut-être croit-il au dieu des Maures. Allah, il s'appelle Allah, à ce qu'on m'a dit.

— Vous plaisantez ! Bakar ne croit qu'aux pièces d'or. Et pour qu'il accepte de se livrer à ce trafic-là, il faut sans doute qu'on lui en ait promis son content.

La scène s'achevait sur la petite plage. Les trois Maures embarquèrent dans la chaloupe et prirent à la rame la direction de leur voilier. Ils emportaient une vingtaine de fusils et Allah seul savait ce qu'ils entendaient en faire. Mari et Lisimba résolurent de laisser patienter le capitaine un bon moment avant de redescendre vers lui, éreintés et triomphants. Vingt crabes ! Le capitaine ne les compterait pas et eux, pour leur part, ne poseraient pas de questions.

Cette nuit-là, tandis que la péniche tournait le dos à la mer et finissait d'échapper aux plus forts remous de l'estuaire, Lisimba Tam écarta le rideau qui procurait à Mari un soupçon d'intimité. À peine tirée du sommeil par cette intrusion, la jeune fille recula vers la paroi rongée de rouille, protégeant d'un bras sa poitrine comme si Lisimba s'apprêtait à l'agresser.

— Que voulez-vous ? Sortez !

Lisimba Tam s'agenouilla auprès d'elle, l'air soucieux.

— Pardonnez-moi, il faut que je vous dise quelque chose. Je crains que nous ne courions au désastre. Le capitaine a perdu la tête. Trafiquer avec les Maures est un des pires crimes qu'on puisse commettre. Il n'y a pour cela pas d'autre châtiment que la mort.

— Eh bien ? Est-ce que vous allez le dénoncer ?

— Je le devrais mais non, bien sûr que non. Je désirais seulement vous annoncer mon intention de le quitter. Si nous restons avec lui, notre cou sera pendu à côté du sien, Mari. Je pars. Et, si vous avez un brin de raison, vous partirez avec moi.

Mari allait hurler que non, elle ne le pouvait pas, ni ne le voulait, mais Lisimba avait déjà refermé le rideau.

29
CELLE QUI LÈVE LE VENT

Trois jours plus tard, Lisimba Tam était toujours à bord. À Mari, qui le questionnait discrètement, il laissait entendre qu'il attendait son heure. La péniche sillonnait de nouveau le Kawungha entre villages perdus et plantations. Or, pour Lisimba, le moment propice serait celui où le capitaine se rapprocherait de Ziguinchor. S'il devait descendre et quitter à jamais la plate embarcation, que ce soit au moins à proximité de la grande ville où, jugeait-il, se situait sa vie. Du moins était-ce là que sa future existence prendrait son essor. Mari le traita de couard et de fainéant. Mais elle savait bien, au fond d'elle-même, que le jeune homme tergiversait et que ses chaînes, quoi qu'il en dise, étaient aussi lourdes que les siennes.

Bakar Diaker l'appela alors qu'ils venaient de terminer le chargement de quinze belles billes de bois rouge.

— Ton ami Lisimba est toujours là, on dirait.

Le capitaine voyait le jeune homme par-dessus l'épaule de Mari, au milieu du pont où il finissait d'arrimer les pièces de bois.

— Tu crois que je ne le sens pas qui piaffe ? Demain,

nous serons à Ziguinchor. Mais je pense qu'il va rester encore un peu avec nous. Demain, j'aurai besoin de tout le monde.

Mari se contenta d'acquiescer. Le capitaine, devant elle, agitait dans sa poche une poignée de pièces, comme s'il les comptait et recomptait du bout des doigts. Enfin, il sortit sa grosse pogne du fond de son toubé trop lâche et y tria les rondelles dorées et les carrés d'argent. Comme après mûre réflexion, il tendit quelques pièces à Mari.

— Tiens. Ça fait soixante-dix.

— Qu'est-ce que je dois aller acheter, capitaine ?

— Ben... ce que tu voudras.

— Ce que je veux ?

— Les filles ont toujours des idées pour ça, non ?

Mari chercha le regard de Diaker, hésitant à comprendre.

— Je peux acheter ce que je veux ?

— C'est ta paie, ta paie de marin.

— Soixante-dix cauris... pour moi ?

— Tu ne vas pas pleurer ?

Mari s'y engagea d'un signe de tête. Mais ses lèvres tremblaient. Elle savait déjà que non, fille ou pas, elle n'achèterait rien. Ces cauris-là étaient aussi précieux que ceux de Lisha. Elle ne connaissait pas la signification de tous les signes qu'elle sentait sous la pulpe de ses doigts. Pourtant, dans son esprit, à eux tous, ils formaient le mot « liberté ».

Le lendemain matin, alors que se profilaient les lignes du port de Ziguinchor, les pontons, les jetées, les mâts, le capitaine Diaker convoqua auprès de lui les deux jeunes gens. Son équipage.

— Pour ceux qui ont assez vu ma sale tronche balafrée, le moment est venu de partir, commença-t-il en se gardant bien de poser sur quiconque son œil valide. Pour les autres aussi. Pour tout le monde, quoi.

— Qu'est-ce que vous voulez dire, capitaine ? demanda Mari d'une voix nouée par une peur soudaine.

Lisimba, à ses côtés, se tortillait comme un gamin pris en faute.

— Avec un peu de chance, ç'a été notre dernier voyage à bord de ce tas de ferraille. Mais, avant de nous séparer, nous avons une tâche à accomplir. Rien de bien nouveau, d'ailleurs.

— Quoi donc, capitaine ?

— Charger ! Décharger ! Que savons-nous faire d'autre ?

— Les billots de bois ?

— Non.

Il se gratta la tête puis répéta :

— Non.

Bakar Diaker tourna le dos, comme s'il en avait terminé. Cependant, le regard perdu au-delà de la ville, peut-être même au-delà de l'estuaire, il ajouta :

— Ce n'est pas la fin de l'aventure. Plutôt le début. Ceux qui le veulent resteront avec moi. Après...

Cette fois, il fut clair que ce seraient ses derniers mots et qu'aucune question ne serait tolérée.

Ils laissèrent la péniche amarrée à son emplacement habituel, à l'écart de tout. Bakar Diaker s'en éloigna sans un coup d'œil en arrière et Mari eut le sentiment qu'en effet il partait pour toujours, qu'il abandonnait là sa vieille vie, sa vieille peau. Il ne semblait pas se soucier de ce qu'il y avait devant lui. L'important, pour lui, était de se défaire de cette épave flottante. C'étaient, songea Mari, ses chaînes à lui. Navire sans voiles qui l'attachait à la terre et le privait de son envol, labeur harassant, renouvelé chaque jour, douleur de n'être pas ce qu'il aurait voulu être. Servitude, travail, humiliation. La jeune fille découvrait qu'on pouvait avoir la peau noire, être son propre maître, et souffrir des mêmes maux que les esclaves blancs.

— Où allons-nous, monsieur Diaker ?

Ils marchaient sur le quai inondé de soleil, vers le cœur de la ville. Il était tôt encore.

— Monsieur Diaker ? Est-ce ainsi que tu m'appelles ? L'autre fois Maître et maintenant monsieur ?

— Puisque vous avez décidé de ne plus être marin.

— L'étais-je encore, vraiment ?

Le capitaine Diaker s'arrêta brusquement et Mari faillit se heurter à lui.

— Qu'est-ce qu'un marin, à ton avis, petite Blanche ?

La jeune fille haussa les sourcils, haussa les épaules. Elle ne savait pas.

— Alors ?

— Je ne… c'est… enfin, c'est quelqu'un que le vent pousse…

— Ah oui ? Oui ?

Bakar Diaker éclata de rire.

— Excellent. Les turbines, une invention de terrien. La vapeur, une parodie de nuage. À moins que ce ne soit l'haleine des démons. Quelqu'un que le vent pousse ! Mais oui, c'est exactement cela.

Il donna une tape au creux des reins de Mari, une sacrée bourrade en fait, l'expédiant dans la direction qu'il désirait la voir prendre. La ville.

— Capitaine, s'il vous plaît, dites-moi la vérité. Avez-vous reçu de mauvaises nouvelles ?

Une lettre. Deux jours plus tôt, lors d'une halte à proximité de Ziguinchor, Bakar Diaker avait reçu une lettre des mains d'une vieille femme. Lisimba l'avait vue. Mais, celle-là, il n'avait pas eu l'occasion de l'ouvrir.

— Ah ! oui, c'est vrai qu'on me fait les poches. Lisimba lit tout, Lisimba sait tout. Tu me diras que je n'ai qu'à pas tout laisser traîner.

— Est-ce…

— Une nouvelle convocation ? Que crains-tu ? De finir toi aussi au tribunal des Sages ?

Mari rougit d'avoir parlé trop librement.

— Je voudrais juste savoir où vous nous conduisez, capitaine.

— Et tu me suivras ?

— Oui.

— Si c'est au tribunal et que trois cordes nous attendent, tu me suivras ?

— Oui.

— Eh bien… nous allons là où le vent nous pousse, Mari. Avec un peu de chance, bientôt, je serai de nouveau quelqu'un.

Lisimba lambinait derrière eux. Encore là, plus tout à fait là. Mari le soupçonnait d'observer les navires à l'amarre afin de juger de leurs qualités. Son prochain enrôlement. Si l'un de ces bateaux lui plaisait, elle le croyait capable de partir soudain en courant. Mais le port de Ziguinchor n'accueillait pas de bâtiments à sa mesure. Lisimba Tam s'estimait taillé pour les courses lointaines. Il cherchait les voiles qui l'emmèneraient auprès de ses chères filles des Comptoirs. Rien de tel ne se présenterait à lui aujourd'hui.

Ils quittèrent les quais au moment où un ballet de charrettes, de niatteruu et de wagonnets commençait à les animer. De petites locos fumantes sinuaient sur les rails, couinant pour exiger qu'on libère le passage. Ils prirent une courte rue, puis une ruelle transversale. Alors, ils débouchèrent sur une place dont la forme, pareille à celle d'un coquillage de nacre, était restée gravée dans la mémoire de Mari. Elle leva les yeux et, comme si elle s'était attendue à sa disparition, poussa une exclamation ravie en découvrant la maison blanche, perchée sur son promontoire.

— Oh ! Capitaine… est-ce là que nous allons ?

— Où irions-nous ?

La demeure était toujours la même, avec ses superbes pierres de taille, ses balcons de fer forgé et ses toits pointus. La même que sur le tableau offert à Sare Samba, la même que dans son souvenir. Et, au terme du raidillon pavé, ces portes extraordinaires, avec le heurtoir en forme de gueule de lion.

— S'il n'y est plus, murmura-t-elle.

Comment ces murs bâtis il y avait de cela plusieurs siècles par les Portugues auraient-ils pu se volatiliser ?

La bâtisse avait été construite bien avant Birayma Penda et elle continuerait d'être longtemps après lui. Mais, s'il n'y était plus…

— Pour moi, c'est comme si la maison blanche cessait d'exister.

— Que marmonnes-tu ?

Un attelage stationnait contre le flanc de la demeure, une grosse charrette couverte tirée par deux chevaux.

— Dites-le-moi, je vous en prie, capitaine… est-ce qu'il va bien ?

— Assez bien pour que sa main m'écrive.

— Que dit-il ? Est-ce qu'il parle de moi ?

Bakar Diaker éclata de rire.

— Naturellement. Il m'écrit pour prendre de tes nouvelles.

Mari se sentit devenir écarlate.

— Non, je sais, mais…

— Tu ne sais rien du tout. D'ailleurs, à la réflexion, c'est possible. Peut-être bien que ton nom figure sur cette lettre.

— Mais que dit-il ?

— Il demande si tu es un bon marin et si tu comptes t'enrôler bientôt à bord d'un beau navire.

— Vous vous moquez de moi. Oh !

Elle venait de l'apercevoir, là, sur le seuil de la maison. Appuyé sur une canne. Elle courut. Au moment où elle approchait du perron, les portes s'ouvrirent en grand. Deux hommes sortirent, portant une longue table. L'ingénieur Penda les ignorait, comme s'il refusait d'assister à ce qui se passait chez lui.

Mari s'arrêta net, comprenant avec consternation ce

que signifiait cette scène. Deux autres hommes arrivèrent, esclaves blancs comme les premiers. Ils traînaient avec difficulté un gros rouleau ficelé et Mari sut que c'était la tapisserie à la licorne. Derrière eux, la vaste entrée était quasi déserte. Les meubles étaient partis. Et là-haut, est-ce que là-haut…

— Monsieur Penda !

Le Peul s'était éloigné, presque à l'angle de la maison déjà. Il marchait en s'aidant de la canne, mais n'avait rien perdu de son élégance ni de sa dignité. Mari hésita, voyant que les deux premiers porteurs revenaient d'un nouveau voyage. Elle poussa un cri de rage en constatant qu'ils poussaient la cloche de bronze sur un chariot à roulettes.

— Monsieur Penda !

Il ne se retournait pas. Mais il s'était arrêté, scrutant au-delà du parapet les ruelles de la ville basse. Quand elle fut près de lui, il brandit sa canne et elle crut que c'était pour la frapper. Mari ferma les yeux. Mais ce n'était qu'un geste de dépit, qui le déséquilibra. Son bras fit un moulinet et, l'espace d'un instant, le Peul ressembla à un grand oiseau blessé. Ou à sa machine volante, lorsque son aile s'était repliée.

— Vois le triste infirme que je suis devenu, bougonna-t-il.

— Je ne pouvais pas… faire ça.

Mari baissa la tête pour échapper à son regard. Mais Penda ne contemplait que le vide.

— Je vous en supplie, monsieur Penda. Je ne veux pas que vous me détestiez.

Le vide. La ville qui s'étalait comme au fond d'un

gouffre. Penda restait muré dans son silence. Il semblait calculer la hauteur, la vitesse de la chute, la force de l'impact. Mari voulut l'arracher à ce spectacle.

— Battez-moi, si vous ne pouvez pas me pardonner.

— L'épaule fonctionne. Je boite mais je marche. Je n'ai pas à me plaindre.

— Et les brûlures ?

— Elles ne me brûlent plus.

Birayma Penda prit soudain le visage de Mari à deux mains, effleura ses lèvres, comme si elles évoquaient pour lui un moment particulier. Elle sentit l'afflux du sang à ses joues.

— Il s'est passé quelque chose, dit-il, mais je ne me rappelle rien. Ces nuits à Ker Samba ne m'ont pas laissé le moindre souvenir. Il y a eu des jours aussi, je suppose.

Mari sourit, soulagée d'apprendre que ces moments-là n'avaient imprimé en lui aucune trace.

— Si, peut-être, mais quelques images, c'est tout. Quand la mort est si proche, les événements glissent sur vous. Ce qui reste, ce sont des fantaisies de l'esprit, comme si les songes étaient plus vrais que la réalité. Comprends-tu ?

— Je ne suis pas sûre, monsieur Penda.

— Par exemple, j'ai gardé la mémoire de doigts légers sur ma peau, de lèvres se posant sur mes lèvres. La proximité de la mort devrait vous donner de la lucidité. En fait, j'ai bien l'impression qu'elle rend sot. À un moment, il y avait devant moi deux lacs bleus, on aurait dit deux yeux immenses, sans fin. Je crois que j'ai rêvé de m'y noyer. Peut-on être plus stupide, Mari ?

— Difficilement, monsieur Penda, avec tout le respect que je vous dois.

— Mais je souffrais, mon corps souffrait et mon âme aussi. Il est bien naturel de chercher un peu de répit. Ce songe, c'était ça. Comme une petite lumière dans les ténèbres. De tous les instants passés dans cette chambre à Ker Samba, il demeure le moins pénible. Oui, le seul que j'aie envie de conserver.

— Personne ne peut vous le reprocher.

Mari se retourna brusquement. Derrière elle, un second équipage achevait de gravir la rampe pavée. Un âne tirant une carriole.

— Vous ne pouvez pas les laisser…

— Va les aider, coupa Birayma Penda, toujours collé au parapet, au-dessus du vide.

— Que se passe-t-il, monsieur Penda ? Votre maison…

— Elle n'est plus à moi.

— Et le musée… les… oh ! tous ces objets.

— Va !

Là-bas, Bakar Diaker lui adressait un signe du bras. Charger, décharger.

— Ce n'est qu'un méchant gué à franchir, dit l'ingénieur Penda. De meilleurs jours sont devant nous, je te le promets.

Diaker et Lisimba participaient maintenant au pillage. Un petit meuble, une vitrine, une caisse… Ils déposaient leur butin dans la carriole. Mari les rejoignit.

— Capitaine ! Vous n'avez pas le droit de…

— C'est ce qu'il garde, ce qui lui est permis d'emporter.

— Ah !

Bien peu de chose en comparaison de ce que les quatre porteurs continuaient de trimballer. Comme l'un d'eux passait devant elle, Mari lui hurla :

— C'est à nous ! Les œuvres de nos ancêtres ! Vous ne comprenez donc pas ? Mari dieu de bois, et la licorne et la cloche et les fenêtres de couleurs et les mots de notre langue, les mots, les dessins… Vous ne comprenez pas, babouins que vous êtes ! C'est à nous, c'est à nous…

L'homme la dévisagea une seconde en fronçant les sourcils, comme si un esprit malin venait de tomber à ses pieds, puis il reprit sa tâche. Alors, Mari se précipita dans la maison, imaginant sans doute qu'en se hâtant elle sauverait du sac un plus grand nombre d'objets. Mais le partage était fait et sa détermination fiévreuse n'y changerait rien. À la fin, ce qui emplirait la carriole ne représenterait pas le dixième de ce qui s'entassait dans la charrette.

La canne frappa le sol derrière elle. Birayma Penda était de retour et il souriait.

— C'est bien ainsi, Mari, dit-il. Quand on voyage, il faut partir léger. J'étais prisonnier de cette maison, de ce qu'elle contenait. À présent, je suis libre. Nous sommes tous libres, toi et moi et le capitaine Diaker.

Après un bref silence, il insista :

— Nous sommes libres, nous pouvons partir.

— Mais les livres, les dessins…

— Ce qui se trouve dans cette carriole sera confié à mes amis les plus chers. Ils en prendront soin. Les dessins sont à l'abri. Je les emporte, bien sûr.

— Est-ce que nous avons tous des chaînes, monsieur Penda, des chaînes qu'il nous faut faire tomber ? Vous et moi et le capitaine Diaker et aussi Lisimba et…

Le Peul acquiesça.

— Et ça y est, maintenant, nous sommes tous libres ?

— Nous sommes nus, nous n'avons plus rien. Nous sommes libres.

— Je ne comprends pas, monsieur Penda. Que peut-on faire de sa liberté quand on n'a plus rien ? À part se vendre à qui nous passera d'autres chaînes ?

— Ne t'inquiète pas, Mari. Il nous reste le vent. Tant que le vent soufflera, tout ira bien.

La charrette partit la première, dans un claquement de sabots. Puis la carriole s'ébranla, tirée par son âne. Bakar Diaker la menait, Lisimba Tam assis à côté de lui sur le banc de bois. Elle descendit si lentement la pente qui glissait vers les maisons basses du quartier portuaire que Mari et l'ingénieur pouvaient la suivre en marchant sans la perdre de vue. Birayma Penda, pourtant, posait le pied avec précaution sur les pavés disjoints du raidillon.

— Est-ce que votre jambe vous fait mal ?

— Assez pour que je me souvienne à chaque instant des raisons pour lesquelles elle s'est brisée.

— Vous m'en voulez toujours ?

— De quoi ?

— De vous avoir soigné. Enfin, de ne pas…

Une brise s'était levée, qui semblait vouloir les pousser vers le fleuve. Penda écarta les bras, tenant sa canne à la façon d'une épée, et son boubou se mit à flotter.

— J'ai survécu, oui. Et j'ai appris quelque chose,

Mari. Que je n'avais besoin de rien pour vivre. Ni maison, ni biens. Je l'ai appris grâce à toi. Regarde !

Il écarta les bras plus largement encore et, cette fois, le tissu du boubou se gonfla comme une voile.

— Tu es celle qui lève le vent. Le vent sera notre nouvelle demeure.

— Vous voulez dire que nous n'aurons pas d'autre toit que le ciel ?

— Eh bien, ce soir, nous aurons le pont de la péniche.

— Comment ? Mais je croyais que le capitaine ne voulait plus jamais y mettre un orteil !

— Nous y serons sans lui. J'ai confié à Diaker une mission de la plus haute importance. Il nous quitte pour l'accomplir.

Penda se tourna en souriant vers la jeune fille.

— Comme tu l'as compris, quand j'ai un achat à faire, un achat qui me tient vraiment à cœur, je m'en remets à lui. Il n'est d'ailleurs pas avare de mon argent, m'a-t-il semblé.

La piqûre de la jalousie fut si brusque et si vive que Mari ne put empêcher les mots de jaillir de sa bouche.

— Est-ce qu'il doit acheter une autre esclave pour vous ?

Elle baissa la tête, mortifiée par sa propre sottise.

— Non, n'est-ce pas. Mais je croyais... enfin... que vous n'aviez plus d'argent.

— Je possédais la plus belle maison de Ziguinchor, à mon goût en tout cas. Et je l'avais emplie des objets les plus riches et les plus précieux qu'il m'ait été donné de trouver. Tout cela vaut son prix. Je me suis libéré de mes dettes. Mais cela me laisse quelques jolis sacs de cauris. Le capitaine partira dès ce soir les dépenser pour mon compte.

— Et qu'achètera-t-il, monsieur Penda ?

La voix de Mari frémissait. Elle le savait, bien sûr, mais elle voulait l'entendre.

— Du vent, mon enfant, du vent…

ÉPILOGUE

Il y avait un bentenier planté au milieu du petit tertre d'herbe drue. Pas un géant comme celui qu'avaient abattu les esclaves de Sare Samba. Un arbre encore jeune, tordu par les tempêtes. Plus bas s'étendait une plage de sable gris. Ensuite, c'était la mer. La mer, l'océan. Une plaine verte qui semblait se refléter dans le miroir d'un ciel bas et lisse. Aucun horizon. Tout fusionnait en un mur de brumes glauques.

À l'œil nu, ce n'était qu'une tache blanche. Un oiseau posé, la frise d'écume d'une vague ? Derrière les lentilles de la lunette, se déployait une voile triangulaire. Birayma Penda, qui l'observait depuis un long moment, tendit la longue-vue à Mari. La jeune fille dut fouiller l'espace en tous sens avant de capturer l'image qu'elle cherchait. La voile devant, les deux mâts dénudés derrière, la coque gracieuse qui lentement tournait dans le vent et ces points minuscules, des hommes. Le capitaine Diaker, sans doute, et Lisimba Tam. D'autres aussi. L'équipage n'était pas au complet mais six marins, déjà, se trouvaient à bord.

Le navire traçait des boucles, il flairait la houle, il humait l'air du large. Il piaffait. Bientôt, toutes les toiles seraient descendues et le grand voyage commencerait. Le Nord. Septentrion ! Mari le contempla jusqu'à ce que l'image se brouille et se fonde dans un cercle de buée.

— Est-ce qu'il a un nom ?

— Pas encore. Nous réfléchirons. Et nous le peindrons sur la coque. Tu as une idée ?

— Non.

Le regard de Mari tomba sur la poitrine de l'ingénieur. Dans l'échancrure de son boubou, elle vit le pendentif accroché à sa petite chaîne d'or.

— Monsieur Penda ?

— Oui ?

— Est-ce que vous pourriez...

Mari fouilla dans la poche de son toubé de marin. La lettre de Yumna n'était plus qu'un chiffon sale. Elle la déplia, la lissa du bout des doigts, la tendit à Birayma Penda.

— Te la lire ?

— S'il vous plaît.

— « *Petite sœur blanche...* », commença le Peul.

Il n'avait pas eu besoin de baisser les yeux. Ces premiers mots, il les connaissait déjà.

— « Je voulais te dire adieu mais je n'ai pas osé te réveiller. Je sais que tu ne pourras pas lire ces quelques lignes mais tu les emporteras avec toi. Bientôt, tu seras sur un magnifique voilier et tu navigueras vers ton pays. Tu montreras cette lettre à celui qui t'accompagnera et il te la lira. Il te dira que je pense à toi et que mon esprit navigue au côté du tien. Vers le Nord. Vers le Septentrion ! Que tous les esprits te protègent, petite sœur blanche. Un jour, toutes les chaînes tomberont. Ce jour-là, tu pourras revenir. Et peut-être nos chemins se croiseront-ils à nouveau. Je l'espère. Adieu, petite sœur blanche. Que le vent t'emporte vers tes rêves ! »

Birayma Penda laissa retomber son bras.

— Ma parole, dit-il, cette Yumna est une sorcière.

— Elle savait, murmura Mari, elle savait que je réussirais.

— Eh bien, voilà un nom pour notre navire. Baptisons-le *Petite sœur blanche* !

— Oh ! non. Je n'accepterai jamais.

— Bon, alors... comme ton amie. Yumna. *La Yumna*.

— Oui, ça, je veux bien.

— Disons plutôt *Le Yumna*, rectifia Penda. Jamais le capitaine n'admettra de naviguer sur une embarcation de sexe féminin ! *Yumna*. On le peindra en proue, des deux côtés.

— Au moins un mot que je saurai déchiffrer. J'aimerais tant savoir en lire d'autres, plein d'autres.

— Je t'apprendrai.

— Toutes les langues, celle de Kassamansa et toutes celles du Septentrion.

— Ne me surestime pas. Cela fait beaucoup. Et j'ignore à peu près tout des langues blanches. L'une d'elles, notamment...

Birayma Penda n'eut pas besoin d'en dire davantage. Mari comprit de quoi il parlait.

— Celle du rêveur, murmura-t-elle.

— Elle persiste à nous échapper, hélas.

Mari revoyait ces milliers de petits signes noirs ou

bistre entourant les dessins magiques du rêveur de machines.

— Ni moi ni personne, disait le Peul. Parfois, on a le sentiment que cet homme écrit dans une langue aussi imaginaire que ses mécaniques.

— C'est pour cela que vous partez, n'est-ce pas, monsieur Penda ? Pour le rencontrer.

— Le Septentrion est si vaste. Ce serait un miracle. Mais je crois aux miracles. Percer le mystère de cette langue nous aiderait sans doute à le localiser. J'ai engagé un homme qui fera le voyage avec nous. Un personnage peu recommandable, je t'avertis, et dont la seule vue pourrait bien te donner des frissons. Mais je compte sur lui. Il passe pour comprendre une dizaine de dialectes blancs ou maures. Un érudit, dont les connaissances nous seront précieuses. Il aura tout le voyage pour étudier.

Mari hocha la tête. Elle n'écoutait plus.

Ils demeurèrent si longtemps côte à côte face à la mer que la nuit se fit au-dessus d'eux. Sous le champ des étoiles, la voile blanche continuait de luire dans son berceau de ténèbres. Mari leva un index timide, jusqu'au moment où l'un des astres parut en équilibre exact sur son ongle.

— Celle-là, monsieur Penda... pensez-vous que ce soit l'étoile du Nord ?

Pour l'ingénieur, tous les points brillants du ciel se ressemblaient ; le doigt tendu de Mari ne lui en désignait aucun en particulier.

— Je ne connais pas d'étoile de ce nom, Mari.

— Mon père me la montrait quand j'étais petite. Il

disait qu'il nous suffirait de la suivre pour rentrer chez nous, nous tous... Je ne le croyais pas. L'étoile du Nord, on ne peut pas la voir d'ici, n'est-ce pas ?

— Non, j'imagine que non. Mais là où nous allons, sans doute la verras-tu.

— Il savait que je partirais.

« Et tu nous abandonneras. »

— Je n'ai même pas pu lui dire adieu. Ma mère est morte. Mon père, mes frères, tous dispersés. Et moi, je m'en vais... En ai-je le droit, monsieur Penda ?

— Tu reviendras, Mari. Nous reviendrons. Et tu libéreras leur esprit car tu auras appris beaucoup de choses. Le savoir, c'est le seul véritable instrument de la liberté.

— Mieux que le vent ?

— Mieux que le vent.

Une brise légère soufflait de la mer. Mais ce n'était qu'un peu de fraîcheur dans l'atmosphère encore lourde du soleil de la journée. Mari frissonna. Ses pensées s'accrochèrent à la tache lumineuse qui oscillait sur l'océan. Elle avait embarqué, déjà. Elle touchait au but. Presque.

— À quoi songes-tu, petite sœur blanche ?

— Oh ! monsieur Penda. J'ai tellement hâte d'avoir froid !

À paraître en 2012 :

LES CORNES D'IVOIRE

Septentrion

Cet ouvrage a été imprimé
en mars 2011 par

CPI
FIRMIN-DIDOT

27650 Mesnil-sur-l'Estrée
N° d'impression : 103683
Dépôt légal : avril 2011

Cet ouvrage a été composé par
PCA – 44400 REZÉ

Imprimé en France

POCKET jeunesse

12, avenue d'Italie
75627 PARIS Cedex 13